沉默的羔羊系列

红龙

RED DRAGON

[美国] 托马斯·哈里斯 ———— 著

赵昆 ———— 译

译林出版社

写在一次性命攸关的会面之前

托马斯·哈里斯

我想谈谈第一次见到医学博士汉尼拔·莱克特的情景。

1979年秋，因为家人生病，我回到密西西比河三角洲的家乡待了十八个月。当时我正在写《红龙》。里奇村的邻居很热心地把他的排屋借给我住。那排屋建在一大片棉花地中间，我就到那里写作，经常到深夜。

写小说，一般都从个人见闻下笔，然后再添补上前前后后的来龙去脉。在密西西比的这座里奇小村，在这样艰苦的环境里，我看到调查员威尔·格雷厄姆正在受害者一家的房子里，在所有人被谋杀的房间里。他在看死者的家庭录像。那时我还不知道凶手是谁。我艰难地调查，看前后都发生了什么事。我跟随威尔检查房子和犯罪现场，一片漆黑中，他看到什么，我不多不少也都看到了。

有时候我会留着灯走出小屋，穿过平坦的田野。远远地回望，这房子就像海上的一艘船，我的四周只见三角洲的无边暗夜。

很快我就跟那些半野生的狗混熟了。它们三五成群地在田里游荡。有些偶尔会有农场工人家喂喂，但大部分时间它们得自己觅食。在寒冷的冬天，大地冻得干硬，我开始拿狗粮喂它们，很快，每周用掉的狗粮多至五十磅。它们到处跟着我，这一群可真不少——大个儿的，小个儿的，比较友善的，还有凶悍不让碰的。它们晚上和我一起在野地散步，就算看不到，也能听到它们都在周围，在黑暗中喘着气，边走边嗅。我在小屋写作时，它们就在前门廊等着，满月时分，便能听到它们的歌号。

我困惑地矗立在屋外的茫茫旷野，在黑夜的中心，喘息声包围着我，眼前依然笼罩着台灯的光。我试图想象现场到底发生了什么。在我昏暗的视野中只有幻影、暗示和非人类的视网膜反射月光发出的时隐时现的幽光。毋庸置疑，那里肯定发生了什么事。你要明白，写小说的时候，你并不是在凭空捏造。它是确然存在的，你只需把它找出来。

威尔·格雷厄姆必须找人请教，他需要帮助，这他心里明白。他也知道该去找谁，早在考虑此事之前就知道了。我知道格雷厄姆在一桩旧案中曾受过重伤。我也知道他很怵向他最好的顾问讨教。那段时间，我每天都会滋生痛苦的回忆，晚上写作时，我对格雷厄姆的处境也感同身受。

因此，和他一同前往巴尔的摩精神病犯罪医院时，我还是有些惧怕的。气人的是，在开始办正事之前，我们在那里碰到了一个你在日常工作中也能碰到的傻瓜，弗雷德里克·奇尔顿博士，他整整拖延了我们两三天时间。

我发现可以将奇尔顿留在开着灯的小屋里，然后在黑暗中看着他，我那些野狗朋友围在我身边。这样我便身在暗处，便隐形了，正如我对于笔下的角色是隐形的，我和他们同处一室，看他们思量着自己的命运，却鲜少给予帮助。

终于摆脱了无聊的奇尔顿，我和格雷厄姆来到暴力凶犯区，钢铁大门在我们身后砰地关上，发出可怖的响声。

我们慢慢走近莱克特博士的病房。格雷厄姆紧张了，我闻到他身上散发的恐惧气味。我还以为莱克特博士在睡觉。他闭着眼，仅凭气味就认出了格雷厄姆，着实让我吃了一惊。

我依然享有写作中一贯的豁免权，我是隐形的，对于奇尔顿、格雷厄姆和其他人都是，但面对莱克特博士我却很不自在，根本拿不准他是不是真看不到我。

像格雷厄姆一样,我当时也感觉(现在依然如此)莱克特博士的审视叫人不安、不胜侵扰,就像做头部X光透视时大脑里嗡嗡的杂音。他们说得很快,放到现实中,那语速就像两人在激烈辩论。我紧跟他们的谈话,慌乱地做笔记,笔记多得漫到了本子的页边空白,书桌最上面能写字的地方也都写满了。会面结束后,我筋疲力尽——脑海中回响着精神病院此起彼伏的争吵和哭号;我里奇村小屋的前门廊有十三只狗在歌号,它们闭目而坐,仰头朝向满月,多数都低吟着它们介于O和U之间的单元音,还有些只是跟着哼哼。

我必须在脑海中上百次地再现格雷厄姆与莱克特博士的那次会面,以便理解他们的话,去除那些额外的干扰,牢房的吵闹,犯人们的号叫,它们让有些字词听不清楚。

我仍然不知道是谁犯下的罪行,但从那时起我开始意识到我们一定会查清,一定会找到他。我也意识到书中人物若想查清此事,则需付出可怕的甚至惨痛的代价。而结果的确如此。

许多年后,我刚开始写《沉默的羔羊》的时候,并没想过莱克特博士会回来。我喜欢《黑色星期天》中的达丽娅·利雅得,想写一部核心角色是女强人的小说。因此,我从克拉丽丝·史达琳写起,但小说写了没两页,我就发现她必须去找这位博士。我非常喜欢史达琳,我觉得自己有些嫉妒莱克特博士,因为他是那么轻而易举就把她看透,而这对于我却是难以企及的。

到我为《汉尼拔》搜录素材时,我惊奇地发现博士已经开始独立选择自己的生活了。也许你会像我一样发现他的奇特魅力。

我一直害怕写《汉尼拔》,害怕自己被蹂躏和撕裂,害怕必须目睹的抉择,也为史达琳担惊受怕。最后我还是放手了,因为你只能放开角色,让莱克特博士和克拉丽丝·史达琳按照他们的天性决定事态发展。其中也有一些尊重的因素吧。

一位苏丹说过:“我不养猎鹰——是它们和我一起生活。”

1979年冬天,当我走进巴尔的摩精神病犯罪医院,厚重的铁门在我身后重重地关闭时,我丝毫不知道走廊尽头等待我的是什么;当命运的门闩滑进锁扣时,我们何曾听到它的声音。

人们只能看到他们所观察的事物，
而他们只观察大脑中已经有的事物。
——阿尔封斯·伯提隆

因为仁慈有一颗人的心，
同情有一张人的脸，
爱情，是幻化成人形的神尊，
而和平穿着人的衣装。
——威廉·布莱克，《天真之歌·神像》

残忍有一颗人的心，
妒忌有一张人的脸，
恐怖，是幻化成人形的神尊，
而神秘披着人的外衣。
人的外衣是钢铁铸就，
人的躯壳是火热的熔炉，
人的脸是密封的火罐，
——而人心是它贪婪的火舌。
——威廉·布莱克，《经验之歌·一幅神像》[①]

① 布莱克死后，这首诗及所附的插图在《经验之歌》的雕刻版中被发现。此诗只见于诗人过世后出版的图书版本当中。

1

威尔·格雷厄姆让克劳福德坐在房子与海之间的野餐桌旁，然后递给他一杯冰茶。

杰克·克劳福德看着这幢外表漂亮的老式房子。银白色的木料衬着明媚的阳光。“我真应该当你卸职的时候在玛若森就找到你，”杰克说，“你肯定不愿意在这儿谈这件事。”

“这事我在哪儿都不愿意谈，杰克。既然你坚持要说，好，我们就来谈谈。但别拿任何照片出来。要是你把照片带来了，就把它们留在手提箱里——莫莉和威利马上就要回来了。”

“你对案子了解多少了？”

“《迈阿密先驱报》和《纽约时报》上报道过的。”格雷厄姆说，“一个月工夫两家人在各自家里全部遇害了。伯明翰和亚特兰大。作案手段相似。”

“不是相似，是相同。”

“有多少线索了？”

“在我下午来这之前是八十六个。”克劳福德说，“提供线索的人都是稀奇古怪的，没有一个知道细节。罪犯把玻璃打碎了还用玻璃碎片作案，没有一个人知道这一点。”

“你还有哪些细节没在媒体上公布？”

“罪犯是金黄色头发，习惯使用右手，而且非常健壮。穿十一码的鞋。

能系帆脚索。所有作案痕迹都是皮面光滑的手套留下的。”

“这些你已经在公开场合说过了。”

“他玩锁不是玩得太好，”克劳福德说，“最近的这次作案他用玻璃刀和吸盘进了屋里。哦，对了，他的血型是AB阳性。”

“他受伤了吗？”

“据我们所知还没有。我们是从他的精液和唾液中测到的血型。他是个隐私窥探者。”克劳福德看着眼前平静的大海，“威尔，我想问你件事。案情你在报纸上都看到了，所有电视台又都大量报道第二起案件。你就没有想过给我打个电话吗？”

“没有。”

“为什么？”

“开始的时候，对伯明翰发生的案子公布的细节很少。任何犯罪类型都有可能：报复，一个亲戚杀的。”

“可是在第二起案件以后，你知道它是什么类型。”

“对，是精神变态者干的。我没给你打电话是因为我不想打。我知道你手上已经有很多大腕来合力侦破这案子。你有最棒的实验室，你有哈佛大学的赫姆利奇，芝加哥大学的布鲁姆——”

“我还有你，在这儿修他妈的轮船发动机。”

“我并不觉得我会对你有多大用处，杰克。我再也不想办案了。”

“真的吗？可是你两次抓到了罪犯。我们办的那两个系列凶杀案件的主犯，是你抓到的。”

“怎么抓的？还不是和你和其他人一样的抓法！”

“不完全是，威尔。是你的特殊的思考方式破的案。”

“我想关于我的思考方式已经有够多的混账话在聒噪了。”

“你有很多思维跳跃从来都没有解释过。”

“因为证据在那里摆着。”格雷厄姆说。

“是有证据，足够多的证据——可都是在事后发现的。在主线索突破之前我们手里的证据太少了，我们根本无法找到一个犯罪原因去进一步调查。”

“你需要的人都有了，杰克，我不觉得我能帮你改进什么。我来到这就是想彻底躲开刑侦。”

“我知道，你上次受了重伤，可你现在看起来好好的。”

“我现在是没什么，我不干不是因为受过伤，你也被砍过。”

“我也被砍过，但不像你的那么重。”

“受伤不是原因，我就是决定不做了，我无法向你解释清楚。”

“真不理解你为什么不能再破凶杀案了。”

“不，你能理解——被迫地工作是不会有效果的。案件的情况总会很糟，但因为你必须去做，所以你能够继续担当你的角色，只要他们已经死了。去医院，接受采访，这些更糟。你必须把这一切干扰都排除掉，然后才能专心致志地思考。我做不到这些了。我可以逼着自己看，但我会把大脑思维关掉。”

“他们都死了，威尔。”克劳福德用尽可能柔缓的语调说。

杰克·克劳福德在格雷厄姆的话音里听出了他自己的句型和节奏。他以前也听过格雷厄姆在和别人谈话时用过同样的方式。在激烈的辩论中格雷厄姆经常套用对方的说话方式。起先克劳福德以为格雷厄姆故意这么做，是以子之矛攻子之盾的策略。后来克劳福德才明白格雷厄姆是不由自主的。有时候他不想这么做，却停不下来。

克劳福德用两根手指探进外衣兜，然后把两张照片轻放在格雷厄姆那头的桌子上，面朝上。“都死了。”他重复道。

格雷厄姆对他端详了好一会儿才拿起照片。

是两张小照：一个女人，后面跟着三个孩子和一只鸭子。女人手里拎着野炊用品站在一个池塘的岸边。另一张是一家人站在蛋糕的后面。

看了半分钟，格雷厄姆把照片放下了。他把照片推进桌边的一堆文件里，然后向远处的沙滩望去：一个男孩在沙滩上蹲着，仔细端详沙子里的某个东西。一个女人站着看着男孩，手叉着腰，打碎的浪花没过她的脚踝。她身子往岸边一侧，把湿漉漉的头发从肩膀上甩开。

格雷厄姆忘情地看着莫莉和威利，完全忘了他的客人，就像刚才看着照片一样。

克劳福德满意了。他小心翼翼地把满意的表情藏起来，就像在此之前他颇费心机地选择与格雷厄姆的见面地点一样。他知道他已经说服格雷厄姆了。让战果慢慢巩固吧。

三只极其难看的狗溜达着晃过来，然后一下子趴在桌边的地上。

“我的老天。”克劳福德说。

“也许它们还有点狗的模样。”格雷厄姆解释说，“来这里的人总是把小狗丢下不管。我可以把好看一点的送人，其他的就只能任其长大变成大个头了。”

“它们真是够肥的。”

“莫莉对无家可归的狗总是心软。”

“你在这里和莫莉与威利生活得挺不错的，威尔。威利他多大了？”

“十一岁。”

“长得挺英俊。他将来会比你高的。”

格雷厄姆点点头。“他父亲就很高。我现在很幸运，我知道。”

“我曾经想把菲莉丝带到这儿来，佛罗里达。在我退休时买栋房子，然后结束这种天天都像穴居鱼一样动荡的生活。菲莉丝说她所有的朋友都在阿林顿。”

“我想谢谢她在我住院的时候给我带的书，但一直没机会说。替我谢谢她。”

“我会的。”

两只颜色鲜艳的小鸟给桌子增了色。它们指望能找到一些果冻。克劳福德看着它们在桌上蹦蹦跳跳直到飞远。

“威尔，这个疯子作案好像与月亮的圆缺有联系。他6月28日晚上在伯明翰杀了雅各比一家，是个满月的日子，星期六。他前天晚上在亚特兰大杀了利兹一家，7月26日，按阴历算，离上次整整一个月差一天。所以如果我们幸运的话，在他下一次作案前我们还可以有三个星期多一点的时间。

“我不觉得你愿意在岛上等下去，然后在你的《迈阿密先驱报》上看到他又一次作案的消息。我说，我不是教皇，我不想说你应该怎么怎么做，可是我想问你，威尔，你相不相信我的判断？”

“相信。”

“我觉得只要有你的协助，我们很有把握抓住他。见鬼，振作起来，威尔，帮帮我们。去亚特兰大和伯明翰看看，然后回到华盛顿。只是个临时任务。”

格雷厄姆没应声。

克劳福德等待着，这期间有五排海浪拍到了岸边。然后他站起身把外套往肩上一搭，说：“咱们晚饭后再谈吧。”

“别走了，一块吃饭。”

克劳福德摇了摇头。“我一会儿再来。假日酒店会有给我的留言的，我得在电话上说好一会儿呢。不过替我谢谢莫莉。”

克劳福德租的车在地上扬起了微微的尘土，落在了贝壳铺成的路边的小树丛上。

格雷厄姆回到桌旁。他真害怕眼前的一切即将是他未来所能记起的舒格罗夫岛的最后一幕：冰在两个茶杯里消融，纸巾被微风从红木桌上吹落，而莫莉和威利离得远远的，在沙滩那头。

已经是日落时分了。舒格罗夫岛的苍鹭静静地站着不动，火红的太阳格外突出。

威尔·格雷厄姆和莫莉·福斯特·格雷厄姆坐在一根被海浪冲上岸的变白了的原木上，他们的脸在夕阳的映衬下变成了橙红色，背影在紫罗兰色的树荫里。她握住了他的一只手。

“克劳福德在今天来这里之前先去店里找了我。”莫莉说，“他问我咱们家怎么走。我给你打电话可是你没接。我说，你时不时地该接接电话。我和威利回来的时候看见他的车在门口，所以我们就直接去海滩了。”

“他还问你什么了？”

“他问你好不好。”

“那你怎么说的?”

“我说你很好,而且他应该趁早别再来烦你了。他想让你做什么?”

“研究证据。我是法医学方面的专家,莫莉。你看过我的证书。”

“你用你的证书补了天花板墙纸的缝,我见过那玩意。”莫莉一条腿跨过木头好面对格雷厄姆,“要是你怀念你的另一种生活,你过去的生活,我想你会跟我谈起的,对不对?可是你从来没有。你现在很开朗,平静,放松……我爱这个样子的你。”

“我们一起过得很幸福,是不是?”

她缓慢地眨一下眼睛,让他意识到本该说句更好的,可他还没想出补救的话,莫莉又接着说:

“你过去为克劳福德做的一切可把你坑得够苦的。他有那么多其他的人——我想整个政府都可以让他支配吧——他怎么就不能离我们远一点呢?”

“克劳福德没告诉你吗?我从联邦调查局研究院离开,两次回一线办案的时候,克劳福德都是我的上司。那两起案件类型是他从没碰到过的,而杰克在这个领域已经干过很多年了。这种精神变态犯罪十分罕见。他知道我有这种……办案经历。”

“我知道你有。”莫莉说。他的衬衫扣子解开了,她可以看到横跨他的胃周边有条环形的伤疤。有手指那么粗,而且隆起来,再没有与皮肤长好。疤痕从左髋骨一直伸到右边的胸廓。

那是汉尼拔·莱克特博士用漆布刀砍的。格雷厄姆为此几乎送了命,事发一年后莫莉才认识格雷厄姆。莱克特博士被小报称为“食人魔莱克特”,是格雷厄姆抓获的第二个精神变态罪犯。

在格雷厄姆好不容易痊愈出院后,他从联邦调查局辞了职,离开华盛顿来到佛罗里达群岛之一的玛若森的一家船厂做柴油发动机修理工。他从小就和这行打交道。开始的时候他睡在船厂里的野外工作室里,直到他认识莫莉并且搬到她所在的舒格罗夫岛的舒适的简易房子里。

格雷厄姆也叉开腿跨坐到原木上，然后握住莫莉的双手。她的脚在他的脚下扭来扭去。

“好了，莫莉。克劳福德认为我有发现罪犯的特异功能。他像迷信一样相信这一点。”

“而你也相信这一点吗？”

格雷厄姆看着三只鹈鹕成一字形掠过浅滩。“莫莉，狡猾的精神变态者——尤其是虐待狂——很难被抓到。这有几个原因。第一，你找不到作案动机，所以这条路不通。而在很多情况下你从知情者那里得不到任何线索。所以你看，这要比侦破大部分案子设下多得多的引诱和计谋。而像这个案子你不会找到任何知情人，甚至罪犯本人可能都不知道他在干些什么，所以你得在得到的所有证据的基础上推测，你得重新构建他的思维模式，你要去发掘案件背后的规律。”

“然后追踪，最后找到他。”莫莉说，“我害怕如果你跟踪这个疯子——无论他是个什么类型——我害怕他会像上一个罪犯一样对付你。这才是我想的，这是最让我害怕的事。”

“他永远不会看到我或知道我的名字，莫莉。如果能找到他，警方会去跟踪然后捕获他，不是我。克劳福德只是想通过我让自己多一条思路。”

莫莉望着残阳把海面染得通红。高空的卷云也被落日的余晖映得耀眼。

格雷厄姆喜欢她把头侧向一边，毫不掩饰地把她不太美丽的侧面留给格雷厄姆看。他可以看到她脖子处脉搏的跳动，刹那间他突然而且完全地记起莫莉带有咸味的皮肤味道。他咽了咽唾沫说：“我还能怎么办呢？”

“你会做你已经决定了的事。如果你留在这里，然后又发生了新的凶杀，也许待在家里会让你难受的，像《正午》那样的电影里演的情节。如果你是那样想的话，你根本就不是在征求我的意见。”

“假设我是在征求你的意见，你会怎么说？”

“留下来和我在一起。和我，我，我！还有威利。如果威利能让你改变决定的话，我宁愿把他拖进来一起劝你。按常理我应该擦干眼泪，然后向我们的英雄挥手绢告别;等情况不好了,我该表现出满意,因为你做了你应该做的事。这些高调子恐怕比水管子的滴水长不了多长。然后我就独自一人回家,然后把本来是双人床的电热毯只插上单边的电源。”

“换上我,我会帮你收拾行李的。”

“你从来都不会。我很自私,是不是?”

“我不在乎。”

“我也不在乎。这么一个温馨又甜蜜的家,以前你遇到过的种种经历都应该让你意识到这一点。我的意思是,珍惜你现在拥有的一切。”

格雷厄姆点点头。

“无论你走还是留下,我都不想失去这个家。”莫莉说。

“对,我们不会的。不管我是去还是留下来。”

夜幕很快降了下来。木星出现了,低低地挂在西南方。

格雷厄姆和莫莉伴着正在升起的朦胧晦暗的月光走回家。远处,浅滩以下的海面上一些饵料鱼跳出水面,它们是为了生存而逃离。

克劳福德晚饭后又来了。他没穿外衣也没打领带,为了造点随意的气氛,他特意把衬衣袖子挽了上去。莫莉觉得克劳福德袒露的小臂又粗又苍白,让人恶心。在她看来,克劳福德简直就像一只讨厌又机灵的类人猿。她给他递上咖啡,然后一言不发地陪着他坐在门廊的风扇下面。格雷厄姆和威利出去喂狗了。蛾子在窗外轻轻地扑扇翅膀。

“他看起来很好,莫莉,”克劳福德说,“你们俩都很好——没发胖,而且晒得黝黑。”

“不管我说什么,你都要把他从我们身边带走,是不是?”

“是的,我必须这么做,我只能这么做,不过我向老天发誓,莫莉,我会让他的工作尽可能轻松。他不同以往了。你们结婚了,这真好。”

“他恢复得越来越好了,晚上不再经常做梦了。他曾经对狗像着了魔似的。现在他只是喂养它们,不再一天到晚地谈论它们了。你是他的朋友,杰克。为什么你不能让他安安静静地过日子呢?”

“因为不幸的是,他是最出色的,因为他的思考方式和别人不一样。不知道什么原因，他从来不会拘囿于常规的思路。”

“他以为你让他查看证据。”

“我的确想让他查看证据，没人在这方面比他更能胜任。不过他还要做另一件事情，那就是：想象、推断，无论你管它叫什么。他不喜欢这种工作。”

“你要有这种特长你也不会喜欢干的。答应我件事，杰克。答应我你亲自负责，不让他离一线太近。我觉得，如果他被迫和罪犯搏斗的话，他会送命的。”

“他不会被迫防卫的，我可以向你保证这一点。”

格雷厄姆喂完狗回来后，莫莉帮他收拾了行李。

2

威尔·格雷厄姆驱车缓缓地经过查尔斯·利兹一家住过而且在其中被杀害的房子。所有的窗户都熄着灯，庭院里的一盏灯亮着。他在两个街区以外停下车，然后在和暖的夜风中走回来。他手中拎着装有亚特兰大警局侦探报告的硬纸盒。

格雷厄姆坚持要一个人来。任何其他的人都会分散他的注意力——这是他给克劳福德的解释。其实他还有另一个理由，一个隐私的理由：他不知道自己将如何应对那里的情况。他不想有一张脸时时刻刻都围着他转。

他在太平间检查的时候情况还算好。

这栋两层小砖楼坐落在一片树丛中，所以和街道隔开了。格雷厄姆在树下站了许久，定定地看着房子。他想让自己的内心平静下来。在他的大脑里有一只银色的钟摆在黑暗中嘀嘀嗒嗒地走。他要等到这只钟摆停下来。

几个在附近住的人开车路过，快速扫了一眼这栋房子又马上把视线转移开了。一栋发生凶杀案的房子在邻居们眼中是丑恶的，就像一张背叛了他们的脸。只有外来的人或者孩子才会盯着房子看。

窗帘都还打开着，格雷厄姆一阵高兴，因为这意味着没有亲戚进去过。亲属们走进房间后总会把帘子拉上的。

他绕着房子四周走了走，走得非常小心，而且没用手电筒。他停下来两次侧耳听听。亚特兰大警方知道他在这里，可是邻居们不知道。他们发觉有陌生人在这里会很紧张，甚至有可能开枪。

透过一扇后窗他可以看到屋里家具黑的轮廓，而且一直能看到前院的灯光。空气里散发着浓郁的好望角茉莉花香。格子结构的门廊几乎占了房子的整个后部。在门厅的门上贴着亚特兰大警局的封条。格雷厄姆撕开封条走进房子。

门廊与厨房之间的门用胶合板补上了，因为警方从门上取走了玻璃。借着手电的亮光他用警方给他的钥匙打开了锁。他想打开灯，戴上他那亮晶晶的警徽，然后弄出些响动，也好为自己作为官方人员在这五个人被谋杀的房间里造造势，可是他什么也没做。他走进漆黑的厨房，然后坐在早餐桌旁。

炉灶上方两个指示灯在黑暗中闪着蓝光。他从空气中闻到家具清洁剂和苹果的味道。

自动温检开关响了一下后，空调启动了。格雷厄姆被这声音吓了一跳，他感到一阵恐惧。他已经是对付恐惧的老手了，这点恐惧完全能应付，只不过有点害怕，再说他完全能够继续工作。

在害怕的时候他能够看得、听得更清楚，不过说话会变得不简洁。有时候恐惧会让他变得粗鲁。不过在这儿，没有旁人会和他说话，也不用担心会冒犯谁。

疯狂的气息从那扇门钻进房子的这间厨房，脚上穿着十一码的鞋。在黑暗中坐着的他捕捉到了那气息，就像警犬能嗅出衬衫的气味一样。

格雷厄姆曾用了大半天和半个晚上的时间在亚特兰大警局刑事组仔细研究了侦探们的报告。他记得警方到达现场时，炉灶上方的油烟机的灯是亮着的。他随即打开了它。

灶台上方的墙上挂着两个镶了框的条幅。一幅写着："亲吻不能长久，但厨艺可以永存。"另一幅写道："朋友们总是最愿意到我们的厨房来，来倾听整个房子的心跳，并在它忙碌的气氛中分享舒适。"

格雷厄姆看看表，晚上十一点半。根据病理学家对尸体的分析，遇害者是在晚十一点和凌晨一点间死亡的。

首先罪犯要打开房门。格雷厄姆开始构想当时的情景……

那个疯子悄悄把门廊的门闩钩打开，他站在门廊的暗处从兜里摸出一样东西。一个吸盘，或者是一个铅笔刀的底座，是能贴在台式电脑上的那种。

疯子蜷缩着倚在木制的厨房门的下半部分，他抬头透过门玻璃向里张望。他伸出舌头舔舔吸盘，用力把它按在玻璃门上，然后轻击一下把手让它粘牢。吸盘上用弹簧拴着一把小型的玻璃刀，可用来割下一块圆形的玻璃。

玻璃刀发出微弱的吱吱声，然后一个干脆有力的敲击，玻璃裂开了。凶手一手敲裂玻璃，一手把着吸盘好使玻璃不掉在地上。活动了的玻璃有点椭圆形，因为在他划玻璃的时候弹簧和挂钩的柄绕在一起了。他把玻璃用力从外面拽下来时发出一点摩擦的声音。他并不在意在玻璃上留下他的AB型唾液。

他戴弹力橡胶手套的一只手像蛇一样钻进刚打好的洞里，找到把手。门无声地开了。他走进厨房。在油烟机的灯光下他可以看见自己在这间陌生的厨房里的身影。屋子里凉爽而舒适。

威尔·格雷厄姆吃了两根巧克力棒。把玻璃包装纸塞进衣兜时发出的窸窸窣窣的声音让他厌恶。他穿过客厅，拿着手电的手离身体远远的，这是他的习惯。尽管他事先查看了屋子的结构图，找到楼梯前还是拐错了一个弯。还好，楼梯承重时没有响。

现在他站在主卧室的门口。无需手电的亮光他也略微可以分辨出一些器物。床头柜上的一只电子钟把时间投影到天花板上。卫生间旁的踢脚板上方有一盏橘黄色的夜灯亮着。可以闻到很强的血腥味。

适应了黑暗的眼睛在没有照明的情况下也可以看得相当清楚。那个疯子完全可以分清利兹夫妇。有足够的光亮让他穿过屋子，揪起利兹先生的头发，然后割断他的喉咙。然后呢？回到墙边打开灯，问候一声利兹太太，然后开枪让她无力反抗？

格雷厄姆打开了灯。霎时间墙上、床垫和地板上的血一齐向他冲击过来，空气里充满了带着血的尖叫，他被这尖叫震慑得退了几步。屋子里很安静，黑黑的血迹在变干。

格雷厄姆坐在地板上，直到头脑平静下来。安静，安静，安静下来。

在亚特兰大警方尝试重新构建犯罪过程时，卧室内血迹的数量和差异曾让他们困惑不已。所有被害的家庭成员的尸体都是在他们各自的床上被发现的，而这与血迹的分布不相吻合。

最初他们认为查尔斯·利兹是在他女儿的房间里遇害的，然后罪犯把他的尸体拖到了他的卧室。可是对血迹喷涌的轨迹做过仔细检查后，他们不得不对此重新考虑。

罪犯在卧室间的准确行踪还没有被确定。

现在，在尸体解剖和实验室报告的帮助下，威尔·格雷厄姆开始逐渐摸清凶杀的过程。

罪犯最先趁查尔斯·利兹在妻子身边熟睡的时候割断了他的喉咙，走回墙边打开灯——实验室报告证明在墙上的开关座上有手套的痕迹和利兹先生的头发和头油。他在利兹太太惊起的时候向她开了枪，然后奔向孩子们的卧室。

利兹先生尽管喉咙被割断仍然挣扎着站起来试图保护他的孩子们，在和歹徒搏斗时流失的大量的血和毋庸置疑的动脉血喷流证实了这一点。他被用力推搡，倒下并和女儿一起死在她的卧室里。

两个男孩中的一个在床上被枪杀。另一个的尸体也是在床上发现的，不过在他的头发里发现了尘土块。警方认为他是从床底下被拖出来，然后被枪击中的。

在他们都被杀死以后，也许利兹太太除外，罪犯开始敲碎玻璃，选择玻璃碎片，然后把注意力转向利兹太太。

格雷厄姆的纸盒里装着所有尸体解剖草案的复印件。他拿出利兹太太的那张。子弹从她的肚脐右边射入然后留在了腰椎。但是她是因窒息而死的。

她的枪伤附近的血清素和单体组胺高于正常值，这证明在中弹后她至少还活了五分钟。单体组胺明显比血清素高，说明她至多在枪击后活了十五分钟。她身上其他的外伤都有可能是死后制造的，但不是全部。

如果其他外伤是死后制造的，这个杀人犯在利兹太太垂死的过程中干了什么呢？格雷厄姆困惑了。与利兹先生搏斗然后杀死三个孩子，对，但是这些连一分钟都用不了，还有打碎玻璃，但除此之外呢？

亚特兰大警方的调查已经很彻底了。他们做了大量的测量和拍照，甚至把下水道清空并且把弯头都带走了，但是，格雷厄姆还是要亲自查看一番。

通过警方的照片和床垫上封条的印记，格雷厄姆可以看出尸体被发现的位置。证据表明——睡衣上枪伤处的硝酸盐痕迹表明他们被发现时的位置和死时的位置很接近。

可是在门厅地毯上留下的一片血渍和长长的带状血印还是无法解释。有个侦探推测，一个受害者曾试图爬着逃命。格雷厄姆不相信这种说法——很显然凶犯杀死他们后挪动了他们的尸体，然后又把他们摆回受害时的样子。

他对利兹太太所做的是很明显的。可其他人呢？他并没有像对利兹太太那样把其他人也毁容。每个孩子都只有一处外伤——头部的枪伤。查尔斯·利兹因流血过多而死，还有吸血入肺也引发了死亡。除此之外他身上唯一的外伤就是在胸部一个很浅的结扎线绑的伤痕，目前认为是死后留下的。那么凶手在他们死后对他们干了些什么？

格雷厄姆从他的盒子里拿出警方拍的照片、实验室对每处血迹和生理标记的检验报告以及出血流向的标准对比切片。

他在楼上房间里很小心地走动，试图把受伤时的体位与血迹联系起来，并试图以反向思维把作案过程复原。他把主卧室中每一处大的血迹在他的现场草图上标明，图上的相对位置是经过准确测量的。然后用标准对比切片来估算出血的方向和血流速度。他希望通过这些能了解不同时刻受害者身体的位置。

格雷厄姆在卧室的墙拐角处发现了三处向上倾斜的血迹。在它们的正下方的地毯上还有三处浅的血痕。查尔斯·利兹一侧的床边的头靠板上方的墙上有血迹，踢脚板有被撞击的痕迹。格雷厄姆的草图开始变得像一道没有数字的连线游戏。他瞪着双眼盯着它，看看房间再看看图，直到觉得头痛为止。

他走进洗手间，拿出随身带的最后两片百服宁药片，从洗脸池的水龙头里用双手接着自来水喝下去。他把凉水泼到脸上然后用衬衫衣襟擦干。水溅到了地板上。他忘了下水道的弯头被拿走了。除了镜子被打碎以及多了几处红色的名为“龙血”的指纹粉以外，洗手间没受到任何破坏。牙刷、面霜和刮胡刀都在它们原来的位置。

洗手间看起来好像仍然在被这个家庭使用。利兹太太的冷热水引水软管还在毛巾架上晾着。他看到利兹太太为了省钱，把一个带着导管的双向管锯下来，和一个单向的配成一对使用。利兹太太这种居家型的从细小处省钱的习惯刺痛了格雷厄姆，莫莉和她一模一样。

格雷厄姆从一扇窗户爬上门廊的顶棚，然后坐在粗糙的瓦片上。他抱着膝，被汗湿透了的衬衫贴在后背上很凉。他一个劲地喷鼻息，好把鼻孔里的血腥杀戮的气味排干净。

亚特兰大城的灯光让本来明朗的夜空黯然失色，肉眼几乎分辨不出星光。今晚舒格罗夫岛的夜空一定很晴朗。他本来可以和莫莉及威利一起看流星雨，和他们一起听他们深信流星划过天空会发出的呼呼的声响。宝瓶座δ型流星雨正在高潮，那是威利非常想看的。

格雷厄姆打了个寒战又开始喷鼻息。他现在不愿意想莫莉，在这里想她不但味如嚼蜡，而且分散精力。

格雷厄姆对于品位有很多问题。很多时候他的思想很不合时宜。在他的大脑中没有一个有效的单元来装载品位并把它与其他区域隔离开。他所见到的和了解到的会与他知道的一切其他事物联系在一起，有些联想是不能登大雅之堂的,可是他无法预料它们,也无法阻止或者抑制它们。他后天养成的礼仪与体面像标牌一样随后跟着他的思想,被他的联想震惊,被他的梦境吓坏;他的头盖骨下没有一块阵地能留下他所钟爱的东西,他为此而惋惜。他的联想以光速出现,而他的价值判断却来得像回应式的阅读一样,永远也不能跟上,更不能驾御他的思绪。

他认为自己的思维方式稀奇但是有用,像一把用天线做的椅子。既然已经做成,他丝毫无法改变它。

格雷厄姆把利兹家的灯关掉,然后从厨房走出来。在后门廊的远端,他的手电照到了一辆自行车和一张供狗睡觉的柳条床。在后院有一座狗住的房子,台阶旁还有一只装狗食的碗。

可是证据表明,凶犯潜入时,利兹一家还在睡梦中,他们并没有得到宠物的预警。

格雷厄姆把手电夹在颏下,并在备忘录上记下:“杰克,当时狗在哪里?”

格雷厄姆开车回酒店。他不得不把全部精力用于驾驶,尽管在清晨四点半钟路上的车辆还很少。他的头依旧很痛,所以他在找一家通宵开的药店。

他在皮奇特里找到了一家。一个制服穿着不整的保安正在门前打盹。卖给格雷厄姆百服宁的那个店主身上的夹克脏得足够暴露落在上面的头皮屑,他盯人的目光让人觉得窒息。格雷厄姆不喜欢街头小店里的年轻店主,他们有一种什么都无所谓的神气,而且经常扬扬得意。格雷厄姆怀疑他们在家时不会有好脾气。

“还要别的吗?”店主问道,他的手指在收银机的键盘上悬着,“还要什么吗?”

联邦调查局亚特兰大办事处在新建成的皮奇特里中心附近的一家怪里怪气的宾馆给格雷厄姆预订了房间。宾馆的玻璃电梯像马利筋荚果的果荚,让格雷厄姆知道他现在确实是进城了。

格雷厄姆在电梯里遇到两个来开会的参会人,他们戴着印有问候语

"你好"的胸卡。他们把着扶手,在电梯上升的时候眼睛瞟着一楼大厅。

"在前台显得更年轻些——刚进来的是威尔玛她们。"大个子的参会人说,"他妈的,我真想和她好好地野一回。"

"去享用吧,直到她鼻子流血。"另一个说。

恐惧和性欲,然后因为恐惧而生气。

"我说,你知道为什么女人长腿吗?"

"为什么?"

"为了不像蜗牛一样跑掉时留下踪迹。"

电梯门开了。

"到了吗?就是这儿。"大个子说。他走出电梯时差点被电梯门绊了一跤。

"这连接着死巷。"另一个说。

格雷厄姆到了房间,把装着警局侦探报告的硬纸盒放在桌上。为了让自己不再看见它,又索性把它放进了抽屉。他已经看够了双目圆睁的死人。他想给莫莉打电话,可是时间还太早。

早上八点他要到亚特兰大警察局总部开个会。目前他能向他们提供的材料还很少。

他该尽量睡些觉。他的大脑就像一栋住着许多房客的大房子,有许许多多的争论在他周围叫嚷,而且还在房子大厅的某个地方厮打着。他已经麻木而且没有力气想任何事情。躺下前他倒了两指高的威士忌喝下去。黑暗紧紧地压下来。格雷厄姆打开卫生间的灯然后回到床上。他假想着莫莉在卫生间梳头。

验尸报告里的字句在他的脑海里以他自己的嗓音回响起来,尽管他从来没大声读出来过:"排泄物失禁;右小腿有滑石粉的痕迹。由于被插入镜子碎片眼窝中部内壁破裂……"

格雷厄姆试着想象舒格罗夫岛的海滩,试着倾听大海的涛声。他试着在脑海里勾勒出他的工作台,想象和威利在沙滩上挖滴漏通道时的情景。他低声唱《威士忌河》,然后在脑子里默默地把《黑山拉格泰姆》从头到尾一遍一遍地过。是莫莉的音乐。沃森博士的吉他伴奏也不错，可他总是在小提琴过门的时候把调跟丢。莫莉曾经在后院教他跳木鞋舞，她就在那里舞动……终于他开始昏昏沉沉了。

一个小时以后他突然醒过来，四肢僵硬而且大汗淋漓，他模模糊糊地看见另一只枕头在卫生间灯光下的轮廓，轮廓清晰地变成了利兹太太，躺在他身边，身上满是伤痕而且肢体破损，熠熠发光的眼睛和血迹像眼镜腿一样环绕在她太阳穴和耳朵的周围。格雷厄姆不想转头面对她的脸。他的大脑像烟雾警报器一样尖厉地惊叫。他把手放在那个枕头边，摸到的是干爽的布料。

他的大脑经过这番演绎以后，立刻让他觉得有种暂时的畅快。他从床上坐起来，心还在怦怦地跳。他换上一件干的 T 恤衫，把湿的那件扔进浴缸。刚刚躺的地方已经被汗浸湿了，可他宁愿躺在原地也不想挪到干爽的另一边。他把一条干浴巾铺在汗湿的地方然后躺下去，头倚在床头，手里捧着一杯烈性酒。他一下吞掉了三分之一。

他试着以什么来开始思考，任何东西。那个他买百服宁的小药店，他记起它恐怕是因为那是这一天中他接触到的唯一一段不和死亡联系的经历。

他可以回忆起带汽水机的老式的街头小店。当他还是个孩子的时候便认为那里有一种隐隐约约的偷窃的气息。你走进去不论是否需要总会想买避孕套。在货架上有些东西你不应该盯着看太久的。

在那家卖百服宁的小药店，避孕用品带着它们有图示的包装被装在热塑性树脂盒子里挂在收银机后面的墙上，布置得像艺术品。

他还是喜欢他儿时的街头小店和他富有童趣的童年。格雷厄姆现在年近四十了，他开始体会到那个时候的生活对于一个男孩子的强大的牵引力，它就像风暴中在他身后行驶的一艘海轮的锚。

他想到了斯莫特。格雷厄姆还是个孩子的时候，斯莫特在他家附近的街头小店里负责看管和制作苏打汽水。斯莫特在上班的时候喝酒，因此他在夏天有时会忘记撑开遮阳篷，以致橡胶凉鞋被晒化后粘在橱窗里。斯莫特煮咖啡时会忘记关电源，以致锅烧干了，招来了火警。斯莫特还赊给孩子们冰激凌蛋筒。

他最大的一次过失是在老板休假时从一个推销员那里订购了五十个库比娃娃。老板回来知道后把他开除了一个星期，然后他们搞了一个库比娃娃大甩卖。他们在橱窗里把五十个娃娃摆成半圆形的一排，这样每个往橱窗里看的行人都像被五十个娃娃一齐盯着。这些洋娃娃都有矢车菊一样蓝色的大眼睛。这个布置很有感染力，格雷厄姆曾经看过好一会儿。他知道它们只是塑料娃娃而已，可是他能觉出来它们注意力的焦点。这么多的娃娃一起朝你看。好多路人驻足观看。不过是塑料娃娃，而且戴着相同的傻傻的鬈发套，可是它们齐刷刷的目光还是让他的脸发痒。

格雷厄姆开始在床上放松些了。库比娃娃瞪大眼睛看。他倒了杯酒，饮了一大口，酒呛出来洒到胸脯上。他慌乱地打开床边的灯，从衣橱桌的抽屉里拿出硬纸盒。他拿出利兹家三个孩子的尸体解剖草案和那张主卧室的草图，把它们摆在床上。

这里有三处从墙拐角倾斜向上的血迹，地毯上有三个和侧墙血迹正好吻合的血痕。这是三个孩子的个头。小弟弟、妹妹、大哥哥。吻合，吻合，完全吻合。

那么他们是被靠墙摆着，面对着床坐在地毯上，作为观众，一群死了的观众。还有利兹先生，被沿胸部绑在头侧的床栏上，看起来像在床上直挺挺地坐着。这印证了胸部结扎线的标记和头靠板床栏上方墙上的血迹。

他们在看什么呢?什么也没有:他们都死了。不过他们的眼睛还睁着。他们在看一场由这个疯子和利兹太太的尸体主演的戏，还有利兹先生陪在床上。一群观众。疯子可以环顾四周看到他们所有人的脸。

格雷厄姆不知道罪犯是否点燃了蜡烛。闪烁的烛光可以假造他们脸上的表情。警方没找到蜡烛。也许他下次会想到这么做……

这个与凶犯心灵沟通的第一个小纽带像水蛭一样刺痛着格雷厄姆。他咬着床单，继续思考。

为什么你要把他们挪回各自的卧室?为什么你不把他们留在那里?格

雷厄姆问道。有一些关于你自己的事情你不想让我知道，为什么？是些你感到可耻的东西，还是让我知道以后你会吃不消？

是你扒开了他们的眼睛吗？

利兹太太很可爱，是不是？你割断她先生的喉咙后扭亮了灯，为的就是让利兹太太看着丈夫倒下，是不是？你只能戴着橡胶手套去抚摸她，这让你难以忍受，是不是？

她腿上有滑石粉。

卫生间里没有滑石粉。

好像有另一个人在格雷厄姆脑海里用平静的语调把这两个事实讲出来。

你摘掉了手套，是不是？你脱掉一只橡皮手套要摸她时，滑石粉掉了出来，是不是，你这个狗东西？你用手赤裸裸地抚摸她，重新戴上手套然后把她害死了。但是摘掉手套以后你弄开他们的眼睛了吗？

杰克·克劳福德在电话铃响了五声以后接起了格雷厄姆的电话。他已经很多次在深夜接到电话，所以他能保持清醒。

“杰克，我是格雷厄姆。”

“你好，格雷厄姆。”

“普赖斯还在潜指纹实验室吗？”

“在，他不再频繁外出了，他现在只研究潜指纹索引。”

“我觉得应该让他到亚特兰大来。”

“为什么？你不是自己说过我们现有的这位很好吗？”

“他是很好，但没有普赖斯出色。”

“你想让他做什么？检查哪里？”

“利兹太太的手指甲和脚指甲。它们都染过色，属于光滑介质。还有他们所有人的角膜。我认为他摘掉过手套，杰克。”

“老天，普赖斯必须抓紧时间了。”克劳福德说，“葬礼就在今天下午举行。”

3

“我觉得他不得不去摸她。”这是格雷厄姆见克劳福德说的第一句话。

克劳福德从亚特兰大警察局总部的饮料机里接了一杯可乐递给他。时间是上午七点五十。

“当然，他移动过她。”克劳福德说，“在她的手腕和膝盖下都有被攥的痕迹，可是每一处印记都是无孔手套留下的。别急，普赖斯已经到了。这个爱埋怨的老家伙，他现在在去殡仪馆的路上。太平间昨晚发放了尸体，不过殡仪馆还没做任何处理。你怎么看起来这么疲乏？是不是没睡好？”

“大概睡了一个小时吧。我觉得他不得不摘掉手套抚摸她。”

“我希望你是对的，可是亚特兰大实验室斩钉截铁地断定他自始至终戴着类似外科医生工作用的手套。”克劳福德说，“而且镜子碎片上有手套的圆滑印记。被塞入嘴里的碎片反面有食指、正面有模糊的大拇指的印记。”

“他摆放完碎片以后擦拭过，可能想从中看清他那张狗脸吧。”格雷厄姆说。

“她嘴里的碎片被血污弄模糊了，眼睛里的也一样。他从来没摘掉过手套。”

“利兹太太是个漂亮的女人，”格雷厄姆说，“你看过照片，对不对？如果在亲密的场合我就希望触摸她的皮肤，你不会吗？”

“亲——密的?”克劳福德的语调里露出反感,尽管他不想流露出来,但没拦住。不过他突然忙着搜寻每个口袋找零钱。

“亲密的——他们之间有一段神秘的亲密接触。其他的人都死了。他可以让他们的眼睛睁开或闭上,用任何他喜欢的方式。”

“任何他喜欢的方式。”克劳福德重复着,“很显然他们检查了她的皮肤,但是一无所获。不过他们在她的脖子上发现了一只全伸开的手印。”

“报告上并没提到过指甲碎片。”

“我估计在他们取碎屑的时候她的指甲上有血污。碎屑就在她割破了的手掌的部位。她从来没用指甲划过他。”

“她的脚很好看。”格雷厄姆说。

“嗯哼。咱们上楼吧。”克劳福德说,“大队伍正整装待发呢。”

吉米·普赖斯带了很多装备——两只沉重的箱子加上摄影包和三脚架。他叮叮当当地从前门走进亚特兰大隆巴德殡仪馆。他是个弱不禁风的老头,他的幽默更不会因为一大早的塞车和从机场到殡仪馆的长途跋涉而有所改善。

一个梳着时尚发型的小伙子殷勤地把他让进一间以杏黄色和奶白色为基调装饰的办公室。办公桌上除了一尊名叫《祈祷之手》的雕像外空空如也。

隆巴德先生走进来的时候普赖斯正在研究雕像上祈祷之手的指尖。隆巴德先生检查普赖斯的证件时异常仔细。

“你们亚特兰大办事处或办公厅无论你们叫什么的已经给我打了电话,普赖斯先生。但是昨晚我们不得不动用警方来赶走一个顽固的家伙,他非要为《国民闲话报》拍照片,所以我得非常小心。我相信你一定可以理解。普赖斯先生,尸体在今天凌晨一点钟刚刚发放给我们,而葬礼就在今天下午五点钟举行。我们无论如何无法延期举行。”

“我的工作用不了多长时间。”普赖斯说,“我需要一个还算精明的助手,如果你有的话。你动尸体了吗,隆巴德先生?”

“没有。”

“搞清楚都有谁动过，我需要采集他们所有人的指纹。”

早会由与利兹案有关的所有的警署侦探参加，主要内容是牙齿。

亚特兰大刑侦科探长（巴迪）斯普林菲尔德，身着衬衫，魁梧健壮，正在和多密尼克·普林斯博士站在门边。二十三名警探鱼贯而入。

“好了，兄弟们，你们每个人过来的时候给大伙一个夸张的咧嘴笑，”斯普林菲尔德说，“让普林斯博士看看你们的牙齿。对，就这样，咱们看看所有的。见鬼，斯帕克斯，那是你的舌头还是你刚吞掉一只松鼠？咧嘴。”

在这个办公室的公告牌上挂着一幅巨大的牙齿结构正面图，上下牙都有。它让格雷厄姆回想起便利店卖的万圣节南瓜灯里在赛璐珞上画的牙齿。他和克劳福德坐在房间的后面，而那些警探在一排排像小学生的书桌后面找了座位。

亚特兰大公共安全专员吉尔伯特·刘易斯和他的公关部负责人坐在和侦探们分隔开的折叠椅上。他们一个小时后要出席一个新闻发布会。

探长斯普林菲尔德主持会议。

“众位，咱们打住胡闹吧。要是你们今早看了最新动态的话，你们就会知道目前还是没有取得任何进展。

“门对门的居民调查要继续，以事发现场附近新扩充的四个街区为核心。接收检查部借调给我们两个职员帮助调查在亚特兰大和伯明翰之间的机票预订和汽车租赁情况。

“机场和酒店的细节盘查工作今天要重新做。对，今天，重新做。盘问每一个女佣和服务员以及大堂人员。罪犯肯定在某个地方换了行装，而且他可能在某个角落里扔掉了有血污的衣服和工具。要是你们发现有谁清理过带血迹的废物，把在那个屋子里的人全部赶出来，不管他是谁。用封条封上，然后迅速到洗衣房鸣警哨。这回我们有东西可以给大家在调查时向人群展示。普林斯博士？”

多密尼克·普林斯博士，富尔顿县的首席医疗审查官，走到屋子的前面，站在那幅牙齿结构挂图旁边。他手里拿着一副牙齿模型。

“先生们，凶犯的牙齿构造就像我手里拿的这副模型。华盛顿的史密瑟尼根据我们在利兹太太身上发现的被咬的伤口和利兹家电冰箱里一块奶酪上的明显齿痕恢复了罪犯的齿形。”普林斯说。

“大家可以看到，他有搂进的横向木钉牙——在这里和这里。”普林斯先指手中的模型，再在挂图上指明，“这些牙齿全部畸形，但成一条直线。这个中心位置的木钉牙还有一个角缺失了。另一处木栓嵌入了这里的牙槽，像一个缝纫V字缺口，那种有钩线的。”

“龅牙的混账野种。”有人咕哝道。

“你怎么能断定是凶犯咬的那块奶酪呢，博士？”一个坐在前排的高个子侦探问道。

普林斯不喜欢对方用这个称呼，不过他没有纠正他。“在奶酪中唾液和咬伤伤口的洗液中测出的血型互相吻合，”他说，“它们与遇害者的齿形和血型不吻合。”

“很好，博士。”斯普林菲尔德说，“我会把牙齿构造图传发下去给被调查人群。”

“把图向媒体公布怎么样？”公关负责人西姆金斯说，“比如说‘你见过有这样牙齿的人吗？’之类的话？”

“我不反对。”斯普林菲尔德说，“你怎么看，专员？”

刘易斯点点头。

西姆金斯还没说完。“普林斯博士，媒体会问为什么弄出你手中的这个牙齿结构图需要四天的时间。为什么非要拿到华盛顿去做？”

联邦调查局特别情报员克劳福德仔细看着圆珠笔的按钮。

普林斯涨红了脸，但他的声音仍然镇静。“在尸体被拖动的时候留在身上的牙齿咬的印记会变形，辛普森先生——”

“西姆金斯。”

“那就西姆金斯吧。我们单从受害者身上的伤痕是做不出来整个牙齿的结构图的。这就是那块奶酪的重要性。奶酪相对来讲比较硬，不过拓起来很麻烦。你必须先在上面浇些油以防用来拓的媒质沾上湿气。通常情况你必须一次做成功。史密瑟尼以前为联邦调查局犯罪实验室做过类似的项目。他们在做面弓记录方面设备更先进,他们有一个解剖学专业的口腔咬合架。他们还有法医口腔咨询专家。我们没有。还有疑问吗?”

“是不是可以公平地讲，是联邦调查局实验室而不是我们导致了工作的延误?”

这回普林斯把目光转向了他。“如果你想谈论公平的话，西姆金斯先生,我告诉你,两天前联邦调查局探员、特别情报员克劳福德在你们的人彻底检查现场以后,在利兹家的冰箱里发现的奶酪,在我的要求下他快速完成了实验室的转接任务。公平地讲我很庆幸不是你们当中的一位咬的这块狗东西。”

专员刘易斯插了进来，他沉重的声音隆隆地在办公室里回荡。“没有人怀疑你的判断,普林斯博士。西姆金斯,现在最没有意义的事就是和联邦调查局争风吃醋。咱们该互相合作干点正事。”

“我们的目标是一致的。”斯普林菲尔德说,“杰克,你们的人想补充些什么吗?”

克劳福德走到了前面。他看到的不都是友好的面孔,他必须做点什么来扭转。

“我只想转换一下气氛,探长。几年前联邦和地方之间为了争取捕获凶犯有很多明争暗斗。每一方都对对方做小动作,结果给不法之徒留下了可乘之机。这已经不是联邦局的政策了,也不是我的风格。谁抓到罪犯对我来说都无所谓,对探员格雷厄姆也一样。格雷厄姆就坐在后面,如果在座的有人好奇的话。如果犯案的人出门让垃圾车给撞了,只要他不能再上街干坏事,我会同样高兴的。我想在座的也和我想的一样。”

克劳福德向警探们环顾了一周,他希望他们的敌意能有所消除。他希望他们不会隐瞒线索。刘易斯专员对他说:

“探员格雷厄姆以前接触过类似的案子?”

“是的,长官。”

“你能补充些什么,格雷厄姆先生,或者有些什么建议吗?”

克劳福德向格雷厄姆扬了扬眉毛。

“你愿意到前面来吗?”斯普林菲尔德问。

格雷厄姆真后悔没提前和斯普林菲尔德私下里交谈一下。他不想到前面去,可他还是去了。

格雷厄姆的脸皱巴巴的，被太阳晒得黝黑，看起来真不像个联邦探员。斯普林菲尔德觉得他更像一个在家作画的艺人,因为上法庭而套上了一身西服。

在场的警探都转过身看着他。

当转过身面向所有人的时候，格雷厄姆的淡蓝色的眼睛被他的棕色的脸衬得熠熠发光。

“我只补充几点,”他说,“我们不能假定他从前是个精神病患者或者曾经有过性骚扰的案底,很有可能他没有任何前科。如果有,那更有可能是强行入室而不是轻度的性骚扰。

“他有可能在以往的不严重的侵犯案例中有过咬人的历史——比如拳击比赛或者虐待未成年人。我们从这方面突破的最大的帮助将会来自医院的急诊室和儿童福利院的工作人员。

“他们能记起的任何严重的咬伤都值得我们调查,不论被咬的是谁或者他们如何描述事件的发生过程。我要说的就是这些。”

坐在前排的那个高个子警探举起手同时问道:

“但是到目前为止他只咬伤过妇女,对吗?”

“这只是在我们所了解到的范围内，但是他一定很频繁地咬伤过人。利兹太太有六处严重的咬伤,雅各比太太八处。这远远超过了平均数。”

“平均数是多少?”

“在性谋杀中是三个。这个人喜欢咬人。”

“咬女人。”

“在很多时候性攻击的咬伤都在伤口的中心部位有个铁青的斑块,那是用嘴嘬的痕迹。这两起案例里都没有嘬痕。这一点普林斯博士在他的验尸报告中提到了,我在太平间也查证过。没有嘬痕。罪犯有可能把咬人不仅当作性行为,也当成一种攻击的方式。”

“很牵强。”

“但是这值得一查，”格雷厄姆说，“任何一处咬伤都值得查。人们会对发生的过程隐瞒真相。被咬伤的儿童的家长为了保全面子会说是动物咬的，然后让孩子打狂犬病疫苗——大家都接触过这样的事情。我们有必要去问一问医院向谁开过狂犬病疫苗的针剂。

“我的话完了。”格雷厄姆坐下时，他的大腿肌肉由于疲乏而病态地阵跳。

“这值得问一问，我们也会问的。”警探总长斯普林菲尔德说道，“好，现在拉森尼带着公共安全队在利兹家周边调查，调查与狗有关的情况。你们会在文件中看到最新的消息和图片。想法搞清是否有人看见有陌生人和这条狗在一起。马库斯和惠特曼——在葬礼上机警点。你们安排了利兹家亲属朋友为你们盯梢了吗？很好。摄影师呢？好。把参加葬礼的人的名单还给接收检查部。他们已经搞到伯明翰的葬礼花名册了。其余的任务都在清单上。出发。”

“还有件事。”专员说。警探们又都坐回原位。“我已经听到有执行这项任务的警官把凶犯叫‘牙仙’。我不管你们私下里管他叫什么，我知道你们得给他起个外号，但是最好别让我听到任何一个警官在公开场合用‘牙仙’这个称呼。这听起来太调侃，而且你们在内部传阅的备忘录里也不许用这个称呼。

“就这些。”

克劳福德和格雷厄姆跟着斯普林菲尔德进了他的办公室。这位探长给他们冲了咖啡。克劳福德拨了总机，把给他的留言记了下来。

“你昨天到这里的时候我没找到机会和你聊聊。”斯普林菲尔德对格雷厄姆说，“这地方实在变得像他妈的疯人院。你叫威尔，是吧？他们是不是把你需要的都给你了？”

“是的，他们还算好。”

“我知道我们很寒酸。”斯普林菲尔德说，“噢，对了，我们根据花圃里的脚印画出了他走路的姿势。大多时候他是在小树林之类的地方走，所以除了鞋码以外你得不到很多别的信息，或许能算出身高。左脚脚印略深些，所以有可能他背了什么东西。这个案子工作量很大。我们几年前通过步行姿势的绘图抓到过一个入室抢劫犯，根据图形我们判断出他有帕金森综合征，普林斯博士发现的线索，但这次我们没那么幸运。”

“你有一个好的团队。”格雷厄姆说。

“他们很不错。但是这类犯罪我们平时遇到的很少，感谢上帝。告诉我，你们几个人一直在一起工作吗——你，杰克，和布鲁姆博士——还是只在办这类案子时聚到一起？”

“只有在办这类案子时才在一起。”格雷厄姆说。

“那么是重逢啰。专员说三年前是你把莱克特搞定的。”

“我们三个都在那里协助马里兰警方，”格雷厄姆说，“是马里兰州属部队逮捕的他。”

斯普林菲尔德待人粗犷莽撞，但他并不迟钝，他能看出格雷厄姆不是很舒服。他在座椅里转过身去拿出来几页便笺。

“你问到利兹家的狗的情况，这儿有一张相关的记录。昨天晚上这里的一个兽医给利兹的弟弟打电话说狗在他那里。利兹和他的长子在出事当天的下午带他们的狗去看兽医。它的腹部有一个创口，兽医做了处理以后就好了。起初兽医以为是枪伤，但他找不到子弹。他认为是被冰凿或锥子刺伤的。我们正在询问邻居有没有看到什么人玩弄这只狗，我们也在给临近的兽医打电话，看看有没有其他的打伤动物的事件。”

“这只狗的脖子上有利兹家名字的标牌吗？”

“没有。”

“在伯明翰的雅各比家有狗吗？”格雷厄姆问。

“我们应该能查清楚。”斯普林菲尔德说，“等等，让我看一下。”他拨通了内线。“弗拉特中尉是我们在伯明翰的联络人……我是，弗拉特。你知道雅各比家的狗的情况吗？哦……哦……等一下。”他用手捂住听筒。“没有发现狗。他们在楼下卫生间的废物篓里发现了猫屎。他们还没找到猫。邻居正在帮着找。”

“你可以请伯明翰方面检查一下院子或者车库等任何单间屋子的后面吗?”格雷厄姆说,“如果那只猫受了伤而孩子们没能及时处理,他们也许会把猫的尸体埋起来。你知道猫的习惯。它们快死的时候会把自己藏起来,狗则会回家。你能问一下那只猫是不是有认领牌吗?”

“告诉他们如果需要沼气探测器,我们可以寄过去,”克劳福德说,“可以省去好多挖掘的工作。”

斯普林菲尔德把这些问题都告诉对方了。电话刚挂上又响了,是找克劳福德的。是吉米·普赖斯从隆巴德殡仪馆打来的。克劳福德从身边的分机上抓起话筒。

“杰克,我发现了一个残缺的指纹,可能是大拇指和手心的一部分。”

“吉米,你真是我生命的一盏灯。”

“我知道。这是个帐篷形状的弧形,不过很模糊。我回来以后才能知道我可以怎么处理这东西。是从最大的那个孩子的左眼皮上发现的。我从来没遇到过这样的手印。它在枪伤的出血处很明显地露了出来。”

“你能从这个指纹做出身份评估吗?”

“它们只能提供一个轮廓,杰克。如果它符合完整指纹的构成条件或许还有希望。可是你知道那将像爱尔兰博彩一样渺茫。他的手心的印是在利兹太太左脚大拇指的指甲上发现的,只能作对比用。如果我们幸运的话,能从中得到六个定点来帮助构图。殡仪馆的助手和我一同在现场,还有隆巴德,他是公证人。我在起居室里弄出的图片,这样成不成?”

“与殡仪馆工作人员的指纹的区别工作呢?”

“我留下了隆巴德和所有他可爱的助手们的指纹记录,不论他们说自己是否碰了利兹太太没有。还有主要受害者身上的所有指纹。他们现在正一边搓手一边唠叨呢。让我回工作室吧,杰克。我想在我自己的暗室里把它们搞定。谁知道这儿的水里有什么东西——乌龟吧,也许——鬼知道。

“我可以坐一个小时后的航班去华盛顿,然后在今天下午早些时候把指纹记录传真给你。”

克劳福德思考了片刻。“好吧,吉米,不过一定得赶快。把传真也给亚特兰大和伯明翰的警察局和联邦局办事处发一份。”

“就这么定了。现在，还有点别的事需要跟您直截了当地说一下。”

克劳福德把视线滑向天花板：“又要跟我叨咕津贴给多少了，是不是？”

“对。”

“今天，老伙计，给你多少也不为多。”

当克劳福德把发现指纹的消息转告他们的时候，格雷厄姆双眼望着窗外。

“老天，这真太棒了！”这是斯普林菲尔德的全部回应。

格雷厄姆什么表情也没有，木然有如无期徒刑犯的脸，斯普林菲尔德想。

斯普林菲尔德一直看着格雷厄姆走到门口。

克劳福德和格雷厄姆离开斯普林菲尔德的办公室的时候，公共安全专员的新闻发布会在大厅里结束了。报业记者们向电话围过去。电视台记者则在做“剪切”，他们在摄像机前面单独站着，问他们在发布会上听到的最好的问题，然后把麦克风对着空空的空气，以便过一会把有专员的画面切进来。

克劳福德和格雷厄姆沿着台阶走下来的时候，一个小个子飞也似的跑到他们前面，很快地一转身，咔嚓拍了一张照片。他的脸从相机后面露了出来：

“威尔·格雷厄姆！”他说，“记得我吗？——弗雷迪·劳厄兹。我为《国民闲话报》报道了莱克特犯案的整个过程。我写了那本平装书。”

“我记得你。”格雷厄姆说。他和克劳福德继续下台阶。劳厄兹走在他们前头的侧边。

“他们什么时候把你叫进来的，威尔？你现在得到哪些线索了？”

“我不会跟你谈的，劳厄兹。”

“你觉得这个人和莱克特比起来怎么样？他作案——”

“劳厄兹！”格雷厄姆用很大的嗓门喊，克劳福德赶紧走到他前面防止他言语过激。“劳厄兹！你写的满篇都是谎言，《国民闲话报》整个是擦屁股纸。你躲我远点！”

克劳福德抓住格雷厄姆的胳膊。“走吧，劳厄兹。我们走，威尔。咱们吃点早饭去。这边来，威尔。”他们在前面拐角处拐了弯，走得很急。

“抱歉，杰克，我实在难以容忍那混蛋。我受伤住院的时候，他进来然后——”

“我知道。”克劳福德说，“是我把他拉走的，幸亏我那么做了。”克劳福德记得在莱克特的案子快了结的时候《国民闲话报》登出的那张照片。趁格雷厄姆熟睡的时候劳厄兹潜入格雷厄姆的病房，他掀开被单，然后把格雷厄姆的结肠造口拍了下来。报纸发刊的时候给图片做了修饰，加了一个黑方块遮住了格雷厄姆的腹股沟。图片标题是“疯狂的警察”。

小饭馆明亮又干净。格雷厄姆的双手还在发抖，他把咖啡洒到了托盘里。

他看见克劳福德抽烟惹得邻座的一对夫妇很不高兴。他们在有助消化的沉默中吃着饭，而他们的厌恶在烟圈里扩散升腾。

两个妇女，显然是母女俩，坐在靠门的一张桌子旁吵嘴。她们的声音很低，脸因为愤怒变得很难看。格雷厄姆的脸和脖子能感受到她们的火气。

克劳福德在抱怨他上午要去华盛顿的一个法庭提供证词。他恐怕要被这事耽搁好几天。在点燃另一支烟的时候，他透过点烟的火光斜着看格雷厄姆的手，观察他的表情。

“亚特兰大和伯明翰可以把新得到的指纹与他们已知的性骚扰罪犯的对比。”克劳福德说，“我们也可以这么做。普赖斯以前曾经通过采集到的样本勾勒出过完整的指纹。他可以在‘发现者’上编程。有了它，自从你走后，我们已经取得了很大的进展。”

“发现者”，联邦调查局指纹鉴别自动处理机，可以从不相关的案例数据库中调出与输入的指纹卡相同的指纹信息。

“等我们抓到他，他的指纹和牙齿就会暴露他的身份。”克劳福德说，

“我们现在要做的，就是搞清楚他可能是干什么的。我们不得不撒一张大网。现在把我带入情景，威尔。假如现在我们逮捕了一个非常重要的嫌疑人，你走进房间看到了他，告诉我，他的什么特征会让你觉得和你想象中的罪犯相似？”

“我不知道，杰克。他长什么鬼模样我一点感觉都没有。我们可以花费很多时间去找我们构想的人。你和布鲁姆谈过了吗？”

“昨晚电话里聊过。布鲁姆觉得他不大可能是自杀狂，赫姆利奇也这么看。布鲁姆只是事发当天在这里待了几个小时，不过他和赫姆利奇有全部的材料。布鲁姆这星期忙着博士研究生的入学考试。他问你好。你知道他在芝加哥的电话号码吗？”

“我知道。”

格雷厄姆喜欢艾伦·布鲁姆博士，他身材矮小，一双眼睛总是透着忧郁。他是一名优秀的辩论学精神分析专家，也许是最好的。他从来没对格雷厄姆表示过专业研究的兴趣，对此格雷厄姆心存感激。精神分析专家不都是这样仁慈的。

“布鲁姆说要是我们收到‘牙仙’写给我们的东西他不会感到意外的。他可能会给我们写个便条。”克劳福德说。

“写在卧室的墙上。”

“布鲁姆认为或者可能相信他有残疾，不过他让我不要过于重视这一点。‘我不会臆造一个稻草人然后去追踪，杰克，’这是他告诉我的，‘因为那将是毫无意义的分散精力而且会事倍功半。’他说这是他在读研究生时被培养出来的观点。”

“他是对的。”格雷厄姆说。

“你对罪犯有一些了解了，否则你不会发现指纹的。”克劳福德说。

“那是根据那堵糟墙上的证据得出的结论，杰克。别把它归功于我。听着，别对我有过高的期望，行吗？”

“噢，我们总会抓到他的。你知道我们会抓到他的，是不是？”

“我知道。不是这样就是那样。”

“什么是‘这样’?”

“我们找到被忽视的线索。”

“‘那样’呢?”

“他会一直作案,作,作,一直作到有一天晚上他弄的声响太大了,然后屋子里的男人及时开了枪。”

“没有其他的可能了吗?”

“你觉得我可以在一间塞满人的屋子里一眼把他认出来吗?我做不到。你想的是埃兹欧·潘兹,不是我。‘牙仙’会一直干下去,直到我们变聪明了或者来了运气。”

“为什么?”

“因为作案对他来说是一种毫无掩饰的品位。”

“看,你就是对他有了解。”克劳福德说。

格雷厄姆再也没说话,直到他们走到街上的人行道上。“等到下一个满月,”他对克劳福德说,“再说我对他有多少了解。”

格雷厄姆回到酒店睡了两个半小时。他在正午时醒过来,冲了个澡,然后要了一壶咖啡和一个三明治。现在应该好好研究一下伯明翰的雅各比家的案卷了。他用酒店肥皂擦了擦眼镜,然后拿着资料坐在窗前。在最初的几分钟里,外面有一点响动他都要抬起头看看:大厅里的脚步声,远处电梯的关门声。渐渐地他的脑子里只有文件了。

送饭的服务生端着托盘敲敲门,等了会,又敲敲门等了会,半天不见动静。最后他把午饭放在门外地板上,自己签了单。

4

霍伊特·路易斯，佐治亚州电力公司的读表员，他把卡车停在胡同口的一棵大树底下，然后拿出午餐盒，坐舒服了准备吃饭。因为是自己装的午餐，打开饭盒再也没有惊喜了。里面不再有小纸条，不再有意外的鱼排了。

他的三明治正吃到一半时，耳边有个人大声说话吓了他一跳。

“我想我这个月又用了一千块钱的电，是吧？”

路易斯转过头，看见车窗边帕森那张红红的脸。帕森穿着百慕大短裤，拿着一把大扫帚。

“我不明白你在说什么。”

“我知道你会说我这个月用了一千块钱的电。你这回听清了吗？”

“我不知道你用了多少电，因为我还没查你的表，帕森先生。我读完你家的表，就会把数字记在这张表的这个地方。”

帕森一直对他的电费账单数额之大耿耿于怀。他找过电力公司，投诉有人不查电表谎报数字。

“我用了多少我自己都有记录。”帕森说，“我会带着记录去公共服务委员会的。”

“你想和我一起看看你家的电表吗？咱们现在就去——”

“我自己会看电表。我想要不是你嫌麻烦的话，你也能读准的。”

"安静一会儿,帕森。"路易斯从卡车上下来,"你安静一会儿,真见鬼。去年你在电表上放了一块磁铁。你妻子说你住院了,所以我只不过把磁铁拿下来,什么也没说。去年冬天你在电表里面泼了糖浆,所以我才向公司汇报了。我们收赔偿金的时候你也全额付清了。

"你的电费是在你三番五次瞎鼓弄以后变高的。直到你把我的脸打青了以前,我一直告诉你:你的房子里有个东西在吃电。你请电工帮你查了吗?你没有。相反你跑到公司没完没了地抱怨我。我简直就是上了你的圈套。"路易斯的脸因为愤怒而变得苍白。

"我会把这事搞个水落石出的。" 帕森边说边沿胡同朝他自家的院子走去。"他们已经在监察你了,路易斯先生。我看见有人在你之前来这里查表。"他隔着栅栏门对路易斯说,"很快你就得像其他人一样老老实实地干活了。"

路易斯启动卡车,沿着胡同往前开。他得另找个地方吃午饭了。他觉得可惜。那棵有很大荫凉的大树下多年来一直是他用午餐的好去处。

那棵树就在查尔斯·利兹家的正后面。

下午五点半霍伊特·路易斯开车来到九云酒吧,找他的几个做锅炉的朋友消遣解闷。

当他给前妻打电话时他能想到的唯一一句话就是:"要是你还在给我做午饭该多好。"

"你早该想到这一点,'机灵'先生。"说完她挂了电话。

路易斯与同公司的几个电话修理工和交通调度员玩了一把沉闷的沙狐球。他看了看周围的人群。见鬼,机场的职员开始到九云来了,他们全都留着小胡子,而且都在小拇指上戴戒指。过不了多久他们就会让那些英国人迷恋上该死的标枪板。这年头你什么都不能指望。

"嘿,霍伊特,来一瓶啤酒吧。"说话的人是他的上司,比利·米克斯。

"是你啊,比利。我正想找你谈谈。"

"什么事?"

“你记得那个经常来捣乱的混账东西帕森吗？”

“实际上，他上星期给我打过电话。”米克斯说，“他怎么了？”

“他说有人在我管的片儿提前查过表了，好像有人认为我没有按规定查电表。你不会相信我在家里编电表数字吧？”

“是的。”

“你真的不那么想，是不是？我的意思是，如果有人把我列在黑名单上，我希望他明白地告诉我。”

“假使你在我的黑名单上，你以为我会不敢告诉你本人吗？”

“不会。”

“那就对了。如果任何人检查你的工作，我是第一个知道的人。你的头头们在这种情况下会一直这样做的。没有人监视你的工作，霍伊特，你千万别听帕森的任何鬼话。他就是又老又倔。上星期他给我打电话，对我说：‘恭喜你开始聪明地对付那个霍伊特·路易斯了。’对他的话我根本理都不理。”

“我真后悔咱们让他没因为破坏电表吃官司。”路易斯说，“我正打算在胡同口一棵树底下吃午饭，他蹿出来吓了我一跳。他就欠一顿好揍。”

“我在查那片地区的时候也是在那里休息，”米克斯说，“伙计，我跟你说，有一次我看见利兹太太——噢，她已经死了，现在这么说真不好——不过有两三次我真的看见她穿着泳装在自家后院晒太阳。哇噢，她的小腹的曲线很好看，那么缓缓地收下去。他们一家真惨。她是个好太太。”

“他们抓住罪犯没有？”

“还没。”

“真不公平，怎么他选中了利兹一家，而让老帕森在街的另一边逍遥自在。”路易斯说。

“我告诉你，我从来不让我媳妇只穿游泳衣到院子里转悠。她总说：‘傻比利，谁会看见呢。’我就跟她讲，你不知道什么样的疯流氓会蹿出来，越过栅栏，暴露他的生殖器。警察找你了吗？你看见过什么陌生人吗？”

“找过我。我觉得他们把每个在那工作的人都找遍了，送信的，还有其他的。不过我从上星期直到今天一直在贝蒂简胡同另一侧的劳雷尔林那边查表。”路易斯撕下啤酒的商标。

“你刚才说帕森上星期找过你?”

“对。”

“那么他肯定看见有人在我之前读过电表,否则他今天不会只是编出个谎话来吓唬我。你肯定没让其他人来查,而且他看见的肯定不是我。”

“没准是东南贝尔公司来查看什么。”

“也许。”

“不过我们两家并不共用电线。”

“你觉得我该报警吗?”

“报警没有坏处。”

“对,也正好给老帕森点颜色看看,让他和法律谈谈吧。无论怎么样,等警车开到他们家,会把他的狗屎吓出来。”

5

格雷厄姆在下午晚些时候又来到了利兹家。他从前门进去，尽量避免去看凶手留下的一片狼藉。到目前为止他只看过文件，充满血腥的地板和一些尸体——所有的都是惨剧发生后的景象。他对他们怎样死的已经了解得相当多了，他们曾经怎样生活才是他今天的课题。

那就来一个调查。车库里有一副挺高级的滑雪板，用过很多次却保护得很好。高尔夫球杆也在，还有一辆山地车。电动工具几乎没有用过。还有成人玩具。

格雷厄姆从高尔夫球杆包里抽出一根楔形铁头球棒，长杆拉起来很费劲，他一阵咳嗽。他把包重新斜靠在墙边时球包发出一股皮革的味道。那是查尔斯·利兹的物件。

格雷厄姆“跟随”查尔斯·利兹一直走进房子。查尔斯的打猎用具在书斋里悬挂着。他的豪华版的藏书都整整齐齐地放着，斯旺尼斯瓦尼周年纪念版。爱伦的小说在书架上。维洛妮卡的游记在桌子上打开着。

在书斋的壁橱里有一支很好的长式掷弹筒，一台尼康照相机，一台伯莱克斯摄像机和一架投影仪。

格雷厄姆，一个除了最基本的渔具、一辆旧的大众牌轿车和两瓶蒙特拉谢白葡萄酒以外，几乎一无所有的穷侦探，对这些家当产生了一种淡淡的莫名的敌意。

利兹先生到底是个什么样的人?一个成功的税务律师,一个西沃尔文橄榄球俱乐部的球员,四肢瘦长,笑容可掬,一个被割断了喉管还站起来搏斗的丈夫。

格雷厄姆带着一种奇异的使命感跟随查尔斯的影子走进房间。访问从他开始是为了“征得他同意”以调查他的妻子。

格雷厄姆觉得是利兹太太吸引了凶犯,他对这一点非常确信,就像一只鸣叫的蛐蛐会招致红眼毒蝇致命的叮咬一样。

那就开始调查利兹太太。

她在楼上有一间小的更衣室。格雷厄姆从血腥的卧室穿过时没有四处张望。房间是黄色的,除了梳妆桌前的镜子被打碎以外好像没有什么被破坏。一双软拖鞋丢在壁橱前面的地板上,好像利兹太太刚刚脱下来似的。她的睡衣好像被随便地扔到了架子上,壁橱里有些杂乱,仿佛女主人有很多壁橱而且不常整理。

利兹太太的日记本放在桌上一只深紫色天鹅绒的小匣子里,钥匙被粘在匣盖上,还附有警方物资料的记录清单。

格雷厄姆坐在一把细长的白色椅子上,随手翻开了日记:

12月23日,周二,妈妈家里。孩子们还在睡着。妈妈把外面的门廊镶上了玻璃,我不喜欢。因为它把屋子的外观整个改变了。不过坐在门廊里面还是很惬意的,暖暖的,看着外面的雪。妈妈还能撑过多少圣诞节,为满屋子的孩子们忙里忙外呢?我希望还有很多。

我们从亚历山大一路开车很辛苦,到了罗利以后开始下雪了。我们不得不“爬行”。为一家大小准备好行程我已经筋疲力尽了。在教堂山的外围,查理停车走出来。他从一根树枝上摘下来好几根冰挂给我调了一杯马提尼酒。他在很深的雪里深一脚浅一脚地走回车里,头发和睫毛也沾上了雪花,我真爱他。当时爱的感觉油然而生,好像什么东西被刺破了,有些疼又留有温存。

我希望给他买的派克大衣能合他的身。如果他给我那个丑巴巴的宴会戒指，我就倒霉透了。那样的话我就从后面去踢麦德琳的屁股。谁让她把她的戒指炫耀给别人看，还没完没了，又弄了四个大得出奇的钻戒，颜色像脏兮兮的冰坨——可是冰挂上的冰是那么晶莹。阳光透过车窗洒进车里，冰在酒杯里融化可还是高出酒杯，它的断面在阳光的照射下形成一列小小的光谱，我拿着杯子的手上有了红色和绿色的光环，我能感觉到手上光波的温热。

他问我圣诞节想要什么礼物，我双手拢着嘴凑到他耳边轻轻地说："我要做爱，傻瓜，我们能做多久就多久。"

他头后侧没有头发的部分立刻涨红了。他总是担心孩子们会听到。男人是不信耳语能有隐私的。

这页上星星点点地留下了侦探们雪茄的烟灰。

天色渐渐黑了，格雷厄姆仍旧看着日记，他读到利兹家的女儿陶丝莱克特妮，以及六月份因为利兹太太的胸部的一个肿块引起的一场虚惊。天哪，孩子们还这么小……

又过了三页，发现肿块是个良性的肿瘤，很容易就切除了。

雅诺维医生今天下午把我"无罪开释"了。我们离开医院开车去了池塘。已经很长时间没有去那里了。一直以来好像总也挤不出时间去。查理冰镇了两瓶香槟，我们喝完后就在夕阳下喂鸭子。他站在水边背对着我有好一会儿。我猜他落泪了。

苏珊说她担心我们从医院回来会给她带来另一个小弟弟。噢，终于可以回家了。

格雷厄姆听到卧室里电话铃响。留言机启动了。"你好。我是沃拉蕊·利兹，很抱歉我现在不能接听您的电话。如果您在提示音后留下姓名和电话号码，我们会尽快和您联系的。谢谢。"

格雷厄姆有点希望在提示音后面听到克劳福德的声音，可是只有拨号音。对方挂断了。

他已经听到了她的声音,现在该去看看她了。他走下楼梯来到书房。

他的衣兜里装着一卷查尔斯·利兹的"超 8"摄影胶卷。在他遇害前三个星期,利兹把它交给一个小店老板冲印。他再没能拿回来。警方在利兹的钱夹里发现了胶卷的收据后把胶卷取了回来。侦探们把影片和一同冲洗的家庭照片一起看过了,但没有发现任何线索。

格雷厄姆想看到利兹一家人生活的场景。侦探们在警局给格雷厄姆看过他们的投影仪,格雷厄姆想在他们家中看影片。警方不情愿地让他把片子带出了警局的物资科。

格雷厄姆在书房的壁橱里找到了投影仪和屏幕,把影片放好,然后坐在查尔斯·利兹的皮面大座椅里看影片。他觉得扶手上有黏黏的东西——是个小孩的手印,上面粘着包扎伤口用的软布条。格雷厄姆的手有了糖果的味道。

这是一段有趣的无声家庭短片,比大多数家庭自制影片更富有想象力。开头是一只狗,一只灰色的苏格兰狗,在书房的小块地毯上睡着了。它时而被拍摄的动静吵醒,不时地抬起头看看摄影机的镜头,然后又睡着了。一个晃动的镜头切换,狗还在熟睡。接着它的耳朵突然立起来,爬起来叫着,镜头跟随它来到厨房的门前,它有所期待地在门口站着,短粗的尾巴晃来晃去。

格雷厄姆咬了咬下嘴唇,他也在等待。屏幕上房门打开了,利兹太太走进来,手里拎着买回来的副食。她看着镜头眨眨眼睛笑了,显然有些意外。她用空着的一只手理了理被吹乱的头发。她离开镜头的时候说了些什么,然后就是孩子们跟在后面拿着小一些的包装袋。女孩六岁,男孩一个八岁,一个十岁。

小一点的男孩显然是上镜的老手了,捏着自己的耳朵又拉又拽。摄影机定位很高。据验尸官的报告,利兹先生身高七十五英寸。

格雷厄姆确信这个短片是在早春时候拍摄的,因为孩子们穿着防风上衣,而利兹太太面容显得很苍白。在太平间里利兹太太的肤色是健康而黝黑的，而且身上有泳衣留的印。

随后的几个画面是两个男孩在地下室打乒乓球，然后是小女儿苏珊在她的房间里打开一个礼品包，她的舌头伸着在舔上嘴唇，全神贯注地打开盒子，一绺头发垂下来悬在前额旁。她用胖胖的小手理了一下头发，动作和她母亲刚才在厨房时的一模一样。

再后面是苏珊在洗泡泡浴，蜷在浴缸里像只小青蛙。她戴了一顶小浴帽。镜头慢慢往下移，聚焦开始模糊，很明显是她年幼的哥哥在拍。在这组镜头的最后，小女孩无声地冲着摄影机大叫，用手捂住她六岁的小胸脯。她的浴帽斜着盖住了她的眼睛。

利兹先生的偷拍简直绝了。他把正在淋浴的利兹太太吓了一跳。浴帘鼓起来扭来扭去，夸张得像业余戏剧表演的舞台帷幕。利兹太太用胳膊护住浴帘，手里拿着一块大的洗浴用的海绵。画面的最后镜头沾满了肥皂泡沫。

短片的最后一个画面是电视里诺尔曼的讲话，然后是对着睡着了的查尔斯一个全景镜头，他在格雷厄姆现在坐的椅子上打着鼾。

格雷厄姆盯着屏幕上方矩形的空白光标。他喜欢利兹一家人。看着他们生前的身影，他为在太平间看到的他们而难过。他觉得造访他们家的凶犯也许也曾喜欢过他们，只不过他更喜欢他们现在的样子。

格雷厄姆的头发涨而且思维迟钝。他在酒店的游泳池里一直游到两腿发麻。从水里走上来时他的脑子里只有两样东西：一杯坛德瑞马提尼和莫莉的吻。

他自己做了一塑料杯的马提尼，然后给莫莉打电话。

"你好，领导。"

"嘿，亲爱的。你在哪儿？"

"在亚特兰大的一个讨厌的酒店里。"

"有起色了吗？"

"还没有多少进展。我很寂寞。"

"我也是。"

“我欲火中烧。”
“我也是。”
“告诉我你都在干什么?”
“我今天和霍普勒太太有顿口角。她的裙子有一块很大的威士忌污渍,还想来换。她肯定穿着裙子去参加青年商会一类的活动了。”
“那你怎么说的?”
“我告诉她我卖给她的时候可不是那样子的。”
“她怎么说?”
“她说她在我的店里退货从来没遇到过麻烦,这大概也是她不去别的店买东西而专上我这儿来的原因之一吧。”
“那你怎么说的?”
“噢,我说我很不高兴,因为威尔在电话里聊天的时候像个大笨蛋。”
“噢,是吗?”
“威利还好,他把被狗刨出来的海龟蛋重新埋起来了。告诉我你在做什么。”
“看报告,吃垃圾食品。”
“还有动好多脑子想问题,我估计。”
“对头。”
“我能帮你什么吗?”
“我在什么东西上都拿不准,莫莉。我找不到足够多的信息。不对,是有太多的信息,可是我还没对它们做足够的分析。”
“你还要在亚特兰大待一段时间吗?我不是催你回家,只是想知道。”
“我现在还不知道。恐怕至少还要在这里待几天。我想你。”
“你想聊聊做爱吗?”
“我觉得我会受不了的。我想咱们最好别做这事。”
“做什么事?”
“聊做爱。”
“好吧,不过你不介意我想它吧?”

“一点也不。”
“我们又有了一只新的狗。”
“噢,不。”
“看起来像是短腿猎犬和京巴杂交的。”
“真好。”
“它的睾丸很大。”
“别管它的睾丸。”
“可它们几乎耷拉到地上。它跑的时候得把它们缩回去。”
“它缩不回去。”
“它能缩回去,你不知道。”
“我知道。”
“你能缩你的吗?”
“我想我们离那个主题不远了。”
“那又怎么样?”
“好吧,要是你那么想知道,我缩过一次。”
“什么时候?”
“我小的时候。我不得不在仓皇逃跑中铰开一段铁丝网。”
“为什么?”
“那时我抱着一个不是我种的西瓜。”
“你是在逃跑?谁在追你?”
“一个和我认识的猪倌。他的狗先叫了,他就从他住的地方蹿出来,挥舞着一支鸟枪。幸亏他必须穿过金甲豆的方形篱笆,所以他只是边跑边吓唬我。”
“他朝你开枪了吗?”
“当时我觉得他放枪了,可是我听到的爆裂声可能是从我的裆下发出的。我从来没搞明白到底是怎么回事。”
“你事先清理好护栏打通退路了吗?”
“当然,而且还干得挺不错。”

"犯罪思维。你居然那么小就有。"

"我没有犯罪思维。"

"你当然没有。我在想粉刷厨房的事呢,你想要什么颜色的?威尔?你想要什么颜色的?你听着吗?"

"听着呢,哦,黄的。咱们刷个黄色的吧。"

"黄色可不适合我。早饭时我会显得发绿的。"

"那就蓝的吧。"

"蓝的太冷。"

"你他妈事真多,弄个棕色的我都不在乎……噢不,亲爱的,我想我可能不久以后就回家了,我们一块去涂料店买点石片什么的,好吗?没准再买些把手之类的?"

"好,我们买些新把手。我真不知道为什么要和你说这些。威尔,我爱你,我想你,你在做你应该做的。我知道你也不容易。我在这儿,我会在家一直等着你,不论你什么时候回来。或者,我可以去找你,任何地方,任何时候。"

"亲爱的莫莉,我亲爱的莫莉。现在去睡吧。"

"好吧。"

"晚安。"

格雷厄姆双手抱着头躺在床上,在想象中和莫莉共进晚餐。吃的是隆背哲蟹和干白葡萄酒,带着咸味的海风和着酒气。

可是他又在聊天时找碴儿了,真要命。刚才就因为一句大不了的"犯罪思维"他就跟莫莉急了一回。真蠢。

格雷厄姆发现莫莉对他的兴趣大多数时候都难以解释。

他给警局总部打电话,然后给斯普林菲尔德探长留言,说他愿意参加每天早晨的外勤工作。他实在没别的什么可做了。

借着杜松子酒劲他才睡着。

6

所有与利兹案有关的电话记录都在巴迪·斯普林菲尔德的办公桌上，写在薄纸片的便笺上。星期二早晨七点钟斯普林菲尔德来到他的办公室时，桌子上已经摞了六十三份记录了。放在最上面的一份打着红杠。

伯明翰警方在雅各比家的车库后面发现了一只被埋葬的猫，用鞋盒子装着。那只猫的爪子间放了一朵花，而且猫的周身被餐巾裹着。猫的名字是用孩子气的字体写在盒盖上的。猫脖子上没有颈圈。盖子用一个打成结的弹簧拴着。

伯明翰警方的医疗审查官说猫是被勒死的。他把猫的全身去了毛，没有发现任何被刺破的伤痕。

斯普林菲尔德用眼镜腿轻轻敲着牙。

警方发现了一处松动的土，然后用铲子就把鞋盒挖了出来，根本用不着什么沼气探测器。然而又是格雷厄姆说对了。

探长舔舔大拇指，开始看其他的记录。很多都是对上周内利兹家周围可疑的机动车辆的报告，描述都很空泛，只有车型或颜色。四个亚特兰大的住户接到了匿名电话，匿名者称："我要把你们像利兹一家人那样干掉。"

霍伊特·路易斯的报告在这堆文件的中间。

"这个查表员关于帕森的报告怎么样了?第四十八号记录?"

“我们昨晚和电力局联系了一下，头儿，以便知道他们有没有在利兹家那条巷子安排人。”值班队长回答道，“他们必须在今天上午给我们回音。”

“你现在就让人和他们联络。”斯普林菲尔德说，“和卫生站、市工程局联系，再问问那个巷子有没有建筑施工许可。然后打我车里的电话。”

他又拨通了格雷厄姆的电话：“是威尔吗？十分钟以后在你宾馆门口等着我，咱们开车出去遛遛。”

早晨七点四十五，斯普林菲尔德把车停在巷口。他和格雷厄姆肩并肩地在沙石路的车轮印上走。即使这么早太阳已经很灼人了。

“你得给自己找顶帽子戴。”斯普林菲尔德说。他自己的那顶时髦的草帽歪戴着，低低地压过了前额。

利兹家房子背后网眼状的篱笆被葡萄藤遮住了。他们在有电表的电线杆前停了下来。

“要是罪犯从这个方向来，他可以把房子的整个后部看得很彻底。”斯普林菲尔德说。

只有五日之隔，利兹家的房子就显得需要保养了。草坪开始不规整，野葱也开始在草丛中冒芽了。一些小树枝散落到草坪上。格雷厄姆想把它们捡起来。这房子像是睡着了。格构的门廊在早晨阳光下的树丛长长的阴影里斑斑驳驳。同斯普林菲尔德站在巷子里，格雷厄姆可以在想象中看到自己站在后窗前观望，然后打开门廊的大门。不知怎么搞的，他重新构想的罪犯入室的情节现在在阳光下离他越来越远了。他注视着在微风中轻轻摇摆的一个儿童秋千。

“那好像是帕森。”斯普林菲尔德说。

H. G. 帕森出来得很早。他正在后院里的花圃中松土，和他们隔着两栋房子。斯普林菲尔德和格雷厄姆走到帕森家的后门，站在垃圾桶旁边。桶盖用铁丝拴在篱笆上。

斯普林菲尔德掏出卷尺量电表的高度。

他对利兹邻居们的情况都有记录。对帕森的记录是：在上司的强烈要求下帕森被迫从邮局提早退休。他的上司在报告中称他“越来越健忘”。

斯普林菲尔德的记录中还包括邻居的闲言碎语。邻居们说帕森的妻子一有机会就去梅森和她妹妹住在一起，而他儿子早已不再和他联系了。

“帕森先生，帕森先生。”斯普林菲尔德叫道。

帕森把叉耙倚在外墙上后走到篱笆边。他穿着扣襻凉鞋和白色的袜子。尘土和草汁把脚尖的部分染脏了。他的脸闪着粉红色的光。

动脉硬化，格雷厄姆想道。他一定刚吃完药。

“有事吗？”

“帕森先生，我们能和您谈几分钟吗？我们希望能取得您的帮助。”斯普林菲尔德说。

“你们是电力公司的吗？”

“不是。我是警察局的巴迪·斯普林菲尔德。”

“哦，那就是关于谋杀案的。我和我妻子当时都在梅森，我已经告诉那个警官——”

“这我知道，帕森先生，我们想了解一下有关您家电表的事。您——”

“如果那……那个读表员告诉你们我在电表上做了不该有的动作，他纯粹是——”

“不不不，帕森先生，您别误会。您上星期有没有看到一个陌生人读你家的电表？”

“没有。”

“你肯定吗？我想您告诉霍伊特·路易斯说另外有人在他之前就来看过电表。”

“是的。该把这事弄清楚了。我已经对这事做了记录，公共服务委员会会从我这得到详细汇报的。”

“好的，先生。我相信他们会把这事处理好的。您看见是谁查表的？”

“他不是个陌生人，肯定是佐治亚电力公司的人。”

“您怎么知道？”

“哦，他看着像。”

“他穿什么衣服?”

“他们经常穿的那身,我估计。什么样来着?棕色的工作服和一顶帽子。”

“你看到他的脸了吗?”

“如果我看到我也不记得了。我从厨房窗户往外看的时候看见了他。我想和他说话,可是我得穿上大氅,而我走出院门时他已经不见了。”

“他开卡车了吗?”

“我不记得我看见过车。怎么回事?为什么你们想知道这事?”

“我们在调查上星期所有在这附近出没的人员。这个信息真的很重要,帕森先生。请你仔细想一想。”

“那么是有关谋杀案了。你们还没有抓到人,是不是?”

“没有。”

“我昨天晚上观察了一下街道,整整十五分钟内没有一辆警车来过。利兹家发生的事太可怕了。我妻子被吓坏了。不知道谁还会买他们的房子。我那天看见有几个黑鬼在那里张望。你知道吗,我和利兹说过好几次当心他们的小孩。不过他们还算好。当然,他从来不会照我的建议收拾他的草坪。农业部有关对新生草的控制做了一些特别好的小册子。后来我干脆把这些册子放在他们的邮箱里。他修草坪的时候,他的野葱简直要被压死了。”

“帕森先生,你在胡同里看到这个人的时候具体是在什么时间?”

“我不敢肯定。我在想呢。”

“你能确定是在那天的什么时候吗?早晨,中午,下午?”

“我知道一天里的时间该怎么叫,不用你来教我。可能是下午吧,我不记得了。”

斯普林菲尔德挠了挠后脖子。“很抱歉,帕森先生,我不得不把这个细节搞清楚。您可以让我们进您的厨房后告诉我们您具体是在哪里看到他的吗?”

“给我看看你们的证件,你们两个人的。”

他们进了房间。一片寂静，家具的外表都很光洁，可是屋里的气氛却很死气沉沉。干净，整洁。一对刚进入老年的夫妇看到他们的生活正在变得模糊的时候，力争让周围保持那种绝对秩序。

格雷厄姆真希望自己留在外面没进来。他确信抽屉里一定放着没洗干净、边上还带着鸡蛋屑的银餐具。

让老家伙别再疑神疑鬼，给他点刺激。

厨房靠洗手池的玻璃正好对着利兹家的后院。

“就是那儿。满意了吧?”帕森问道，“从这里你可以很清楚地看到外面。我从来没和他说过话，我也不记得他长什么样子。如果你们要问的就是这些……我还有很多事要做呢。”

格雷厄姆第一次开了口。“你说你去拿外衣，可是等你回来的时候他已经走了。你还没有穿衣服，那时候?”

“对。”

“在下午的时候?那么当时你身体不舒服吗，帕森先生?”

“我在家里干什么是我自己的私事。我可以在这里穿袋鼠皮衣服，要是我愿意的话。为什么你们不去外面想法抓杀人犯呢?没准因为这里比外边凉快吧。”

“我理解因为你退了休，帕森先生，所以每天你穿不穿衣服就不那么重要了。很多时候你根本一丝不挂，我说得对吗?”

血管在帕森的前额上凸现出来。“我退休不代表我就在家无所事事而且不穿衣服。那天我从外面回来觉得很热，就去冲了个澡。我在给我的树苗护根，到下午之前我已经完成了一整天的工作量，我相信比今天你们俩能干的多得多。”

“你当时在干什么?”

“用覆盖物护根。”

“每周你什么时候做护根工作?”

“星期五，就是上星期五。他们早晨送的货，一大堆护根物品，然后……然后我在下午之前把它们分开铺到各个地方。你可以去园艺中心问它们的价钱。”

“干完活以后你觉得很热，然后就进来冲淋浴。你在厨房干什么呢？”

“泡一杯冰茶。”

“那么你拿出几块冰。可是冰箱在那边，离窗户还有段距离。”

帕森开始糊涂了，他看看窗户又看看冰箱，不知所措。他的双眼很迟钝，就像市场里的鱼摊上陈列了一天的半死不活的鱼的眼睛一样。突然他的眼睛一亮，射出胜利的光芒。他走到洗手池旁的橱柜边。

“我当时就站在这，来拿一点人造低糖，然后我看到了他。就是这样。只有这些。好，如果你们盘问完了……”

“我想他看到的是霍伊特·路易斯。”格雷厄姆说。

“我觉得也是。”斯普林菲尔德说。

“他不是霍伊特·路易斯，不是他。”帕森的眼里开始有泪花了。

“你怎么知道呢？”斯普林菲尔德说，“他很可能就是霍伊特·路易斯，只不过你觉得他——”

“路易斯在太阳底下看，他的皮肤是棕色的。他的头发总是油油的，而且他的连鬓胡短得像只啄木鸟。”帕森的嗓门提高了，他说得越来越快，让人很难听懂。“这就是我为什么能肯定的原因。他当然不是路易斯。我看到的这家伙更苍白，他的头发是金色的。他转过身在他的记录本上写东西的时候，我可以看到他帽子底下露出的头发，是黄色的。他脖子后面的头发剪得整整齐齐。”

斯普林菲尔德非常沉静地站着。他说话的时候仍然带着怀疑。“他的脸是什么样的？”

“我不知道。他可能有小胡子。”

“像霍伊特·路易斯的？”

“路易斯根本没有小胡子。”

“噢。”斯普林菲尔德说，“他和电表一般高吗？他需要往上抬头看表吗？”

“应该和他的视平线一般高，我想。”

"要是你再看到他你能认出他吗?"

"认不出。"

"他多大年纪?"

"岁数不大,我不知道。"

"你看到利兹家的狗在他周围吗?"

"没有。"

"帕森先生,我知道是我猜错了。"斯普林菲尔德说,"您真的帮了我们很大的忙。如果您不介意,我会让我们的画师到这里来。如果您能允许他坐在厨房的桌子边,也许您能给他一点感觉——这个人长的什么样。他肯定不是路易斯。"

"我不希望我的名字在任何一家报纸上公布。"

"不会的。"

帕森陪他们走到门外。

"你这院子里的园艺真是太棒了,帕森先生。"斯普林菲尔德说,"真应该获个什么奖。"

帕森什么也没说。他的脸仍然涨红而且抽搐着,眼睛里还湿润着。他穿着宽宽的短裤和凉鞋,站在那里瞪着他们。等他们离开了,他抓起耙子照地面一阵猛扫,耙子狠狠地划过花圃,把护根物撒到了草坪上。

斯普林菲尔德用车载电话询问了一遍。电力公司和市政机关都不知道案发前一天在巷子里出现的这个人的来历。斯普林菲尔德转述了帕森的描述并且给画像员留下了指示。"让他先画电线杆和电表,然后顺着那个方向走。他得想法让目击证人合作。"

"我们的画像员可不愿意登门画图。"探长一边开着他的流线型福特慢慢穿过车流,一边对格雷厄姆说,"他工作时喜欢让秘书们看着,让证人在他身后忽左忽右地跷起一只脚看他画。对于没做亏心事的人警察局是无能为力的。马上我们就会有嫌疑犯的画像了,一画出来我就把图发到周边的每个家庭。

“我觉得我们今天只得到了一点蛛丝马迹，威尔。他只露出了一点点马脚，你不觉得吗？你看我们吓唬了这个老家伙，可他也只说出了这么一点可怜的东西。现在得针对新掌握的情况做些什么。”

“要是巷子里的那个人就是我们想找的，刚才的信息将是目前最好的消息了。”格雷厄姆说。他对自己充满了厌恶。

“是啊。这说明他不是跳下公共汽车然后漫无目的地靠他的睾丸指引目标，他有犯罪计划。他在城里待了一夜。他在作案前几天就知道要去哪里了。他对自己要做的构思过：查看地形，杀死宠物，屠杀全家。这是他妈的什么样的思维啊？”斯普林菲尔德停顿了一下，接着问：“这是你的研究领域，是不是？”

“是的。如果它是任何一个人的，我想也应该是我的领域。”

“我知道你以前见过这类畜生。我那天问你莱克特的情况时你不大愿意讲，可是我需要和你谈谈他。”

“你说吧。”

“他杀死了九个人，是不是？都算上。”

“我们知道的是九个，还有两个人没有死。”

“那他们怎么样了？”

“一个在巴尔的摩一家医院里戴着人工呼吸罩，另一个在丹佛的一家私人精神病院里。”

“他作案是什么动机，他怎么疯的？”

格雷厄姆看着车窗外人行道上的人流。他的声音开始变得冷淡而漠然，仿佛在口授一封信：

“他杀人因为他喜欢那么干。他现在仍然喜欢。莱克特博士一点也不疯，至少不是我们通常理解的疯。他干那些骇人听闻的勾当是因为他觉得有趣，但是如果他愿意，他完全可以让自己表现得非常正常。”

“心理学家把他们叫什么——他们在哪出问题了？”

“他们把他叫作反社会的精神变态者，因为他们想不出还能用别的什么名称。他有一些特征符合反社会的精神变态者的定义。比如他没有一点儿悔改或内疚，而且他有反社会的精神变态者的首要的也是最糟糕的一个特点——在儿童时代就对动物有虐待狂。”

斯普林菲尔德咕哝了一句。

“但是他不具备其他的特点。”格雷厄姆说，“他不是个流浪汉，他没有犯罪史。他不像大部分反社会的精神变态者那样，在小事情上有琐细或者滥用的倾向。他的感觉也并不迟钝。所以心理学家不知道叫他什么好。他的脑电图显示出一些异常的图像，但是他们从中并不能破译出太多的信息。”

“你把他叫什么？”斯普林菲尔德问。

格雷厄姆犹豫了。

“我不会告诉别人的。你自己管他叫什么？”

“他是个怪物。我觉得他是那种不时在医院里非正常出生的可怜的东西。他们喂养他，给他保暖，却不把他放在机器上，结果他就死了。莱克特的大脑和他们同样是不正常的，可是他外表看起来很正常，但没有任何人能识别出他与常人的不同。”

“我在探长这个领域有一些朋友在巴尔的摩工作。我问他们你是怎样发现莱克特的，他们说不知道。你是怎么干的？那个最初的暗示，那个让你感觉就是莱克特干的第一个证据是什么？”

“是个巧合。”格雷厄姆说道，“第六个受害者是在自己的工作间遇害的。工作间里有木工用的工具以及他保存的打猎用的器具。受害者被绑在了一个悬挂了工具的木板上。尸体完全被分解、砍断和刺破，而且身体里还被塞进了箭。那些伤让我想起了什么，但我当时想不出是什么。”

“然后你又开始研究下面的几个受害人。”

“是的。莱克特当时特别凶狠——他在九天内杀死了三个人，而这第六个人的大腿上有两处旧伤。病理学家与当地医院联系得知，那是五年前他在用弓箭狩猎时从一棵树上重重地摔下来留下的，他摔落的时候有支箭扎穿了大腿。

“记录上显示的是一位当地的外科医生，不过莱克特是最先为他治疗的大夫——他那天在急诊室值班。病人的名字在接诊记录上。虽然距离这个旧伤已经很长时间了，可我想莱克特也许还能记起箭伤可能有些可疑的地方。所以我到他的办公室去找他。我们就天南海北地随便聊了一会儿。

“他当时已经转向精神分析研究了。他有一间很豪华的办公室，很古典。他说他对那个人的箭伤已经记不大清楚了，只记得是他打猎的伙伴把他抬进医院的。

“可是有一些东西还是让我觉得有点怪。我想可能是莱克特说的某句话或者他办公室里的什么东西。克劳福德和我来了个彻底检查。我们查了记录，莱克特没有案底。我想在他的办公室里独自待一会儿，可是我们没有理由。因为我们拿不出什么东西。所以我又一次去找他。

“那是个星期天，他在星期天有门诊。整个门诊楼很空，只有在候诊室的几位患者。我刚到他就看见了我，我们就聊了几句，他表现得很有礼貌，并愿意帮我这个忙。当我抬头看见他头顶一个书架上的一些很老的医疗图书时，我知道他就是杀人凶手。

“当我再一次看他时，也许我的表情变了，我不知道。我知道他就是凶犯，而他也知道我了解到了真相。可我还是不知道自己是如何确定的，所以并没有相信直觉，可必须搞清楚。所以我搭讪了几句就离开，走到大厅。那里有公用电话。在我没得到任何帮助之前我不想惊动他。我正在和警察局总机说话的时候他从一个办公室钻出来，没穿鞋走到我的身后。我一点也没听到他在靠近。我感觉到了他的呼吸，然后……后来的情况你已经知道了。”

“可你是怎么知道他是凶手的呢？”

“我想可能是在一个星期之后，我在医院里时才搞明白的。是一张叫《受伤的人》的插图——在很多早期的医疗书籍里都有的一张图，莱克特的书里也有。这幅图展示了战争中可能受的各种各样的伤。我在乔治·华盛顿大学一堂病理学概述的课上看到过它。那第六个受害者伤口的部位与手法都和那幅插图里受伤的人很相似。”

“《受伤的人》,一幅画?你就靠这个破案?”

“就是这样。凑巧我事先看到过那张图,不过是有点运气罢了。”

“这运气可够大的。”

“如果你不相信我,你他妈的干吗要问我?”

“我没听见你刚才的话。”

“太好了,我也没想那么说。不过事情就是那个样子。”

“好吧,”斯普林菲尔德说,“谢谢你告诉我。我的确需要知道这样的信息。”

帕森对出现在巷子里的陌生人的描述以及关于猫与狗的信息都有可能关乎凶犯作案的方式:他似乎先会化装成一个读表员,察看地形,发觉不得不先杀死受害者的宠物,最后再向主人下手。

警方迎头遇到的难题就是是否应该公布他们的假设。

有了公众对危险信号的认知和警惕，警方也许能得到有关罪犯下一个进攻目标的预警——可是罪犯也可能在注意警方的动态，他有可能因此而改变作案习惯。

警察局内部对这条微弱的线索该继续保密，并向东南部各州的兽医诊所和动物收养所发布特别命令,要求他们对残害宠物的事件迅速通报。

这意味着不向公众透露最有价值的警告。这是个道义上的问题,而警方对此左右为难。

他们为此向芝加哥的艾伦·布鲁姆博士请教。布鲁姆博士说如果凶犯在报纸上读到警报,他很可能改变袭击一个家庭的策略。布鲁姆博士同时也怀疑无论有没有这个风险,罪犯都有可能改变首先袭击宠物的策略。他还告诉警方千万不要轻信离下一次作案还有二十五天的时间——下一个满月日是 8 月 25 日。

7 月 31 日的上午,在帕森给出嫌疑人描述三个小时以后,伯明翰、亚特兰大警方和华盛顿的克劳福德在电话会议后做出了决定：警方将向兽医诊所发布秘密通告,在案发附近地区张贴三天嫌疑人的素描画像,三天后向媒体公布线索。

这三天中格雷厄姆与警方在人行道上向利兹家附近的住户展示画像。在草图上对脸部只是一个建议性的勾画，但他们希望找到一个能改善图片的人。

格雷厄姆的草图的边沿这几天在他手中被汗浸得很软了。很多时候很难取得市民的信任而让他们开门接待。晚上格雷厄姆躺在自己的房间里，往痱子上抹粉，他的大脑则围着问题转个不停，仿佛它是个全息图。他想营造灵感来临之前的那种感觉，可是它却迟迟不到。

这期间，亚特兰大地区发生了五起枪击误伤，其中一人丧命，都是因为市民过于紧张，把回来晚的亲属当成了罪犯而开枪误伤。恐吓电话成倍增多，而没有用的举报塞满了警察总部的信箱。无助与恐慌像流感一样蔓延。

克劳福德在第三天的晚上从华盛顿赶回来，然后到宾馆去看了格雷厄姆，正好看见他把汗湿了的袜子脱下来。

“是不是很热？”

“明天早晨你拿张草图体验体验就知道了。”

“用不着喽，今天晚上新闻里会公布所有线索的。你走了一整天吗？”

“我总不能开车进出人家的小院吧。”

“我不觉得这张画能有什么结果。”克劳福德说。

“除此之外你还指望我做什么呢？”

“尽你的所能，是我对你的全部指望。”克劳福德站起来准备走了，“紧张的工作有时是我的麻醉剂，尤其是在我戒酒以后。对你来说也是一样，我觉得。”

格雷厄姆很恼火，可是克劳福说对了。

格雷厄姆天生爱拖延，他自己知道。以前上学的时候他可以用速度弥补耽误的时间，可现在他不在学校了。

还有一件事他可以做。他已经考虑好几天了。可以继续等待，直到下一个满月前几天，绝望把他逼到这个选择上。或者他可以现在就做，趁着他还可能派上些用场。

他想找一个观点。一个很奇怪的逻辑需要和人分享，一种思维方式他需要在暖和舒适的群岛生活之后重新发现。

理智像游乐场滑车上的嵌齿轮一个个噼里啪啦地上升。格雷厄姆抓住那个最上面的念头大声说：

“我得去找莱克特。”他说话时在抓自己的肚子，却丝毫没有察觉。

7

弗雷德里克·奇尔顿博士,巴尔的摩精神病犯罪医院院长,从办公桌后面走出来和格雷厄姆握了握手。

"布鲁姆博士昨天给我打了电话,格雷厄姆先生——我是不是该称呼你格雷厄姆博士?"

"我不是博士。"

"我很高兴又听到布鲁姆博士的消息,我们认识很多年了。请坐那把椅子吧。"

"我们非常感谢您的帮助,奇尔顿博士。"

"说句心里话,我有时觉得自己更像莱克特的秘书,而不是他的看管员,"奇尔顿说,"单凭他大量的邮件就够让人头疼的。我想在研究界能和他有书信往来是被当作时髦的——我曾经见到他的信被镶在框子里展示在某个大学心理学系的橱窗里——而且曾有一段时间似乎每个心理学系的博士研究生都希望能和他面谈一次。噢,很高兴和你合作,当然,还有布鲁姆博士。"

"我需要私下里和莱克特博士见面, 外人越少越好。" 格雷厄姆说,"今天会谈以后我可能需要再次和他见面或者给他打电话。"

奇尔顿点点头。"我得向你重申一下纪律。首先,莱克特博士会一直待在他的屋子里。那是他唯一可以不戴束缚物的地方。他房间有一面是双层栅栏并且朝向外面的走廊。我会在那里给你放一把椅子以及隔板，如果你需要的话。

“我必须要求你绝对不要给他任何物品，除了没有订书钉和夹子的文件。不许给他装订线圈、铅笔、钢笔或圆珠笔。他有毡头笔。”

“我可能要给他看一些能让他兴奋的材料。”格雷厄姆说。

“你可以随便给他看任何东西，只要是柔软的纸张。从滑行的食物托盘里给他资料，不要从围栏里用手递给他任何东西，也不要接受任何他可能从围栏里面递出的任何东西。他可以通过托盘送还文件。我坚持遵守这些纪律。布鲁姆博士和克劳福德先生都向我保证你会遵照办事程序的。”

“我会的。”格雷厄姆站起身。

“我知道你很急切地想开始你的工作，格雷厄姆先生，不过我想先告诉你一些情况，你会感兴趣的。

“也许警告你莱克特的情况会显得多余，可他的确非常善于消除别人对他的防备。在他被带到这里来以后的一年间，他表现得非常好，而且显示出愿意在测试方面合作的态度。结果——那时还是我的前任在主持工作——对他的防备开始慢慢放松了。

“1976 年 7 月 8 日下午，他说觉得胸口疼。在观察室他身上的束缚物被摘下来好方便做心电图。他的两名看守一个离开屋子去吸烟，另一个背过身去只一小会儿的时间。那名护士眼明手快而且身体强壮，她奋力自救才得以保住了一只眼睛。

“你可能会觉得这很稀奇。”奇尔顿从抽屉里拿出一卷心电图的图样，然后把它在桌子上展开。他用食指指着波状的图形。“这里，是他躺在病床上的时候，心率七十二。这里，他抓起护士的头发然后把她扳向自己。这里，他被看守员制伏。顺便说一句，他没有反抗，可是看守员让他的肩膀脱了臼。你注意到这个奇怪的现象了吗？他的心率从来没超过八十五下，即使在他揪掉护士的舌头的时候也一样。”

奇尔顿从格雷厄姆的脸上什么也看不出来。他靠在椅子背上用手指戳着脸颊。他的手干得发亮，丝毫没有汗迹。

“你知道，当莱克特被抓获的时候我们都认为他可能为我们提供了一个研究纯粹的反社会精神变态者的绝佳机会。”奇尔顿说，“能找到一个活着的变态者有多困难。莱克特是这么清醒，那么善于捕捉对方的思想，他在精神分析领域受过专业的训练……而且他是连环杀手。他看起来愿意合作，而我们也相信他可以成为研究这类异常人群的窗口。我们原想我们会像博蒙特一样通过圣马丁的开了口的胃研究消化系统。

“可事实上，我们现在并不比莱克特刚来时对他有更多的了解。你和他谈过话吗？”

“没有。我只是见过他，在……我见他大多数都是在法庭上。布鲁姆博士给我看过他在专业期刊上发表的文章。”格雷厄姆说。

“他可对你非常熟悉，他有很长时间都在研究你。”

“你与他有过交谈吗？”

“十二次。他是令人捉摸不透的。他对于那些想备案的心理测试来说太狡猾了。爱德华、法布亥，甚至布鲁姆博士本人都尝试过。我有他们的交谈记录。他对他们来说都是个谜。当然我们不可能知道他在隐瞒什么或者他是否比他说的懂得更多。噢，被监禁以来他在《美国精神分析专刊》和《综合档案》上发表了几篇非常棒的文章。不过它们都是对不涉及他自身问题的论述。我想他是害怕如果我们能够‘解读’他，将没有人再对他感兴趣，而他就会被关进某个偏僻的角落而度过余生。”

奇尔顿停了停。他在以往的面谈中多次用眼睛的余光观察被访者，他以为可以用同样的方式暗暗观察格雷厄姆而不被发觉。

“我们这里的人有一个共识，我们认为你是唯一一个对汉尼拔·莱克特有实际了解的人，格雷厄姆先生。你能告诉我关于他的一些情况吗？”

“不能。”

“我们有些职员很好奇：当你了解莱克特博士的连环杀人案、它们所谓的‘风格’时，你能重构他的幻想过程吗？这对你研究他有帮助吗？”

格雷厄姆没有回答。

“我们在那个方面材料奇缺。在《变态心理学杂志》上有一篇文章，你愿意就此和我们的一些职员聊聊吗——不不，不必这一次——布鲁姆博士在这方面对我要求非常明确。我们不会打搅你的。下一次吧，也许。”

奇尔顿博士已经看到很多敌意了。他现在又看到了一些。

格雷厄姆站了起来。“谢谢你，博士。现在我想去见莱克特。”

最高安防区域的钢板门在格雷厄姆身后关上了。他听到了门闩复位的声音。

格雷厄姆知道莱克特上午大部分时间都要睡觉。他顺着走廊望过去。从这个角度他看不到关押莱克特的囚室，但是他可以判断出房间里的灯光很暗。

格雷厄姆希望能看到睡着的莱克特，他需要时间来使自己镇定。如果大脑中感觉到莱克特的疯狂，他必须快速地遏制它，就像吸收溢出的水花。

为了不让自己的脚步出声，他跟在一个推车的勤务兵后面。无论多轻微的脚步声都很难逃过莱克特博士的耳朵。

格雷厄姆沿着走廊，在没到玻璃门的地方停了下来。不锈钢围栏把整个囚室的前部围了起来。围栏后面大概一臂左右的距离，有一幅宽大的尼龙帏帐从天花板一直垂到地板，从一面墙拉到另一面墙。透过这层屏障，格雷厄姆可以看到一张桌子和一把椅子，都被钉牢在地板上了。桌子上堆满了平装书和信件。他走到围栏旁，把手放在围栏上，又移开。

汉尼拔·莱克特博士躺在他的帆布床上睡觉，头枕着靠墙的一个枕头。亚历山大·杜马的《烹饪大词典》在他的胸前翻开着。

格雷厄姆在围栏前注视了不过五分钟，莱克特就睁开双眼说道：“还是你在法庭上用的那种拙劣的须后水。”

“我每年圣诞节都有人送这个。”

“圣诞节，是的，”莱克特说，“你收到我给你的圣诞卡了吗？”

“收到了，谢谢。”

莱克特博士的圣诞卡是通过华盛顿联邦调查局犯罪调查实验室总部

转交格雷厄姆的。他收到后把卡拿到后院烧了，洗干净手，才敢去碰莫莉。

莱克特站起来走到桌前。他个子矮小，却轻快敏捷。身上非常整洁。“你怎么不坐呢，威尔？我想那边的壁橱里应该有几把折叠椅。至少听起来它们是从那里拿出来的。”

“勤务兵去给我拿了。”

莱克特一直等格雷厄姆在走廊里坐下才自己坐下。“斯图尔特警官好吗？”

“斯图尔特很好。”斯图尔特警官在看过莱克特的地下室以后就离开了刑警岗位。现在他开了一家汽车旅馆。格雷厄姆没提到这点。他肯定斯图尔特不会愿意收到莱克特的邮件。

“真不幸情感问题把他耽误了。我原以为他是个很有前途的年轻警官。你也遇到过问题吗，威尔？”

“没有。”

“当然你不会有。”

格雷厄姆觉得莱克特的目光穿过他的头盖骨直射脑颅后部。他的注意力像只苍蝇一样进到他的脑子里，逡巡钻营。

“我很高兴你来看我。有多久了，三年没见了吧？我的来访者都是学术界的。平庸的临床精神分析医生或者不知从哪所垃圾学院来的贪婪的二流心理学博士。一群爬格子的可怜虫处心积虑地为保住教职在期刊上发文章。”

“布鲁姆博士给我看了你在《临床精神分析杂志》上发的关于做外科手术成瘾的文章。”

“怎么样？”

“非常有意思，即使读的人是门外汉。”

“门外汉……门外汉啊门外汉，有趣的称呼。”莱克特说，“有这么多有学识的人来来去去。这么多享受国家津贴的专家。而你却说自己是个门外汉。可是抓住我的人是你啊，威尔，不是吗？你知道你是怎么抓到我的吗？”

“你肯定已经读过案情记录了，都在那上面。”

“不，那上面没有。你知道你是怎么抓到我的吗，威尔？”

“都在案情记录里面。现在说它有什么意义呢？”

“对我当然没有什么意义了，威尔。”

“我想请你帮忙，莱克特博士。”

“是，我早想到了。”

“是关于亚特兰大和伯明翰的。”

“是。”

“你已经看到相关报道了，肯定的。”

“我看到报道了，可我没法把它们剪下来，他们是不会给我剪刀的，当然不会。有时候他们还威胁我要拿走我的书。我可不想让他们觉得我有任何精神变态的倾向。”他笑了，露出洁白细密的牙齿，“你想知道他为什么选择他们，是不是？”

“我觉得你会有些想法。我想让你把想法告诉我。”

“我为什么要告诉你？”

格雷厄姆预料到他会问这个问题。类似阻止连环杀人这样的理由显然不会让莱克特买账的。

“你看有很多东西你现在还没有，”格雷厄姆说，“研究材料，甚至幻灯片。我可以去跟院长谈谈。”

“你是说奇尔顿，你一定在来这之前见过他了。面目可憎，是不是？跟我说实话。他笨手笨脚地想摸清你在想什么，就像一个新手笨拙地穿收腹健美裤，是不是？他用眼角余光偷看你，然后你给他扔出一块软骨头，去，叼走吧，是不是？你可能不会相信，他曾经想给我做一个主题理解测试。他坐在那里像一只咧嘴傻笑的柴郡猫等着MF13出来，哈哈。抱歉我忘了你不是学精神分析的。那是一张卡片，画着一个妇女在床上，一个男人在画的前方。他们以为我会避免一个性的解析。我笑了。他从座位上站起来，然后逢人就说我有肛塞综合征并因此逃过了牢狱一劫——不说了，太无聊。”

“我可以让你拥有美国医学学会电影胶片图书馆的登录端口。”

“我不认为你能给我我想要的东西。”

“试试看。”

“我现在已经有足够多的东西看了。”

“你需要看这起案件的案卷。还有其他一个理由。”

“告诉我。”

“我认为你会好奇你是否比我找的那个人聪明。”

“那么我是否可以推断你觉得你比我聪明，因为你抓到了我？”

“不，我知道我并不比你聪明。”

“那你为什么能抓到我？”

“因为你有一些劣势。”

“什么劣势？”

“执着，而且你思想不正常。”

“可是你看起来很健康啊，威尔。”

格雷厄姆没应声。

“你的手很粗糙，不再像一个警察的手了。你搽的须后水闻起来像是小孩用的。它的瓶子上印着一艘船，对吗？”莱克特博士很少把脸摆正，他提问的时候总是把头歪向一边，好像要把好奇钻入你的脸。又是一阵沉默，然后莱克特说：“我不认为你能利用我的职业虚荣心劝服我。”

“我不会去劝你，干不干由你。反正布鲁姆博士已经在研究它了，而他是这个领域里最——”

“你把案卷带来了吗？”

“是的。”

“还有图片？”

“有。”

“那你把它给我吧，我考虑考虑，也许会帮你的。”

“不。”

“你常做梦吗，威尔？”

“再见，莱克特博士。”

“你还没威胁没收我的书呢?”

格雷厄姆走开了。

“那你把案卷给我吧,我会告诉你我是怎么想的。”

格雷厄姆不得不把那厚厚的已经简缩了的案卷塞进托盘。莱克特把它拉过去。

“最上面是小结,你可以现在看。”格雷厄姆说。

“如果你不介意的话我想独自看一会儿。给我一个小时。”

在一间阴森的客厅里格雷厄姆坐在一个磨损了的塑料面沙发里等着。勤务兵给他倒了咖啡。他没有和他们交谈。他看看屋子里面的摆设,哦,还好,在他的视野里它们还在保持静止,没有跳动。他上了两次洗手间。他已经麻木了。

看守员又一次让他进了最高安防区。

莱克特坐在桌旁,眼睛里布满了思虑。格雷厄姆知道他用了大部分时间注视照片。

“这是个很害羞的孩子,威尔。我很乐意见见他……你有没有考虑过他有部分残疾,或者他可能认为自己有残疾?”

“从镜子可知。”

“是的。你看他把房子里所有的镜子都敲碎了,可见他不只是要寻找一块合适的碎片。他把碎片塞入受害者的身体不单纯为了让他们受伤。他想从他们的眼里看到他自己——雅各比太太和……另一个叫什么?”

“利兹太太。”

“对。”

“很有趣。”格雷厄姆说。

“一点儿也不‘有趣’,你已经想到了。”

“我考虑过。”

“你来这里只不过想看看我,好找到以前的感觉,是不是?为什么你不在自己身上嗅嗅呢?”

“我需要你的观点。”

“我现在还没有。”

“等你真有了些想法，我愿意听听。”

“我可以保留这些案卷吗？”

“我还没决定呢。”格雷厄姆说。

“为什么没有对院子的描述？我们有房子的外观，结构图，发生凶杀的房间的结构图，可是对院子的描述几乎没有。院子是什么样子？”

“很大的后院，有围栏和一些篱笆。为什么问这个？”

“因为，我亲爱的威尔，如果这个清教徒觉得和月亮有特殊关系的话，在他把身上的作案痕迹打理干净以前，他可能会走出房间，在空旷的地方看月亮，你知道。你有没有在月光下看过血迹？它看起来黑黑的，当然，还有一层很特别的亮光。如果一个人光着身子，在外面获得那种隐私会更好些，不过我们必须替邻居们考虑，是吗？”

“你觉得院子有可能是他选择目标的一个因素？”

“是的，而且还会有更多的牺牲品，肯定的。让我留下这些案卷吧，威尔，我会研究它的。如果你得到更新的材料，我也会很高兴研究它们的。你可以给我打电话。只有在个别时候，我的律师打电话找我时他们才会给我电话。他们曾经把他的电话转到内部通话系统上，当然每个人都能听到。你愿意给我你家里的电话号码吗？”

“不。”

“你知道你是如何抓到我的吗，威尔？”

“再见，莱克特博士。你可以拨打文件上方的电话号码给我留言。”格雷厄姆起身离去。

“你知道你是怎样抓到我的吗？”

格雷厄姆已经走出了莱克特的视线，他向着钢板门加快了脚步。

“你抓到我因为我们俩很相像。”这是格雷厄姆在大门关上时听到的最后一句话。

除了害怕失去麻木的感觉他已经浑身麻木了。他低着头走路，不和任何人说话，仿佛觉得身体里的血像翅膀发出空洞的嗡嗡声。精神病院离外界的距离仿佛一下子变小了。它只不过是一栋楼,莱克特离外面的世界只隔五道门。他有一个怪异的想法,觉得莱克特和他一起出来了。他在院门口停下脚步,环顾了一下周围,好让自己相信后面没有人。

在街道另一边的一辆车里,一个人把长长的镜头搁在车窗缝上。弗雷迪·劳厄兹拍了一张很好的格雷厄姆在医院门口的特写,他头顶上的字:巴尔的摩精神病犯罪医院。

见报之后,《国民闲话报》把格雷厄姆的照片剪成小头像,而且只留了医院名称的后几个字:犯罪医院。

8

汉尼拔·莱克特博士躺在帆布床上。格雷厄姆离开以后他把监禁室的灯光调暗了。几个小时过去了。

他的脑海里先有了图案。他的双手枕在头底下，脑海里出现了枕套的褶皱，接着是他脸颊上光滑的皮肤。

然后脑海里有了气味，让他的思绪和它们周旋。有些味道是真实的，有些是臆想出来的。他们在下水道里放了次氯酸钠——精子；他们在大厅供应辣椒饭，辣得让人大汗淋漓——被汗渍弄得僵硬了的卡其布；格雷厄姆不肯告诉他家里的电话号码；苍耳和茶叶被切以后苦涩的绿绿的味道。

莱克特坐起来。他有些时候本来是可以温文尔雅的。他的思想有一种电子钟的暖暖的黄铜味。

莱克特连眨了几下眼睛，他眉头一皱，计上心来。他打开灯给奇尔顿写了张便条，要求打电话给他的律师。

依照法律，莱克特有权在与律师通话期间保留隐私权而不受监听，而且他从来没有滥用过这个权利。奇尔顿永远不会允许他走出关押室去打电话，所以两个勤务兵把电话拿来了。

勤务兵们在他们的桌子上把卷成一团的电话线解开。他们当中的一个拿着钥匙，另一个举着一个梅斯催泪毒气罐。

“到牢房后面去，莱克特博士，面冲墙。如果你在听到锁打开之前转过身来或者靠近栅栏，我就朝你的脸上喷毒气。明白吗？”

“我很清楚。”莱克特说，“真的谢谢你们把电话拿过来。”

他必须在尼龙帏帐后面拨电话。他通过芝加哥信息台找到了芝加哥大学心理学系艾伦·布鲁姆博士的办公室号码。他拨通了心理学系的总机。

“我想找艾伦·布鲁姆博士。”

“我不清楚他今天在不在，不过我可以帮你转过去。”

“请等一等，我本来知道他的秘书的名字，可是很不好意思，我忘记了。”

“琳达·金。请稍候。”

“谢谢。”

电话铃响了八遍才有人接。

“琳达·金办公室。”

“你好，是琳达吗？”

“琳达周六不在。”

莱克特博士预想到了这一点。“也许你能帮上我的忙，如果你不介意的话。我叫鲍伯·葛瑞尔，在布雷恩的爱德华出版公司。布鲁姆博士让我给威尔·格雷厄姆寄一本沃尔霍斯勒公司出版的《精神分析医生与法律》的书，而琳达应该给我收信人的地址和电话，可是她一直没给。”

“我只是个研究生助手，她会在周一——”

“我不得不叫联邦快递来递送这本书，现在只有五分钟了。可是我真不愿意为这事往布鲁姆博士的家里打电话，因为是他让琳达寄地址的，那样做必然让琳达受一顿训。我知道地址就在她的罗拉代克斯卡或别的什么记事本里。帮帮忙把地址读给我听吧，我会在你婚礼上跳舞的。”

“她没有罗拉代克斯卡。”

“那你看有没有一个电话簿，页边有起首字母标签的？”

“有。”

“当一次天使吧，亲爱的，帮我找出地址，我不会再耽误你一分钟的。”

“叫什么？”

“格雷厄姆。威尔·格雷厄姆。”

“找到了。他家电话是 305JL5-7002。”

“我还得知道他的住址。”

“没有他家里的地址。”

“上面有什么?”

“联邦调查局,10 号,华盛顿特区,噢,还有,3680 邮箱,玛若森,佛罗里达。”

“太好了,你真是个天使。”

“不客气。”

莱克特此刻感觉好多了。他想什么时候可以给格雷厄姆打个电话,让他惊喜一下。或者如果他表现得不那么绅士的话,莱克特也许可以请一个医疗器械商店给格雷厄姆邮一只结肠造口袋,为他们过去的交往留个纪念。

9

西南方向七百英里以外，在圣路易斯的盖茨威胶片实验室的咖啡厅，弗朗西斯·多拉德正等着他点的汉堡。食品保温桌里的开胃菜被覆上了薄膜。他站在收银机旁吸着纸杯里的咖啡。

一个红头发的女士穿着实验室工作服走了进来，注视着糖果机。她朝弗朗西斯·多拉德的背影看了好几次，噘起嘴巴。终于她走上前去，叫了声："D 先生？"

多拉德转过身。他只要出了胶片暗室总是戴着护目镜。所以她决定把目光停在他的护目镜的鼻架上。

"你能和我坐下来谈谈吗？我想和你说点事。"

"你能告诉我什么呢，艾琳？"

"我真的觉得很抱歉。鲍伯当时是真喝醉了，你知道，他在到处当小丑。他绝对没有任何恶意。坐下来吧，就一会儿，可以吗？"

"好吧。"多拉德从来不说"是"这个字，因为他的"咝"音发不准[①]。

他们坐下来。她在手里扯弄着一张纸巾。

"大伙在晚会上玩得都很愉快，我们很高兴你也来参加。"她说，"真的很高兴，而且有点惊讶。你知道鲍伯是个怎样的人，他老是模仿别人说

---

① 英文中"是"为 yes，而有 s 的地方要发"咝"的音，下文中多拉德避免单词复数即避免在单词后面加 s，也是同样道理。

话——他应该去电台当播音员。他那天学了两三种口音，而且一直在讲笑话——他可以学黑人说话，简直能以假乱真。他模仿另一个声音的时候绝对不是故意想让你难堪。他那时候已经醉得不知道谁在场了。”

“他们都在笑，结果他们又……突然不笑了。”多拉德从来不说“停止”这个词，因为它有摩擦音“咝”。

“那时候鲍伯意识到了自己干了什么。”

“可是他还继续干。”

“我知道，”她边说边快速扫了一眼他的护目镜，又把目光转回来，“我对他也是这么说的。他说他真的没有任何恶意，他只是把玩笑开到半截才意识到不妥，可又要把玩笑说完。你看到他当时脸有多红。”

“他甚至请我和他演双簧。”

“他拥抱你而且想两个胳膊搭在你肩上。他想让你也把它当个笑话一笑了之，D 先生。”

“我是一笑了之的，艾琳。”

“鲍伯真是难过极了。”

“我可没想让他难过，我不希望那样，请转告他，而且在公司我对他的态度不会因为这件事有任何改变的。说真的，要是我有他那样的天赋，我也会整天说——笑话的。”多拉德总是在可能的情况下避免用名词的复数[1]。“我们不久又会搞一次聚会的，那时他会知道我有什么感觉。”

“好的，D 先生。你知道，别看他到处说笑话，他其实骨子里是个很严肃的人。”

“这我信，而且温柔，我猜。”多拉德的声音被他的手盖住了。在坐着的时候他总爱用食指关节抵住鼻子的下方。

“您说什么？”

“我认为你对他很有帮助，艾琳。”

“我也这么想，真的。他只在周末喝酒。他刚想放松的时候，他妻子把电话打到我们在一起的地方。我和他妻子说话的时候他做鬼脸，可是过后

① 因为单词的复数有摩擦音“咝”。

我能看出来他很不高兴，女人对此是很敏感的。”她拍了拍多拉德的手腕，尽管隔着护目镜，她仍能看出因为这个小小的身体接触在他眼中引起的变化，“别在意，D 先生。咱们这个谈话让我很高兴。”

“我也是，艾琳。”

多拉德看着她走远。她腿弯处有一块嘬的痕迹。他觉得艾琳对他并不欣赏，事实也是如此。事实上，没有人欣赏过他。

他的胶片暗室非常大，而且凉爽，有股化学药品的味道。弗朗西斯·多拉德检查着甲槽中的显影剂。每个小时从全国各地来的成百英尺长的家庭摄影胶片都在这个槽里冲印。化学制剂的温度和药性的活力是非常关键的。除此之外他的职责还包括胶片通过干燥器以前所有的操作流程。每天很多时候他都从槽里拿出胶片的样片一个格一个格地检查。红色灯光下的暗室十分安静。多拉德反感他的助手们之间交头接耳，他与他们之间也大都用手势交流。

上夜班的人下班以后他就一个人独自待在暗室里冲印，让照片干燥，然后分割自己的胶片。

多拉德晚上十点到了家。他一个人住在一栋外祖父母留下的大房子里。房子在密苏里州圣查尔斯的北部，与圣路易斯相隔密西西比河。它在一个沙砾铺成的小巷尽头，中间有一片苹果园。园子的主人在外地住，并没有照看它。干枯歪扭的树夹杂在绿树中间。现在是七月下旬，腐烂苹果的气味笼罩在果园周围。白天这里有很多蜜蜂。离这里最近的一户人家也在半英里以外。

多拉德到了家总是先对整栋房子巡视一番。几年前有个盗贼差点闯进来。多拉德把每间屋子的灯都点亮，然后四周环视一遍。来访客人不会猜到他一个人住。他外祖父母的衣服仍旧挂在壁橱里。他外祖母放在梳妆台上的发梳，齿上还挂着她的头发。她的假牙在一只玻璃杯里，玻璃杯放在床头柜上，杯子里的水早就干了。他的外祖母已经去世十年了。

（葬礼负责人曾经问过他：“多拉德先生，您要把您外祖母的假牙给她戴上吗？”他回答说：“你就盖上棺材盖吧。”）

确信没有外人以后，多拉德满意地到楼上冲了很长时间的淋浴，洗了头。

他换上了一件有真丝手感的合成面料制成的和服，躺在自己狭窄的床上，这张床他从童年起一直用到现在。他外祖母的吹风机有个塑料套。他把套套上，在吹头发的时候，他用拇指翻看着最新的一期时尚杂志。他对某些照片的厌恶和粗暴是很明显的。

他开始兴奋起来。他把台灯的金属罩转动了一下，以便照到床尾墙上挂的一幅画。那是威廉·布莱克的《红色巨龙与披着阳光的女人》。

这幅画他第一眼看见时就被震慑住了。他以前看到的所有东西从来没有一件能如此接近他的图形思维。他觉得布莱克一定在他耳边说过了什么而且他一定亲眼看到过这条红色的巨龙。在随后的几个星期里多拉德生怕他的思想会发光并穿出耳朵跑掉，跑到暗室里被别人看到，或是让底片形成灰雾。他往耳朵里塞棉花球，可还是担心棉花太软。他试过钢棉，直到它把耳朵磨出血。最后他从熨衣板上割下一些小片的石棉布，卷成合适的小球塞进耳朵里。

很长时间里他的意识中只有红龙。而现在红龙只是他思想的一部分了，因为他分明地感觉到了一种高涨和上升。

他本想慢慢地花时间度过这个过程，可现在他等不及了。

多拉德在楼下的会客室里拉上厚厚的窗帘。他支起了幕布并架好放映机。他的外祖父生前不顾外祖母反对在客厅里摆了一张“拉兹男孩”牌的躺椅（外祖母在头枕上放了一块小布垫）。现在多拉德觉得很高兴，因为这里很舒适。他在椅子的扶手上铺了一条毛巾。

他把灯关掉。躺在漆黑的屋子里，他可以想象自己在任何地方。在天花板的固定物上他安了一个可以转动的照明仪，可以把各色的光点洒在墙上和他的脸上。他可以想象自己躺在宇宙飞船的加速椅上，或是在一个玻璃圆顶上在星际间漫游。他闭上眼睛时似乎可以感觉到光点在他周身移动，而他一睁开眼，那些光点像是他头顶或身下的城市灯火。照明仪随着温度的升高而加速转动，光点在他身边游动，划过家具表面形成有棱角的曲线，然后在墙上形成流星雨落下来。他也可以是彗星中的一颗，此刻向巨蟹座滑落。

房间里有一处是彩光打不到的。他在照明仪旁边放了一个硬纸盒，纸盒在电影幕上形成了一块阴影。

将来他可以先弄出喷雾来加强梦幻般的效果，不过现在，这一次，他还不需要。

他用大拇指按了一下遥控器的开关，打开了投影仪。一个亮方框出现在屏幕上，灰色而且有条纹。一个人走过镜头，那只灰色的苏格兰狗竖起耳朵跑向厨房的门，摇晃着它那条粗短的尾巴。一个镜头切换，只见苏格兰狗在街边跑着，边跑边向它身边玩闹着做咬的动作。

接着利兹太太拎着刚买的副食来到厨房。她笑着摆弄着自己的头发，她的孩子们紧随其后。

一个镜头切换到多拉德楼上自己的卧室，图像过亮，似乎用了闪光装置。他裸体站在布莱克的版画前，《红色巨龙与披着阳光的女人》。他戴着"格斗镜"，那种冰球运动员常戴的紧贴脸的塑料眼镜。他用手淫做了一次勃起。

他向镜头靠近时聚焦开始慢慢模糊，他做着程式化的动作，他的脸充满了聚焦框，然后用手调焦距。镜头晃动了一下又突然清晰地照了他口腔的一个大特写，他有残疾的上嘴唇往回拢，舌头从两排牙齿间伸出来，一只转动的眼睛还在镜头里。然后嘴巴充满了整个屏幕，歪斜的嘴唇被从崎岖的牙齿边撩开，然后是一片黑暗，因为他把镜头含在了嘴中。

后面镜头的拍摄难度就显而易见了。

来回晃动的粗糙的画面变成了一张床，查尔斯·利兹在床上痛苦地翻腾，利兹太太坐起来，用手搭在眼睛上遮光，转过身面向利兹先生把手放在他身上，翻到床边，腿在被子里面蹬着，准备起来。镜头突然冲着天花板，装饰线条舞动着像五线谱。然后镜头不跳动了，利兹太太重新躺在了床上，她的睡衣上有一处黑色的印记，而且在扩大，利兹先生手捂着喉咙，眼睛痛苦地往上翻。接着是黑屏，持续了五拍，然后是片子衔接的“咔嚓”声。

镜头现在在一个三脚架上固定好了。他们现在都死了，位置都安排好了。两个孩子倚着墙坐着，面冲床，另一个孩子在他们对面的墙角坐着，面冲摄影机。利兹夫妇在床上盖着被单。利兹先生坐着，靠着头侧的围栏，被单挡住了系在他胸部保持坐姿的线绳，他的头被摆弄过，下垂着侧向一边。

多拉德做着巴厘舞的舞蹈动作从左侧走进画面。满身血污而且全裸，戴着眼镜和手套。他对这群死者挤眉弄眼又活蹦乱跳。他走近床的外侧，利兹太太的一侧，拿起被单的一角，一下掀起来，然后拿着被单站着不动，架势好像是斗牛士手拿斗篷引牛的动作。

此刻，在外祖父母房子的起居室里看着这段影片，多拉德浑身蒙了一层冷汗。他厚厚的舌头频频伸出来，上嘴唇的伤疤潮湿而且闪亮，他呻吟着，仿佛这能刺激自己。

即使在兴头上，他也还是惋惜地注意到在随后的影片里他的动作没有一点高雅可言，在镜头前像猪一样来回拱着屁股。没有戏剧性的停顿，没有节拍感和高潮，只是一味的野蛮疯狂。

不过还是很刺激的，连看着都觉得刺激，不过看没有做的时候快活。

多拉德觉得有两处大的缺点。其一是影片里并没有展现利兹一家人死亡的过程，其二是他在片尾糟糕的演技。他好像失去了所有追求的东西。红龙是不会这样做的。

不过，他还有好多影片可以拍，而且他希望经验能培养出他审美的距离感，甚至在与他攻击的对象接触的最亲密的时刻。

他必须坚持锻炼。这是他一生的工作，一件了不起的事。它会永世不灭的。

他得抓紧了，他必须再选出新的合作者。他已经拷贝了一些家庭的国庆出游的胶片。夏天快要结束时总会让胶片冲洗业繁忙一阵，因为有大量的假期拍摄的胶片需要冲印。而感恩节会带来另一个高峰。

每天都有顾客给他邮寄订单。

10

从华盛顿飞往伯明翰的一架班机上几乎一半的座位是空的。格雷厄姆拣了一个靠窗的位子坐下来,他旁边没有人。

他放下空姐发的不新鲜的三明治,把雅各比的案卷放在托盘桌上。在前半页他列出了雅各比和利兹家的共同点。

两对夫妇的年龄都是三十多岁,都有三个小孩——两男一女。爱德华·雅各比另外还有一个儿子,是前妻生的。全家遇害的时候他在外地上学。

两对夫妇都是大学毕业,家都住在环境幽雅的郊区,都有一栋两层小楼。利兹太太和雅各比太太的容貌都很迷人。两个家庭有些信用卡是相同的,订阅的杂志有一些也是相同的。

相似点就到此为止了。查尔斯·利兹是个税务律师,而爱德华·雅各比则是个工程师、冶金学家。利兹一家入的是长老教,而雅各比一家信奉天主教。利兹一家一直住在亚特兰大,而雅各比一家在伯明翰刚刚住了三个月,是从底特律搬过来的。

"随机"这个词在格雷厄姆脑海里像自来水一样频繁出现。"随机选择受害者","没有明显动机"——这是报纸上用的词,凶杀科调查分队办公室里的侦探们也因为愤怒和无助经常恶狠狠地说出这些字眼。

可"随机"并不准确。格雷厄姆知道大规模谋杀和系列杀人案的罪犯是不会随机选择受害者的。

杀害利兹和雅各比一家的这个人一定是看到了他们两家的什么东西,受到吸引后作了案。他也可能和他们很熟——如格雷厄姆所希望的那样——也可能根本不认识他们。但是格雷厄姆肯定凶犯一定在作案之前见过他们。他选择了他们因为他们身上有些东西和他有了沟通,而两位主妇是这种沟通的中心,然而是什么样的联系呢?

两次作案有一些不同点。

爱德华·雅各比被开枪打死时正下楼，手里拿着电筒——也许他被什么声音吵醒了。

雅各比太太和她的孩子们都是头部中弹,而利兹太太被打中腹部。两次作案用的枪都是九毫米口径自动手枪。在伤口中都发现有自制的消音用钢棉。弹壳上没有指纹。

那把刀只用来对付过查尔斯·利兹。普林斯博士认为那是一把很薄很锋利的刀,有可能是切片刀。

另外,进房间的方式也不同。雅各比家的阳台被撬开了,而利兹家则被用玻璃刀打开了厨房的门。

伯明翰案件的照片里没有像利兹家一样的大量血迹，不过卧室墙上距离地板大概二点五英尺的地方有血痕，所以罪犯在伯明翰作案时也安排了观众。伯明翰警方检查了尸体,搜寻了指纹,包括指甲,但什么也没有发现。死者已经在伯明翰下葬一个月了。在暑热天埋一个月,所有的指纹痕迹都会因尸体腐烂而辨别不清了,像利兹家那个小孩身上的一样。

在两个地点发现的都是同样的黄头发,同样的唾液类型,同样的精液。

格雷厄姆把两个家庭的成员生前照的有灿烂笑容的照片立着，靠在前面座椅的椅背上,在悬浮的机舱里静静地注视了许久。

什么东西会特别地吸引罪犯？格雷厄姆非常愿意相信两个家庭有某种共同点,希望他不久就能把它找出来,否则的话他只能等着查看下几个受害者的房子,来寻找“牙仙”给他留了什么线索。

格雷厄姆向在伯明翰的联邦调查局分部问清了方位，并且在电话里向当地警方报了到。他租的中级轿车的空调口把水汽吹到他的手和胳膊上。

他的第一站是在丹尼森街区的吉尔翰·若尔蒂的办公室。

吉尔翰，高高的个子，秃顶，急忙走过绿松石色的长绒地毯问候格雷厄姆。听到格雷厄姆表明来意，要雅各比家的房门钥匙时，他的笑容消失了。

“今天在那会有穿制服的警官出现吗?”他问道，把手放在头顶上。

“我不清楚。”

“我真希望他们别来了，我好容易有机会在今天下午把房子做两个展示。那真是一所好房子。去看的人会忘记凶杀案的事的。上星期四有一对从德卢斯来的夫妇找我看房子，一对在阳光地带居住了很久、直到退休的有钱人。我带着他们看房子。都说到抵押贷款了，本来人家都同意首付三分之一的房款了，警车来了，警察进来了。老夫妇俩问了他们一些问题，老天啊，这群可爱的警官们何止是回答问题。他们带着夫妇俩前前后后把房子遛了个遍，告诉他们凶杀发生的时候谁躺在哪儿。结果夫妇俩跟我说了拜拜，‘吉尔翰，谢谢你这么费心’。我想告诉他们案发以后我们把这儿弄得多安全，可他们说什么也听不进去。两个人不管不顾地穿过沙砾石的小道，爬进他们的厢式德威尔，走了。”

“有单身男人来问过吗?”

“没来问过我，不止我一个人做这栋房子，不过我这儿没有单身男人问过。警方一直不让我们刷漆，直到——记不清了，反正我们到上星期二才把里边装修好，涂了两层乳胶漆，个别地方涂了三层。我们还在整修外院，等完工了就是真正的展示现场了。”

“在遗嘱查验结束之前你怎么能把房子卖掉呢?”

“遗嘱查验结束之前我是不能成交，可这并不代表我不能做好成交的准备，买主可以在备忘录的约定下住进来。我必须着手做些什么了。我的一个贸易伙伴拿着房子的图纸。你知道利息是每天都记到我的账上的，没日没夜，在你睡觉的时候也记。”

“谁是雅各比的财产执行人？”

“拜伦·麦特卡夫，麦特卡夫巴恩公司。你估计你在房子那里要待多久？”

“我还不知道，直到我干完为止。”

“你可以把钥匙放在邮箱里，不用专门跑一趟送钥匙。”

格雷厄姆开车往雅各比家走的时候，心里像一条冰冷的小路一样呆滞。他的车速几乎超过本市刚并入的一个区的车速极限。他走错了路，在高速公路上停下来，通过地图才找到了一条沥青马路的入口。

他们遇害已经有一个多月了。那个时候他在干什么？在雷布维克船舱里加了一对六十五英寸的柴油发动机，向起重机里的艾里雅格示意再往下来半英寸。莫莉下午挺晚的时候来了，他、莫莉、艾里雅格在一艘做了一半船身的驾驶舱里、一个遮阳篷下吃莫莉带来的大龙虾，喝着冰镇的德克司啤酒。艾里雅格向他们讲怎么样洗龙虾最容易，他从甲板上的锯末里抓起龙虾扇子一样的尾巴。太阳照得海面波光粼粼的，光影投射到盘旋的海鸥身下。

汽车空调把水汽打到格雷厄姆的前襟上。他现在是在伯明翰，没有大龙虾和海鸥了。他的右边是山羊、牧马成群的牧场和林地，他左边的石桥区，是一个有很长历史的住宅区，有一些典雅的养老院和一些富人的房子。

他在一百码距离外看见一块房地产经纪人的牌子。雅各比的房子是马路右边唯一的一座房子。路旁美洲山核桃的树汁把沙砾小路弄得很黏，弄得车子的挡泥板嘎嘎地响。一个木工在梯子上装窗户栅。工人在格雷厄姆环绕房子走动的时候朝他挥了挥手。

房子侧面铺石板的阳台正好在一棵大橡树的树荫里。在夜间，橡树也可以把院子里的聚光灯的灯光遮蔽掉。“牙仙”就是从这里进入房间的，通过玻璃门。门已经换了新的，铝合金门框还闪闪发亮，而且带着制造商的标签。在玻璃门的外面有一个铸铁的防盗门。地下室的门也重新换过了，崭新的钢板上还有牢固的锁。热水澡浴槽的部件在小路上的折叠式集装箱里放着。

格雷厄姆走进房子。光光的地板，死气沉沉的空气。他的脚步声在空荡荡的房子里有回音。

卫生间里的新镜子再也不会映到雅各比一家或者凶犯的脸。每块玻璃上都有一块模糊的白色印记，是被撕掉的价签留下的。一块折叠的地板罩布放在主卧室的一个角落里。太阳从空空的窗户直射地板，格雷厄姆在罩布上坐了很长时间，直到阳光在地板上前进了一个护栏宽度。

什么都没有留下，什么都没有了。

如果他在雅各比家遇害之后马上赶到这里，利兹一家是否可以免遭毒手呢?格雷厄姆想着，试着承受这个包袱的分量。

直到他走出房间来到野外，他的思想包袱也没有减轻。

格雷厄姆站在一棵山核桃树下，弓着背，双手放在裤兜里，低头看着雅各比家房前连接公路的这条长长的车道。

“牙仙”是怎么来到雅各比家的呢?他肯定得开车。在哪停的车呢?半夜在沙砾石铺成的车道上行驶动静太大了，格雷厄姆想。伯明翰警方不会无动于衷的。

格雷厄姆走过狭长的车道来到路边。沥青马路两边有沟渠为界，一直伸到格雷厄姆看不到的远方。凶手可以开车越过渠沟，把车开进并藏在路边靠雅各比家一边的杂树林里，如果地面坚实而且干燥的话。

雅各比家的路对面是通往石桥区的唯一入口。路牌上说明了石桥区有自己民办的巡查服务。非本地车辆是会引起注意的。一个人在半夜里独自走也会被注意的。在石桥区停车的可能性可以排除了。

格雷厄姆回到房子里，意外地发现居然有一部电话可以用。他给气象局打电话，得知案发前一天降了三英寸深的雨。那么沟里一定积满了水。"牙仙"没有把车停在路边。

一匹牧场里的马跟在格雷厄姆身后,随他沿白色栅栏走到房子背后。他喂了它一棵草,然后转身来到院外建筑背后的栅栏旁。

他看到雅各比家的孩子们为小猫挖的坑时,停下了脚步。在亚特兰大警察局与斯普林菲尔德在一起思考宠物这件事时,他想象这些院子里的单间屋子会是白色,其实它们是深绿色的。

孩子们用餐巾把猫裹起来,用一只鞋盒子装殓下葬,还在猫的爪子间放了一朵花。

格雷厄姆把手放在栅栏上用手支着头。

宠物埋葬仪式在孩子心里是神圣的。妈妈肯定走回了屋子,大人是不屑于为宠物祈祷的。孩子们你看看我,我看看你,因为失去朝夕相处的玩伴,他们在幼小的心灵中找到了面对这种痛苦的新的神经。一个孩子低下头祈祷,另两个也跟随。铁锹比他们每个人都高。埋完以后孩子们还要讨论此刻猫咪是否在天堂与天父和基督在一起。有好长一段时间孩子们没有大声吵嚷。

太阳把格雷厄姆的脖子晒得很热,他这样站着的时候突然很确信一个想法:"牙仙"一定看着孩子们把猫埋掉了(一如他确信是"牙仙"弄死了猫)。他如果能看到埋葬情景的话是不会放弃机会的。

所以他没有分两次来到现场,一次把猫杀死,另一次杀害全家。他是先杀死了猫后等着看孩子们发现宠物的尸体。

孩子们具体在哪里发现了猫的尸体已经不得而知。警方没有找到任何在当天下午,也就是惨案发生前十个小时,与雅各比家交谈过的人。

"牙仙"是怎样过来的,又是在哪里藏身的呢?

房子背面的栅栏后面就是灌木丛了,有一人高,延伸三十码直到小树林。格雷厄姆从自己的衣兜里掏出已用得皱巴巴的地图,打开平铺在栅栏上。上面显示在雅各比家后面有一条连续的狭长的树林带,大概有四分之一英里长,朝两个方向延伸。树林后面,也就是南面的边界,是一条管界公路,与雅各比家前面的那条路平行。

格雷厄姆开车从雅各比家出来回到高速公路上，用里程表计算着距离。他在高速公路上往南拐，来到他刚才在地图上看到的那条管界公路。他把车开回去，再用里程表记录公里数，然后再开回公路，直到里程表告诉他正好来到雅各比家背后的树林的另一边。

在一个保障性住宅区的前面人行道到头了，这个小区很新，在地图上没有标记。格雷厄姆开车进了停车场。不少车已经很旧了，弹簧都松了。有两辆车底下垫了木料准备修理。

一群黑皮肤的孩子在一个没有网子的篮框前玩篮球。格雷厄姆坐在挡泥板上看孩子们打球。

他想脱掉夹克，可他知道腰带上别着的.44口径特制手枪和平板式照相机会引人注意的。别人看他的手枪时他总觉得有一种奇怪的尴尬。

有两个队在打比赛。八个孩子穿着衬衫组成一队，还有十一个小家伙没穿上衣，是另一队。没有裁判，只靠大声叫喊来判罚或暂停。

一个没穿上衣的小个子抢篮板球时被推倒了，气鼓鼓地走回家。他回来的时候手里拿着饼干，立刻又加入了比赛。

叫喊声和篮球的砰砰声让格雷厄姆又打起了精神。

得一分，一只篮球。这让他想起利兹一家曾拥有多少财产。根据伯明翰警方排除入室抢劫的可能性时清点财物的单子来看，雅各比一家又拥有多少?划艇和各种运动器材、宿营装备、相机、猎枪和渔具，这是另一项两家共有的特点。

由利兹和雅各比家先前的情景，格雷厄姆想到后来在他们家中发生的一切，他无法继续看孩子们打篮球了。他深吸一口气，向公路那边黑黝黝的密林走去。

在松树林边上密密的灌木林随着格雷厄姆到达树林的深处而渐渐稀疏了，他很轻松地在落了满地的松针上走过。林子里的空气暖和又沉静。他的到来引起冠蓝鸦在树枝上的一片鸣叫。

地面缓缓地隆起，然后一条旱河出现在眼前，干涸的河床里长了几棵柏树，浣熊和田鼠的印记在红色的黏土上很鲜明。河床上也有些脚印，有的是孩子们的。所有的脚印都圆圆的，当时被脚压出来的软泥早已变硬了,都还围在脚印的周边。显然是好几场雨前留下的。

过了旱河地面又开始隆起,土质变得肥沃,松树下有蕨类植物生长。格雷厄姆在闷热的密林里爬上缓坡,直到林子边缘他看到光线为止。

在树干之间他可以看到雅各比家小楼的上层。

格雷厄姆从密林的边缘向雅各比家房子后面的栅栏走下来，慢慢地下坡,来到栅栏前往院子里看。

“牙仙”很可能把车停在高速公路旁新开发的住宅区的停车场里,穿过密林来到房子后面的小灌木丛。他可以把猫引到灌木丛里，然后淹死它,一手拎着死猫,双膝顺着路往下滑,另一只手把着栅栏。格雷厄姆可以想象猫被扔到空中,再也不能蜷起身子轻盈地四爪落地,而是砰的一声后背着地,重重地摔在院子里。

“牙仙”在白天里做了这一切——因为孩子们不可能在夜里找到猫并把它埋掉。

然后“牙仙”等着看他们找到它的尸体。

他会在酷热的小树丛里等一天吗？如果站在栅栏边他会从栏杆的缝隙被发现的。如果站在灌木丛的里侧,为了看清院子里的动静,他必须面朝窗户站着而正好被太阳晒着。他肯定会走回林子里边去,格雷厄姆也一样。

伯明翰警方并不傻。他可以看出他们拨开灌木丛的痕迹,把这当成凶犯可能落脚的地方而进行彻底搜查,但那是在发现猫之前。他们在这里搜寻的目的是想找到线索，废弃物或者脚印等等——而不是找罪犯当时的有利位置。

他沿着雅各比家相反的方向又往林子深处走了几码，然后在斑驳的树荫里来回走动。首先他来到那块高一点的地面,能看到院子的一部分,然后在树下搜寻。

这样干了大约有一个多小时，他突然发现地上有一个亮晶晶的东西在眼前一闪。亮光不见了,一会儿又找到了。那是一个易拉罐拉舌,半埋在一棵榆树下的落叶中。那是松树林里有数的几棵榆树之一。

他在八英尺以外的距离看到了它,然后用了五分钟扫视周围的地面。他蹲下身把跟前的树叶拨弄开,慢慢靠近那棵榆树,以外八字步小心翼翼地在他扫出的线路上走,避免毁坏地面上的任何印记。慢慢地他清开主干下所有的新落叶。在陈年的叶子上没有留下任何脚印。

在这个铝制的拉舌旁边他发现了一个被蚂蚁啃得很细了的苹果核,已经干了。鸟儿们把里面的果实啄掉了。他继续花了十分钟研究地面。最后才坐在地上,伸开早已酸疼了的腿,背靠在树干上。

一团蚊虫在一柱阳光下飞舞。一只青虫在一片落叶的底部蠕动。

在他头顶的树干上有一个坡跟底靴子留下的脚印，上面带着红色的河底泥。格雷厄姆把外衣挂在一个树杈上,然后从另一面小心翼翼地爬上树,向留有脚印的树的主干周围环视。他向主干三十英尺以外的地方看,那里就能看到离他一百七十五码远的雅各比家的房子。从这个角度看,房子又是另一番模样,屋顶的颜色变得很鲜明。他可以很清楚地看到后院和院子里车库等单间屋子后面的地面。在这么近的距离用一个好点的望远镜可以很容易地看清人脸上的表情。

格雷厄姆听到远处车辆的穿梭，再远处一只笼子里的比哥猎狗的叫声。一只知了开始了它单调的鸣叫,带锯一样的蝉鸣把周围其他的声音都盖过了。

他头顶上的一根主枝从右侧与主干分叉并伸向雅各比家的房子。他站直了身子直到可以看到房子,然后贴着主干张望。

在离他脸很近的地方有一个易拉罐正好楔入主枝和主干分叉的地方。

“太棒了,”格雷厄姆对树干轻轻地说,“来吧,亲爱的,过来吧,罐罐。”

不过,还是有可能是别的小孩留下的。

他继续往上爬,在小树杈之间很危险地移动,直到他能俯视那根粗大的主枝。

主枝上方有一块树皮被剥掉了,露出一块扑克牌大小的绿色内皮。在绿色的方框当中，格雷厄姆看到了一个类似图案的东西被深深刻入白色的木质部：

中

图案是用一把很锋利的刀刻的，刻得非常小心又很到位，绝不会出自孩子之手。

格雷厄姆小心地调整了相机的光圈，把这个标记拍下来。

在主枝上看房子的角度非常好，而且这里还被人调整过了：主枝上方本来有一根小树枝的枝头垂下来了，显然是因为挡了视线而被折断的。细枝被压过，折断的横断面已经稍稍变平了。

格雷厄姆寻找着折断了的树枝。如果被扔在地上，他刚才肯定能找到。在那里，枯萎的棕色叶子杂乱地散落在下面枝杈的绿叶间。

实验室需要折枝的两头以便测量折断面边缘的倾斜度，可是那就得回去取锯子。他对折断的细枝拍了好几张照片，拍照过程当中他一直对自己咕哝：

> 我知道你弄死猫，把死猫扔进院子以后，伙计，你就爬到这里一直等着。我知道你看完孩子埋猫以后就来这里刻木头、做白日梦。等夜幕降临了，你看着他们走过明亮的窗户，你看着帷帘降下来，你等着屋子里的灯光一个一个地灭掉。然后过了一段时间，你就下了坡，进了屋子，是不是？借着手电光和皎洁的月光从树干上爬下来不是件难事。

可是格雷厄姆爬下来却是够费劲的。他在软饮料罐的口里插了根嫩枝，慢慢地把它从树杈间取出来。然后他从树上下来，在必需两手支撑的时候用牙齿咬住饮料罐里树枝的另一头。

回到停车场，他发现有人在他的车边上用泥写着：“莱汶是个大笨蛋。”从字的高度上可以判断是个很小的孩子写的，可见这一带连年龄很小的居民文化水平都很高。

他想到他们会不会在“牙仙”的车上也写上呢？

他坐了几分钟，抬头看着楼房成排的窗户。大概有一百套房间。可能还会有人记得曾有一个白种的外来人深夜来到停车场。尽管已经过去一个多月了，还是很有必要查一查的。要想询问所有的住户，而且在最短的时间里做完这项工作，必须向伯明翰警方求助。

他在心里抑制着把易拉罐直接交给华盛顿的吉米·普赖斯的念头。他还需要伯明翰警方的增援，所以应该把他现有的发现交给他们。扫除罐子上的灰尘是一件很直接的工作，通过查验酸性的汗液而勾出指纹是另一回事了。普赖斯在伯明翰警方净化尘土以后还是可以做的，只要他们别用手指碰罐子。还是把它交给警方好。他知道联邦局文件部对刚才拍的刀刻印痕会像狂躁的猫鼬一样扑上去的。把照片发给每一个人，在这里就没有什么工作被落下了。

他在雅各比家的房子里给伯明翰警方打了电话。正当房地产商吉尔翰领着他的潜在买主们看房的时候，侦探们到了。

11

多拉德走进咖啡厅的时候，艾琳正在看《国民闲话报》的一篇文章：《你面包里的肮脏世界》。她刚吃完金枪鱼加沙拉的三明治的夹心。

在护目镜的掩盖下，多拉德的眼睛在报纸头版上搜索着。要闻栏里除了《你面包里的肮脏世界》以外还有《艾维斯秘密撤退——独家照片!!》《癌症患者的惊人福音》，还有大标题新闻《食人魔汉尼拔与执法人员联手——警察咨询魔鬼有关“牙仙”案情》。

他站在窗边漫不经心地搅动手中的咖啡，直到他听到艾琳站起来。她把托盘放在托盘柜里。在她正要扔掉报纸的时候多拉德碰了碰她的肩膀：

“把报纸给我看看好吗？”

“当然，D先生。我正要让它听上帝安排呢。”

多拉德回到自己的办公室，关上门，看报纸。

弗雷迪·劳厄兹在双页连版上有两篇署名文章。文章大意是对雅各比和利兹案件的骇人听闻的重构。因为警方对许多细节都没有公布，劳厄兹只能依靠他的想象力去构筑那些精巧的细节了。

多拉德觉得文章写得很无聊。

旁边的花絮更吸引人。

巴尔的摩，马里兰州——在捉拿亚特兰大和伯明翰系列杀人凶犯“牙仙”的行动陷入困境后，联邦调查局的捕手们开始向在押的最野蛮杀手求助。

汉尼拔·莱克特博士令人毛骨悚然的凶杀案情三年前被本报披露。本周在关押他的最高警备级别看守室里他接待了来访的联邦局顶级探员威廉(威尔)·格雷厄姆。

在识破莱克特这个系列杀人犯之际，格雷厄姆遭受了他几乎致命的一刀。

他从内退状态被急召回来以使“牙仙”案的侦查工作取得突破。

这两个死对头之间会有什么样的对话？格雷厄姆究竟想要什么？

“抓住一个就能抓住另一个。”一位联邦局高官告诉笔者。他指的是莱克特，他被称为“食人魔莱克特”，既是精神分析专家又是连环杀手。

或者也许他指的是格雷厄姆??

据《国民闲话报》了解到的，格雷厄姆曾任昆蒂科的联邦调查局研究院教师，曾在一家精神病院接受了四个星期的治疗……

联邦调查局官员拒绝透露为什么要把一个精神状态不稳定的人分配在重要案件的追踪前线。

格雷厄姆出现精神问题的原因目前没有被披露，但一位从事过精神分析的工作人员透露那是由“过度的精神忧郁”引起的。

格蒙·伊文斯，一个曾在贝塞斯达海军医院任职的专业人员称，格雷厄姆是在杀死有“明尼苏达州百劳鸟”之称的格雷特·霍伯以后不久在海军医院接受精神病治疗的。格雷厄姆在 1975 年击毙了格雷特，从而结束了他在明尼阿波利斯引起的长达八个月的恐慌。

伊文斯说格雷厄姆在医院的前几个星期中有自闭的倾向，并拒绝饮食或谈话。

格雷厄姆从未担任过联邦调查员。有经验的观察者把这归结为联邦局针对侦探能力进行的严格审查制度。

联邦局只透露格雷厄姆原在联邦调查局犯罪行为实验室工作，并因为在实验室和办案工作中作为特别情报员的出色表现被安排在联邦局研究院进行教学工作。

据《国民闲话报》称,在联邦局工作之前,格雷厄姆供职于新奥尔良警察局凶杀案科,然后他就读于乔治·华盛顿大学法医专业的研究生院。

一位曾经与格雷厄姆共事的新奥尔良警官评论道:“你可以说他现在退休了,但是联邦局希望他还在他们手边可以随时接受调遣。他就像一条在房子里的巨蟒——人们可能不会很经常地看到它，但是知道有它在那里消灭食鱼蝮蛇还是很让人心安的。”

莱克特博士将被终身监禁。如果有朝一日他被认定精神正常,他将面对九桩一等谋杀案的指控。

据莱克特的律师介绍，这个系列杀人案的凶手被监禁以来一直在为专业科学的期刊撰写有用的文章，并且与目前精神分析界最受尊敬的精英人士通过往来书信进行“持续的对话”。

读到这里,多拉德把目光转向图片。在补充新闻报道的上方有两张照片。一张显示了莱克特被押在一辆州际部队车的边侧;另一张是弗雷迪·劳厄兹在巴尔的摩精神病犯罪医院外拍摄到的格雷厄姆的照片。在他两篇文章的署名边都挂着劳厄兹的小头像。

多拉德对照片注视了许久。他用食指尖在报纸上慢慢地摩挲,一遍一遍来来回回,他的触觉对粗糙的报纸印刷品出奇地敏感。油墨染在他的指尖上,他用舌头把油墨浸润,拿一张克里内克丝面巾纸擦干净,然后他把补充新闻报道剪下来塞进了衣兜。

在回家的路上,他买了快速吸水的卫生纸,那种在船舶上和宿营时用的,还有一个鼻用人工呼吸器。

他感觉很好，尽管他的花粉热又犯了——和很多进行过鼻修补术的患者一样，他没有鼻毛，所以一直受花粉热困扰，还有上呼吸道感染。

他车前面一辆带拖车的卡车在通往圣查尔斯的密苏里河桥上耽搁了十分钟。他耐心地等着。他的黑色厢式轿车里铺了地毯，凉快又安静，立体声音响里放着亨德尔的《水上音乐》。

他的手指随着音乐的节拍在方向盘上跳跃，时而轻揉一下鼻子。

一辆坐着两个女人的敞篷车在他旁边的车道与他平行。她们穿着短上衣和露脐裙。多拉德从车里朝敞篷车看过去。她们似乎因为落日刺眼的照射而疲倦无聊。在副驾驶座上的女人头靠着椅背，两脚跷在仪表板上。她懒洋洋的坐姿使她的腹部出现了两层褶皱。多拉德观察到她大腿内侧有吮吸的印记。她察觉到他的目光，坐直身子把两腿交叉。他看出她脸上有厌恶的神情。

她和开车的女子说了些什么，两个人都笔直地看着前方，但多拉德知道她们在谈论他。他很高兴自己并没有因此而生气。现在很少有事情让他生气，他知道自己正在养成一种和身份相称的修养。

车里的音乐简直太美妙了。

前面的车辆开始移动了。他旁边的车道仍然堵着。他盼望着回家。他伴着音乐节拍点着方向盘，用另一只手摇下车窗玻璃。

他猛地向前一弓身，向刚才那个女人的大腿处吐了一口绿色的浓痰，正落在她的肚脐旁。她的漫骂声又尖又高，在他把车开走时骂声盖过了车里亨德尔的音乐。

多拉德的大日记本至少有一百年的历史了。外面是黑色全皮包装，四角镶着黄铜。它的重量使多拉德不得不用一只带轮子的工作台来支撑。他把它连桌子锁在楼上顶层的橱柜里。在圣路易斯的一家印刷公司的破产拍卖会上，多拉德第一眼看到它时就知道这东西应该属于他。

现在，冲完澡换上他的和服，他打开橱柜把它用转桌推出来，转到红色巨龙画的正下方。他拿椅子坐下来，翻开日记本。一股发霉的纸张味道扑鼻而来。

在第一页的正中，是他自己用荧光笔写成的显赫大字，是摘的一段布莱克《启示录》："一条红色的巨龙也接踵而至……"

书里夹的第一件东西是唯一一件没有整整齐齐地放好的物件，一张发黄的照片松散地夹在两页之间。那是多拉德儿时与外祖母在这栋大房子的台阶上照的。照片上他拽着外祖母的裙边，而外祖母则两手在胸前交叉，背挺得很直。

多拉德漫不经心地往后翻着，忽视了照片的存在，仿佛它放在那里是个错误。

在这本大簿子里有很多剪报，最早的是关于圣路易斯和托勒多失踪的年长妇女。在剪报之间的书页上满是多拉德自己的笔迹。用黑色墨水和漂亮的印刷体写成，与布莱克本人的笔迹确实有些相像。

在书页的边沿钉着锯齿状的一块头皮，是被一口咬下来的，还带着头皮的发根，像上帝的剪贴簿里压着的彗星。

伯明翰的雅各比案的剪报和有关的胶片放在了一起，成卷的胶片在盒里装着，反转片在照片匣里，都用强力胶贴在了页面上。

利兹案的资料也是如法炮制。

"牙仙"的称呼在利兹案以后才诞生。这个称呼在随后的所有报道中都被勾画出来。

现在多拉德就用同样的手法剪辑刚刚得到的《国民闲话报》的剪报。他把所有的"牙仙"一词用红色的粗笔重重地杠掉。

他修剪《国民闲话报》剪报的边沿，使它正好能放进书页里，然后翻到空白的一页。格雷厄姆的照片也放进去吗？他厌恶照片上格雷厄姆头顶上方石板上的"犯罪医院"几个字。他痛恨一切形式的关押人的地方。他目前不去想格雷厄姆的脸。他把照片暂时放在了一边。

可是莱克特……莱克特。这张现有的图片可不太好。多拉德有一张更好的在橱柜的一个盒子里藏着，他把它拿了出来。那是在公布莱克特被精神病犯罪医院收容消息时附带的。上面突出了莱克特那双迷人的眼睛。尽管如此，照片还是不够令人满意。在多拉德的心目中，莱克特的形象应该像文艺复兴时期的王子的黑色肖像一般潇洒英俊,因为莱克特不同于其他所有人,他有可能具有足够的敏感和经验,并能理解多拉德升华到超凡境界时的荣耀和尊贵。

多拉德觉得莱克特懂得那个真谛——那些为你的事业而死去的人的生命是具有非客观性的。他觉得莱克特会懂得那些牺牲品不是肉身,而是光影、空气、彩幻和快速消失的声音,它们在你改变它们时快速地消失了,就像彩色的气球胀破了。莱克特会懂得他们状态的改变非常重要,比他们勉强地度日,祈祷而得来的生活要重要得多。

多拉德听到撕心裂肺般的尖叫后的反应就像一个雕塑家看到石材上落下的碎屑一样平静和自然。

莱克特有能力理解血液和呼吸只是改变过程中的一些要素,它们为他的最终转世添加燃料,就好像燃烧是光的来源一样。

他想见见莱克特,与他交谈,分享思想,和他一起从他们共有的预见中得到快乐,让他识别就像洗礼师约翰当年识别出日后的圣人一样,坐在他身上就像在布莱克的《启示录》系列里巨龙坐在六百六十六个人的身上一样,然后把他的死拍摄下来,因为在别人将死的过程中,他与巨龙的力量融在了一起。

多拉德戴上一双新的橡胶手套走到桌前。他打开刚刚买的卫生纸的外包装,展开一段七层卫生纸,扯了下来。

他左手在纸上小心地用印刷体给莱克特写了一封信。

口才从来就不是一个人写作能力的可靠检验标准。你永远也不能通过一个人的口齿断定他的写作能力。多拉德说话受他客观存在的和假想的缺陷所影响,不很流利,但是他的口才和文笔却有惊人的差别。尽管如此,他还是觉得语言无法表达他觉得最重要的东西。

他希望能收到莱克特的回信。他需要得到莱克特的个人回应,然后才能告诉莱克特博士更重要的事情。

他怎样才能办到呢?他翻着以往有关莱克特所有的剪报,重新读了一遍。

最后，一个简单的方式出现在他脑海里了。他开始重新写。

他的信自己读起来都觉得太害羞。他用的落款是“狂热的崇拜者”。

他对这个签名考虑了几分钟。

的确是“狂热的崇拜者”。他的两颊出现了一个傲慢的扭曲。

他把戴手套的大拇指伸进嘴里，取出假牙放在吸墨纸上。

假牙的上牙托的支持物形状很怪异。牙齿是正常的，整齐又洁白，但是上半部分的粉色丙烯有一个弯曲，以便适应他的畸形且有缝隙的牙龈。附着在牙托上的还有一个假体，它的顶部是个充填器，他在说话时这个假体帮他把软腭闭合。

他拿起桌子上的一个小盒子，那里面装着另一副牙齿。上片是相同的，但是没有修补物。弯曲的牙齿之间有暗色的斑点，发着轻微的腐臭味。

它们和楼下床边玻璃杯里的外祖母的假牙完全相同。

多拉德的鼻孔因为腐臭向外扇开。他露出了瘪嘴的笑容，然后把假牙放好，用舌头让它们湿润。

他在署名处叠好信，然后用力咬下去。当他再打开信时他的签名被一个椭圆形的牙印圈住了。这是他的签章，一个带有旧的血痕斑点的特别版的章。

12

下午五点钟。拜伦·麦特卡夫律师摘掉领结，给自己做了杯饮料，把脚跷到桌子上。

“你真的不来一杯吗？”

“下次吧。”格雷厄姆说着，一边把粘在袖口上的苍耳掸掉。他庆幸有空调开着。

“我对雅各比一家并不很熟悉，”麦特卡夫说，“他们三个月前刚刚搬到这里。我和我的妻子到他家做了几回客。爱德·雅各比在刚刚搬完家后找过我重立遗嘱，我们就是这样认识的。”

“可是你是他的财产经营者。”

“是的。他的妻子在他的财产经营者的名单里列第一位，如果他的妻子去世或没有执行能力的话，然后才轮到我。他在费城有个兄弟，但是我猜他们的关系并不亲密。”

“你曾是助理特区律师。”

“是的，1968 年到 1972 年。我 1972 年考特区律师，仅仅差了一点没有考上。我现在已不后悔了。”

“你是怎么看这里发生的一切的呢，麦特卡夫先生？”

“我想到的第一个人就是约瑟夫·雅伯隆斯基，那个工会头头。”

格雷厄姆点点头。

“一桩有目的的犯罪，具体讲是权力，用变态做伪装。我们仔仔细细地把爱德·雅各比的文件翻了一遍——特区律师办公室的杰瑞·艾思格和我。

“可什么也没有，没有人从爱德·雅各比的死亡得到一大笔财产。约瑟夫发了一大笔薪水，他把一些专利费付清了；可是他把得来的钱花得和他得来时一样快。所有的东西都要归爱德的前妻所有，在加利福尼亚的一小块地产归孩子和后代所有。他有一笔小额的规定受益人不得自由处理的信托资产，给他现在唯一幸存的儿子。基金还够支付三年上大学的开销。我敢肯定三年后这孩子还得在一年级原地不动。”

“奈尔·雅各比。”

“对，这孩子可给爱德找了不少麻烦。他和他妈妈在加州一起住，因为行窃进了劳教所。我从他母亲那儿了解了一些情况。爱德去年到加州去看他，把他带回到伯明翰，让他在巴德韦尔社区大学上学。他们曾经试图让他和家人住在一起，可是他抱怨其他的小孩而且让每个人都不舒服。雅各比太太容忍了他一段时间，最后他们还是让他住宿舍了。”

“他在哪？”

“6月28日那天晚上吗？”麦特卡夫的眼睛看格雷厄姆的时候半睁半闭，“警察和我都琢磨过。他看了一场电影然后回学校了。这已经证实了。而且他是O型血。格雷厄姆先生，我得在半小时以后接我太太，如果你愿意的话我们可以明天继续谈。告诉我怎么样能帮助你。”

“我想看看雅各比家人的私人档案，比如日记、照片等等。”

“这类东西好像没多少——他们搬家前在底特律遭了一场大火，几乎所有的东西都烧毁了。没有任何可疑的，爱德当时正在地下室焊东西，火花溅到他储存的油漆上，结果房子就着了。

“有一些私人的信件，我锁在私人保管箱里了，还有一些小件的值钱的东西。我记忆里好像没有日记。其他所有东西都在仓库里。奈尔那儿可能还有些照片，我不能肯定。让我想想——我明天上午九点半要去法庭，不过我可以先陪你到银行看那些信，然后回来接你。”

“很好，”格雷厄姆说，“还有件事，我可能要用到有关遗嘱查验的所有文件的拷贝：对房产所有权提出的要求，任何关于遗嘱的争论、信件。我希望拿到所有的文件。”

“亚特兰大特区律师事务所已经向我要过这些文件了。他们在和亚特兰大的利兹房产做对比，我知道。”麦特卡夫说。

“尽管如此，我还是想自己留一份。”

“好吧，也给你拷一份。你并不真的以为这案子跟钱有关，是不是？”

“不，我希望通过这些找到与利兹案相关案卷里相同的人名。”

“我也是。”

巴德韦尔社区大学的学生公寓是四座小型的宿舍楼，建在一块凌乱的四边形土地上，土地的肥力已经贫乏。格雷厄姆到达那里时一场立体声音响之战正在进行中。

两个相对的汽车旅馆式的阳台都放着扬声器，对着大声放音乐。放的分别是《亲吻》和《1812序曲》。一只气球在空气里胀得很大，在离格雷厄姆十英尺远的地方爆了。

格雷厄姆弯腰钻过一排晾衣绳，跨过一辆自行车才得以进入奈尔·雅各比与别人共用的单元起居室。雅各比卧室的门半掩着，门缝里传出高声的音乐。格雷厄姆敲了敲门。

没有回应。

他把门推开。一个脸上有斑点的高个子男孩坐在两张并排床的一张上，吸着一支四脚的大烟枪。一个穿蓝布牛仔裤的女孩躺在另一张床上。

男孩的脑袋猛地抬起来，面冲着格雷厄姆。他在拼命动脑子想。

“我找奈尔·雅各比。”

男孩看起来呆呆的。格雷厄姆关掉了音响。

“我找奈尔·雅各比。”

“嘿，我这是在吸药治风湿病。你不会敲门啊？”

“奈尔·雅各比在哪儿？”

“我他妈怎么知道？你找他干吗？”

格雷厄姆让他看了看警徽。“让我仔细想想。”

“噢，倒霉。”那女孩说。

“是缉毒侦探，见鬼，我不值得你那么费力。我说，咱们谈谈这事吧。”

“咱们谈谈奈尔·雅各比在哪儿。”

“我想我能帮你找到他。”女孩说。

她去其他的宿舍打听去了，格雷厄姆在屋里等着。她去的每一个屋子，便桶都要哗哗响一阵。

屋子里奈尔·雅各比的物件很少——一张雅各比全家的照片躺在镜台上。格雷厄姆把压在上面的一杯冰水移开，用他的袖子把照片上的水痕擦干。

女孩回来了。“去‘可恶蛇’看看。”

“可恶蛇”酒吧是一个小店的前厅，窗户刷了暗绿色的漆。外面停的车简直是个大杂烩，各式各样的都有。不挂半拖车的大卡车、小型汽车、一辆淡紫色的敞篷车、老式道奇和雪佛兰，后者为了弄成减重短程高速赛车的模样，把车尾架得很高。还有四部全副武装的哈利—戴维森大型摩托车。

架在门顶窗的空调均匀地把水滴在马路上。

格雷厄姆弯腰避着水滴走进去。

里面很拥挤，有洗涤剂和陈腐的纸板棚的味道。吧台服务员，一个魁梧的穿背带工装裤的女人递给他可乐。她是这里唯一的女性。

奈尔·雅各比，深色皮肤，像剃须刀那么瘦，在自动唱机旁。他把硬币投进机器里，而他身边那个人按了选钮。

雅各比看起来像个放纵的小学生，可是他身边帮他选音乐的人和他不一样。

他的这个同伴是个奇怪的混合体：一张孩子气的脸，浑身腱子肉。他穿着 T 恤衫和牛仔裤，衣兜部分都磨白了。他的胳臂上的肌肉疙疙瘩瘩，他的手又大又丑。左臂的小臂上有一个做得很专业的文身，写着：“为性交而生。”另一个胳臂上有一个粗糙的监狱文身，写着：“兰迪。”监狱服刑时的平头发型已经参差不齐地长长了。他把手伸向唱机的旋钮时，格雷厄姆看见他前臂有一小块皮肤被剃平了。

格雷厄姆觉得胃部有些冷。

他跟着奈尔·雅各比和兰迪穿过人群走到酒吧的后部。他们坐在一个小隔间里。

格雷厄姆在他们桌前两英尺的地方停下。

“奈尔,我叫威尔·格雷厄姆。我需要和你谈几分钟。”

兰迪抬头看着他，脸上露出了做作的夸张笑容。他的一个门牙是假牙。“我们互相认识吗?”

“不认识。奈尔,我想和你谈谈。”

奈尔抬了抬眉毛表示疑问。格雷厄姆不知道在劳教所里他都遭遇了什么。

“我们在谈一些很隐私的事,走开。”兰迪说。

格雷厄姆小心地看着他肌肉发达的胳膊,他肘弯里贴着橡皮膏,前臂上那块削平的印记显然是用刀割的。持刀斗士的“疥癣”。

我害怕兰迪。要么开枪,要么退却。

“你没听到我说话吗?”兰迪说,“走开!”

格雷厄姆解开外衣纽扣,把他的证件放在桌子上。

“坐着别动,兰迪。要是你想站起来你就会有两个肚脐了。”

“对不起,长官。”声调里立刻有了在押犯的服帖。

“兰迪,我想让你帮我做件事。在你左边的后兜里有一把五英寸长的弹簧折刀,你用两个手指帮我把它掏出来。放在桌子上……好,谢谢。”

格雷厄姆把刀放进口袋里。那刀摸起来很滑。

“好,在你另一个兜里是皮夹,把它拿出来。你今天卖血了,对吧?”

“那又怎么样?”

“那就把卖血的单据给我,你下次去血站要出示的那张。把它平铺在桌子上。”

兰迪是O型血。下一步得教训教训他。

“你出狱多长时间了?”

“三个星期。”

“谁是你的假释警官?”

“我没有被假释。”

“这八成是谎话。”格雷厄姆想盘查兰迪。他可以以携带超出法律规定长度的刀具的罪名再把他送进局子。在有卖酒许可的地方停留也违背了假释条文。格雷厄姆知道因为兰迪让他产生了恐惧因此自己对他有气。

“兰迪。”

“嗯?”

“出去!”

“我不知道我能告诉你什么,我并不很了解我父亲。”奈尔·雅各比在格雷厄姆开车送他回学校时告诉格雷厄姆。“我三岁的时候他离开了妈妈,后来我就没再见着他——妈妈不让我见。”

“他去年春天找过你。”

“是的。”

“在劳教所。”

“你看你都已经知道了。”

“我只想直截了当地切入主题。你们见面后发生了什么?”

“他在来访者里面,很正统而且不东张西望。去那里的人大都把那当作动物园。我从妈妈那里听到很多关于他的事,可是他看起来并不那么坏。他就是一个站在那里穿着旧运动装的汉子。”

“他对你说了些什么?”

“我原来以为他要么对我暴跳如雷,要么特别内疚。来探视的人大都是这两种情况。可是他只问我是不是觉得自己能上学,他说如果我上学他愿意保我出去。他说:‘你得帮帮自己。试一试,帮助你自己。我会让你上学的。’还有别的类似的话。”

"多久以后你出来的?"

"两个星期。"

"奈尔，你在劳教所的时候谈论过你的家庭吗? 和你的同屋或任何人?"

奈尔·雅各比立刻看着格雷厄姆。"噢,噢,我明白你的意思了。不,没聊过我父亲。我已经很多年不想他了,为什么要谈起他呢?"

"在这里呢?你曾带朋友到你父母家吗?"

"父母?不是父母。她不是我母亲。"

"你曾经带什么人去过那里吗?学校里的朋友或者……"

"危险品交易伙伴,格雷厄姆警官?"

"对。"

"没有。"

"从来没有?"

"一次也没有。"

"他有没有提到任何威胁?在谋杀发生前的两个月间他有没有很困扰过?"

"我和他最后一次交谈的时候他很烦躁，不过那是因为我的成绩。我有好几门课不及格。他给我买了两个闹钟。别的我就不知道了。"

"你有他的任何私人文件,比如信或照片什么的吗?"

"没有。"

"你有一张家庭照片。在你屋里的镜台上,一杯冰水下面。"

"那不是我的冰水。我可不愿意把那肮脏的东西放在嘴里。"

"我需要那张照片,我会做个复印件然后还给你。你还有什么别的东西吗?"

雅各比从烟盒里倒出一根烟,然后在口袋里摸火柴。"没有了,我想不出来他们为什么把那东西给我。我爸爸冲着雅各比太太和那群小矮人笑。你可以把它拿走。他对我可从来没那么笑过。"

格雷厄姆需要了解雅各比一家。他们在伯明翰的新朋友对此没什么帮助。

拜伦·麦特卡夫带他看了锁着的私人物件。他读了很薄的一打信件，大都是商业往来的。他也仔细翻了一遍首饰。

大热天他在雅各比一家家用物品仓库里干了三天。麦特卡夫到了晚上来帮忙。每层装箱架，每只柳条箱都打开了，所有的物品清查了一遍。警方的照片帮助格雷厄姆了解屋子里东西原来的摆放顺序。

大多数家具是新的，用因底特律火灾而获得的赔偿金买的。雅各比一家几乎没来得及在他们的家当上留下印记。

一个床头柜上面还有指纹粉的痕迹，这引起了格雷厄姆的注意。在桌子的中央有一支绿色的蜡烛。

他又一次想象杀人犯是不是喜欢烛光。

伯明翰法医科在线索共享方面做得很好。

伯明翰警方找到的最有力的线索是一处鼻子留下的很模糊的印儿。华盛顿的吉米·普赖斯可以从树上的饮料罐上得到一些线索。

联邦调查局火警及设备检验科针对砍落的树枝发回了报告。砍树的刀刃很厚，有一个很浅的斜度。树枝是用一把切割门闩用的刀砍的。

文件科把树上刻的图案转发给了朗里的亚洲研究系。

格雷厄姆坐在仓库的一只提箱上看发回来的长篇报告。亚洲研究系提示这个标记是个汉字，意思是“得中”或者“正好打中”——有时用作博彩游戏里的一种表达。它被认为是一种“积极的”或“幸运的”信号。从事亚洲研究的专家说，汉字也出现在麻将牌里，它在牌上的标记是一条红色的龙。

13

克劳福德在华盛顿联邦调查局总部和在伯明翰机场的格雷厄姆通着电话。他的秘书朝他办公室探进身子，挥手示意有话要说。

“奇尔顿博士在巴尔的摩医院找你，在2706线上。他说有急事。”

克劳福德点点头。“别挂，威尔。”他抓起分机，“克劳福德。”

“弗雷德里克·奇尔顿，克劳福德先生，我在——”

“我知道，博士。”

“我这里有一张便条，或者两片便条，像是在亚特兰大杀死那些人的凶手写的——”

“你从哪儿得到的？”

“从汉尼拔·莱克特的看守室里。文字写在卫生纸上，所有的文字，还留下了牙印。”

“你能不再翻腾这东西现在就读给我听吗？”

奇尔顿尽力保持冷静，开始读：

我亲爱的莱克特博士：

我想告诉你，我很高兴你对我产生了兴趣。当我想到你与外界的交流很广，我问自己：“你敢写这封信吗？”当然我敢。我不认为你会告诉他们我是谁，即使你认识我。再者，我现在的肉身是什么样子是非常不重要的。

重要的是我将要成为什么，我知道只有你才能理解。有一些东西我很想给你看。以后吧，也许，如果有机会的话。我希望我们能保持联系……

“克劳福德先生，这儿有一个撕破的洞，接下去是：”

我仰慕你已经多年了，而且积攒了报刊上关于你的消息的全部剪报。事实上，我觉得那些东西是对于你的不公平的评论，就像他们对我不公平一样。他们喜欢用一些诋毁的谑称，是不是？“牙仙”，还有什么比这更不恰当的呢？要是我不知道你在媒体中遭受了同样歪曲和不公的待遇就是我的耻辱了。

探员格雷厄姆对我感兴趣。作为警察他的相貌可是够特别的，不是吗？不很英俊，但是看起来很深沉。你本应该叫他别来捣乱的。

抱歉用这样的纸张，我选择它，因为如果你被迫吞食它的话，它能很快消融。

“这儿有一块不见了，克劳福德先生，下面是最后的一段：”

如果能收到你的回信，下次我可能会寄你一些湿的东西。再会，我将是你的

狂热的崇拜者

奇尔顿念完后克劳福德一直没开口。“你在那里吗？”奇尔顿问。

“是的。莱克特博士知道你弄到纸条了吗？”

“还没有。今天上午清理他的房间，所以他被移送到一间临时囚室里。打扫卫生的清洁员没用抹布，而是用看守室里的卫生纸擦拭下水道。他在

揪卫生纸的时候发现纸轴里藏着这个攥成了一团的东西，然后他就交给我了。他们每次发现私藏的东西都交到我这里。”

“莱克特现在在哪里?”

“还在临时囚室里。”

“他能在那里看见他的看守室吗?”

“让我想想……不,看不见。”

“你等一下,博士。”克劳福德把奇尔顿这条线路变成等待状态。他盯着电话上两个闪烁的灯有几秒钟其实却没有看到它们。克劳福德,在与人打交道时异常老练而圆滑,他正盯着鱼浮逆着风浪移动。他又找到了格雷厄姆。

“威尔——一张便条,可能是‘牙仙’写的,藏在莱克特巴尔的摩的看守室里,像是一封写给偶像的信。他希望得到莱克特的认同。他对你很好奇,而且问了些问题。”

“他打算让莱克特怎样回复?”

“现在还不知道。有的地方破损,有的地方被画掉了。想必莱克特有机会和他保持联络,只要他不知道我们了解这事。我需要让实验室检验这张便条,我也要翻查他的看守室,可这会很冒险。如果莱克特怀疑了,谁知道他会怎么警告那个混蛋?我们需要这条连线,可我们也需要条子。”

克劳福德告诉格雷厄姆现在莱克特在哪里，便条是怎么被发现的。“我离巴尔的摩有八十英里,我来不及等你了,伙计。你怎么看?”

“一个月里十条人命——我们玩不起长长的信件游戏。要我说就放手干。”

“我会的。”克劳福德说。

“咱们两个小时后见。”

克劳福德开始疾风似的吩咐他的秘书:“莎莉,叫一架直升机来。整个操作都要飞一样快。我不管你从哪里调,我们的、特种装备部的,还是海军的。五分钟以后让它在顶层等我。打电话给文件部,让他们调人手和设备到这里来做文件检查。让赫伯特赶紧派个检查组过来,到顶层等我。五分钟。”

他接上了奇尔顿的线路。

“奇尔顿博士，我们需要在莱克特不知道的情况下搜查他的看守室。我们需要你的帮助。你和任何人说过这件事吗?”

“没有。”

“那个发现纸条的清洁员在哪?”

“在我的办公室里。”

“请他保持安静,什么也别说。莱克特从他看守室里出来多久了?”

“大概半个小时了。”

“这比平常晚很多吗?”

“还没。不过一般情况下只需要半个小时就清理完了。过不了多久,他就该琢磨哪里出问题了。”

“好,帮我做这些事:给你的大楼工程师或主管,反正是在职的那个人吧,打电话。让他给大楼停水。然后把莱克特看守室的电闸拉掉。让当值的主管扛着工具走过临时看守室。他必须装作很慌张,很恼火,没时间回答任何问题——明白了吗?告诉他我会给他解释的。让今天的垃圾清运工别来了。别碰那个字条,好吗?我们这就到了。”

克劳福德又给科技分析部的主任打电话:“布雷恩，我这有个便条一会空运拿到,可能是‘牙仙’写的。所有别的事都要放一放。再过半个小时就得把它原封不动地放回去而且不留痕迹。我需要给它做毛发纤维、潜指纹和文件检验,最后到你这。所以和他们配合一下,好吗?是的,我从头到尾都跟着,而且把便条亲自交给你。”

克劳福德带着便条从顶楼里下来时电梯里很暖和——联邦局规定的华氏八十度,他的头发被直升机吹乱到可笑的程度。他走到毛发和纤维实验室时胡乱擦着脸上的汗。

毛发和纤维实验室是个小科室,安静又繁忙。公共休息室里堆满了从全国各地的警察局送来的证据盒:封嘴和捆手腕用的胶条、破烂的有血迹的衣服、停尸床的床单。

克劳福德从检验室的窗户里一下子看到了贝弗莉·凯蒂。她用一个衣架把一件小孩穿的连体服在一张铺了白纸的桌子上方挂好。在强光照射下的不通风的屋子里，她用一个金属铲子在裤子上轻轻摩挲着，仔细在条纹之间查找，小心地掠过细小的绒毛又不把它们碰掉。一粒尘土和沙子掉在了白纸上。随后，在静止的空气中下落了一个东西，比沙子落得慢，比棉绒落得快，是一根缠得紧紧的头发。她扬起头，用她的明亮的知更鸟一样敏锐的眼睛看着它。

克劳福德能看见她的嘴唇在动。他知道她在说什么。

"抓到你了。"

这是她的口头禅。

克劳福德敲了敲玻璃，她马上出来了，摘掉她的白手套。

"还没送检指纹？"

"没有。"

"我在另一间检验室里查。"她换上一副干净的白手套，在这空当里克劳福德打开了文件夹。

那张字条，在两片纸上，被轻轻地夹在两面塑料胶片之间。贝弗莉·凯蒂看到上面的牙齿印，抬头看了看克劳福德，没有问问题以节省时间。

他会意地点点头：这齿印正是当初他带在身边去巴尔的摩的那个由凶手在奶酪上留下的齿印。

克劳福德从窗外看着她轻轻地把两片纸拿起，放在一个很细的榫钉上，下面铺好白纸。她透过一个高倍数的放大镜仔细地察看纸的表面，然后对着它轻轻地扇。她用铲子轻轻地拍榫钉，然后用放大镜仔细搜寻下面铺着的白纸。

克劳福德看了看手表。

凯蒂把纸片翻到另一个榫钉上，让它的反面朝上。她在纸片表面发现了一个细小的东西，于是用一只细得像头发丝一样的小镊子把它夹出来。她把撕破了的纸条的断面高倍数放大，拍摄下来，然后把纸片放回原来的夹子。她把一副干净的橡胶手套一并放在夹子里。白手套，是"请勿触摸"

的标志，它们总会跟随着证据一起直到检查指纹这一关。

“好了。”她边说边把夹子还给克劳福德，“一根头发，估计有十五分之一英寸粗。还有一些蓝色印记。我会把它们搞定的。你还有什么要检查的吗?”

克劳福德给了她三个标好的信封。“莱克特发梳上的头发，他们允许他用的电子剃须刀上留下的胡须，这里面是清洁工的头发。我得走了。”

“一会见。”凯蒂说，“你的新发型挺让人喜欢的。”

吉米·普赖斯在潜指纹描述符索引科看到被咬过的纸片后做了个鬼脸。在他的技师用氦镉激光扫过纸片、希望能有指纹出现而发光时，普赖斯使劲斜着眼睛从肩头看他。纸片上出现了发光的污点，可是除了汗渍以外，他们什么也没找到。

克劳福德想问他一个问题，犹豫了一下没问出口。他等着，直到蓝色的光从普赖斯半戴着的眼镜上消失。

“我们知道有三个人碰这东西的时候没戴手套，对吗?”普赖斯问道。

“是的，清洁工，莱克特和奇尔顿。”

“那个擦污水池的家伙八成是把他手上的油污洗干净了。可是那两个人留下的——你看，这块有多糟糕。”普赖斯拿着纸片凑到灯光下，夹子在满是老人斑的手上一动不动。“我可以用烟雾做处理，杰克，可我不能保证在你要求的那么短的时间里那些有碘的痕迹会消除。”

“试试苯并戊三酮呢?加热高压?”通常情况下，克劳福德是不会向普赖斯做技术上的建议的，可是这会儿他想无论如何也得想办法挽回损失。他估计普赖斯准没有好气，谁知道老人回答时的嗓音充满了遗憾和悲伤。

“那不行，我们无法把它们洗干净。这次我没法给你指纹了，因为这上面本来就没有。”

“活见鬼。”克劳福德说。

老人扭过了脸。克劳福德把手搭在老人瘦骨嶙峋的肩上说：“真糟糕，吉米。我知道如果有指纹的话你会把它找出来的。”

吉米没答话。他已经在打开由另一个案子送来检验的证据了——一双手。干冰在他的废纸篓里冒着烟。克劳福德把橡胶手套扔进烟雾里。

失望在他的胃里翻腾。克劳福德匆忙赶到文件科，劳埃德·博曼正在那里等他。博曼从法庭上被临时召到这里。他的脑筋在这样急速的转换下让他不停地眨着眼睛，仿佛他刚刚从睡梦中被叫醒一样。

“你的新发型值得我恭喜。一项大胆的改变。”博曼一边说，一边麻利而又谨慎地把纸片转移到他的工作台面上，“你能给我多长时间？”

“最多二十分钟。”

在博曼的强光下两片纸好像发起光来。在便条上片的那个椭圆形锯齿边缘的洞周围，他的吸墨纸呈现出暗绿色。

“最主要的、最先要确定的是，莱克特会通过什么方式回复。”克劳福德在博曼读完便条后说。

“对回复方式的暗示大概就在被撕掉的那一块上。”博曼说话的时候，他仍然很稳健地操作手上的滤光器、光源和拷贝照相机。“在上片上他说‘我希望我们能保持联系’，然后就是破洞了。莱克特用毛毡笔的笔尖把文字圈上，然后把纸折叠起来，最后把那儿的大部分撕掉。”

“可他没有任何工具帮他刻或切。”

博曼在非常暗的灯光下把牙印和纸片的背面用照相机拍下来。他对着便条以三百六十度的大角度转动光源时，他的背影在墙上来回跳动，他的手在空中做着精灵一样的折叠动作。

“现在我们可以把它压平一点。”博曼说。他把纸片放在两层玻璃板之间，把窟窿压平。破口的边沿有朱红色的墨迹。博曼低声地说着什么。他重复第三遍的时候克劳福德终于听清了：“你很狡猾，可我也不笨。”

博曼调整电视摄像机上的滤光器的角度让它对准纸片。他把屋子里的光线调得很暗，只剩下摄像机的红色的指示灯和显示屏发出的蓝绿色的光。

纸片上的句子“我希望我们能保持联系”和破口的边沿被放大了。墨迹不见了，在破洞的边沿出现了残缺的字迹。

“苯胺染色剂做的墨水在红外线下是透明的。”博曼说，“这恐怕是字母T 的上端。在洞口的最末端可能是 M 或者 N 的尾部,也可能是 R。”博曼用相机把画面拍了下来,然后打开灯。“杰克,单向的隐蔽的联络方式只有两种:电话和公布的消息。莱克特有直线电话吗?”

“他能接电话,但不是直线的,是从医院总机转的。”

“那么公布消息是唯一安全可靠的方式了。”

“我们知道这位老兄看《国民闲话报》。有关格雷厄姆和莱克特的报道就在《国民闲话报》上。我不知道还有什么其他报纸有相关的报道。”

“《国民闲话报》标题里有三个 T 和一个 R。疑点在报上的个人专栏里,你觉得呢?是个值得一查的地方。”

克劳福德立刻向联邦局图书馆询问了一番,然后向芝加哥分部打电话给他们下指示。

博曼做完后把夹子还给了他。

“《国民闲话报》今天晚上发刊。”克劳福德说,“报纸星期一和星期二在芝加哥印刷。我们会拿到分类广告页的。”

“我可能还会取得些进展,不过可能不是特别重要的,我估计。”博曼说。

“不论什么,只要有用,一定火速发到芝加哥。在我从医院回来后把所有情况都告诉我。”克劳福德走到门口时说了这些话。

14

华盛顿中心地铁站验票的十字转门把格雷厄姆的车票弹回给他，他走出大厅来到闷热的大街上，手里拎着他的托运行李。

约翰·胡佛[①]大楼在檀斯街的热浪中看起来像个密封的大笼子。在格雷厄姆退职离开华盛顿的时候，联邦局总部向新大楼的搬迁工作还没完成。他从没在这里工作过。

克劳福德在地下车道检测处的桌旁见到格雷厄姆，用他自己的员工证刷卡好方便进出，新发给格雷厄姆的证件因为时间仓促还有些问题。格雷厄姆看起来很疲倦，他对签名的程序很不耐烦。克劳福德搞不清他得知凶手在对他有兴趣后会怎样想。

入口处的咨询台发给格雷厄姆一张有磁条的小卡片，就像克劳福德别着的那张。他在门上插进卡，然后通过了那白色的长长的通道。克劳福德帮他提着行李。

“我忘了让莎莉给你派辆车了。”

“没事，这样也许更快。莱克特的纸条归还得顺利吗？”

“还好，”克劳福德说，“我刚刚从那儿回来。我们在大厅里泼了水，假称有一条管道漏水而且临时停电。我们让瑟文——他现在是巴尔的摩的助理——在莱克特走回看守室的时候在大厅里擦地板。瑟文说莱克特看

① 约翰·胡佛(1924—1972)：指 John Edgar Hoover，曾任美国联邦调查局局长。

上去相信了。”

“我在飞机上一直在想,那便条会不会是莱克特自己写的。”

“我在看见便条之前也怀疑，可是在纸上留的牙印和受害者身上的一模一样。而且信是用圆珠笔写的,莱克特没有圆珠笔。写信的人看过《国民闲话报》,莱克特没有《国民闲话报》。兰金和威廉汉姆把看守室翻了一遍。干得很漂亮,可没发现任何东西。他们一开始就拍了即显照片,所以最后能把所有东西放回原位。然后清洁工就进去做他平时干的活。”

“你现在怎么看?”

“作为提供身份证明的物理证据，这个便条到现在为止没有任何价值。”克劳福德说,“不管怎么样我们得让这条线索为我们所用。可我他妈的现在还不知道怎么利用。再过几分钟我们就可以得到实验室的其他结果了。”

“在医院莱克特的邮件和电话都安排跟踪系统了吗?”

“跟踪录音电话已经准备好,一旦莱克特用电话就启动。他在周六下午打了个电话。他告诉奇尔顿是给他的律师打的。是条该死的特种武器线路,所以我不清楚。”

“他的律师怎样说?”

“什么情况也没有。为了方便起见我们从医院总机租了一条线,所以那种现象不会再发生了。我们从下一封信起就开始实施收发信件的检查。上帝保佑,目前还没有授权的麻烦。”

克劳福德用肚皮顶着门,把衬衫上的胸卡插进锁槽里。“快请进,这是我的新办公室。装潢工人用他刷战舰剩的漆给我刷的房间。这是那字条,按照原件的尺寸影印的。”

格雷厄姆看了两遍。当看到那蜘蛛一般的字迹中有他的名字,格雷厄姆的大脑里响起一个高音信号。

“图书馆证实只有《国民闲话报》一家登载了有关你和莱克特的报道。”克劳福德边说边给自己弄了杯咖啡,“来点这个吗?对你身体有好处。这期《国民闲话报》是在上星期一晚上发行的。星期二在全国报摊上出售,有的地方得周三才能见到(例如阿拉斯加、缅因州和其他一些地区)。'牙仙'拿到了一份——最早不过是周二。看完报他就给莱克特写了信。兰金和威廉汉姆还在医院的废物堆里寻找信封,倒霉的工作,医院里不把尿布和纸张分开。

"你看,莱克特从'牙仙'那里收到信最早也要在星期三。他把如何通信的部分撕掉后在前面的一段隐文上画杠杠、圈圈——我不明白他为什么不把那段也撕掉。"

"因为那是在一整段赞誉文字的中间,"格雷厄姆说,"他舍不得把它们毁掉,这也是他为什么没把整个信件毁掉的原因。"他说着用指关节揉着额头。

"博曼觉得莱克特会用《国民闲话报》回复'牙仙'。他说那有可能就是被毁掉的关于联络方式的建议。你觉得莱克特会回复吗?"

"当然会,他可是个写信的行家,在全国的笔友比比皆是。"

"如果他们用《国民闲话报》,莱克特几乎来不及在今晚出版的这期报纸上刊登消息,即使他能在收到信的当天就用特快专递送到报社也来不及。芝加哥办事处的切斯特正在《国民闲话报》报社检查广告栏的信息。他们的印刷厂里已经准备印刷了。"

"看在老天的分上别惊扰了《国民闲话报》。"格雷厄姆说。

"印刷车间的工头以为,切斯特是个房地产商,想通过广告炒房呢。他俩在私下里谈彩样的买卖。所以我们手上有所有的信息,包括所有的分类广告,只想放个烟幕。现在咱们假设已经知道莱克特将如何回复,而且我们能如法炮制,那样的话我们就能和'牙仙'对话了——可是我们说什么呢?怎样去利用这个渠道呢?"

"最简单的方法就是设法让他在一个邮筒附近出现。"格雷厄姆说,"用一些他想见到的东西做诱饵,比如说莱克特从与我的交谈中获悉了破案的'重大的线索',他在以往作案中犯下的错误被我们发现,而我们正在期待他重犯。"

"要是他真照着去做的话,那么他是白痴。"

“我知道。你想知道最好的诱饵吗?”

“我不能肯定我想知道。”

“莱克特。”格雷厄姆说。

“怎么做?”

“很麻烦,我知道。我们需要搞到对莱克特的联邦羁押许可——奇尔顿在切萨皮克是不会善罢甘休的——然后我们用最高警戒装备把他押解到退伍军人医院的一家精神病院里。我们制造一起假越狱。”

“天哪。”

“我们在下一期的《国民闲话报》里给‘牙仙’一个信息,就在‘越狱’行动以后。内容大概是莱克特约他见面以做纪念。”

“凭什么有人愿意见莱克特呢,即使是这位‘牙仙’?”

“好杀死他,杰克。”格雷厄姆站起身。他说话的那个地方没有窗户好让他往外看。他站在“十大通缉犯”挂图旁边,那是克劳福德办公室墙上的唯一装饰。“知道吗,‘牙仙’可以就此吸收他,吞掉他,变得比他更强。”

“你说起来很有把握。”

“我没有把握,谁能对这事有准儿呢?他在字条里说:‘有一些东西我很想给你看。以后吧,也许,如果有机会的话。’也许这就是一个正式的邀请。我不觉得他这么写只是出于客气。”

“不知道他想出示什么?这些受害者的遗体没有残缺。除了一小片皮肤和些许头发以外没有下落不明的东西,而且那些很有可能被……布鲁姆怎么说的来着?”

“被摄入了,”格雷厄姆说,“上帝才知道他手上有什么东西。特莱蒙,记得特莱蒙在斯帕科的化装吗?他被绑在担架上的时候还在用力张他的下巴,想以此把自己的化装展示给斯帕科警察局的人看。我不能确定莱克特能吸引‘牙仙’,杰克。我觉得那将是最好的诱饵。”

“要是公众知道莱克特跑了,会引起恐慌的。所有的报纸都会对着我们尖叫不已。也许这是最好的诱饵,可我们最好留到万不得已时再用。”

“他大概不会在邮筒附近出没,可他也许会出于好奇去侦察一番,看看莱克特是否出卖了他。如果他能隔着一段距离这么做的话，我们可以选一个邮筒，这个邮筒只有几个地方能在远处观察，然后我们把观察的地方锁定。”格雷厄姆说这番话时自己都觉得不是很有底。

“情报服务处有一个地方从来没用过，他们会让我们用的。可是如果我们不在今天登出广告，就只能等到下周一才能有更新的一期。今天下午五点印刷厂开印。这就给芝加哥额外的一小时十五分钟来对付莱克特的广告，如果真有的话。”

“莱克特登广告的预订单呢？他寄给《国民闲话报》社的广告订单——我们搞到它能更容易些吗？”

“芝加哥方面派出了些试探者到报社印刷车间的工头那里，”克劳福德说，“那封信在分类广告栏目经理的办公室里。他们把发订单的人的姓名和地址卖给专门搜罗别人地址的人——这些人专为寂寞的人生产产品，什么爱情小礼品、春药、‘与漂亮的亚洲女孩约会’、性格培训班等等。

“我们可以对那个经理晓之以理，动之以情，用公共安全的大义说服他让我们看一看莱克特的订单，而且嘱咐他一定保持沉默，不过我不想没有准备地干，冒着让报社对我们索要高额报酬的风险。我们进报社查看信件是需要授权证的，我正在想这条路。”

“如果芝加哥方面没有取得任何进展，我们就自己登一条广告。如果《国民闲话报》不是回复的途径，我们也不会损失什么。”格雷厄姆说。

“而如果我们是对的，如果《国民闲话报》是他们沟通的媒介，如果我们根据从现有的便条上掌握的情况编造一个广告——如果它看起来不像莱克特的手法的话——我们的计划就破产了。我还没问你伯明翰的情况呢，有进展吗？”

“伯明翰被害的家庭已经被封了。雅各比家已经重新粉刷装修过，就准备上市出售了。他们家的东西都在仓库里准备检验。我把每只柳条箱都倒腾了一遍。和我交谈的人对雅各比一家都不太了解。他们一直在重复的一点是雅各比一家人之间彼此是多么疼爱，总是互相拍拍肩膀。现在除了仓库里堆的五托盘的杂物以外，其他的有关他们生活的东西都没有了。我真希望——”

“别希望了,你现在就搞这案子。”

“树上的标记怎么样了?”

“那个‘得中’的‘中’字吗?对我来说没有任何意义。”克劳福德说,“红色的龙也是如此。贝弗莉知道麻将,她那么聪明都看不懂。从罪犯的头发上,可以断定他不是中国人。”

“他用门闩切刀在树干上刻这个东西。我不觉得——”

这时克劳福德的电话响了。他拿起电话简要地说了几句。

“实验室的结果出来了,威尔。咱们上去到吉利尔的办公室瞅瞅。那儿比这里大,也不这么灰蒙蒙的。”

劳埃德·博曼在热天里也干瘪得像一纸公文。他在走廊里迎面碰到了他们两个。他两手抖动着未干的照片,腋下还夹着一沓胶片。“杰克,我得在四点一刻去法院,” 他边说边在前面抖动,“是那个造假币的尼尔顿·艾斯库和他的小甜心南希。她能徒手画一张国库券。这两年来他们都快把我逼疯了——他们用彩色激光打印机私自做旅行支票, 人们出门必带上这种旅行支票。我能及时干完吗,还是需要我通知检查官延迟?”

“你可以按时到的,”克劳福德说,“咱们现在就开始吧。”

格雷厄姆走进办公室时,贝弗莉·凯蒂冲着他微笑,和坐在旁边的倔老头普赖斯的满面愁容形成鲜明对比。

科学分析处主任布赖恩·吉利尔作为领导还很年轻,可是他的头发已经开始稀疏了,而且已经戴上了双光眼镜。在吉利尔办公桌后面的书架上格雷厄姆看到了 H. J. 沃斯的法医科学的教科书、泰德尼的三卷本的《法医医药》、霍普金斯的老版本的《荷兰的没落》。

“威尔,我记得咱们在乔治·华盛顿大学见过面,”他说,“在座的你都认识吗?……好。”

克劳福德靠在吉利尔桌子的一个角上, 两手交叉在胸前。“在座的各位有爆炸性的新闻吗?你们发现有什么能表明这便条不是从‘牙仙’那里来的吗?”

“没有。”博曼说，“我和芝加哥方面几分钟前通过电话，告诉他们我刚刚从字条背面的牙印上发现的一些数字，是666。一会儿我们谈到那里的时候会给大家看的。芝加哥现在有大概二百条广告。”他给格雷厄姆一沓复印件。“我已经看过了，上面的广告都很平常——婚介、对逃犯的呼吁等等。我不知道如果广告在这上面的话我们是不是能识别。”

克劳福德摇了摇头。“我也不知道。咱们先从物件上找突破口吧。吉米·普赖斯已经尽了力，可是没发现任何指纹。你怎么样，贝弗莉？”

“我找到了一根胡须。重量和剖面大小与汉尼拔·莱克特的吻合，颜色也对。颜色和伯明翰、亚特兰大的样品有明显差别。三个蓝色的纹理和几个暗色的斑点已经送交布赖恩了。”她向布赖恩·吉利尔抬了抬眉毛。

“那些印记是商用颗粒状氯化清洁剂留下的，”布赖恩说，“肯定是从医院的清洁工手上留下来的。还有一些非常细小的干血颗粒。我们肯定是血，但是没有足够的样品来确定血型。”

“便条末端的泪液把卫生纸打孔线都弄模糊了。”贝弗莉·凯蒂接着说，“如果我们发现了这卷卫生纸的主人，而他没再接着用它的话，我们就能得到一个准确的印证。我建议发一个内部的文，好让搜查的警官务必搜查这卷卫生纸。”

克劳福德点点头：“博曼？”

“我办公室的莎伦去调查过纸的来源，发现了与之相同的样品。这是一种为机动车厂家生产的卫生纸，纸的质地与在明尼阿波利斯生产的维德克牌吻合，它们在全国都有销售。”

博曼把他的照片放在窗户边的一个支架上。他虽然个头矮小，却有超乎寻常的低沉声音，他说话的时候领结也跟着微微地颤动。“从笔迹上看，这是个惯用右手的人用左手写的，而且故意用印刷字体。你们可以看到笔画中有不流畅的地方，而且字的大小也有变化。

“字的大小的变化让我认为，我们要找的人有轻度的没有被矫正的散光。

“两片纸上的墨迹看起来好像是用同一种普通皇家蓝色圆珠笔写的，

可是在颜色过滤器下就出现了一点差别。他用了两支笔，在中间破损的那部分的某个位置换的笔。你们可以看到第一支笔是从哪里开始漏白的。他一定不常使用第一支笔——看到一开始用它时形成的一团笔油了吗？它可能没盖笔帽就笔尖朝下地放在笔筒里了，那么这就说明有个桌子的地方，而且在写这封信时，纸下面的表面肯定很柔软，才能起到吸墨纸的作用。如果你们找对了地方查看吸墨纸是否有印记，也可以帮助确定疑犯。我想在贝弗莉的建议栏中加上吸墨纸。”

博曼翻到一张显示便条背面的照片。由于放大倍数太大，纸看起来有些失真了。细细的纹路上有阴影。“他把便条折叠以后写了最后的部分，包括后来被撕掉的那部分。在这个放大的效果下，模糊的光显现了一些印记，我们能看清是‘666 an’。也许在那里他的笔出了毛病，然后不得不换笔重新描。我原先没有发现这个印记，直到后来用了高对比度的成像。到目前为止还没有 666 的广告。

“信里的句子结构挺整齐，也没有漫无边际的闲谈。折痕告诉我们信是用标准信封发来的。这儿的两处暗块是邮戳的油印。便条可能是夹在某些无关紧要的印刷品里被装进信封一并寄来的。

“差不多就这些，”博曼说，“如果你没什么问题的话，杰克，我该去法庭了。等我提供完证词就回来接着讨论。”

“一定让他们坐大牢。”克劳福德说。

格雷厄姆仔细查看着《国民闲话报》的个人栏。（“性感有魅力，身材娇小，五十二岁，寻找信奉基督的不吸烟男子，四十至七十岁，不带小孩。有假肢欢迎。电话勿扰。第一封信附照片。”）

他在二百个广告中痛苦绝望地搜寻和判断，全然没有意识到其他的人在一个个地离去，直到他听见贝弗莉·凯蒂和他讲话。

“真抱歉，贝弗莉，你刚才说什么？”他看着她明亮的眼睛和日见苍老的脸庞。

“我说我很高兴你回来。你看起来挺不错。”

“谢谢，贝弗莉。”

“索尔就要去烹饪学校了，他还是那么没有计划，不过等情况都稳妥了，来我家做客，让索尔给你练练手艺。”

“我会的。”

最后吉利尔也走了，回他的实验室钻研去了。屋子里就剩下克劳福德和格雷厄姆，两个人同时看了看表。

“还有四十分钟《国民闲话报》就要开印了。”克劳福德说，“我去看看他们的新订单。你有什么建议吗？”

“我觉得也只能这样了。”

克劳福德用吉利尔的电话和芝加哥方面交代了一下。“威尔，我们得准备一条广告，防备芝加哥那边掉链子。”

“我会准备好的。”

“我来搞定邮筒的事。”克劳福德给情报服务处打电话，聊了好一会儿。等他打完电话时格雷厄姆还在草稿纸上拼命写。

“好了，这个邮筒棒极了，”克劳福德等了一会儿终于说，“在安娜波利斯一个消防服务站外头。那儿是莱克特的地盘。‘牙仙’知道那里是莱克特知道的地方。那儿有按字母顺序排列的信箱。消防人员开车去那里，拿作业指示和信件。我们可爱的‘牙仙’可以从街对面的停车场观察一切。情报处说那地方看起来很棒。他们在那里建这么一个场地为的是抓一个造假币的，可后来没用上。这是地址。信息写得怎么样了？”

“我们得在同一期中登两条消息。第一条警告‘牙仙’，他的敌人离他比他想象的要更近。并且告诉他，他在亚特兰大时犯了一个致命的错误，如果他重复的话就要穷途末路了。信息里告诉他，莱克特已经把和我交谈时得来的关于警方在做什么，我们离侦破还有多远，我们的眼线是谁等‘绝密信息’邮寄给他。这样就把‘牙仙’引到第二条消息上，并且以‘你的签名’为开头。

“第二条信息头一句话是‘渴望着的狂热的崇拜者’，而且告诉他我们设邮筒的地点。我们只能这样做，即便是用迂回的笔法，第一条信息里的警告也足够让一些不小心的疯子兴奋一阵的了。如果他们找不到地址，就没法去邮筒查信，我们也就无从下手，不能瓮中捉鳖了。”

“这么写很好，非常好。想在我的办公室里等着看结果吗？”

“我得去做些事情了，我得去找布赖恩·吉利尔。”

“去吧，我需要你的时候会找到你的。”

格雷厄姆在血清实验室找到了这个科学分析处主任。

“布赖恩，你可以帮我找几样东西吗？”

“当然了，找什么？”

吉利尔透过他的双光眼镜的近景部分看着格雷厄姆。“是不是报告上面有你没有看懂的地方？”

“不是。”

“那么有什么地方不清楚？”

“也不是。”

“不完整？”吉利尔说这个词时的神情仿佛有种令人讨厌的味道。

“你的报告非常好，好得不能再好了。我只是想亲自看看有关的证据。”

“哦，那……当然。我们能照办。”吉利尔觉得所有在一线作战的警官都有一种猎手一样的迷信。他乐意迁就一下格雷厄姆。“就放在那头，所有的都在一起。”

格雷厄姆跟在他后面走过长长的器皿柜。“你在读泰德尼的书。”

“是的，”吉利尔头也没回地答道，“你知道我们这里没有法医学。可是泰德尼的好多东西在我们这里都很有用。格雷厄姆，威尔·格雷厄姆，那篇关于昆虫活动决定死亡时间的专题论文是你写的，对吗？还是说我认错人了？”

“是我写的。”一阵沉默。“你说的对，在泰德尼的书里，曼特和努尔特娃的关于昆虫的部分比我写的更好一些。”

吉利尔听到自己的想法被他点破很吃了一惊。“哦，他们确实有更多的图片和一个显示活跃期的表格。我没有贬低你的意思。”

“我的当然没有，他们的是比我的好嘛，我跟他们也是这么讲的。”

吉利尔从冰箱和壁橱里拿出玻璃瓶和载玻片，把它们放在实验室的桌子上。“要是你有问题,可以在刚才那个地方找到我。我们这里的显微镜上载物台的灯在边上。”

格雷厄姆并不需要用显微镜。他对吉利尔的发现一个也不怀疑。事实上他不知道自己需要什么。他拿起小瓶和载玻片凑到光底下,还有一个薄玻璃纸袋里装的是两根金黄色的头发,是在伯明翰找到的。第二个信封里装着在利兹太太身上发现的三根头发。

桌子上摆在格雷厄姆面前的有罪犯的唾液、头发、精液,格雷厄姆就试图从它们中间想象出一个形象、一张脸、一个有形的东西,以便驱散压在他身上的无形恐惧。

一个女员工的声音从天花板上的扩音器里传来:“格雷厄姆,请注意。威尔·格雷厄姆,请到特工克劳福德的办公室。”

他到办公室发现莎莉戴着耳麦在打字,克劳福德站在她旁边瞧。

“芝加哥发现了一份有 666 字样的广告订单,”克劳福德说,“正在把内容告诉莎莉。他们说有一部分像是密码。”

句子飞快地在莎莉的打字机里走着：

亲爱的朝圣者：

你恭维我了……

“就是它,一定是它。”格雷厄姆说,“莱克特和我谈的时候就称他朝圣者。”

你美貌非常……

“老天,有没有搞错啊!”克劳福德说。

我为你的安全奉上一百次祷告。

在下面的出处里获得帮助吧:“约翰福音”6:22,8:16,9:1;“路加福音”1:7,3:1;“加拉太书”6:11,15:2,3:3;“启示录”18:7;“约拿书”6:8……

莎莉通过电话向芝加哥的联邦调查员重复数字的时候打字速度明显减慢了。都输入完之后,《圣经》的出处占了四分之一篇幅。末了广告的署名是“祝福你,666”。

“完了。”莎莉说。

克劳福德拿起电话:“好,切斯特,你和广告经理交涉得怎么样?……不不,你做得对……不漏一点口风,对。就待在电话机旁,我一会儿再和你说。”

“密码。”格雷厄姆说。

“肯定是。我们只剩二十二分钟来破译编码以便来得及插进一条消息。印刷厂的工头得提前十分钟通知到,还得花三百块钱在这期上硬塞进一条。博曼在他的办公室已经有一份小样了。你能去他那里看看有什么结果吗?我来给朗里的密码科打电话。莎莉,赶紧给中央情报局的密码科电传一份。我这就打电话通知他们。”

博曼把这则消息放在桌子上,把它对准自己的吸墨纸的边角放好。然后他又开始擦眼镜,在格雷厄姆看来他实在擦了很长一段时间。

博曼一直以办事迅速而著称,连爆破科都承认他迅速。“我们只有二十分钟。”格雷厄姆说。

“我知道。你给密码科打电话了吗?”

“克劳福德打了。”

博曼把这条消息反反复复读了很多遍,把纸张翻过来,掉过去,从边边角角看,从他的手指缝看。他从书架上拿下一本《圣经》。足足五分钟屋子里只有两个人的呼吸声,和在洋葱皮一样薄的书页间翻动的声音。

“不行,”他说,“我们无法在规定时间里破译它。我看还是把它放在一边先干你们手头上的其他事情吧。”

格雷厄姆向他摊开了双手。

博曼摘下眼镜,在转椅上转过身面对着格雷厄姆。在他鼻子的两侧留下了两个粉红的印。"你能肯定给莱克特的便条是他从'牙仙'那里得到的唯一一次通信吗?"

"能。"

"那这个密码应该不会太复杂。只是用来避开一般读者的。从莱克特得到的便条的破损面积来看,只有大约三英寸的地方被撕掉了,不够写回复密码指示的。这些数字也不像是监狱里敲击格栅式的编码,我猜这是书码。"

这时克劳福德也到了。"书码?"他问。

"看上去像。第一个数字,'一百次祷告'可能是页码。那些成对出现的《圣经》出处可能是行数和字母。可会是哪一本书呢?"

"不是《圣经》吗?"

"不是,我最初也以为是《圣经》。'"加拉太书"6:11'让我改变了看法。'尔知吾用吾手于汝身书偌大一字'。这句能对上。可这只是一个巧合。下面的'"加拉太书"15:2'就不对了。'加拉太书'只有六个章节。后面的'"约拿书"6:8'也一样——'约拿书'只有四章。他肯定不是在用《圣经》。"

"书名会不会隐藏在信开头的显文里?"

博曼摇摇头,"我看不会。"

"那么'牙仙'暗示过用哪本书,他在便条中具体告诉了莱克特。"格雷厄姆说。

"也许是这样。"博曼说,"给莱克特点颜色看看怎么样?在精神病院里我建议可以用药物……"

"他们三年前给他吃了钠阿密妥,为了让他说出他在哪里埋了一个普林斯顿大学的学生,"格雷厄姆说,"结果他给他们开了一个药液配方。再说,如果逼他,我们就失去了与'牙仙'的联系。如果'牙仙'选择一本书,那肯定是他知道莱克特会有的一本。"

"我能肯定他从来没从奇尔顿那里订过或借过什么书。"克劳福德说。

“报纸的报道上说了什么了吗，杰克？关于莱克特有什么书的？”

“报道说他有医疗方面的书籍，心理学和烹饪方面的书。”

“那一定是这些领域的经典，最常用的那种，让‘牙仙’能肯定莱克特有的，”博曼说，“我们需要莱克特的书单。你们有吗？”

“没有。”格雷厄姆盯着自己的鞋，“我可以让奇尔顿……等等，兰金和威廉汉姆，他们在莱克特看守室里搜查的时候不是拍了宝丽来一次成像片以便知道房间里的每件东西的确切位置吗？”

“你可以请他们带着书籍的图片和我见面吗？”博曼说着已经开始收拾东西准备出发了。

“在哪？”

“国会图书馆。”

克劳福德和中央情报局密码科最后一次通了电话。朗里的电脑在按一致的并且是渐进式的数字加字母破译，也试过了一系列的字母格码，都不是。破译员的结论与博曼一致，这个密码有可能是书码。

克劳福德看了看表。“威尔，我们有三个选择而且现在必须做决定了。我们可以把莱克特的信息拿下来，什么都不发，也可以用我们写的非密码的信息邀请‘牙仙’去那个邮筒，或者我们就把莱克特的信息原样登出。”

“你能肯定我们现在还能拿掉莱克特的信息吗？”

“切斯特认为印刷厂的工头敲到五百块钱就会干。”

“我不想把平常语言的短信放上去，杰克，那样的话莱克特有可能再也不会收到他的信了。”

“是啊，不知道信的内容就把莱克特的便条登出来，我可有点糊涂，”克劳福德说，“关于‘牙仙’不知道的东西，莱克特能告诉他什么呢？万一他知道了我们已经获取了他的部分大拇指指纹而他的完整指纹还没有消息，他会把大拇指削掉，拔掉牙，然后在法庭上露出没牙的笑脸。”

15

在黎明前的一个小时克劳福德从沉睡中惊醒。他醒来时发现屋子里漆黑一片,妻子丰满的臀部正舒服地贴着他后背的凹处。他还不知道自己为什么惊醒,马上第二遍电话铃响了。他不用乱摸,准确地拿起电话。

"杰克,我是劳埃德·博曼,我译出了密码,你必须马上知道内容。"

"好的,劳埃德。"克劳福德的双脚在地上找着拖鞋。

"上面说:格雷厄姆的家在玛若森,佛罗里达。保重你自己。杀他的全家。"

"这个王八蛋。我得挂了。"

"我知道。"

克劳福德连睡袍都顾不得穿赶紧冲向他的密室。他给佛罗里达打了两个电话,给机场打了一个,然后给格雷厄姆的宾馆拨了号。

"威尔,博曼译出了密码。"

"怎么说的?"

"我这就告诉你。听我说,现在所有的事情都安排好了,我亲自联系的,所以我告诉你以后要保持冷静。"

"你说吧。"

"是你的地址。莱克特把你的家庭住址告诉那个混蛋了。等等,威尔。警察局已经出动两辆警车奔向舒格罗夫了。海关的汽艇也在海边巡逻侦查。‘牙仙’绝对不可能在这么快的时间里有任何动作。听我说，有我的帮助你的事情会进展得更快的，听我说。

“副警长们不会惊吓莫莉的，他们只是去封锁进入你家的路口，两个警长会在足够近的地方日夜看守房子，你完全可以等她睡醒以后再告诉她。我半小时以后去接你。”

“我不会在这里傻等的。”

“最早的下一班飞机也要在八点钟才起飞。把他们接到这里来会更快些。我弟弟在切萨皮克的房子可以让他们住。我有一个很好的计划，威尔，等一会儿我告诉你。如果计划不合你的意我亲自把你送上飞机。”

“我需要军队用的装备。”

“我去接你时我们会拿到的。”

莫莉和威利是从华盛顿国家机场的飞机上第一批走下来的乘客。她一眼就从人群中看到了格雷厄姆，可她没给他准备笑容，而是扭过头对威利说了些什么，然后两个人飞快地超过人流。他们大多是从佛罗里达旅游回来的游客。

她上下打量了一下格雷厄姆，走上前去给了他一个轻轻的吻。她棕色的手指在他的脸颊上显得冰凉。

格雷厄姆发觉那孩子在看着他们俩。威利和他隔着整整一臂的距离握了握手。

他们走向汽车的时候格雷厄姆开了句玩笑，戏谑地说莫莉的箱子有多沉。威利没搭腔，板着脸说：“我会提的。”

一辆马里兰州车牌的棕色雪佛兰在他们开出停车场以后尾随在后面。

格雷厄姆驶过了阿灵顿的桥，向莫莉他们介绍林肯和杰斐逊纪念馆以及华盛顿纪念碑，然后才向东转朝切萨皮克海湾开去。离开华盛顿市十英里后，棕色大轿车赶到前面和他们并列在慢车道上。轿车里的司机把手放在嘴唇前隔着窗朝这边看，格雷厄姆的车里便不知从什么地方冒出司机的声音来：

“福克斯·爱德华，没有不明车辆跟踪你。一路顺风。”

格雷厄姆在仪表板下面摸到隐型麦克风。“罗格、鲍比。多谢了。”

雪佛兰落到他们后面去了，转弯的提示灯一闪一闪的。

“他们负责监督有没有媒体或其他什么车辆在跟踪我们。”格雷厄姆说。

“噢，是这样。”莫莉说。

过了午后他们歇歇脚，在路边的小饭馆吃螃蟹。威利去了龙虾养殖塘。

“我真没想到会这样，莫莉，真的很抱歉。”格雷厄姆说。

“他现在在跟踪你吗？”

“到现在为止还没有理由这么想。莱克特只是向他建议，让他这么做。”

“他这么干让我觉得浑身湿冷，而且恶心。”

“我知道。你和威利在克劳福德弟弟的家里会安全的。除了我和克劳福德以外，没有任何人知道你们在哪里。”

“拜托别让我听到克劳福德的名字。”

“那地方挺好的，你看看就知道了。”

她深深地吸了口气，呼出来以后仿佛愤怒也跟着消散了。她开始显得疲倦而平静。她给了他一个做作的笑容。“妈的，刚才真的把我气疯了。我们得和任何一个姓克劳福德的人一块住吗？”

“不用，亲爱的。”格雷厄姆把椒盐饼干篮挪开，握住她的手，“威利知道多少了？”

“好多。他的小伙伴汤姆的母亲从超市把一份小报带回家。汤姆看完了就给威利看。上面有好多关于你的报道，很显然是捏造加工的。有关霍伯的以及你了结了那案子以后在哪里，还有莱克特，所有的事。这些报道让他很郁闷。我问他愿不愿意谈一谈，他只问我当初是不是知道这一切，我说是，我说我和你曾经谈过一次这些往事，而且我们结婚前你把所有的事都告诉我了。我问他是不是需要我把真实情况告诉他,他说他会直接问你的。”

“太棒了,他真是个好小伙子。那报纸叫什么,是不是《国民闲话报》?”

“我没看,我觉得是。”

“我得好好谢谢你啊,弗雷迪。”一股对弗雷迪·劳厄兹的愤怒一下子把他从座位上激起来。他去卫生间用冷水冲了脸才冷静下来。

莎莉在克劳福德的办公室里向他告了别刚要走,电话铃响了。她放下提包和雨伞接起电话。

“特工克劳福德办公室……不,格雷厄姆先生不在。不过让我……等一等,我会很高兴的,让我……是的,他明天下午会在办公室的,可是让我……”

听到她的音调不同平常,克劳福德走到桌前。

她拿着话筒的样子好像话筒在她手里死了似的。“他问我威尔在不在,而且说他明天下午可能会再打过来。我已经在电话里尽力拖他多讲了一会儿。”

“是谁?”

“他说,‘告诉格雷厄姆我是那个朝圣者。’就是莱克特博士叫的那个——”

“‘牙仙’。”克劳福德说。

格雷厄姆去超市买日用品,把莫莉和威利留在住所整理房间。他在超市看到了加那利甜瓜和熟透了的香瓜。他把车停在马路对面,没急着下车,而是坐在车里,手里仍然紧握着方向盘。因为他,莫莉被迫离开她所钟爱的家而被安排在一个陌生的环境,他觉得很羞愧。

克劳福德已经尽了最大的努力了。他们现在住的房子不是联邦调查局的安全保障区的简陋房子,那样的房子里连椅子背儿都被手心的汗渍弄得褪了色。克劳福德给他们准备的是一套很漂亮的乡间别墅,刚刚粉刷过,台阶两旁的花很茂盛。由房子的格局看肯定出自细心人之手,而且很有条理。房子的后院是个缓坡,一直伸向切萨皮克海湾,院里有一只救生筏。

电视机发出的蓝绿色的光照得窗帘一闪一闪的，莫莉和威利在看棒球赛。格雷厄姆知道他们会看的。

威利的父亲原来是棒球运动员，而且打得很好。他和莫莉在校车上认识的，大学没毕业就结了婚。

他们一起跟着佛罗里达州联赛转，他当时在卡地诺的乙级队。他们带着威利一起度过了一段很开心的日子，虽然生活条件不是很好——吃的是很简单的食物，喝的是劣等酒。他和卡地诺其他队员一起打了场选拔赛，在前两轮比赛里没有受伤。可后来他的吞咽开始有问题。医生尽力想挽救，可是癌细胞转移了，而且一步步恶化。他在五个月以后去世了，当时威利才六岁。

只要有条件威利就一直看棒球比赛。而莫莉只有在心烦意乱的时候才看。

格雷厄姆没带钥匙，他敲了敲门。

"我去开。"威利的声音。

"等等。"莫莉的身影出现在窗帘前，"开吧。"

威利把门打开，拳头紧贴着腿，手里攥着一块鱼砧板。

格雷厄姆看着孩子手里拿的家伙儿时很惊讶。这孩子准是把它放在手提箱里带来的。

莫莉从他手里接过东西。"喝点咖啡吗？有杜松子酒，不过不是你爱喝的那种。"

她进厨房后，威利请格雷厄姆到外边说会儿话。

从后门廊他们可以看到在海湾停靠的船上亮着停泊灯。

"威尔，在保护妈妈方面有什么事情我要注意吗？"

"你们俩在这里很安全，威利。还记得那辆从机场就跟着我们的车吗？它保证没有人看到我们去哪。没有人知道你和你妈妈现在在哪。"

"那个疯子想杀你，对吗？"

"我们现在还不知道，只不过让他知道咱们家在哪里我觉得不安。"

“你会杀了他吗?”

格雷厄姆把眼睛闭上了一会儿。“不,我的工作只是找到他。他们会把他关进精神病院给他治疗,让他不再出来害人。”

“汤姆的妈妈有一张小报,威尔,上面说你在马里兰州杀了一个人而且进了精神病院。我从来不知道这事,是真的吗?”

“是真的。”

“我曾问过妈妈,可是我还是希望问你。”

“我很高兴你来直接找我问清楚,威利。那家医院不只是精神病医院,它是综合医院。”这个分别现在似乎非常重要,“我曾住在那里的精神分析科。这个情况让你难堪了,对吗?因为我和你的妈妈结婚了。”

“我答应我爸爸我会照顾好妈妈的,我当然要履行诺言。”

格雷厄姆觉得必须告诉威利足够多的事情,可是他又不能告诉他太多。

厨房的灯灭了。他可以看到纱窗内莫莉模糊的背影,他感觉到他们这次谈话的分量。威利是她的心头肉,他必须格外小心,不能让威利受半点伤害。

威利显然不知道接下去该从何问起。格雷厄姆帮他切入正题。

“我去医院是在了结霍伯的案子以后。”

“你开枪打死了他。”

“是的。”

“当时发生了什么?”

“从头说吧。格雷特·霍伯是个精神变态者。他袭击大学女生还……然后杀死她们。”

“用什么方式?”

“用刀;不管怎么说,我在一个女孩的衣服里发现了一小块卷曲了的金属片,是管道螺纹刀留下的。记得我们在外面装淋浴器时用的家伙吗?

“我看了很多蒸汽引擎修理工、水管工人的材料,花了很长时间。霍伯写了封辞职信辞去了他在一个建筑工地的工作。我当时正在调查这个工地，看到了他的辞职信……觉得很蹊跷。他不再在工地工作了，所以我只能去他家找他。

“在上霍伯住的公寓楼梯的时候，我是和一个穿警服的警官一起去的。霍伯一定是看见了我们。我上到离他的房间只有几级楼梯的时候，他把他的妻子从门里抛了出来。他妻子顺着楼梯滚下来，倒地死了。”

“他把她杀死了？”

“是的，所以我请陪我一起来的警官去打电话，叫特种部队来增援。可是过了一会儿我听见里面有小孩的尖叫声。我想等部队来，可是当时情况不允许我袖手旁观。”

“你进到他的公寓了？”

“是的。霍伯抓住一个女孩，手里拿着刀。他在用刀砍她。我朝他开了枪。”

“女孩死了吗？”

“没有。”

“她没事儿？”

“过了一段时间才好。她现在没事了。”

威利静静地思考着这一切。从一艘停泊在海湾的帆船里传来隐隐约约的音乐声。

格雷厄姆可以把某些情节过滤掉不讲给威利听，可是他挡不住那些画面在自己的脑海里重新浮现：

他放下双手紧紧抓住他的霍伯太太，发现她身上被捅了那么多刀，看到她已经死了，听着公寓里传出的尖叫声，他掰开霍伯太太的满是血污的滑腻的手指，把他的肩膀都顶破了才得以冲进门。霍伯一手揪着亲生女儿，一手拿着刀猛砍她的颈部。她拼命挣扎，下巴已经脱落。.38 口径的手枪子弹已经击中霍伯而且把他受伤部位的肉都打飞了。可他还是砍，砍，砍，停不下来。霍伯坐在地板上叫喊，女孩尖声地哭喊。格雷厄姆抱住女孩，发现霍伯的刀已经砍进脊椎里，不过主动脉没破。那女孩的眼睛睁得大大的，目光呆滞地看着他和她父亲。霍伯坐在地板上叫喊：“看到了吗？

看到了吗？"直到倒地死掉。

从此格雷厄姆再也不用.38 口径的手枪了。

"威利，和霍伯的周旋，困扰了我很久。真的，发生的一切都印在我脑子里，一遍又一遍地浮现。我陷入思考陷得很深，几乎不能再想其他的事情。我一遍遍地想我本该找到另一种做法让结果不至于这么糟的。然后我对任何事都失去感觉了。我吃不下饭，而且不再和人交谈。我陷入了极度抑郁。后来一位医生建议我去那家医院，我去了。过了一段时间，我可以隔一段距离来看这件事了。那个在霍伯的公寓里受伤的女孩也来医院看我。她已经没事了。我们聊了很多事情。最后我解除了思想包袱，重新回去工作了。"

"杀人，即便是当你不得不这么做的时候，它的感觉也那么不好吗？"

"威利，那是世界上最丑恶的一件事。"

"我说，我要去趟厨房。你想喝点什么吗，可乐？"威利愿意为格雷厄姆拿些东西，可是他总是装作只不过是顺便带给格雷厄姆的。别想有专门服务或者什么其他的。

"好啊，给我拿可乐吧。"

"妈妈应该出来看看灯火的。"

深夜时分格雷厄姆和莫莉坐在后门廊里的秋千上。外面下着小雨，船舶上的灯光在水雾中形成了一个个晕圈。海湾的阵阵微风吹在他们裸露的臂膀上冷飕飕的，让他们直起鸡皮疙瘩。

"这样会持续一段时间，是不是？"莫莉问。

"我希望不要，可是有可能会的。"

"威尔，伊夫琳说这星期和下星期的四天她可以帮我照看小店。可我得回玛若森一趟，至少待一两天，好照顾我的买主。我可以住在伊夫琳和桑姆家。我需要亲自去亚特兰大采购一次，为九月份的热卖做准备。"

"伊夫琳知道你在哪里吗？"

"我只告诉她我在华盛顿。"

"很好。"

“这世界很难拥有任何东西，不是吗？千难万险地得到了，又那么容易失去。这简直就是他妈的一个让人无所适从的星球。”

“像地狱一样危险。”

“我们还会回到舒格罗夫，对吗？”

“是的，会的。”

“别仓促行动，危险的地方别待太久。答应我你不会那么干。”

“好，我不会那样干的。”

“你早点回来好吗？”

他半小时之前刚和克劳福德通了电话。

“午饭之前回来。要是你真的去玛若森，我们俩在上午必须做些准备。威利可以去钓鱼。”

“他不得已才问你上个案子的。”

“我知道，我不怪他。”

“那个可恶的记者，他叫什么名字？”

“劳厄兹，弗雷迪·劳厄兹。”

“我想你可能恨他，也许我不该提起这些事。咱们去睡觉吧，我给你揉揉后背。”

憎恶在格雷厄姆心里激起一个小气泡。他在一个十一岁的孩子面前证实了自己的清白，孩子现在认为他曾在神经内科病房里待过没有大碍。现在她要给他揉背了。我们睡觉吧——现在威利没事了。

当你感到气氛紧张时，最好尽可能地闭口不言。

“要是你想思考什么东西，我就不打扰你了。”她说。

他现在不想思考，完完全全不想。“你揉我后背，我揉你前胸。”他说。

“来吧，亲爱的。”

高处吹下的风把细雨从海湾上空卷走了。到上午九点地面上可以看到水汽蒸发。市射击场远端的射击目标在蒸汽中变小了。

射击场队长透过双筒望远镜观察了一会儿在远端射手线边的一男一女，确信他们在遵守安全规则以后才放下望远镜。

那名男子在要求使用射击场时出示的司法部身份证明上写着“探员”,这个身份可以有很多种情况。射击场队长一直只允许合格的手枪技法教练进场。

不过他得承认这家伙的技法还挺过硬的。

他们只用一把.22口径的左轮手枪,可他在教她搏斗站位下的射击方法。左脚微微向前,两只手紧紧握住枪,双臂用均力。她对着前方七码远的模型练习。一遍又一遍地从手提包的外层中掏出武器。她就这么反复练,直到队长听得有些烦了。

忽然声音起了变化,让队长重新拿起了望远镜。他们已经戴上了耳罩,那女子开始用一把粗短的手枪练习了。队长能看出轻飘飘的靶子所受到的冲击力。

他可以看到在她手上向外伸出的手枪,手枪的外形吸引了他。他沿着射击线走到他们背后,离他们只有几码远。

他想仔细看看那把手枪,不过这可不是打断他们的时候。在她把空弹膛撤出并用速装器装上五发子弹的时候,他倒是有机会好好看了一会儿。

这实在是把奇怪的手枪。.44口径特种型号,大得出奇的枪膛让枪显得又短又丑。麦拿格的接口让它彻底改了观。枪膛的开口离枪口很近,这样有助于枪口在射击后坐的时候更向下。枪柄被敲击过,又宽又平,握起来很舒适。队长怀疑它可能因为速装器而改装过。装上新型弹药后无疑会是一把凶狠的手枪。队长暗暗琢磨这女子怎么受得了这样的武器。

他们从身旁的弹药箱拿出的弹药真是很有趣。先是一盒轻负载的冲孔型弹药,然后是标准型的硬弹,最后还有一种队长详细了解过,但却难得一见的装备:格莱泽安全强力弹。弹头像铅笔刀,后面是铜弹壳,里面的十二号子弹在液化聚四氟乙烯里悬浮着。

子弹做得很轻,设计者希望它能以惊人的快速钻入目标,释放弹药。在肉体中其杀伤力极强。队长甚至能背出实验数据来:继投入使用以来,格莱泽一共在九十个人身上应用过。所有这九十例都只发了一枪,八十九例当场毙命。有一个人活下来了,让医生很惊讶。格莱泽系列在安全方面还有一项优势,它不会跳飞,这样也就不会穿透墙壁而误伤邻近房间里的人。

这男子对她特别温和而且再三鼓励,但他本人仿佛有什么伤心事。

女子把全部装备都用上了,队长很高兴她对手枪的后坐调整得很好,她的双眼紧盯前方,毫不畏缩。虽然她从包里掏出手枪射出第一发子弹用了大概四秒钟的时间,但是她有三发都中了十环。对于新手来说这已经不错了,她在这方面有些天分。

队长踱回观察室,刚待了一会儿就听见格莱泽飞出枪膛的震天的爆响。

她一口气连射了五发。这可不是联邦调查局射击课常规的做法。

射击场队长纳闷,那个人形靶子上到底有什么东西让他们用五发格莱泽弹打。

格雷厄姆来到观察室交还耳罩,他的"学生"独自坐在长椅上,低着头,胳膊肘支在膝盖上。

队长觉得格雷厄姆应该为她高兴,他也这么对格雷厄姆说了。格雷厄姆心不在焉地道了谢。他看起来仿佛刚刚目睹了一场无法挽回的损失。

16

那个自称“朝圣者”的打电话的人告诉莎莉他第二天下午可能还会再打电话。在联邦调查局的总部里一些准备工作正在安排当中，以便迎接这个电话。

谁是“朝圣者”？肯定不是莱克特——克劳福德已经确定这一点了。是“牙仙”吗？也许吧，克劳福德想着。

克劳福德办公室的办公桌和电话连夜被挪到了大厅对面的一间大一点的房间里。

格雷厄姆站在一个隔音的、隔断敞开的过道里。在他身后放着克劳福德的电话，也在隔断里。莎莉用洗涤液把电话擦拭过了。声音频率扫描仪、录音机、压力测试仪占了桌子和另外一张桌子的大部分面积，贝弗莉·凯蒂坐在椅子上，莎莉正想干些什么。

墙上的大钟显示还有十分钟就到正午了。

艾伦·布鲁姆博士和克劳福德站在格雷厄姆身边。他们采取了一种退居二线的姿态，两手在裤兜里插着。

坐在贝弗莉·凯蒂对面的一个技师用手指敲击着桌面，克劳福德冲他一皱眉，他立刻停下来。

克劳福德桌子上摆了两部新电话，一部与贝尔系统的电子转换中心接通，另一部是与联邦调查局信息室连接的热线电话。

“给打电话的人定位需要多长时间?”布鲁姆博士问。

“用了新的转换中心以后时间比多数人想象的快得多,”克劳福德说,“如果是全电子转换恐怕只用一分钟,要是需要从某个地方转接到主框架上就长一点。”

克劳福德把嗓音提高了一点对全屋子的人说:“即使他来电话也会很简短,所以咱们得全力以赴跟他玩。我们再过一下程序怎么样,威尔?”

“当然。咱们走到我接电话的地点时,我需要问你几个问题,博士。”

布鲁姆博士是最晚一个到的。根据日程安排他一会儿还要去昆蒂科与行为科学部的人员交谈。布鲁姆闻出格雷厄姆衣服上的无烟火药的味道。

“好,”格雷厄姆说,“现在假设电话铃响了。信号立刻在这个环线的每个部分被接收,跟踪开始。不过因为响铃器仍然响着铃,所以对方不知道我们已经接了电话。这就给我们二十秒钟的时间调查他的地点,”他指着技师接着说,“听到第四遍铃声时把响铃器关掉,明白吗?”

技师点点头:“第四遍铃声。”

“接着,贝弗莉拿起电话。她的声音与他昨天听到的不同。就是说在接电话时不能表露出你听出他是谁了。贝弗莉听起来应该是很疲倦了。他会找我。贝弗莉说:‘我只能给他打 BP 机,我可以把你放在等待状态吗?’准备好了吗,贝弗莉?”格雷厄姆觉得最好不让每个人重复到时候要说的话,因为重复练习会使以后的现场听起来很平淡,很假。

“好,然后电话就向我们这边传送了,而他那边什么也听不到。我认为他等待的时间要比他说话的时间还长。”

“你肯定不要他听见等待的音乐吗?”

“绝不。”克劳福德说。

“我们让他等待大概二十秒钟。然后贝弗莉回来告诉他:‘格雷厄姆先生来接电话了,我马上给你转过去。’我拿起电话。”格雷厄姆转向布鲁姆博士:“你打算怎么和他玩,博士?”

“他会以为你要对是不是他本人有些质疑。我会给他一些礼貌的怀疑。我会表明冒充电话的危害性和本人打电话的意义和重要性。假冒的人很容易被识破,因为他们缺少能力来理解已经发生的一切,还有诸如此类的话。

“迫使他说出能证明他是谁的证据。”布鲁姆博士看着地板,揉着他的脖子的后部。

“你不知道他想要什么。也许他想得到理解,也许他已经把你当作对手,所以想贪婪地接近你——我们会搞明白的。试着判断出他的兴奋点,给他想要的,一次给他一点点。至于劝说他找我们获得帮助,我会非常小心的,在你没有感觉到他要主动提出的时候不要建议。

“如果他在偏执的状态中你就很容易辨别出他的情绪了。如果那样的话我会和他一起进入角色,让他沉浸在他的怀疑或猜测的情绪里,让他尽情地发泄。如果他不停地发泄,就有可能忘掉自己已经说了多长时间。这是我所能告诉你的一切。”布鲁姆把手搭在格雷厄姆的肩头,轻轻地说,“这可不是什么动员报告或其他什么狗屁政治;你可以通过转移话题来控制他的情绪,让他对你倾诉。别太在乎什么建议,你觉得怎么合适就怎么干。”

等待。半个小时的沉默足够让人难耐的了。

“来电话或者不来电话,咱们得决定下一步怎么办。”克劳福德说,“想试一试信箱吗?”

“我想不出比这更好的主意了。”格雷厄姆说。

“那样的话可以给两个诱饵,一个是你在群岛的房子边上的一个木制邮箱,再一个就是那个邮筒。”

电话铃响了。

响铃器启动。跟踪开始了。铃响了四遍,技师关掉响铃器,贝弗莉拿起电话,莎莉仔细听着。

“特工克劳福德办公室。”

沙莉摇了摇头。她认识这个打电话的人,是克劳福德在酒、烟草、武器专卖局里的一个密友。贝弗莉草草敷衍了他赶紧把电话挂了,并停止了搜索。联邦局大楼里的所有人都知道要保持这条电话线空闲。

克劳福德继续把邮筒的细节叙述了一遍。大家既紧张又感到无聊。劳埃德·博曼进来给他们讲了莱克特引经据典的数字是如何与平装版的《烹饪的乐趣》一书中第一百页相关的。莎莉给每个人递上纸杯的咖啡。

电话铃又响了。

响铃器启动,跟踪开始。四遍铃。技师按下开关。贝弗莉拿起听筒。

“特工克劳福德办公室。”

莎莉使劲地点了点头。

格雷厄姆走进他的小隔断,关上了门。他可以看到贝弗莉的嘴唇在动。她按了“等待”键后看了看墙上的钟的秒针。

格雷厄姆可以从擦得干干净净的听筒上看到自己的脸。耳麦上有两张鼓起来的放大了的脸。他能闻到自己衬衫上在射击场里沾上的火药味。别挂电话,甜甜的基督,别挂电话。四十秒钟过去了。他的电话在响铃时微微移动着。让它响一遍,再响一遍。四十五秒钟。好。

“我是威尔·格雷厄姆,我可以为你做什么吗?”

低声地笑。一个压低的声音:“我估计你可以。”

“我可以知道是谁在打电话吗?”

“你的秘书没有告诉你吗?”

“没有,不过她却把我从一个会议里叫出来,先生,而且——”

“如果你告诉我你不想和‘朝圣者’谈话,我立刻就挂电话。想还是不想?”

“‘朝圣者’,如果您有什么我能解决的问题,我会很高兴和您谈谈的。”

“我觉得是你有问题,格雷厄姆先生。”

“抱歉我不懂你的意思。”

秒针就要到一分钟了。

“你一直很忙,伙计,是不是?”电话那头问道。

“忙得没时间和人闲聊,如果你不马上告诉我有什么事。”

“我的事就在你管辖的区域里,亚特兰大和伯明翰。”

“你知道那里发生的事情吗?”

轻轻的窃笑。“知道那里发生什么事?你到底对‘朝圣者’感不感兴趣?快说,你撒谎我就挂电话。”

格雷厄姆透过玻璃可以看到克劳福德。他两只手上各拿着一个听筒。

“我有兴趣。可是你看,我每天都接到很多电话,而他们中的很多人都自称自己了解情况。”一分钟。

克劳福德放下一个听筒,然后在一张纸上草草地写。

“你要是知道有多少人假冒知情者就会感到惊奇的,”格雷厄姆接着说,“你和他们聊上几分钟就能知道其实他们对发生的事连基本了解都没有。你了解吗?”

莎莉向着玻璃举着一张纸让格雷厄姆看,上面写着:“芝加哥电话亭。警局在行动。”

“我看,你先来告诉我你了解‘朝圣者’什么,然后我可能会告诉你对不对。”声音还是压低了。

“我们弄明白在谈论谁吧。”格雷厄姆说。

“我们在谈‘朝圣者’。”

“我怎么知道‘朝圣者’已经干了我所感兴趣的事?他做了吗?”

“就算做了吧。”

“您是‘朝圣者’吗?”

“我不会告诉你的。”

“您是他的朋友?”

“就算是吧。”

“那就证明一下吧。告诉我您对他有多了解。”

“你先来。你告诉我你知道的。”一阵紧张的咯咯笑。“第一次你错了,我就挂。”

“好吧,‘朝圣者’是个惯使右手的人。”

“这是个很保险的猜测。大部分人都是的。”

“‘朝圣者’被误解了。”

“别净下笼统的赌注。”

“‘朝圣者’体格非常强壮。”

“对,可以这么说。”

格雷厄姆看了看表。一分半钟了。克劳福德冲他点点头,以示鼓励。

别告诉他能改变的细节。

“‘朝圣者’是白种人,而且大概有五英尺十一英寸高。您还没有告诉我任何事情,伙计。我甚至还不能确认您到底认不认识他。”

“想结束谈话了吗?”

“没有,但是您说我们会交换,我只不过在按您的意图走。”

“你认为‘朝圣者’是个疯子吗?”

布鲁姆摇了摇头。

“我不认为像他那样谨慎的人会是疯子。我觉得他与众不同。我觉得很多人都相信他是疯子,原因在于他并没有让人充分地了解他。”

“你描述一下他具体在利兹太太身上干了什么,然后我可能会告诉你你的猜测对不对。”

“我不想那么做。”

“再见。”

格雷厄姆的心提到了嗓子眼,可是他还能听到电话那端喘息的声音。

“我不能进去,你告诉我——”

格雷厄姆听到在芝加哥电话亭的门被强力推开, 听筒也哐的一声掉了。隐隐约约能听到说话的声音还有听筒随着线圈上下摆动的“哐啷”声。办公室的所有人都从扩音器里听到了这一切。

“不许动。别动。手放到头后面,倒着走出电话亭。慢一点。手放在玻璃上。伸开。”

一股甜美的放松的感觉在格雷厄姆周身荡漾。

“我没带武器。在我前胸兜里你可以找到我的身份证。嘿,你弄得我好痒。”

电话里传来很重的声音,声调里透着迷惑。“那边谁在讲话?”

“威尔·格雷厄姆,联邦调查局。”

“我是斯坦利·里多警官,芝加哥警察局。”声调里开始透出不满了。“见鬼,你能告诉我这到底是怎么回事吗?”

“你得告诉我,你拘捕了一个人吗?”

“对,弗雷迪·劳厄兹,记者。我认识他有十年了……这是你的笔记本,弗雷迪……你要对他起诉吗?”

格雷厄姆气白了脸。克劳福德的脸都涨红了。布鲁姆博士注视着录音磁带一圈一圈地走。

“你听到我的话了吗?”

“是的,我对他起诉。”格雷厄姆的嗓音像是被谁掐住了脖子说出的,“妨碍公务罪。请你把他带到局里等候联邦政府检查官的起诉。”

突然劳厄兹的声音从电话里传出来。他的嘴里已经没有棉花块了,所以他说得又快又清晰。

“威尔,听——”

“去和联邦政府检查官说吧。把电话交给里多警官。”

“我知道一些——”

“你他妈的赶快给我把电话交给里多警官。”

克劳福德的声音从电话里传出来了。“让我来说吧,威尔。”

格雷厄姆重重地把电话撂下,咣的一声被扩音器放大后让所有在场的人都不由得向后一缩。他头也没回地走出了房间。

“劳厄兹,你可闯了大祸了,伙计。”克劳福德说。

“你们还想不想抓到他?我可以帮助你们。让我说一分钟。”劳厄兹抓住克劳福德片刻的沉默迫不及待地说,“你们刚才正好显示了你们多么需要《国民闲话报》。以前我并不能肯定,现在我确信了。要不是你们那个关于‘牙仙’案的广告,你们肯定不会花力气跟踪我这个电话。这样很好,整个《国民闲话报》都会为你服务。你想怎么做都可以。”

“你是怎么发现的?”

“广告部经理找过我。告诉我你们芝加哥办公室的便衣来查过广告。

你们的人从寄来的广告中选了五份，说是‘有假信的嫌疑’。广告部经理对信件做了副本然后才交给你们的人。

“我把这五封信好好检查了一遍。我知道他拿五封信是为了掩护那封他真正需要的信。我花了一两天的时间才把它们都搞清楚。答案就在信封上。巴尔的摩的邮戳。自动邮资盖戳机的数字是巴尔的摩精神病犯罪医院的。我去过那里，你知道，跟在你们那位头发乱得一团糟的朋友后面。还有什么其他的可能呢？

“不过我还是得有个准信，这就是为什么我打这个电话的原因，我想看看你们是不是对‘朝圣者’先生投入了很大的精力。结果你们真如我所料。”

“你犯了一个大错误，弗雷迪。”

“你们需要《国民闲话报》，而我可以为你们敞开大门。广告，正文，检查来往信件，任何事情，你们提好了，我可以坚守秘密，我可以。加上我吧，克劳福德。”

“没有什么需要加上你的。”

“那么如果下一期碰巧有人登六篇个人广告，你不觉得会让事态有什么不同吧？抬头全部写‘亲爱的朝圣者’，而且用相同的签名？”

“我会要到一个许可抽你的嘴巴子还有盖章的起诉书告你妨碍公务。”

“对啊，那样全国的报纸就都会知道了。”劳厄兹知道他的话正被录音。他什么都不怕了，“我对天发誓我会这样做的，我会的，克劳福德。我会在失去我的机会之前把你的机会断送掉。”

“那在我刚才列举的罪名里再加上一条州际散布威胁性质的舆论。”

“让我帮助你吧，杰克，我真的可以，相信我。”

“你到警察局去吧，现在就去，弗雷迪。把电话交给警官。”

弗雷迪·劳厄兹的林肯牌凡尔塞轿车里满是护发素、袜子和雪茄的味道。警官在车里被熏了一路，到了警察局门口下车的时候终于喘了口气。

劳厄兹认识管辖这个区的队长和众多值勤的警察。队长给劳厄兹一杯咖啡,然后给联邦政府检查官办公室打电话让他们把这个“烂摊子收拾干净”。

没有联邦司法区执法官来找劳厄兹。半个小时以后他在选区队长办公室里接到克劳福德的一个电话,然后他就自由了。队长陪他走到他的车前。

劳厄兹加大油门,把车开得又快又颠簸,他穿过东环路到了他的可以俯瞰密歇根湖的公寓。有好几件东西他希望从他的故事中获得,而他知道这回肯定能拿到。钱是一方面,主要是从成书中获得。他马上就能有一本平装书在报亭里出售了,他要在案犯落网后三十六个小时就出书。在日报上刊登独家新闻能引起一场新闻界震动。他马上就能看到报界大王们——《芝加哥论坛报》、《洛杉矶时报》、不可一世的《华盛顿邮报》,还有那众望所归的《纽约时报》——他们都争相刊载有他版权的报道,并在他的署名后配上他的照片。这将是一件多么令人满意的事!

而那些狂傲的曾经蔑视并拒绝和他一起喝酒的大报记者，让他们把自己的心肝肺生吞下去吧。

在他们看来劳厄兹是个贱民,因为他有一个不同的信仰。如果他不这么有能力，如果他是个没本事的笨蛋，那些大报的行家或许会原谅他为《国民闲话报》写稿。就像人们会原谅一个头脑迟钝的小丑。可是劳厄兹很能干,他具备一个出色的记者的素质——机敏,有胆量和敏锐的眼光,他有惊人的能量和忍耐力。

阻碍他的是他的固执,这个性格让他的上司们深恶痛绝。让他们同样厌恶的还有他无法把自己与故事剥离开来的事实。

在劳厄兹身上有一种赤裸裸的欲望要引起别人注意，就是经常被旁人误称的自我感。劳厄兹长得粗笨而丑陋,个子又矮小。他的眼睛像老鼠一样,而且他眼睛里闪的光亮像沥青马路上的屎尿的反光。

他在大牌报社工作了整整十年，直到他弄明白永远不会有人给分派去白宫的活。他看明白他的出版商们会把他的腿累断,利用他直到他变成一个累垮了、不中用的老醉鬼,在一张没有前途的桌子前伏案耕耘,不可避免地向死期靠拢，不是肝硬化就是因房事猝死。

他们需要的是他的报道，不是弗雷迪本人。他们给他最高的薪水，可是对于需要买女色的人来说，那其实算不了很多的钱。他们拍他的后背跟他说他有很多才干，可是他们连一个专名停车位都不愿意给他。

1969年的一个晚上，在办公室改写报道的时候，弗雷迪突然醒悟了。

弗兰克·拉金坐在他旁边做电话记录。这是给年老记者们分派的活。弗兰克·拉金当时五十五岁了，可他看起来像七十似的。他的眼睛像牡蛎一样，还每隔半小时去他的衣箱里拿酒喝。弗雷迪从他坐的地方就能闻到酒气。

拉金站起来蹒跚地走到编辑的小隔断里，那儿是个女编辑。他用沙哑的嗓音低声和她说话。弗雷迪经常听别人的交谈。

拉金想请女编辑帮他从卫生间的自动售货机取一片卫生巾给他，他膀胱的出血程度已经到非用卫生巾不可了。

弗雷迪打稿的手停下来了。他把文稿撤下来，换了纸，开始写辞职报告。

一个星期后他开始为《国民闲话报》撰稿。

他开始时做癌症栏目的编辑，薪酬几乎是他以前的两倍。他的敬业精神给报社的管理层留下了很深的印象。

《国民闲话报》有资力付他很高的薪水，因为报社发现癌症有利可图。

每五个美国人当中就有一个死于癌症。垂死患者的家属们心力交瘁，祈祷无门，面对日益加重的病情，他们愿意尝试任何解救的办法，无论多么荒诞不经——拍打或按摩病人的身体，对病人讲陈腐的笑话，等等。哪怕只有一丝的希望他们也急切地想抓住。

市场调查结果显示，在头版上用醒目的黑体字印出"癌症新药"或者"克癌灵方"之类的标题能使任何一期《国民闲话报》在超市的销售增长22.3%。如果全文刊载在头版的标题下报纸销售又会下降六个百分点，因为这就让读者有机会在排队结账的时候读完空洞的文章而决定不买。

营销专家们发现，如果将标题做成醒目的彩色字放在头版而把文章放在后面的版面里，效果就会更好，因为这样购物者就很难一边把报纸摊开一边拿着钱夹又推着购物车。

这种成套路的文章在前五段中用10号字，尽用积极的字眼，然后用小两号的字体，最后降到6号字才说明这些灵丹妙药目前还没有上市或者刚处于动物试验阶段。

弗雷迪靠写这样的文章挣钱，而它们的确为《国民闲话报》增加了不少发行量。

除了带来更多的读者以外，还吸引了很多广告。这些制造厂商加付一大笔广告费让自己的广告放在周刊的癌症文章的附近。

许多读者来信要求刊登更多的信息。于是《国民闲话报》的另一部分收入来源就有了保证：把这些急切的读者的名字卖给一个自称是无线电福音传道者的疯狂的精神变态病人，这个人给这些读者去信勒索钱财。他的信封上印着："你爱的人就要死了，除非……"

弗雷迪·劳厄兹对《国民闲话报》很有帮助，《国民闲话报》对于他也是一片乐土。现在给报界干了十一年的他终于挣到七万二千美金的年薪。他在感兴趣的方面写了相当多的报道，也把钱花在享乐上。他认为好的生活是什么样他就怎么样过。

按照事态的发展，他认定可以把赌注押在他的平装书上而且加大筹码。步入影坛也有希望。他曾听说好莱坞对固执的阔佬可算是福地。

弗雷迪越想越美。他把车子飞也似的冲下滑坡，开进他公寓的地下停车场，车轮滑地发出了吱吱声。在墙上有用一英尺见方的大字写的他的名字，标志着他的私人停车位：弗雷迪·劳厄兹先生。

温迪已经到了——她的达森就停在他的车位旁边。很好。他希望能带她一道去华盛顿。那将让这些巡警大跌眼镜。他在电梯上行的时候吹起了口哨。

温迪正在为他收拾行李。几只行李箱曾经是她的全部家当，所以干装箱的活她是一把好手。

她穿着整洁的牛仔裤和单色的衬衣，棕色的头发在脖子后面绾了一个花栗鼠尾巴似的髻。要不是肤色和身材温迪很可能被当成是一位农家姑娘。她的身材就像是青春期的滑稽的缩影。

她看着进门的劳厄兹,她的眼睛已经多年没有惊奇的神色了。她看到他浑身战栗。

“你干得太狠了,罗斯科。”她喜欢叫他“罗斯科”,而他也喜欢被这么叫。“你坐哪个航班,六点钟的那班吗?”她递给他一杯饮料,把用闪光饰片装饰的舞裙和假发套从床上挪开,好让他躺下。“我可以开车送你到机场。我今天六点钟才去酒吧呢。”

“温迪城”是她开的一家色情酒吧——里面的女孩都不穿上衣,而她不用再去跳舞了。有劳厄兹帮她办。

“你打电话给我的时候听起来像那只摩洛哥鼹鼠。”她说。

“谁?”

“就是星期六早上电视里演的,你知道的,神秘兮兮的帮助秘密松鼠的那只鼹鼠。咱们一起看的然后你就……你今儿真的把他们好好玩弄了一把,是不是?你看起来对自己相当满意。”

“真他妈的痛快。我抓住了一次机遇,宝贝儿,而且酬劳巨丰。我得到了一份甜甜的机会。”

“你走之前还能睡个午觉。你已经超负荷工作很长时间了。”

劳厄兹点着一支烟。在烟灰缸里有一个还在冒烟的烟蒂。

“我说啊,我打赌你喝完饮料然后抽完这支烟就睡着了。”

劳厄兹的脸,像一只攥紧了的拳头一样压在她的脖子上,终于放松了,开始像一只手一样灵活地左摆右晃了。他不再发抖了,把发生的所有事情都告诉了她,在她的丰满的乳房间低声地描述。她在他脖子的后部两手形成八字为他按摩。

“这手活还真挺聪明,罗斯科。”她说,“你睡吧,到时候我会把你叫起上飞机的。事情会好的,一切都会好的。然后我们就尽情地过上一段好日子。”

他们低语着将来要去什么地方玩。然后他渐渐睡着了。

17

艾伦·布鲁姆博士和杰克·克劳福德坐在折叠椅上，这是克劳福德办公室里剩下的唯一家具了。

“壁橱空了[①],博士。”

布鲁姆博士端详着克劳福德猿猴一般的脸,琢磨着他到底想说什么。透过他的外表,医生看到了一个像 X 光仪一样冷峻的头脑。

“威尔去哪里了?”

“他会出去溜达一圈,要把火气平息,”克劳福德说,“他恨劳厄兹。”

“莱克特公布了威尔的住址以后你觉得你会失去威尔吗?他可能选择回到他的家庭里去。”

“最初我是这么觉得。他确实动摇过。”

“这很容易理解。”布鲁姆博士说。

“后来我想到——他回不了家,莫莉和威利也回不了,‘牙仙’一刻不被铲除,他们就一刻无家可归。”

“你见过莫莉了?”

“见过。她人很好,我喜欢她。不过她肯定恨不得让我的背折了并被打进地狱。我现在得躲着她。”

---

① 英文中用“壁橱里的骷髅”来形容秘闻,克劳福德取俗语的反义表明谜团已经解开了。

“她觉得你在利用威尔？”

克劳福德严厉地瞪了博士一眼。“我有些事想和他谈，我需要和你先商量一下。你什么时候去昆蒂科？”

“周二上午，我把课推迟了。”布鲁姆博士是联邦调查局研究院行为科学部的客座讲师。

“格雷厄姆喜欢你。他知道你不会和他要心眼。”克劳福德说。布鲁姆刚才关于利用格雷厄姆的话刺痛了他的胃。

“我没那么做过，将来也不会做。我对他像对我的病人一样守信用。”

“的确如此。”

“我希望做他的朋友，而且我现在也是。杰克，是因为我的专业我才去观察。别忘了，你请我对他做一次精神分析的时候，我拒绝了。”

“是彼得森，楼上那位，想要这个分析。”

“是你向我提出的。无论如何，即使我曾经对格雷厄姆做过什么，即使真的有什么东西可以对第三方有利用的价值，我也会把那些信息抽象成一种外人完全看不出来的形式。即使我对他做任何学术上的研究，我只会在死后才发表。”

“在你死后还是他死后？”

布鲁姆博士没有回答。

“有件事我注意到了——我一直很好奇：你从来没有和格雷厄姆单独在一间屋子里待过，是不是？你避得很好，并不像刻意的。可是你从来没和他一对一地单独在一起过，为什么？是不是你觉得他有心理障碍，这是原因所在吗？”

“不，他是个有超前视觉记忆的人——但我不觉得他心理有问题。他没让头儿拿他做实验，可这本身说明不了任何问题。他讨厌被刺探被研究，我也一样。”

“可是——”

“威尔想把这项工作当成一个纯粹的智力游戏，而且从法医学上的一个狭义的定义来看，这本身就是个游戏。他在这方面很在行，可是别人也有同样在行的，我估计。”

“恐怕没有几个吧。”克劳福德说。

“他比别人多的是纯粹的感情移入的能力和想象力，”布鲁姆说，“他可以预见你的想法，或我的——也许还有其他人的想法，只要他们能让他恐惧或者恶心。这是种让人难受的天分，杰克。感知的能力是把双刃剑。”

“为什么你从来不和他单独在一起？”

“因为我对他有一种职业病似的好奇，而他很轻易就能捕捉到。他的思路很敏捷。”

“一旦他发觉你在小便，他会把你的遮羞布扯下来。”

“这比喻真龌龊，倒是挺准确。够了，你已经报复得可以了，杰克。咱们言归正传吧。我厌烦这样的谈话。”

“对于表明心迹的尝试，也许。”克劳福德说。

“实际上是因为我的胆囊。你想要什么？”

“我现在有了一个和‘牙仙’对话的平台。”

“《国民闲话报》。”布鲁姆博士说。

“对。你觉得有没有这样的可能，就是我们对他说一些话，促使他走向自我毁灭？”

“促使他自杀？”

“他自杀我没意见。”

“我怀疑这能否见效。对于某些精神病这可能奏效，而对这个案例，我觉得够呛。要是他这么容易自我毁灭，就不会那么小心谨慎，也不会把自己保护得那么好了。如果他是个典型的偏执狂精神分裂症患者，你有可能影响他，让他狂妄，以便让他浮出水面。你甚至可以让他伤害自己。不过我不会帮助你的。”自杀的念头是布鲁姆十分反对的。

“不，我知道你不会的。”克劳福德说，“我们能激怒他吗？”

“为什么你想了解这个问题？什么动机？”

“让我换个方式问：我们能激怒他以便转移他的注意力吗？”

“他已经把精力集中在格雷厄姆身上并把他当作对手，你知道这一点。别绕圈子了。你已经决定用格雷厄姆做诱饵了，是不是？”

“我觉得我不得不这样做。不是这样就是在25号那天血流成河，足够把他的双脚淹没。帮帮我。”

“我不能肯定你是否知道自己需要什么。”

“建议——是我想要的。”

“我不是说从我这里，”布鲁姆博士说，“你从格雷厄姆身上要什么。我不希望你错误地理解它。在一般情况下我不会说出来的，但是你应该知道：你知道威尔工作的一个最强烈的原动力是什么吗？”

克劳福德摇了摇头。

“是恐惧，杰克。他经常对付恐惧。”

“因为他受过伤？”

“不，不完全是那样。恐惧来源于想象。它是一种惩罚，是获得想象的代价。”

克劳福德盯着他扣在腹部的粗大的双手。他的脸红了。谈论这事让人尴尬。“当然，这种话题是在训练场上与大孩子们提都不会提及的，对不对？别担心告诉我他害怕。我不会以为他不是‘千里挑一’的。我还不是个彻头彻尾的笨蛋，博士。”

“我从来就没觉得你是，杰克。”

“如果我不能保护他的话我不会让他冲锋陷阵的。哦，对，至少我能百分之八十地保护他。他本人的防卫能力也不差。不是最棒的，但是他反应很快。你可以帮我们把‘牙仙’激怒吗，博士？许多人已经死了。”

“除非格雷厄姆预先知道所冒的风险而且自愿承担它。我必须亲耳听他说。”

“我和你一样，博士。他从不像你我这样相互之间搞搞恶作剧。”

克劳福德在吉利尔实验室旁边的那个小办公室里找到了格雷厄姆，他临时占用了那里，并且在那堆满了死难者的照片和私人信件。

克劳福德等格雷厄姆放下手里的《法制要闻》。

“让我告诉你25号会发生什么吧。”他不需要告诉格雷厄姆25号是满月。

“他会再次犯案的。”

“是的,如果我们25号再遇到麻烦的话。”

“不是如果,而是当我们遇到的时候。”

“前两次都是在周六夜里。伯明翰,6月28日,周六晚上是一轮满月。亚特兰大是7月26日,满月的前一天,不过也是星期六夜里。这一次满月在星期一,8月25日。不过,因为他喜欢周末,我们就从周五开始做好准备。”

“做好准备?我们准备好了吗?”

“是的。你知道教科书里是怎么教的——侦查一个凶杀案件的最理想的方式?”

“我从来没看过真正那么侦查的,”格雷厄姆说,“案子从来没那样破过。”

“没有,很少见,但如果真能做到的话也是很棒的:派一个人进去,只派一个人,让他在现场里来回走。他带着录音机而且一直描述。他在那个没有被任何东西破坏的现场里想待多久就待多久。只有他一个人……只有你一个人。”

一阵长时间的沉默。

“你想告诉我什么?”

“从星期五晚上开始,22号,我们让一架格兰曼直升机在安德鲁斯空军基地待命。我从内部借。基本的实验室成员也守在那上面。我们待命——我、你、吉利尔、吉米·普赖斯、一名摄影师,再有两名负责审讯的警官。然后报警电话就来了,我们出发。不是在南边就是东边。我们能在一小时十五分钟内到达。”

“那当地的警察局呢?他们没必要与我们协作,他们不会等的。”

“我们可以事先让警察局的头头们和警官们知道,传达到每一个基层领导。我们现在不就在讨论调度员的控制台上和当值警官的办公桌上贴的命令吗?”

格雷厄姆摇了摇头。“管不了多大用，你甭想让他们保密，他们做不到。”

“我们要求的只是保密这一件事——这并不算多。我们只要求他们在凶杀案报告来了以后，第一批警察进去查看一番，医疗人员进去确认里面没有活着的人。然后他们都出来，设路障，询问目击者，他们愿意怎么搞就怎么搞，可是屋子里的原物，必须贴封条，直到我们到了。我们开车到现场，你进去，你带录音设备。在你想说的时候把你的想法说出来，你不想说就什么也不说。你在里面待多长时间都可以，然后我们再进去。”

“当地警察不会等的。”

“当然他们不会。他们会派几个凶杀案科的人去。可是我们的要求总会有一些功效的。它会阻断那里的交通，你看到的一切都将是原始状态的。”

原始状态的。格雷厄姆把后脑勺枕在椅背上，两眼盯着天花板。

“当然，”克劳福德说，“我们离周末还有十三天。”

“噢，杰克。”

“‘杰克’怎么啦？”

“你想让我死，你真的想让我死。”

“我不明白你的意思。”

“不，你明白。你知道你在做什么，你已经决定把我当作诱饵，因为你手上没有任何牌可以打了。所以你在提出那个问题之前，先打好埋伏，跟我讲下一次会是多么糟糕。你的心理战术倒挺不错，用在一个他妈的白痴身上。你原想我会说什么？你担心我在遭遇莱克特以后就没有胆量来做炮灰了吗？”

“不是。”

“我不怨你这么猜疑，我们都见过被吓破了胆的人。我也不愿意穿着克福勒的防弹衣晃荡而让屁股打开了花。可现在，我已经在这个案子里面了，我们不把他抓住就不能回家。”

“我从来就没怀疑过你会自愿去做的。”

格雷厄姆看着对方，直到他确信克劳福德说的是心里话。“那就是说还有别的什么?”

克劳福德没说话。

“不能动莫莉,你休想。”

“他妈的,威尔,我至于提那样的要求吗?”

格雷厄姆盯着他看了一会儿。“噢,看在上帝的分上,杰克。你已经决定和弗雷迪·劳厄兹玩了,是不是?你和小弗雷迪已经做了交易了,是不是?”

克劳福德冲着他的领带结皱了皱眉头。他抬起头看着格雷厄姆。“你自己也知道最好的方式就是拿他当钓饵。‘牙仙’肯定会看《国民闲话报》。我们除此之外还有什么?”

“必须劳厄兹来做吗?”

“他对《国民闲话报》有支配权。”

“你的意思是让我在《国民闲话报》上攻击‘牙仙’,然后我们给他一枪。你觉得这比邮筒那招灵?不用你回答,我知道你就是这么想的。你和布鲁姆谈过这事吗?”

“正要谈呢,我们俩一起和他谈,还有劳厄兹。我们同时使邮筒这招。”

“那现场的布置呢?我认为我们必须准备一个能致命的现场。一个空旷的地方,能让他走近。我不觉得他会放冷枪。他可能会和我打埋伏,可我不能拿着来福枪和他碰面。”

“我们会在高处架起监视器的。”

他们同时想到了一件事:克福勒防身装备可以阻挡“牙仙”的九毫米手枪和利刃,可是它防不住格雷厄姆脸部挨枪。如果在暗处的一个持枪人有机会对他的头部开枪的话,他将防不胜防。

“你去和劳厄兹谈,我不必做这些事。”

“他得采访你,威尔,”克劳福德温和地说,“他必须拍你的照片。”

布鲁姆警告过克劳福德:他会在这点上遭到拒绝的。

18

等到与劳厄兹会面的时候，格雷厄姆令布鲁姆和克劳福德着实吃了一惊。他看起来很情愿地迎上劳厄兹，而且露出友善的神情，尽管他蓝色眼睛发出的是冷冷的光。

进入联邦调查局总部使劳厄兹的举止有所收敛。他在力所能及的范围内表现得很礼貌，而且使用他的设备时又迅速，又尽量小声。

格雷厄姆只有一次对劳厄兹说不：他断然拒绝让劳厄兹看利兹太太的日记以及两个家庭的任何私人信件。

在采访开始的时候，他回答劳厄兹问题显得语调很平和。两个人手上都有布鲁姆博士提供的提纲。他们的问题和答案有很多处都是在事先准备的基础上转述的。

艾伦·布鲁姆发现密谋激怒某个人很困难。最后他不得不把他对“牙仙”的观点抛出来了事。其他人则像空手道学生上解剖课一样听他讲。

布鲁姆博士说“牙仙”的行为和来信暗示着他有妄想症，这种症状是对不可忍受的不满足感的一种补偿。他敲碎镜子的行为把这种不满足感与他的相貌联在了一起。

凶手对“牙仙”这个称呼的反对集中在带有同性恋含义的词“仙”。布鲁姆认为他有一个潜意识的同性恋情结，一种害怕成为同性恋的强烈的恐惧。布鲁姆博士的这个观点被一项在利兹家的怪异的发现所证实:折叠的痕迹和血迹,证明"牙仙"在利兹先生死亡以后给他穿上了裤衩。布鲁姆博士认为他这么做是为了强调他对利兹先生不感兴趣。

这位精神分析学家还论述了早期的施虐狂身上攻击和性欲的紧密的联系。

那些野蛮的攻击行为都是针对妇女的，而当着整个家庭的面施暴则明显是针对一个母性成员。布鲁姆在屋子里踱来踱去，自言自语似的称"牙仙"是个"梦魇下的孩子"。克劳福德的眼皮在布鲁姆富有激情的陈词中耷拉下来。

在劳厄兹的采访中，格雷厄姆的言辞的尖刻是没有其他联邦调查员愿意效仿的。而通常情况下没有媒体会在引用如此尖刻的言辞以后透露说话人的姓名。

格雷厄姆表示他预见到"牙仙"长得奇丑无比,而且阳痿。他还故意做出错误判断说凶手曾对男性遇害者施加性暴力。格雷厄姆说"牙仙"毫无疑问是认识他的人的笑料,而且是一个乱伦家庭的产物。

格雷厄姆强调"牙仙"显然没有汉尼拔·莱克特高明。他保证会把随着调查工作的深入而获得的材料和思考都提供给《国民闲话报》。许多执法人员不同意他的见解,但是,他说,只要他主持"牙仙"案,《国民闲话报》就可以放心地从他这里得到第一手材料。

劳厄兹拍了很多照片。

最重要的一张是在格雷厄姆"华盛顿的藏身之所"拍的,这是一套他借用的公寓,他会一直住在这里"直到他捉住'牙仙'"。这里是唯一的一处能让他在食人狂的氛围中"找到一丝安宁"的住所。

照片上格雷厄姆穿着睡袍坐在桌前,研究案卷到深夜。他在默默地对变态的"牙仙"做一个"艺术家的构思"。

照片上透过他身后的窗能看到国会山的圆顶。最重要的是,在玻璃窗的左下角,街对面的一家人们熟知的酒店的招牌依稀可见。

“牙仙”能根据照片找到这套公寓,如果他想的话。

在总部里格雷厄姆站在一个大型的光谱仪前照了一张照片。这跟案子毫无关系,可劳厄兹认为这样照的效果很好。

格雷厄姆居然同意在采访的时候和劳厄兹一起合影。他们是在武器及装备工具科的大大小小的枪支陈列架前拍的照片。劳厄兹手里拿着与“牙仙”用的相同的九毫米口径自动手枪。格雷厄姆指着一个自制的消音器,形状模仿的是电视天线杆。

布鲁姆惊奇地看到就在克劳福德按动快门前的一刹那，格雷厄姆把一只手友爱地搭在劳厄兹的肩膀上。

他们计划把采访内容和照片刊载在第二天的《国民闲话报》上,星期一,8 月 11 日。在得到需要的材料以后,劳厄兹回到芝加哥。他说他想亲自监督排版，并和克劳福德约好周二下午在离设计的埋伏处五个街区以外的一个地方见面。

从周二开始,《国民闲话报》在全国都有发售,两处埋伏的地方就做好准备迎接这个恶魔。

格雷厄姆每天晚上都会去那个报纸上登的他的“临时住所”。

在同一期的《国民闲话报》上还有一条密码处理过的信息,邀请“牙仙”到安娜波利斯的一个邮筒那里会面,这个地点二十四小时有人盯防。如果他对邮筒表示怀疑,也许认定抓他的兵力都集中在那里,这样格雷厄姆就会成为首选的攻击目标,这是联邦调查局的逻辑。

佛罗里达方面在舒格罗夫安了一个监视器。

在捕手当中开始出现不满的情绪——因为两处埋伏的地点占用了大量的本该在其他地方使用的人力，而格雷厄姆每晚在埋伏处的露面也影响他在华盛顿的正常工作。

尽管克劳福德的理性判断告诉他这是现有条件下最好的对策，可这个程序对于他以往的办案风格来说还是过于被动。他觉得他们这是在和自己玩游戏,在剩下不到两个星期的时间里、在满月重新升起之前的一片黑暗中玩游戏。

周日和周一在好奇和躁动中过去了，分针爬得很慢，而时针跑得飞快。

斯珀根，昆蒂科特种武器和战术部队装备处的负责人，在周一下午绕着公寓所在的街区转了一圈。格雷厄姆在副驾驶座上，克劳福德坐在后排。

“行人流量的高峰到大约七点一刻就结束了，每个人在这时候都到家准备吃饭了。”斯珀根说。他身材瘦而结实，头上的棒球帽低低地压在头上，看起来像个内野手。“明天晚上你的车开过铁路小旅馆到这片空场的时候鸣笛告诉我们一声，大概在八点半或者八点四十。”

他把车开进公寓的停车场。“这个场地不是最好的，可也不是最坏的。明天晚上你就把车停在这里。我们会安排你每天晚上在不同的车位里停车，不过会一直是这一侧。这离公寓的大门有七十五码远。咱们走过去吧。”

斯珀根，矮矮的个子，膝向外弯曲，走在格雷厄姆和克劳福德的前头。

他在找他有可能被流弹击中的地方，格雷厄姆想。

“咱们步行的线路是最有可能发生情况的地方，如果真会发生的话。”这位特种武器装备处的头说，“你看，从你的车到公寓入口连成的直线，这条自然的路径，正好穿过停车场的中心。这是他经过这里摆的成排的车必须走的最长的距离。他必须走过沥青的空地才能接近你。你的听力怎么样？”

“挺棒的，”格雷厄姆说，“在这样的停车场里就更棒了。”

斯珀根想在格雷厄姆的脸上寻找一种表情，可是没发现任何东西。

他在停车场的中心停下。“我们在调节这些街灯的瓦数，好让带来福枪的射手不容易瞄准。”

“你的人也一样。”克劳福德说。

“我们的两个人会戴斯达纯夜视镜的。”斯珀根说，“我得请你在西服外罩上喷一些光亮剂，威尔，我可不管你热不热。你每天晚上无一例外地要穿防弹衣，好吗？”

“好的。”

“哪一种？”

“克福勒——什么来着，杰克——‘昔日重来’？”

“对，‘昔日重来’。”克劳福德说。

“很有可能他会向你走过来，可能从你背后，或者他可能与你擦肩而过然后转过身向你开枪。”斯珀根说，“他已经有七次对受害人的头部开枪了，对吗？他知道这个方法很灵。要是你给他足够的时间瞄准，他对你也会故技重演的，所以不要给他时间。在大厅里交给你一些东西以后，咱们就去射击场吧。你行吗？”

“他可以的。”克劳福德说。

斯珀根在射击场是权威。他让格雷厄姆在耳罩下面加上耳栓，并且从各种角度向他晃动射击目标。他看到格雷厄姆用的不是规定的.38 口径枪时放心地舒了口气，可是他对格雷厄姆手枪里关闭了气门的枪管造成的闪光有些担心。他们在射击场练了两个小时。格雷厄姆结束练习以后这家伙坚持要检查他的.44 口径枪的枪管和枪管接口的螺钉是否依旧牢靠。

格雷厄姆冲了个澡，换了衣服，好把身上的火药味弄干净。然后他开车回到海湾的住所，去和莫莉和威利度过最后一个平常的夜晚。

晚饭后他带妻子和继子去了零售店挑选瓜果，他们嬉闹了好一阵。他要他们买够所有的副食和日常用的东西——旧的《国民闲话报》还在收银机旁的架子上，他希望莫莉不会看到明天一早出的新报纸，他不想让她知道正在发生的一切。

她问他下星期的晚饭想吃点什么，他只对她说他要出差了，要去伯明翰。这是他头一次真正地对她说谎，而这让他觉得自己油滑得像用旧了的钞票。

他注视着她在货架中间走，莫莉，他漂亮的打棒球的妻子，这个女人时刻对肿块警觉，坚持让他和威利每三个月就做一次身体检查；对死亡有切身体验的她克制了自己对黑暗的恐惧;她深知活着就是幸运,她了解他们生活的价值。她让每一分钟都过得很充实,甚至能把分分秒秒抓在手心里。她教他怎样调剂生活。

派舍贝尔的礼炮声传进了阳光明媚的小店,他们两个对视着,直到他们感受到的愉悦变得巨大得无法承受。即便在这个时刻,恐惧还是从他身边飘忽而过,像一只鱼鹰的阴影:这样平静美好的生活是那样难以持久。

莫莉把提包在两个肩上换来换去,好像里面的手枪的重量不止十九盎司似的。

格雷厄姆要是听见自己对甜瓜咕哝的那句丑陋的言语也会脸红的:“我非把那个混蛋装进塑料口袋里不可,我必须那么做。”

在谎言、枪支和购物的重压下,三个人形成了一列小队,神色庄严。

莫莉感到不对劲。她和格雷厄姆熄灯以后就没说话。莫莉做梦听见沉重疯狂的脚步声从一个有很多更衣室的大房子里传来。

19

在兰伯特·圣路易斯国际机场有一个报亭，供应来自全国各地的大报社的日报。来自纽约、华盛顿、芝加哥和洛杉矶的报纸被空运到这儿，在印刷的当天就能买到。

像很多报亭一样，这一家也是连锁经营的，代卖流行的期刊。卖报的必须搭着卖好多垃圾印刷品。

《芝加哥论坛报》在周一晚上十点钟送到这里，一起过来的还有一捆《国民闲话报》，被啪的一声丢在旁边的地上，报纸还有印刷的余温。

报亭的销售员蹲在他的报架前摆放《芝加哥论坛报》，除此之外他还有很多活儿要干。白班的伙计们从来都不张罗整理报架。

一双有拉链的黑色皮靴出现在他面前。一个只看不买的路人？不对。他的鞋尖正对着销售员。是个顾客要买某份该死的报纸。他想先整理完《芝加哥先驱论坛报》，可那位直勾勾的眼神盯得他后头皮发痒。

他的买卖一般都很快了结，所以他没必要细声细气。"要什么？"他冲着那人的膝盖说。

"一份《国民闲话报》。"

"你得等我把捆打开。"

那双皮靴没有动。它们离他太近了。

"我说了你必须等我把捆打开。明白吗？没看见我正忙着吗？"

一只手，银光一闪，他身边的报纸捆的绑绳啪的一声松了。一枚背面是苏珊·布朗·安东尼的一元硬币当啷一声扔在了他面前的地上。一份干净的《国民闲话报》被从报纸捆的中央抽了出去，上面的报纸散落了一地。

报亭销售员站了起来，脸通红。那个人则把报纸夹在腋下准备走。

“嘿，嘿，你。”

那人转过身面朝着他。“我吗？”

“对，你。我告诉你——”

“你告诉我什么？”他走回来，紧挨着销售员问，“你告诉我什么？”

很多时候一个粗鲁的卖货人能让他的顾客慌乱而受窘，可这一位出奇地镇静，让卖报的很害怕。

卖报的看了看地板。“找你一毛五。”

多拉德转过脸扬长而去。报亭销售员气得脸烧了半个小时。对了，这家伙上星期也来过这。他要是敢再来的话，我就让他知道该在他妈的哪里收敛点。在柜台下面有收拾蠢驴的家伙儿。

多拉德没在机场看《国民闲话报》。上周二莱克特的消息让他的心情很复杂。莱克特博士当然说得很对，他就是“美貌非常”，而且这读起来相当刺激。可他对博士惧怕警察有些轻蔑。莱克特并不比公众了解得更多。

尽管如此，他还是心急火燎地想知道莱克特是否接着给他发了消息。他要等到回家再看。多拉德对自己的控制能力很满意。

他开车的时候想着那个报亭的销售员。

要在过去，他会因为打扰了销售员的工作而向销售员道歉并且再也不去那个报亭了。这么多年来他已经受够了别人无数次的侮辱，但现在不必了。销售员可以侮辱弗朗西斯·多拉德，但他不能见到红色巨龙。这是超凡的过程。

到了午夜，他桌前的灯仍然亮着。《国民闲话报》上的文章被解了码，被多拉德剪过的《国民闲话报》散落了一地，剪报已经放入了日记本里。厚重的日记本打开着放在有关红色巨龙的油画的下面，日记本里新贴的剪报处胶水还没干。剪报下面刚刚贴了一个小塑料口袋，还是空的。

旁边的图标上写着:“他以此冒犯了我。”

可是多拉德已经离开了桌子。

他坐在地下室台阶上,清凉的空气中有略微的土地和苔藓的霉味。他的手提电灯的光照到了贮藏物上,照到了曾经挂在楼上的大镜子上,现在它靠着地下室的墙,背面已经满是尘土。灯光照到了他的箱子,里面有放炸药的盒子。

光柱在一个从高处垂下来的布上停下了,在地窖的远端有几个同样的物件。当他下去拿的时候脸碰到了蜘蛛网。他把罩布撩起来的时候飞扬的灰尘让他直打喷嚏。

他眨眨眼睛把眼泪抖落,把光柱在这辆旧的橡木轮椅上照来照去。轮椅的靠背很高,椅子又沉又结实。地窖里一共有三辆,还是1940年他的外婆在这开办幼儿园时县里送给她的。

他在地板上推轮椅的时候,轮子吱嘎地响。尽管椅子很沉,他还是轻而易举地把它搬到了楼上。他在厨房里给轮子上了些油。前面的小轮仍然响,可是后轮的轴承很好,手指轻轻一拨它们就轻快地转起来。

他心中灼热的怒火在轮子柔和的嗡嗡声中消解了许多。他一边转着轮子,一边竟也随着它们低声哼起来。

20

当弗雷迪·劳厄兹中午从《国民闲话报》报社办公室出来的时候，他浑身疲倦却兴致很高。他在回芝加哥的飞机上就整理好了整个报道，在撰稿室里他用了三十分钟就把版排好了。

余下的时间他通通用在写平装书上，谁的电话也不接。他是个很有计划的人，现在他已经有质量上乘的五万字底稿。

“牙仙”被捉住以后，他会写一篇危言耸听、引人入胜的导语和一篇捕捉现场的记录。刚刚完成的这些背景资料与捉拿现场的报道简直是绝配。他已经安排让《国民闲话报》的三名素质很好的记者做好随时出动的准备。这样在抓到“牙仙”的几个小时之后他们就能攫取到关于“牙仙”生活的一切细节。

他的经纪人胸有成竹，能在这个项目里赚个盆满钵满。在抓获罪犯之前和经纪人谈新闻项目，严格地讲是有违与克劳福德的协议的。所有的合同与备忘录都必须等到捕获“牙仙”以后才能发表，并且必须标明日期。

克劳福德手里攥着一个很重要的把柄——劳厄兹的威胁电话的录音。跨州传播威胁性的信息是一项可提起公诉的罪证，宪法的第一补充条款无论如何也豁免不了他。劳厄兹还知道克劳福德只消一个电话就可以让国内税务署给他找很大的麻烦。

劳厄兹骨子里有诚实的基因;他对于自己的工作没有多少幻想。可是多年从业已经培养了他对于经手的项目的一种近乎宗教般的疯狂。

他从钱的背后看到了一种更好的生活,而他被这种憧憬完全征服了。在他制造的所有灰尘的埋葬下,他昔日的渴望仍然没有泯灭。现在这些渴望受到了撩拨,又开始竭力翻腾。

他把照相和录音设备安排好以后,心满意足地开车回家,准备睡上三个小时,然后搭乘去华盛顿的航班,他要在警方设圈套的地点附近与克劳福德会面。

在地下车库他发现了一件令人讨厌的事。停在他的预留位边上的那辆黑色面包车很明显地越过了线,把车停在标有他的名字的区域里。

劳厄兹很用力地打开车门,车门撞到黑面包车的侧边,留下了一处凹痕和划痕。这样能好好教训一下这个不顾别人利益的狗东西。

正当劳厄兹锁车的时候,面包车的车门在他的身后打开了。他转身刚刚转过一半的时候,一根警棍敲中了他的头部。他抬起手,可是他的膝盖不由自主地往下弯,有很大的压力压在他的脖子上,空气被阻断了。当他的胸部又可以起伏的时候,他吸入的是氯仿。

多拉德把车停在自家房子的后面,下车活动活动腰腿。在回芝加哥的一路上全是逆风,他的胳膊很累了。他抬头仔细看了看夜空。英仙座流星群马上就要来临了,他绝对不能错过。

启示录:然后它的尾巴扫过天国上第三部分的星辰,并把它们赶落到凡世。

他有下一步的行动。他必须看到这个场面并且记住它。

多拉德打开车厢后门的锁,照例对自己的房子做了一遍检查。他再一次出来的时候,在头上罩上了一只长筒袜做面具。

他打开车厢门,与地面接上了一个缓坡。然后他把弗雷迪·劳厄兹用轮椅转出来。劳厄兹身上的衣服只剩了一条短裤，眼睛被蒙上了，嘴里还塞着东西不能讲话。虽然已经是半昏迷状态了，他并没有瘫软在椅子上，而是直挺挺地坐在橡木轮椅上，头顶着靠背。从他的脖子后面一直到脚后跟都被环氧基树脂的胶带牢牢捆在轮椅上。

多拉德把轮椅转到房子里，停在门廊的一个拐角处，让他背朝着房间，好像他做错了什么事在接受惩罚似的。

“你是不是觉得太凉快了？要不要毯子？”

多拉德把劳厄兹嘴里和眼睛上的卫生纸拿掉。劳厄兹没有回答。他周身散发着氯仿的气味。

“我给你拿一条毛毯来。”多拉德从沙发上取过一条阿富汗毛毯，掖到他身上，一直到他的脸部，然后在他的鼻孔下按了按氨水瓶。

劳厄兹的眼睛睁得大大的，他模模糊糊地看到墙的连接处。他咳嗽着却立刻开始说话了。

“是场事故吗？我是不是受重伤了？”

他身后的一个声音说：“不，劳厄兹先生，你现在很好。”

“我的后背疼，还有我的皮肤。我是不是被烧伤了？上帝千万别让我烧伤。”

“烧伤？烧伤。不。你只不过在这里歇一歇。我一会儿就来陪你。”

“让我躺下来。听着，我要你给我的办公室打电话。老天，我现在背都要折了——把实情告诉我！”

脚步声越来越远了。

“把我弄到这里来干什么？”他的问句最后变成了尖叫。

回答从他身后很远的地方传来。“补偿，劳厄兹先生。”

劳厄兹听到上楼的脚步声，还听到淋浴的水在响。他的头脑清醒了一些。他记得自己离开了办公室，自己开车，可是后来发生了什么他就记不清了。他脑子的一侧在悸动，氯仿的气味让他恶心。一直被僵直地捆着，他担心自己会呕吐进而误吸导致窒息。他把嘴巴张得大大的、深深地吸气。他能听到自己心脏的跳动。

劳厄兹希望自己是在做梦。他试着把胳膊从扶手上抬起来，他用的劲越来越大，直到手心和胳膊感受的疼痛足以把他从任何梦境中唤醒。他不是在梦里。他的思维速度加快了。

他使劲伸脖子，每次眼睛能看到胳膊几秒钟。他看到了自己是怎样被绑着的。没有保护后背的设施。这不是医院。他落到了什么人的手里。

劳厄兹似乎听到了楼上有脚步声，可是那也许是他心跳的声音。

他尽力去思索，绞尽脑汁地想。冷静下来，思考，他对自己低声说，冷静思考。

多拉德走下来时楼梯吱呀直响。

他走每一步劳厄兹都感觉到他的体重。现在走到他的身后了。

劳厄兹说了几个字以后才得以把音量调节好。

"我没有看到你的脸，我认不出你，我并不知道你长得什么样。《国民闲话报》，我在《国民闲话报》工作，会给你赎金……一大笔赎金。五十万，也许一百万。一百万美元。"

他身后是一片沉默。沙发的弹簧吱地响了一声。那么他坐下了。

"你怎么看，劳厄兹先生？"

把疼痛和恐惧放到一边。思考。现在就开动脑筋。用全部时间思考。争取时间，争取尽可能多的时间。他并没有决定要杀我，他并没让我看他的脸。

"你怎么看，劳厄兹先生？"

"我不知道我出了什么事。"

"你不知道我是谁吗，劳厄兹先生？"

"不。我不想知道，相信我。"

"在你看来，我是一个十恶不赦的堕落的性变态，一个禽兽。这是你说的。有可能是被一个过度善良而不切合实际的法官从精神病院里放出来了。"在平常，多拉德说话时会尽量避免发"咝"的音，比如在刚才"性"这个字中。可是面对这样一个听众，一个不可能笑话他的人，他放松了。"你现在该知道了吧，是不是？"

别说谎。快点想。“是。”

“为什么你写捏造的东西呢，劳厄兹先生。为什么你说我是疯子呢？现在就回答我。”

“当一个人……做的事情大多数人都不能理解时，他们就把他叫……”

“疯子。”

“他们就是这么称呼的，就像……莱特兄弟一样。从古到今——”

“历史。你明白我在做什么吗，劳厄兹先生？”

明白。来了，机会来了。快点转动脑筋。“不，但是我觉得我得到了一个机会让我明白，通过它我的读者们也会明白的。”

“你觉得你有优越感吗？”

“是，这的确是优越性。但我必须告诉你，告诉你句实话，我真的很害怕。当一个人害怕的时候是很难集中精力的。如果你有一个好的想法，你不必通过让我害怕来让我信服。”

“说实话，说实话。你用这个表达方式暗示你的真诚，劳厄兹先生，我很赞赏。可惜我和你不一样，我不是人。我原来是人形，可是按照上帝的旨意和我的意愿，我已经转化而且进入超乎人的境界了。你说你很害怕，那你觉得上帝现在在你身边吗，劳厄兹先生？”

“我不知道。”

“你对上帝祈祷吗？”

“有时候。我告诉你实话，我只在恐惧的时候才祈祷。”

“上帝帮助你了吗？”

“我不知道，事情过后我就不去想了，我应该想想的。”

“你应该想想的，嗯，有很多事情你本该知道的。过一会儿我会帮你了解。我出去一下可以吗？”

“当然。”

脚步声出了房间。橱柜的抽屉被拉出来而且被翻弄的声音，声音很大。劳厄兹从前报道过很多在厨房发生的谋杀案，因为厨房拿东西很顺手。警方的案情记录可以永久性地改变你对厨房的看法。他听到有水流的声音。

劳厄兹知道肯定已经是夜里了。克劳福德和格雷厄姆还在等他呢。他们现在肯定挂念他呢。一股深深的空落落的悲伤一时与恐惧交织在了一起。

他身后有呼吸的声音,然后一道白光在眼前一闪,一只手,有力而苍白,端着一杯和了蜜水的茶。劳厄兹从吸管里嘬着喝。

“我会写一篇很棒的报道,”他在喝茶的空当说,“任何你想要说的事情,你愿意怎样描述你自己都可以,也许没有关于你的描述更好,对,没有。”

“嘘——”一根手指在他的头顶敲了一下。光线变亮了。椅子被转了转。

“不,我不想看到你。”

“噢,可是你必须看到我,劳厄兹先生,你是记者啊,你来这里是为了报道。我把你转过来的时候,睁开眼睛看着我。你要是不睁,我就把你的眼皮钉在你的脑门上。”

一个很大的嘴巴发出的声音,响亮的噼啪声,椅子转了。劳厄兹面对着房门,他紧闭着双眼。一只手持续地拍打他的胸口,把他的眼皮往上一扒,他睁眼了。

对于坐在轮椅上的劳厄兹来说,对方穿着和服看起来非常高。一个长筒袜的面具挽到鼻头。他转过身背对着劳厄兹,然后脱掉了袍子。那结实的后背上的肌肉使鲜艳的文身一块块地突起,文身画的是一条龙尾,从后腰一直画到腿。

龙慢慢地抬起头,从侧边看着劳厄兹,微笑着,露出满是血迹的獠牙。

“噢,我的老天爷。”劳厄兹说。

劳厄兹现在在房间的中间位置,能看到屏幕。多拉德在他身后,穿上了袍子并戴上了假牙。

“你现在想知道我是谁吗?”

劳厄兹试着点点头，可他的头皮被椅子上的胶带拽得生疼。“非常想知道。我不敢问。”

“看。”

第一张幻灯片是布莱克的版画，巨大的人龙，舞着翅膀，摆动着尾巴，尾尖指着披着阳光的女人。

“你现在看到了吗？”

“我看到了。”

多拉德用很快的速度展示其他的幻灯片。

点击。雅各比太太活着时的照片。“看到了吗？”

“是的。”

点击。利兹太太活着时的照片。“看到了吗？”

“是的。”

点击。多拉德，张牙舞爪的、肌肉突出、满身文饰的龙在雅各比夫妇的床前。“看到了吗？”

“是的。”

点击。雅各比太太等待。“看到了吗？”

“是的。”

点击。雅各比太太死后。“看到了吗？”

“是的。”

点击。龙在张牙舞爪。“看到了吗？”

“是的。”

点击。利兹太太在等待，她的丈夫在身边无力地躺着。“看到了吗？”

“是的。”

点击。利兹太太死后，满身是血。“看到了吗？”

“是的。”

点击。弗雷迪·劳厄兹，从《国民闲话报》上拷贝的一张照片。“看到了吗？”

“天哪。”

“看到了吗?”

“噢,我的天哪。”这些话说出来像一个孩子的哭声。

“看到了吗?”

“求你别——”

“别什么?”

“不要让我死。”

“不要什么?你是个男人,劳厄兹先生。你是男人吗?”

“是的。”

“你暗示我有哪些地方怪异吗?”

“我发誓没有。”

“你是个女同性恋吗,劳厄兹先生?”

“不是。”

“你还要再写关于我的更多的虚假报道吗,劳厄兹先生?”

“噢,不了,我不写了。”

“你为什么写?劳厄兹先生?”

“是警察告诉我的。我写的都是他们的原话。”

“你引用威尔·格雷厄姆的原话。”

“格雷厄姆告诉我这些谎言,格雷厄姆。”

“你现在愿意公布真相了吗?报道我、我的工作、我的转世、我的艺术,劳厄兹先生。这是不是艺术?”

“是艺术。”

劳厄兹眼中的恐惧让多拉德得以轻松地交谈,他可以在任何一个摩擦音中飞翔,爆破音成了他网状的翅膀。

“你说过,我,尽管比你看到的更多,是不正常的;我,尽管能把世界推动得比你远的多,是不正常的。我比你的胆量大得多,我用我独特的印章在地里留下更深的印记,那印记甚至比你的灰尘存在的时间更长久。你的生命之于我就像青石上蜗牛的爬痕,像我的纪念碑的碑文上留下、然后又消失的一根银色的黏液丝。”这些话多拉德曾经写进他的大日记本里,现在它们又蜂拥而至。

“我就是龙，而你们却说我疯了？我的运动被狂热地追踪和记录，就像一颗1054的客星的运动一样。你了解1054的客星的情况吗？你当然不会了解。你的读者跟随你就像一个孩子的手指跟随一只蜗牛的印迹一样，他们的理智和你的一样没有活力而且陈旧。周而复始地回到你肤浅的脑壳和像土豆一样的脸那里，就像一只蜗牛沿着它自己的黏液的痕迹爬回窝一样。

“在我面前你就是一只阳光下的蜗牛。你本该认识超凡，但你却有眼无珠。你是胞衣中的一只蚂蚁。

“你本性里需要做好一件事：在我面前本分地颤抖。你们对我不应该是恐惧，劳厄兹，你们这些蚂蚁。你们应该对我敬畏。”

多拉德低头站着，他的大拇指和食指顶着鼻梁。然后他离开了房间。

他没有揭开面具，劳厄兹想，他没有揭开面具，要是他回来的时候把面具摘了，我就死定了。上帝啊，我已经吓得屁滚尿流了。他转动眼珠盯住门口，在房子后面传来的声音里等待着。

多拉德回来的时候仍然戴着面具。他手里拿着午餐饭盒和两个暖瓶。“这是给你回去的路上准备的。”他拿起一只暖水瓶，“冰，我们用得着的东西。我们走之前得录一段音。”

他把麦克风夹在靠近劳厄兹的脸的阿富汗毛毯上。“跟我读。”

他们花了半个小时录音。最后，多拉德说：“好了，劳厄兹先生，你做得非常好。”

“你现在放我走？”

“我会的。不过，有一种方式，我可以帮你更好地理解和并记住这一切。”他转过身去。

“我想理解。我想让你知道我真的很感激你把我放了。我从今往后一定开始学着公平做事，你相信我。”

多拉德回答不了。他已经换了假牙。

录音机又被打开了。

他朝劳厄兹微笑着，一个露出棕色斑点的笑容。他用一只手按住劳厄兹的胸口，一边把身体靠近他，仿佛要亲他，他把劳厄兹的嘴唇咬了下来并吐到了地上。

21

芝加哥的黎明，空气凝重，天空昏暗低沉。

一个保安从《国民闲话报》办公楼的大厅里走出来，站在路边上，边抽烟边揉着腰。整条街上只有他一个人，四周安静得连在一个大街区以外的山顶上的红绿灯转换的声音他都听得到。

在红绿灯以北半个街区以外，保安看不到的位置，弗朗西斯·多拉德在他的车厢里蹲在劳厄兹的身边。他把毯子弄得正好遮住劳厄兹的头。

劳厄兹忍着剧痛。他看起来好像失去了知觉，可他的思维却在闪电般地飞驰。有很多事情他必须记住。眼罩横跨他的鼻子，他能看到多拉德用手指检查有外壳的塞口物。

多拉德穿上医疗护理员的白色外套，在劳厄兹的膝盖下放了一只暖水瓶，然后把劳厄兹转出面包车。他把轮子锁住并且把地梯放回车里的时候，劳厄兹可以从眼罩下面的缝隙看到保险杠的末端。

扭扭头，看他的保险杠……好了，车牌号。只有一瞥，劳厄兹牢牢地把号码刻进了记忆里。

推轮椅了。过人行横道线。到了一个拐角下了路沿。轮子底下有纸在响。多拉德把轮椅停在垃圾桶和一辆货车之间的隐蔽处，地上有些垃圾。他拽了拽眼罩。劳厄兹闭上了眼睛。一只氨水瓶放在了他的鼻子下面。

一个柔和的声音在他耳边响起。

“你能听到我吗?你就要到了。”眼罩被摘除了,“眨眨眼,要是你能听到我说话。”

多拉德用拇指和食指扒开了他的眼睑,他双眼看着多拉德的脸。

“我对你说了一个小谎话,”他敲敲暖水瓶,“我并没有把你的嘴唇冰镇上。”他掀开毛毯把暖水瓶打开。

当劳厄兹闻到汽油味时,他拼命挣扎,以致前臂上的皮肤都蹭掉了,弄得结实的轮椅吱嘎作响。汽油浇得他全身冷冰冰的,油味呛住了他的喉咙并且向街道中央扩散。

“你喜欢做格雷厄姆的宠物吗,弗——雷——迪?”

轮椅被轰的一声点着了,又被猛地一下推了出去,它向《国民闲话报》报社所在的大楼冲过去,车轮子吱吱嘎嘎地响着。

劳厄兹一声尖叫把嘴里塞的东西喷了出去, 保安听到声音后抬起了头。他看到一个火球在靠近,转到路面上坑洼的地方,浓烟、火花和火焰被风吹得像是火球的两个翅膀,商店橱窗反射着熊熊的火焰,仿佛橱窗也在升腾。

火球掉转了方向,撞到了一辆停着的车上,在办公楼前翻了,一个轮子冲天转着,火焰从轮辐中蹿出。带着火苗的胳膊向上抬着,用烧伤的人的姿势奋力扑救着。

保安跑进大厅。他不知道火球会不会爆炸,是不是自己应该跳窗户逃生。他拉响了火警警报。还应该干什么?他从墙上拽下灭火器向外张望。火球还没爆炸。

保安小心翼翼地穿过浓烟靠近它,用灭火器在人行道上低低地喷,最后,才向劳厄兹喷了救命的泡沫。

22

按照日程安排，格雷厄姆离开在华盛顿的规定的住宅是早晨五点四十五分,远远早于早晨的高峰时段。

克劳福德给他打电话的时候他正在刮脸。

“早上好。”

“不太好,”克劳福德说,“‘牙仙’在芝加哥抓到劳厄兹了。”

“噢,不,见鬼。”

“他还没死,而且要见你。他可等不了多久。”

“我就去。”

“在机场等我吧。联航245。四十分钟以后飞。你可以赶得上回来监视，如果还继续的话。”

芝加哥的联邦调查员切斯特在阵雨中和他们在俄亥俄碰了面。芝加哥人早已习惯了警笛声。警车前面的车辆不情愿地给他们让出了道,切斯特在高速公路上把车开得飞快,车子呼啸而过,红色的警灯把落下的雨幕染成粉红色。

他把说话的声音提高，试图盖过警笛声。“芝加哥警察局说他在地下车库里被绑架了。我的信息都是二手的。我们今天在这里可不受欢迎。”

“有多少已经暴露了?”克劳福德问。

“所有的情况，陷阱，所有的。”

“劳厄兹看到他了吗？”

“我还没听到描述呢。芝加哥警察局发布了一个顶级内部通令，要求各地警方通力合作，追查车牌尾号是620的车辆。”

“你帮我找到布鲁姆博士了吗？”

“我找到他妻子了，杰克。布鲁姆博士今天把他的胆囊切除了。”

“真是时候。”克劳福德说。

切斯特到了医院门廊下一脚踩住刹车，他在座位上转过身。“杰克、威尔，你们下车之前……我听说这孽种把劳厄兹整惨了。你们得有个心理准备。”

格雷厄姆点点头。在去芝加哥的一路上他一直试着扼住自己的念头，这念头就是希望劳厄兹在他赶到之前就咽气。

佩格烧伤治疗中心的走廊铺的是一溜儿狭长的、一尘不染的瓷砖。一个看起来又成熟又年轻的高个子医生朝格雷厄姆和克劳福德招手，把他们从围在劳厄兹病房门前的人堆里叫过来。

“劳厄兹的烧伤是致命的。”医生说，“我可以帮助他减少疼痛，而且我也会那样做。他的呼吸中带进了火焰，所以他的喉咙和肺都被损坏了。他有可能不再恢复知觉。对他来说这是好事。

“如果他恢复了知觉，警察局要我把空气通管摘除，以便他能回答问题。我已经同意那样做了——暂时的。

“现在他的神经末梢都被火焰麻痹了。如果他能活得够久的话，非常剧烈的疼痛会等着他。我已经和警察局讲明了，我现在和你们也讲明：我会打断任何对他的提问来帮他镇静，如果他想我这样做的话。你明白我的话吗？”

“是的。”克劳福德说。

医生冲门口的值勤警察点了点头，就把手背到白色大褂的后面，走了，像一只跋涉的白鹭。

克劳福德瞟了一眼格雷厄姆。“你还好吧？”

"还行,我干过特种兵。"

劳厄兹的头在床上被抬高了。他的头发和耳朵都被烧掉了,失明的双眼上的压布代替了烧脱落了的眼睑。他的牙龈上满是烧伤引起的燎泡。

"弗雷迪,我是威尔·格雷厄姆。"

劳厄兹在枕头上的脖子拱了起来。

"这动作只是条件反射,他还没清醒呢。"护士说。

塑料的空气通管把他的烧焦并且膨胀了的嗓子张开,与呼吸器一致地发出咝咝声。

一名脸色苍白的警探坐在角落里,膝盖上放着一台录音机和一个记事本。直到他说话时格雷厄姆才看到他。

"劳厄兹在急诊室里,当被植入空气通管之前说出了你的名字。"

"你当时在吗?"

"我过后才到,但我有他的录音材料。在消防员救他时他给消防员一个车牌号码。然后就昏迷了,被救护车运走了。可是在急救室里给他胸口打了一针以后,他苏醒了有一分钟。一些《国民闲话报》的人随救护车到了——他们当时在现场,我有他们谈话的录音带。"

"让我听听录音。"

警探把他的录音机上绕的线解开。"我想你可能需要用耳机。"他说,尽力在脸上不露任何表情,然后按下了播放键。

格雷厄姆听到说话声,担架脚轮的隆隆声。"把他放这……"然后担架碰到了转门上,干呕时的咳嗽声和失去了嘴唇的说话声。

"'牙番'[1]。"

"弗雷迪,你看到他了吗?他长的什么样,弗雷迪?"

"温迪?让温迪来。格雷厄路给我下的套。他事先知道。格雷厄路给我下的套。这探子在照片中把手放在我身上就像摆弄一只宠物一样。温迪?"

一个像排水管排水的噪声。一个医生的声音:"好了,让我进来。把路

---

① 弗雷迪·劳厄兹因为失去了嘴唇而咬字不清,下文同。

让开，马上！”

录音完了。

格雷厄姆站在劳厄兹身旁，克劳福德听着录音。

“我们正在检查车牌。”警探说，“你能明白他说的话吗？”

“谁是温迪？”克劳福德问。

“大厅里那个拉皮条的，金发的那个女的。她一直想见到他。她什么也不知道。”

“为什么你们不让她进来？”格雷厄姆从床边插话进来，仍然背对着他们。

“不允许探视。”

“这人就要死了。”

“你以为我不知道吗？我他妈的从早上六点差一刻就在这儿了——抱歉，护士。”

“花几分钟休息一下。”克劳福德说，“喝杯咖啡，用冷水洗洗脸。他没法说任何东西。要是他说话，我会在这里录音的。”

“好的，我去。”

警探一走，格雷厄姆就离开在床前守着的克劳福德，来到大厅，走到那女人的身边。

“温迪？”

“是我。”

“要是你真想进去的话，我带你去。”

“我想去，可是我应该整整头发。”

“没有那个必要了。”

那个警探进来以后并没有试图把她撵走。

“温迪城”的温迪握着劳厄兹烧得发黑的已经缩得像爪子一样的手，直直地望着他。他颤动了一下，在临近中午的时候。

“全都会好的，罗斯科，”她说，“我们会尽情地过上一段好日子。”

劳厄兹颤动了一下，死了。

23

芝加哥警察局凶杀案科组长欧斯伯恩有一张灰色的、棱角分明的脸，像一只石头做的狐狸。警察局里现在到处可以见到《国民闲话报》。这位组长的桌子上就有一份。

他并没有请克劳福德和格雷厄姆坐下来。

“你们在芝加哥没有任何与劳厄兹相关的工作关系？”

“没有，他正要去华盛顿，”克劳福德说，“他有一张机票预订单。我肯定你们已经查过了。”

“是的，我拿到了。他离开办公室大概在昨天下午一点半钟。在楼下车库里被绑架，应该是在两点十分左右。”

“车库里留下什么东西了吗？”

“他的车钥匙被踢到车底下了。车库里没有服务员——他们曾经有一道无线控制的门，可是它几次刮到了停放的汽车，所以他们就把它拆了。没有人看到当时的情况。这恐怕是今天新闻里要反复播报的高潮了。我们正在检查他的车子。”

“我们能帮上什么忙吗？”

“我得到结果以后你们就能看到。你一直没说什么，格雷厄姆。你可是在报纸上说了那么多。”

“我也没从你那里听到多少。”

“你气晕了,组长?”克劳福德说。

“我?我有什么可生气的?我们为你做了一次电话跟踪,结果弄到一个他妈的报社记者,结果你们没对他做任何指控。你们和他做了交易,又让他在这种风行的小报上这么卖力地做。现在其他的报社把他当自己的宝贝一样。

“如今可好,我们在芝加哥有了自己的‘牙仙’杀人案了,这可真不错。可以有《‘牙仙’在芝加哥》的报道了,伙计。看着吧,午夜之前就能有六起家庭意外枪击事故,喝醉了酒的想偷偷进家门,妻子听到了动静,砰,枪响了。‘牙仙’ 也许会喜欢上芝加哥, 没准儿决定在这里转悠一阵开开心呢。”

“我们可以这么做,”克劳福德说,“你这个笨蛋,把局长和联邦政府检查官们都惊动起来,把所有的陈年老账、办糟的案子都翻出来,你们的和我们的。要不然我们就坐下来好好想想办法抓住那个混蛋。这案子是我经手的,办到这步田地是不光彩,我知道。可你们曾经在芝加哥遇到类似的案情吗?我不想和你打架,组长。我们想抓到他,然后好回家。你想怎么办吧?”

欧斯伯恩把他桌子上的东西挪了一下位置,一个笔架、一张长着狐狸脸蛋的孩子穿乐队制服的照片。他把身子靠在椅背上,噘着嘴,然后吐出点气。

“现在我想要点咖啡。你们来点吗?”

“我要一点。”克劳福德说。

“我也是。”格雷厄姆说。

欧斯伯恩给他们纸杯。他指指身边的椅子示意他们坐下。

“‘牙仙’肯定有辆面包车或是小货车,才能用那轮椅把劳厄兹移来移去的。”格雷厄姆说。

欧斯伯恩点点头。“劳厄兹看到的车牌是从橡树公园里的一辆电视修理卡车上偷的。他偷的是块商用车的牌子,所以他肯定有一辆卡车或面包车。他把原先偷的一块车牌换到了电视修理卡车上,这样就不至于马上被发现。太精了，这家伙。我们能确定一件事——他是在昨天早晨八点半左右换下的车牌。电视修理工昨天早上干的第一件事就是给车加油，他是用信用卡付的账。加油站的服务员在单子上抄的是正确的车牌号，所以盗窃车牌应该是在那以后。”

“没有人看见任何卡车或面包车吗？”克劳福德说。

“没有，《国民闲话报》的保安什么也没看到。他看到的现场材料太少了，可以当摔跤裁判了[①]。消防队是第一个和《国民闲话报》联系的，他们打电话只是为了确定火情。我们正仔细核查在《国民闲话报》办公楼附近和那个电视修理工周二干活的附近区域值夜班的人。我们希望有人看到他换过车牌。”

“我想看看那把椅子。”格雷厄姆说。

“在我们的实验室里，我会帮你给他们打电话的。”欧斯伯恩停顿了一下，“劳厄兹是个有种的，别看他个子小，你不得不承认这一点。他能记住汽车车牌尾号，在被烧得那样的情况下把数字‘吐’清楚。你听了劳厄兹在医院里的录音吗？”

格雷厄姆点点头。

“我不是故意要提磁带的事情，我是想弄清楚我们听到的是不是相同的内容。你觉得他说了些什么？”

格雷厄姆用机械的声调说了一遍：“‘牙仙’。格雷厄姆给我下的套。他事先就知道。格雷厄姆给我下的套。这探子在照片里把手放在我身上，就像放在他妈的宠物身上。”[②]

欧斯伯恩无法判断格雷厄姆对这段话的感觉如何。他用另一种方式问了个问题。

“他说的是你和他在《国民闲话报》上的合影？”

“应该是。”

---

① 美国人认为，摔跤裁判所做的判罚和比赛结果经常是在没有任何证据的情况下根据感觉判定的。

② 格雷厄姆复述的这段话与原话并不完全一致。

“为什么他会有这样的想法?”

“劳厄兹和我曾发生过一些口角。”

“而你在照片中显得很友善。‘牙仙’总是最先杀死宠物,是这个逻辑吗?”

“对。”这“石狐狸”思维还挺快。格雷厄姆心想。

“真不应该,你们没派人保护他。”

格雷厄姆没说话。

“在‘牙仙’看到《国民闲话报》的时候,劳厄兹按计划是要和我们在一起的。”克劳福德说。

“他说的任何东西对你来说还有其他作用吗, 任何东西能对我们有用吗?”

格雷厄姆的思维已经在别处了, 他不得不在脑海里重复一遍欧斯伯恩的问题然后再做回答。“我们从劳厄兹的话里知道‘牙仙’是看到《国民闲话报》后才对他动手的,对吗?”

“对。”

“如果你从《国民闲话报》是他动手的起因这个问题入手,你有没有考虑过他定圈套用的时间非常短。报纸从周一晚下的印刷机,他在芝加哥偷车牌是在周二的某个时间,大概是上午,他搞到劳厄兹是在周二下午。这些对你来说有什么用吗?”

“这就是说他很早就看到报纸了,或者他离这里并不远,”克劳福德说,“他或者在芝加哥看到的报纸, 或者在其他地方周一晚看到的。别忘了,他一直在等着看这期的个人广告。”

“要不他已经在这里了,要不他离这里的距离在驾驶范围内。”格雷厄姆说,“他用一辆又旧又大的轮椅控制住劳厄兹,这也太快了,轮椅不可能上得了飞机——它连折叠都不成。他不是坐飞机来的这里,也不是偷一辆面包车、偷车牌, 到处溜达找一辆旧轮椅, 他必须原来就有一辆旧轮椅——新的不可能对他所做的适用。”格雷厄姆站了起来,摆弄着直贡呢百叶窗的线绳,眼睛盯着通风竖井对面的砖墙。“他原来就有那辆轮椅,或者他一直知道它在哪里。”

欧斯伯恩想问一个问题，可是克劳福德的表情告诫他等一等。

格雷厄姆开始在绳上打结，他的手在发颤。

“他一直知道它在哪里……”克劳福德给他提醒。

“嗯，”格雷厄姆说，“你可以看到这想法是怎样从轮椅这儿产生的。是他看到并且想到轮椅以后，才有的主意，他当时正在考虑怎样去收拾那些骗子。弗雷迪在街上坐着轮椅又被火烧着，当时一定是个景观。”

“你认为他在现场观看了？”

“也许。他肯定在动手之前就看到过了，在他决定怎样做的时候。”

欧斯伯恩看着克劳福德。克劳福德很严肃。欧斯伯恩知道克劳福德很严肃地在听，克劳福德在循着格雷厄姆的思路走。

“如果他原来就有这辆轮椅，或是他一直知道它在哪里……我们可以查一查疗养院、退伍军人医院。”欧斯伯恩说。

“它能把弗雷迪固定得很好。”格雷厄姆说。

“而且在很长时间里固定。他失踪了十五小时二十五分钟，大概算起来是这样。”欧斯伯恩说。

“如果他只想报复弗雷迪，他在车库里就能搞定。”格雷厄姆说，“他完全可以在他的车里放火。他想和弗雷迪谈谈，或者他想玩弄他一会儿。”

“他要不在他的面包车车厢里，要不就被带到了其他什么地方。”克劳福德说，“那么长的一段时间，我觉得是到其他地方去了。”

“肯定是个安全的地方。如果他把他绑严实的话，他不会在疗养院内引起多大的注意的。”欧斯伯恩说。

“不过他即使在喧哗的场合，”克劳福德说，“还需要做不少清洁的工作。假使他原来就有椅子，他也找到了面包车，他还要有一个安全的地方带劳厄兹去，对他下手。这是不是像个……家呢？”

欧斯伯恩的电话响了，他粗声粗气地朝里面吼：

“什么事？不，我不想和《国民闲话报》的人说话……嗯，最好别是胡说。把她的电话转进来吧……欧斯伯恩组长，我是……什么时间？谁最先接的电话——总机?请把她从总机撤出来。再告诉我一遍他说了什么……我会安排一个警官五分钟之内赶到。"

欧斯伯恩挂上电话以后若有所思地看着电话机。

"劳厄兹的秘书五分钟前接到一个电话,"他说,"她发誓是劳厄兹的声音。他说了些东西她没有听懂。什么'红色巨龙的力量',这是她觉得他说的话。"

24

弗雷德里克·奇尔顿博士站在汉尼拔·莱克特牢房外面的走廊里。和奇尔顿在一起的还有三个强壮的勤务兵。一个拿着紧身衣和脚镣，一个拿着梅斯催泪毒气罐，还有一个往气枪里装镇静剂药弹。

莱克特正在他的桌子上看一个保险统计的表格并做着笔记。他早听见了过来的脚步声，也听到在他身后很近的地方来福枪装后膛的声音，可他仍然继续看着书，并没有表现出知道奇尔顿到来的迹象。

奇尔顿中午的时候派人把报纸送给他，而一直让他等到晚上才知道因为帮助“巨龙”而受到的惩罚。

“莱克特博士。”奇尔顿说。

莱克特转过身。“晚上好，奇尔顿博士。”他并没有表现出知道勤务兵的存在。他只看着奇尔顿。

“我来取走你的书，所有的书。”

“噢，我明白了。我能知道你想把它们保留多久吗？”

“那得看你的态度。”

“这是你的决定吗？”

“这里的惩罚措施由我来决定。”

“当然是你决定。这种事不是威尔·格雷厄姆想得出来的。”

“到帐子里去把这个穿上，莱克特博士，我不会说第二遍的。”

“当然,奇尔顿博士。我希望那是39码的——37码的紧贴在胸口上。”

莱克特博士穿紧身衣的时候好像在穿赴晚宴的正装似的。一个勤务兵从栅栏附近把他的背部的拉链拉上。

“帮他走到床边去。”奇尔顿说。

在勤务兵清空书架的时候,奇尔顿擦了擦眼镜,用笔翻看莱克特的私人信件和报纸。

莱克特从他牢房的一个避光的角落里看着他。在他身上有一种神奇的优雅,即使在他受桎梏的时候也会体现出来。

“在那个黄夹子下面,”莱克特轻声地说,“你能找到《档案》杂志寄给你的退稿单。它和《档案》寄给我的信件错放在了一起并送到我这里,我也没看信封就打开了。真抱歉!”

奇尔顿的脸红了。他对一个勤务兵说:“我想你最好把莱克特博士的坐便器的坐垫也摘掉。”

奇尔顿看了看那个保险统计的表格。莱克特在它的上方写下了自己的年龄:四十一岁。“你这里边又有什么?”奇尔顿问道。

“时间。”莱克特博士说。

主任布赖恩·吉利尔拿着特快专递的盒子和轮椅的轮子走进科学分析处,他走得飞快,华达呢的裤子嗖嗖地响。

他的又在加班的职员们非常熟悉这“嗖嗖”的含义:吉利尔有急活儿。

已经有够多的耽搁了。疲倦的特快交货人,天气原因芝加哥航班误点,最后不得不转道费城,他租了辆汽车一直开回华盛顿的联邦调查局实验室。

芝加哥警察局的实验室工作人员很有效率,可是有些设备他们那里没有。吉利尔准备现在就干。

他把劳厄兹车门上的油漆碎片给了广度光谱仪分析室。

把轮子给了毛发和纤维分析室的贝弗莉·凯蒂,让她和其他科室的人共同处理。

最后他来到一间又小又热的房间，丽萨·雷克正弯着腰看色谱仪。她正在测试佛罗里达一桩纵火案中的灰烬，看着自动描画针在动态的表格里沿着长而尖的线走。

“主力牌引燃液，”她说，“他就是用这个放的火。”她看过那么多的样品，现在不用翻手册就能知道样品的品牌。

吉利尔把视线从丽萨·雷克身上移开，深深地责怪自己不该在办公室享受快乐。他清了清嗓子，举起两个闪亮的油漆罐。

“芝加哥的？”

吉利尔点点头。

她检查了罐子的状况和封口的严实程度。一个罐子装的是轮椅的灰，另一个是劳厄兹身上被烧焦了的某个部位。

“装在罐子里有多长时间了？”

“至少有六个小时了。”吉利尔说。

“我先检测一下它顶部的空气。”

她用一个注射器刺破罐顶，把罐顶和灰烬间混合的空气吸出来。她把空气直接射进气体光谱仪，做了精细的调整。当样品沿着仪器的五百英尺那一列移动的时候，自动描画针在图表纸上打出上下波动幅度很大的图样。

“无铅的，”她说，“是汽油醇，无铅汽油醇。现在还看不出更多信息。”她飞快地扫了一眼一个标准样品的散页。“我现在还不知道牌子。我来用戊烷做一下然后告诉你。”

“很好。”吉利尔说。戊烷能把灰烬里残留的液体吸收，然后能在光谱仪上提早分馏出来，以便更精细地分析。

到凌晨一点，吉利尔拿到了他所能获得的所有材料。

丽萨·雷克成功地化验出汽油醇的牌子：弗雷迪·劳厄兹的身上被浇的是种叫“瑟伍克极限”的混合剂。

通过对轮椅踏板上纹路的仔细翻查，他们找到了毯子的两种纤维——羊毛和化纤。踏板上尘土里的霉菌表明轮椅被一直保存在阴暗潮湿的地方。

其他的结果就不太令人满意了。油漆的碎片不是厂家直接的产品。再把广度光谱仪里的喷射摩擦物与国家汽车表面油漆列表比较，油漆碎片应该是一种高质量的律克珐琅质漆，这种漆在1978年第一季度里向几个汽车油漆连锁店出售了186000加仑。

吉利尔本来还想查出轮椅或汽车的生产厂家以及出厂时间。

他把检验结果电传给芝加哥。

芝加哥警方要求把轮子寄回来。装轮子的联邦快递的包裹显得很笨拙。他把写好的实验报告放在快递的袋子里，然后将它同格雷厄姆的邮件和包裹放在一起。

"当联邦快递员真倒霉。"快递员用很低的声音咕哝着，他知道吉利尔听不见他说什么。

司法部在芝加哥七区法院有几处住所是留给陪审员和受优待的专家级的证人在法庭开庭时用的。格雷厄姆就住在其中的一间里，克劳福德住在厅对面的房间。

他晚上九点才回来，浑身疲倦而且被雨浇得湿淋淋的。他在华盛顿班机上吃了早饭以后就再没吃过东西，想起吃饭他就感到厌烦。

下雨的星期三终于过去了，这是他所能记住的最糟的一天。

劳厄兹死了，自己很可能就是下一个被攻击的目标。整整一天切斯特总是跟他形影不离，陪他去了劳厄兹的车库，陪他站在雨中，在劳厄兹被绑在火焰冲天的轮椅上经过的人行道上，地面已经被烤得发黑了。记者的电子闪光灯频频对着他的脸闪，他仍然告诉他们"失去了朋友弗雷迪·劳厄兹他很心痛"。

他还要去参加葬礼。一些联邦警探和当地警察也要去，为了防止凶犯来葬礼看伤心的格雷厄姆时动手。

实际上他自己说不上来他现在的感受，他只觉得一阵阵发冷，而且恶心，还有偶尔的一阵因为劳厄兹代替了他被烧死的病态的愉快。

格雷厄姆觉得他这四十年什么也没学到:他只是觉得很累。

他倒了一大杯马提尼酒,一边喝一边脱衣服。他冲完澡又喝了一杯,看着新闻。

为捉拿“牙仙”,联邦调查局设的圈套招来了相反的结果,一名资深记者身亡。稍后我们将在《目击者新闻报道》栏目中继续关注本案的细节。

新闻节目结束前他们已经开始称呼凶犯为“巨龙”了。《国民闲话报》已经向媒体透露了所有的细节。格雷厄姆并不奇怪。星期四的报纸会卖得很好的。

他喝了第三杯马提尼,然后打电话给莫莉。

她已经看了六点和十点的电视新闻,也看了《国民闲话报》,知道格雷厄姆曾经在圈套中被当作诱饵吸引“牙仙”。

“你应该告诉我,威尔。”

“可能,我不这么觉得。”

“他现在想杀死你吗?”

“迟早的事。不过他现在想下手就难了,因为我总不在一个地方。我身边一直都有保护,莫莉,这他也知道。我不会有事的。”

“你的话有点含糊,你刚去太平间看了你的朋友吗?”

“我刚喝了几杯。”

“现在感觉怎么样?”

“特糟糕。”

“新闻里说联邦调查局对记者没有采取任何保护措施。”

“在‘牙仙’看到报纸以后,劳厄兹是被安排和克劳福德在一起的。”

“新闻里已经把他叫‘巨龙’了。”

“那是他给自己的称呼。”

“威尔,有件事……我想带威利离开这里。”

"去哪?"

"他爷爷家。他们有日子没见到他了,他们想让他去。"

"噢,嗯。"

威利的爷爷在俄勒冈海边有一处别墅。

"这儿实在让人毛骨悚然。我知道这本来很安全的——可我们已经好多天都没睡着了。也许是射击训练让我害怕,我搞不清楚。"

"对不起,莫莉。我真希望我能告诉你,我有多对不起你。"

"我会想你的,我们俩都会想你的。"

这么说她已经决定了。

"你什么时候走?"

"明天上午。"

"那商店怎么办呢?"

"伊夫琳想接手。我会预付批发商秋季这批货,只付利息,然后她卖多少都归她自己。"

"狗呢?"

"我请她给市里打电话。威尔,抱歉,也许有几只要让别人领养了。"

"莫莉,我——"

"如果我待在这儿能防止什么不好的事情发生在你身上,我会留下来的。可你救不了任何人,威尔,我不想在这里帮你了。我们离开这儿,你就可以把心思完全放在照顾你自己上。我不愿意一辈子背着这该死的手枪,威尔。"

"也许你该到奥克兰来看看运动家棒球队。"他本不想这么说。嘿,伙计,这个沉默可够长的。

"得了,就这么着,我会给你打电话的,"她说,"或者,也许,你只能打电话到那里找我了。"

格雷厄姆觉得有什么东西在撕裂,他觉得喘不过气来。

"让我通知办公室帮你安排吧。你预订了?"

"没用我的名字订。我估计新闻记者们会……"

"好,非常好,让我请人送你吧。你不用去办登机手续,你离开华盛顿不会有一个人跟踪的。能让我做这些吗?让我来吧。飞机什么时候起飞?"

"九点四十,美航118。"

"好,八点半……史密森后面。有一个叫帕克莱特的停车场。把车停在那里,有人会在那里等你。他从车里出来的时候会听听表,把表凑近耳朵。成吗?"

"好的。"

"我说,你在俄亥俄转机吗?我也许能抽空——"

"不,我们在明尼阿波利斯转。"

"噢,莫莉。也许一切都结束后我会上那里去接你。"

"那我会非常愿意的。"

非常好。

"你的钱够吗?"

"银行会电汇给我。"

"什么?"

"机场的巴克利银行。别担心。"

"我会想你的。"

"我也是,可现在也是一样啊,在电话里距离都一样。威利向你问好。"

"我也问他好。"

"当心点,亲爱的。"

她从没用过"亲爱的"这个词。他已经无所谓了。他不在乎新名字;亲爱的、红龙,都一样。

华盛顿的值班员很乐意地为莫莉做好了安排。格雷厄姆把脸贴近凉凉的玻璃窗,看着大雨浇着他房间下面的没有声音的过往车辆。街道在闪电中从灰色突然变色。他的脸在玻璃上留下了前额、鼻子、嘴唇和脸颊的印记。

莫莉走了。

这一天又过去了,只有黑夜要面对了,还有那个没有了嘴唇的声音在指控他。

劳厄兹的女人一直握着那被烧焦了的手，直到最后一刻。

你好。我是沃拉蕊·利兹，很抱歉我现在不能接听您的电话……

“我也很抱歉。”格雷厄姆说。

他又把杯子倒满，坐在窗户边上的桌前，盯着对面的椅子发呆。他一直盯着它，直到它变幻成黑暗和微尘，黑暗和微尘变幻成了人形，像是悬浮的尘埃组成的阴影。他尽力想把图景整合起来，想看到那张脸。可那图像并不动，它没有表情，没有脸，只有伸手可触的眼神。

“我知道这么做很难。”格雷厄姆说。他已经烂醉了。“你必须歇歇手了，伙计，直到我们找到你。要是你非要做出什么来，妈的，你到我这里来。我不在乎。那样对你会更好的。他们已经有东西协助你停下来了，帮你停止这么欲望强烈地干坏事。帮帮我，帮我个小忙。莫莉走了，老弗雷迪死了，就剩你和我了，正大光明地来吧。”他向桌子前探过去，伸手去抓，可那幻影即刻消失了。

格雷厄姆在桌子上低垂着头，脸颊放在前臂上。打闪的时候他可以看到窗玻璃上映出他的前额、鼻子、嘴唇和脸颊的影子，一张不断有水滴流下来的脸。没有眼睛，满是雨水。

格雷厄姆一直想方设法了解“巨龙”的精神世界。

有些时候，在静得能听到自己呼吸的遇难者的房间，那“巨龙”曾经走过的空间似乎要开口说话。

有时候格雷厄姆觉得他离得很近。一种在以前的办案中也经历过的感觉最近一直缠绕着他：一种被嘲弄的感觉，因为相信自己和“巨龙”在一天的各种时间里做着相同的事，相信他们在每天的生活中有相仿的细节。在这世界的某个角落里的巨龙和他同时在吃饭、洗澡，或者睡觉。

格雷厄姆竭尽全力想了解他。他想在幻灯片和注射器耀眼的闪光的后面看到他，从警察局报告的字里行间出现，想透过指纹的毛孔看到他的脸。他竭尽所能地想了解他。

可是要想理解“巨龙”，要想听到他的黑暗世界里的冷冰冰的滴水声，要想从他的红色的薄雾里看世界，格雷厄姆必须看到他以往从来没有看到的事物，他必须能跨越时空……

25

斯普林菲尔德，密苏里，1938年6月14日。

玛丽安·多拉德·特拉弗恩，疲倦而且浑身疼痛，在市医院门口下了一辆出租车。她艰难地爬台阶的时候，热乎乎的风带着沙砾吹打着她的脚踝。她手里拉的行李箱比她穿的松垮垮的工装要好对付一些，她压在隆起的腹部的网眼状的提包也一样。她的提包里只剩三枚硬币了，加在一起只有六毛钱。她的肚子里怀着弗朗西斯·多拉德。

她告诉接待处的护士她叫贝蒂·约翰逊，其实这是谎话。她说她的丈夫是个音乐人，可是她不知道他在哪里，这倒是真的。

他们把她带进慈善区的一个母婴病房。她并没有向两边其他的产妇张望，而是低头看着脚下的走廊。

四个小时以后她被推进产房，在这里弗朗西斯·多拉德出生了。产科医生说这孩子"更像一只扁鼻子的蝙蝠"，又一句真话。他生来就在上嘴唇以及硬腭和软腭上有双向的裂缝。他嘴的中央向下塌陷而且向外突起。他的鼻子是扁平的。

院方的负责人决定先不让母亲看婴儿。他们等着看婴儿在没有氧气的情况下是不是能存活。他们把他放在婴儿室靠后面的床位上，把他放在观察窗看不到的地方。他能呼吸，却不能吃奶。他的上腭有缝，所以他不会吮吸。

第一天的哭声不像一个吸入海洛因的婴儿那样持续，可是却是一样剧烈。

到了第二天下午，他虚弱得只能轻轻地哭号了。

在下午三点交接班的时候，他床边来了一个粗壮的背影。普林斯·伊丝特尔·迈兹，二百六十磅重，妇产科的清洁工和护工，站在他床边看着他，双手搭在胸前。她在病房待了二十六年了，看过三万九千多个婴儿，她知道孩子只要会吃就能活。

普林斯·伊丝特尔从主那里没有得到任何指示让这个孩子死。她不能确定医院负责人是不是得到了。她从兜里掏出一个橡胶瓶塞，顶端被吸管穿了个孔。她用胶塞吸了些奶。她的一只大手就可以抱着婴儿并且扶着他的头。她把他贴近自己的胸口，直到确信他听到了自己的心跳。然后她把他的嘴唇轻轻拨开，把瓶塞里的奶挤到他的喉咙里。就这样他喝了两盎司的奶，然后睡着了。

"嗯哼。"她说，把他放下，提着尿布桶又接着干她平时干的活去了。

到了第四天护士们把玛丽安·多拉德·特拉弗恩挪到一个单独的房间。曾经住在这里的病人留下的蜀葵被插在一只釉瓶中，放在脸盆架上，它们开得正盛。

玛丽安是个很漂亮的女孩，她脸上因为妊娠而产生的虚胖正在消退。医生开始对她说话时把手放在她的肩上。她看着医生，能闻到他手上浓烈的香皂味。她起初并没有听到医生在说什么，而是想着他眼角的鱼尾纹，过了一会儿她才反应过来。她闭上了眼睛，等着他们把婴儿抱过来。

最后她睁开眼睛。她失声尖叫的时候，他们把房门悄悄关上了。然后他们给她打了一针镇静剂。

第五天她独自离开了医院，并不知道该去哪里。她再也不能回家了，她的母亲早已明确地告诉过她了。

玛丽安每走一步都很艰难，她数着路灯之间走的步数。每走过三个路灯她就停下，坐在皮箱上歇一歇。至少她还有只皮箱。在每个小镇的汽车站旁边都有当铺。这种歇脚的方法是她从流浪的丈夫那里学到的。

1938年的斯普林菲尔德还不是整形手术中心。在这里,你的脸长得什么样就是什么样。

市医院的一位外科医生为弗朗西斯·多拉德尽了最大的努力,他用弹力带把婴儿的嘴前部的突出部分收缩回来,然后用一种现在已经过时了的矩形瓣修复技术把他上唇的缝合拢。手术的美容效果并不理想。

医生在这个技术问题上有困难,他决定——现在看来这个决定很正确——修补婴儿的硬腭要等到孩子长到五岁以后再做。在婴儿时期做这样的手术会让他的脸扭曲的。

一个本地的牙医自愿做一个堵塞器吸在上腭上,这样婴儿吮吸的时候不至于将食物灌进鼻腔。

婴儿在斯普林菲尔德孤儿院待了一年半,然后进了摩根·李纪念堂孤儿院。

S. B.“巴迪”,洛麦克斯教士是孤儿院的院长。“巴迪”教士把孤儿院的孩子们召集在一起并告诉他们弗朗西斯是个“三瓣嘴”,但是他们必须记住永远不许这么叫他。

“巴迪”教士建议他们为他祈祷。

弗朗西斯·多拉德的母亲在生下小孩以后学会了自己照顾自己。

她先在圣路易斯民主党委的一个小区头目的办公室里当打字员。在他的帮助下,她在特拉弗恩缺席的情况下把婚约废除了。

在废除婚约的程序中她没有提到孩子的事情。

她也再没有和她的母亲来往。(她妈妈在她离开家与特拉弗恩出门的时候给她的临别赠言是:“我把你养大不是为了让你和一个爱尔兰渣滓鬼混。”)

玛丽安的前夫曾经给她的办公室打过一次电话。他清醒而又虔诚地告诉她,他获救了,并且想知道他、玛丽安,还有他们的孩子——他要是早知道他的存在该会多快乐——是否能重新走到一起过一种新的生活。他听起来像是破产了。

玛丽安告诉他,孩子生下来就死了,然后挂断了电话。

他有一天喝醉了酒,拎着箱子在她住宿的地方出现了。当她让他走开的时候,他说他们的婚姻是因为她才破裂的,因为她孩子才死的。他怀疑那孩子的父亲到底是不是他。

在盛怒之下玛丽安·多拉德告诉迈克尔·特拉弗恩,他到底弄出来了个什么样的东西,而且告诉他,他可以随便去领养他。她提醒特拉弗恩,他的家族里曾有两个是天生唇裂的。

她把他推到街上,告诉他从今往后别再来找她。他做到了。可是这并没阻挡他去找她母亲。那是多年以后的事了。一次他喝醉了酒,想着玛丽安新婚的丈夫和她过上的舒适生活,他感到不平衡了。他告诉多拉德老太太她女儿有个残疾的儿子,而且她自己的龅牙就证明这孩子的残疾基因是在她们家这边。

一个星期以后一辆堪萨斯城的有轨电车把他拦腰轧成了两截。

特拉弗恩告诉老太太玛丽安有个被隐匿的儿子后,老太太当天晚上没有睡着,坐了大半夜。清瘦的她坐在摇椅里若有所思地凝视着壁炉里的火焰。到了黎明时分她开始慢慢地却坚定地在摇椅里摇摆。

在这栋大房子的楼上,有个沙哑的声音在梦境中叫喊。多拉德老太太头顶的楼板吱吱嘎嘎地响起来,有人趿着鞋向卫生间里走。

头顶上传来重重的砰的一声——有人跌倒了——那沙哑的声音在疼痛中叫喊。

多拉德老太太一直盯着壁炉里的火。她摇得更快了,这时候,那叫声知趣地停止了。

到了快五岁的时候,弗朗西斯·多拉德在孤儿院迎来了自己的第一个探视者。

他当时正在自助餐厅的油烟里坐着,一个大一点的男孩找到他并把他带到"巴迪"教士的办公室。

和“巴迪”教士一起的是位高个子的中年女士，脸上涂满了粉，头发绾了一个很紧的圆髻，她的脸煞白，灰白的头发上有一些黄色的发丝，她的眼睛和牙齿上有黄色的斑点。

让弗朗西斯感动也让他记忆一生的是，她看到他的脸时她的笑容中露出那样的愉悦。这在以前是从来没有过的，也没有人再做过第二次。

“这是你的外婆。”“巴迪”教士说。

“嗨啰。”她说。

“巴迪”教士用他的大手擦了擦自己的嘴，然后说：“说‘嗨啰’。快说呀。”

弗朗西斯已经学会用上唇鼓住鼻孔说个把词，可是他没有多少机会说“嗨啰”，“啰”是他能发出的最好的音。

外婆看起来仿佛更加为他高兴了。“你能说‘外婆’吗？”

“试着说‘外婆’。”“巴迪”教士说。

“婆”字声母的爆破音难住了弗朗西斯。他屏住呼吸竭力要发对音，结果倒很容易地把眼泪憋出来了。

一只红色的马蜂嗡嗡地飞进来敲打着天花板。

“没关系，”他的外祖母说，“我肯定你能说出你的名字。我刚才认识的那个像你一样的大孩子就能说他的名字。给我说一个吧。”孩子的脸高兴得绽开笑容。大孩子们曾经帮他练过。他想让她高兴，他鼓起勇气。

“破烂脸。”他说。

三天以后多拉德太太到孤儿院把弗朗西斯领回家。她立刻开始教他发音。他们只练一个词：“妈妈。”

在毁除婚约以后两年，玛丽安遇到了霍华德·瓦格特并与他结了婚。他是个很能干的律师，而且和圣路易斯党棍以及老潘德阁斯特党棍在堪萨斯城的旧部有很紧密的往来。

瓦格特是个鳏夫，他的三个小孩都很年幼。他和蔼可亲而且事业心十足，比玛丽安大十五岁。世上没有他不喜欢的东西，除了《圣路易斯每日公报》。这家报社在1936年选民计票的丑闻中损害了他的名誉，而且在

1940年圣路易斯党棍试图篡夺州长职位的时候对他们严厉指责。

到了1943年他的时运似乎重来了。他是州议会议员的候选人，而且被提名成为马上成立的州宪法大会的代表。

玛丽安是个得力的内助而且是很迷人的女主人。瓦格特给她在橄榄街买了一栋漂亮的半木制结构的新房，适合举行各种社交活动。

弗朗西斯·多拉德在外婆家住了一个星期，然后外婆带着他来到了橄榄街。

外婆从来没有去过她女儿家。开门的女佣不认识她。

“我是多拉德太太。”她说，不顾女佣的阻拦闯了进去。她的长衬裙在后面露出的部分足有三英寸长。她领着弗朗西斯来到一个很舒适的有壁炉的大客厅里。

“谁来了，瓦厄拉？”楼上传来一个妇人的声音。

外婆双手捧着弗朗西斯的脸。他能闻到冷冰冰的皮手套的味道。一阵急切的耳语。“去见妈妈，弗朗西斯。去见妈妈。快去啊。”

他向后退缩着，在她的眼前扭动。

“去见你妈妈，快去！”她抓住他的两条胳膊，拖着他走到楼梯口。他爬到楼梯拐角处，回头向下张望。她努努嘴示意他上去。

到了上面来到那奇怪的通向敞开门的卧室的过道。

妈妈正坐在梳妆台边对着镜子检查自己的化妆，镜框上装着电灯。她正在为出席一个政治集会而打扮，太浓的妆会不适宜的。她背朝着门。

“妈拉。”弗朗西斯齉着声音叫着，像无数次被教过的那样。他尽自己最大的努力想把词念准。“妈拉。”

她从镜子里看到他。“要是你在找耐德，他还没放……”

“妈拉。”他走到无情的灯光下。

玛丽安听到她妈妈在楼下要人倒茶的声音。她的眼睛睁得大大的，坐得笔直。她没有转身，却关上镜框上的灯，从镜子边消失了。在昏暗的房间里她发出了一声低低的哭号，最后变成啜泣。也许是为她自己，也许为了她的孩子。

从那以后外祖母带着弗朗西斯去所有的政治集会，告诉人们他是谁，从哪里来。她让他向每个人说“嗨啰”。他们在家里从来不练习说“嗨啰”。

瓦格特那次大选落后对手一千八百张选票。

26

在外祖母的房子里，弗朗西斯·多拉德的新世界是蓝色的静脉曲张的腿的世界。

多拉德外婆在把弗朗西斯接到家里的时候已经开了三年的育婴堂了。自从 1936 年她丈夫死后收入来源就成了问题。她从小就被培养成大家闺秀,所以她没有市场观念。

她只有一栋大房子和丈夫欠的债。租房住的人一个个搬走了。她住的地方太偏僻了,租房生意不会很兴隆。她面临被剥夺房产的危险。

报纸上玛丽安和富有的霍华德·瓦格特先生的新婚广告对外婆来说简直是个天赐的良机。她一遍一遍地给玛丽安写信要求接济,可是都杳无音讯。每次她打电话给她,仆人都说瓦格特太太出去了。

万般无奈的情况下，多拉德外婆和市政府协商用她的房子解决穷人的住宿。每来一个投宿的,市里就给她一小笔津贴,如果能找到他们的亲戚的话,还会有一些零星的收入。起初生意很惨淡,直到后来她开始接纳一些来自中产阶级家庭的病人才慢慢有了起色。

所有那些年没有得到玛丽安的一文救助——她本可以来帮忙的。

而弗朗西斯·多拉德则习惯于在地板上一群人的腿中间玩。他把外祖母的麻将牌当汽车玩,推着它们在像生节的树根一样的脚中间穿梭。

多拉德外婆可以让房客们的衣服每时每刻都保持整洁，可她总也没办法让他们记着随时随地穿鞋走路。

那些老年人整天坐在客厅里听收音机。多拉德外婆还在客厅放了一只鱼缸供他们观赏。一个私人捐献者帮外婆在木条镶花地板上铺了一层毛毡,为的是防止老年房客的小便失禁。

他们总是在沙发或轮椅上坐成一排听广播，浑浊的目光盯着鱼缸里的鱼或是某些他们已经司空见惯的东西,或者干脆什么也不看。

弗朗西斯永远不会忘记,在闷热的、到处有蜂鸣的天气里,那些在毛毡上拖着步子走的声音,忘不了厨房里炖烂的西红柿和卷心菜的味道,忘不了老人们身上的像肉食包装纸被太阳晒干的味道，还有收音机里唱个不停的歌曲:

林索白净,林索聪明
欢快的洗衣房的歌谣
……

弗朗西斯尽可能地待在厨房里，因为他唯一的朋友在那里。厨娘贝莉,从小就伺候多拉德先生一家。她有时会从围裙兜里掏出一粒梅子塞给弗朗西斯,还会叫他“爱做梦的小猫咪”。厨房里既暖和又安全。可是贝莉晚上就回家了……

1943年12月。

五岁的弗朗西斯·多拉德在外婆家楼上他的房间里躺着。房间被为了防范日本人用的厚重的窗帘遮得伸手不见五指。他还不会说“日本人”。可他想撒尿,却害怕在黑暗中起床。

他叫在楼下的外婆。

“哎妈。哎妈。”他叫起来像一只年幼的小山羊。他一直叫到觉得累了。“快啊,哎妈。”

终于尿憋不住了。流过腿上时热乎乎的,身下的床垫湿了,然后冰凉,他的睡衣粘在身上。他不知道该怎么办，深吸了一口气，在床上侧过身面对着门。什么事也没发生。他把一只脚放在地板上，在黑暗中站起身，湿漉漉的睡衣粘在腿上，他的脸火辣辣的。他冲向门。门把手碰到他的眼睛。他一屁股坐在地上，湿淋淋的，又站起来，拼命跑下楼，手指在楼梯栏杆上发出尖厉的摩擦声。到了外婆的房间。在黑暗中他爬上床，从她身上爬过去钻进被子，在她身边暖暖的。

外婆动动身子，全身僵直起来，她的后背在他脸颊边挺直了，说话时漏着风："我从没看见……"她在床头柜上玻璃杯里摸到了她的假牙，喀啦一声装上。"我从没见过像你这么邋遢的孩子。给我出去，滚到床下边去。"

她打开床头灯。他站在地毯上发抖。她用大拇指抹了一下他的眉毛，手指头沾上了血迹。

"你打碎了什么东西吗？"

他使劲摇头，血点飞溅到外婆的睡袍上。

"上楼去。快点。"

他爬上楼梯，灯光慢慢消失了，黑暗把他包起来。他没法开灯，因为外婆把灯绳剪短了，只有她能开灯。他不想回到湿漉漉的床上。他在黑暗里扶着床边站了很长时间。他知道她不会来的。

她上来了，胳膊上一摞床单，她生气地拉了一下只剩一点绳头的灯绳。换床单时她一句话也没对他讲。

她抓起他的胳膊把他拽到大厅里的卫生间。灯在镜子上方，她不得不踮着脚才能够到。她给他一块毛巾，又湿又凉。

"脱掉睡衣，把你自己擦干净。"

胶布的味道和明晃晃的缝纫剪刀的声音。她撕下一块蝴蝶胶布，把他放到合上的便器盖上，在他眼睛上方的伤口贴上胶布。

"现在。"她说，把剪刀放在他圆圆的肚皮下面，他觉得下身有些凉。

"看着。"她说，抓起他头的后部按着他，让他看着他的小阴茎被放在打开的剪刀刃中间。她合上剪刀直到刀刃夹紧了肉。

"你想让我把它剪掉吗？"

他试着看她，可她使劲往下按着他的头。他抽泣着，她把唾沫啐到他的肚皮上。

“你想吗？”

“不，哎妈。不，哎妈。”

“我说到做到。要是你再把床弄脏，我就剪断它。听明白没有？”

“是的，哎妈。”

“你可以摸黑找到厕所，你可以像个好孩子一样坐在上面。你不用站着。现在回到床上去。”

夜里两点钟风变猛了，从东南方卷来暖意，把苹果树的死枝吹得噼啪作响，把活枝上的树叶抚弄得沙沙直响。阵风夹杂着暖雨冲刷着房子。四十二岁的弗朗西斯·多拉德正在里面睡觉。

他侧着身吮着拇指，他的头发汗湿了，平平地贴在前额和脖子上。

现在他醒了。他在黑暗里听着自己的呼吸和眨眼时的微弱声音。他的手指还有淡淡的汽油醇的味道。他的膀胱满了。

他摸着床头柜上玻璃杯里的假牙。

他总是戴上假牙以后才起床。现在他走到卫生间。他上厕所从来不开灯。他摸黑找到厕所，然后像个好孩子一样坐在上面。

27

外婆的变化最先在 1947 年的冬天,那年弗朗西斯九岁。

她不再与弗朗西斯在她卧室里吃饭了。他们到厨房里公用的桌子上吃,在那里她曾照应她的老年房客们用餐。

外婆在娘家被培养成一个魅力十足的主妇。而现在她翻箱倒柜地找出原来的物品,把银摇铃擦干净,放在她的盘子旁。

安排上一道道菜,调节用餐服务的节奏,参与谈话,把容易的话题留给害羞的人,让他们能够发挥,把握好题目的最佳方面,吸引所有人的注意力,这些可需要不平常的技巧,而这些技巧正在社会上消退。

外婆年轻的时候可是一把好手。她的技巧确实让她的只有简单会话能力的两三个房客觉得餐桌气氛焕然一新。

弗朗西斯坐在餐桌另一端主人的位子上,与外婆相对,他的前面是一列频频点头的老人在听外婆把这些还没有失去记忆的人的往事勾起来。她对弗罗德太太去堪萨斯城度过的蜜月表示了浓厚的兴趣,与伊顿先生共同回顾了一会儿害黄热病的经历,还兴致勃勃地听着其他人零散的、难以理解的发言。

"这多么有趣啊,弗朗西斯。"她一边说,一边用摇铃提示上下一道菜。午餐是各式各样的蔬菜和炖成糊糊的炖肉,可是她却把它们分成好几道菜,让厨房的雇工更加忙活。

餐桌上的不雅举动从来不提。外婆摇一下铃或是话说到半截时一个突然的手势就能应付各种情况，不论是汤洒了，某人睡着了，还是有人忘了自己为什么来到餐桌旁。外婆总在有限的预算里雇用尽可能多的帮手。

外婆的身体状况变差了，她开始消瘦了，开始能穿很早以前就搁置起来的衣服，其中有一些很优雅。她的脸形和发型与纸币上印的乔治·华盛顿的画像惊人地相似。

她待人接物的能力到了来年开春便开始下降。她维持着餐桌的秩序而且不许别人插嘴，她讲述自己在圣查尔斯的深闺故事，甚至为了教化和启迪弗朗西斯和其他人，她透露了自己的隐私。

妙龄少女时的外婆在 1907 年确实有过一段好时光。当时她在圣路易斯河的沿岸被高层次的舞会争相邀请。

这段故事里有一个“客观的经验”可以让每个人借鉴，她说着有意地看了弗朗西斯一眼，他正在桌下跷着二郎腿。

“我生在一个天生的小瑕疵很少用医疗手段来克服的时代，”她说，“我天生有很好的皮肤和头发，而我就充分利用这个优势。我用坚强的个性和乐观的心态克服了我牙齿的缺陷，而且非常成功，简直可以说它们成了我美貌的一个标志。我觉得你们甚至可以把它们称为我的魅力‘商标’，哪怕用整个世界来换我都不肯。”

她不相信医生，她绕了一个大圈子终于切入正题，但是当她越来越明显地发现她牙龈的毛病可能会影响牙齿时，她请教了当时在中西部最享有盛名的一位牙科医生，菲利克斯·伯尔特医生，是个瑞士人。伯尔特医生的“瑞士牙齿”在某个特定的阶层特别受欢迎，外婆说，而且他经手的病例也非常可观。

害怕口腔里新的组合会影响声音的歌剧演员，从圣弗朗西斯科远道赶来的演员和其他公众人物都来他这里就诊。

伯尔特医生可以一模一样地复制一个人天生的整套牙齿，他用多种材料做过实验，也了解它们对和声的效果。

伯尔特医生为外婆做完假牙以后，她的牙齿看起来和原来没有任何差别。她用性格克服了先天的障碍,而且没有丢失任何她独有的魅力,她说这话的时候会露出尖刻的微笑。

如果这个故事里面有个“客观的经验”的话,弗朗西斯最多在以后才领略到。直到自己有足够的财力付账,他没有做过任何外科手术。

弗朗西斯能在这样的晚餐中坐定是因为之后还有一件非常乐意做的事情等着他。

贝莉的丈夫每天傍晚都赶着拖劈柴的骡车来接她。如果外婆在楼上有事的话,弗朗西斯可以和他们一起坐着车从巷子口走到大路上。

他过每一天似乎就为了等着傍晚坐车:与贝莉坐在马车的座位上,她的又高又瘦的丈夫一声不响地坐在黑暗里,马车带铁箍的轮子在沙石路上发出很响的声音,还有丁零零的铃铛声。两匹棕色的骡子,有时候沾满了泥浆,修剪的棕毛竖在脊背上像把毛刷;它们在臀部间嗖嗖地甩着尾巴。空气里有汗味和煮过的棉布味,骡子的喷鼻声和暖和的马具味。要是贝莉的丈夫白天去开荒了,他身上就会有柴火烟的味道,而且有时候他带着短筒枪去荒地,马车车厢里就会躺着一些兔子或是松鼠,它们被拉直了放在那里,仿佛正在赛跑。

他们在巷子里驾车时从不相互说话;贝莉的丈夫只和骡子讲话。颠簸的骡车让这孩子快活地左摇右晃。他在巷子尽头下了骡车,向夫妇俩保证他会径直地沿巷子走回家,然后他一直看着骡车的灯笼消失在大路上。他可以听到他们在车上聊天。有时候贝莉让她丈夫开怀大笑,她自己也跟着笑。弗朗西斯独自站在黑暗里,愉快地听着他们的笑声,而且知道他们不是在笑他。

不过后来发生的事就让他不这么看了……

弗朗西斯·多拉德偶尔的玩伴是个住在三块田以外的小佃农的女儿。外婆愿意让她来玩,因为让她穿上玛丽安小时候的衣服而且打扮她能让外婆很高兴。

她是个红色头发、很容易倦怠的小女孩,她的体质很多时候让她玩不了多一会儿就累了。

六月的一个伏天的下午，他们在鸡舍里玩腻了用麻秆捉蚁蛉，她请他撩开下身给她看。

在鸡舍和一段篱笆之间的一个拐角，他让她看了。她也回报似的给他看了她的，站在那里把棉短裤脱到脚踝处。正当他蹲在地上想要看的时候，一只没有脑袋的鸡飞到这个拐角，扇得尘土飞扬。女孩吓得往后退，又被绊着走不稳，鸡身上的血溅到了她的腿和脚上。

弗朗西斯跳了起来，裤子还没提上。这时贝莉到拐角处来找鸡，撞到了他们。

“听着，孩子，”她镇定地说，“你想把它看个究竟，你也看到了。现在去找点别的事情去做。去干小孩子们该做的事情，把衣服穿好。你和那孩子帮我捉这只公鸡。”

孩子们的尴尬很快就被淡忘了，因为抓那只公鸡费了不少事。可是外婆从楼上窗户里把一切都看在了眼里……

外婆看着贝莉走进厨房，孩子们也走到鸡舍里。她等了五分钟，然后默默地走到鸡舍边。她砰的一声破门而入，发现他们正在收集鸡毛做头饰。

她让女孩回家，然后把弗朗西斯带进房间。她告诉他，在她惩罚他以后就把他送回“巴迪”教士的孤儿院。“上楼去，回到你的屋里脱掉裤子，等我拿剪刀。”

他在房间里等了好几个小时，脱了裤子躺在床上，攥着床单等着挨剪。在楼下用晚餐的声音里他等待着，在马车的轧轧声和马蹄声里，在骡子的响鼻声里等待着。贝莉的丈夫来接她了。

将近清晨时分他睡着了，却在恐惧中惊醒，接着等待。

外婆没有来。也许她把这事给忘了。

他在随后的日常的忙忙碌碌中等待着，在一天当中的许多时候，那突然袭来的恐惧让他刻骨铭心。他永远也逃脱不了这等待。

他尽量躲避贝莉，不愿意和她讲话也不告诉她为什么：他错以为是贝莉告诉了他外婆她在鸡舍所看见的一幕。现在他明明白白地知道，在看骡车消失在大路上时听到的笑声就是在笑他呢。很显然，他谁也不能相信了。

当你躺着要思考问题的时候你很难直挺挺躺着进入梦乡。在一个明亮的夜晚直挺挺躺在床上是很难的。

弗朗西斯知道外婆是对的。他那么深地伤了她的心。他让她蒙羞了。现在每个人都知道他的所作所为了——甚至远在圣查尔斯的人都会知道。他并不怨恨外婆，他深深地爱着外婆。他希望自己能有机会正确地做人做事。

他想象着有贼闯到家里来了，而他保护了外婆，她也因此收回了她的话。“你原来并不是个鬼迷心窍的坏孩子，弗朗西斯。你是我的好乖乖。”

他想着一个窃贼破门而入了，闯进房子要让外婆看他的下身。

弗朗西斯应该怎样保护外婆呢？要与一个成年的窃贼搏斗，他显得太小了。

他思索着。食品室有贝莉的斧子。她杀完鸡以后总拿报纸擦干净。应该去查看那斧子，这是他的责任，应该战胜对黑暗的恐惧。要是他真的爱外婆的话，就应该成为别人在黑暗中害怕的对象，成为窃贼害怕的对手。

他悄悄地走下楼，找到在钉子上挂着的斧头。它上面有一股奇怪的味道，就像他们在池子里拔鸡毛时的味。斧头的刃很锋利，在手上沉甸甸的，让人放心。

他抱着斧头去了外婆的房间，去检查确实没有窃贼闯进来。

外婆睡着了。房间里非常暗，可他清楚地知道外婆在哪里。要是有窃贼的话他一定能听到他的呼吸声，就像他现在听到外婆的一样。他能很有把握地知道他的脖子在哪里，就像他现在知道外婆的脖子在哪里一样。就在呼气的下面。

要是有窃贼，他就慢慢地走近，就像现在一样。他会双手把斧子举过头顶，就像现在一样。

弗朗西斯在床边踩在了外婆的一只拖鞋上。斧头在令人头昏的黑暗中摇晃着，砰地碰到了台灯的金属罩上。

外婆翻了个身，嘴里发出含糊的声音。弗朗西斯站着一动不动。他的胳膊因为用力举斧头而颤抖。外婆开始打鼾了。

弗朗西斯心里感觉到的爱几乎要把他炸裂开。他偷偷地走出了外婆的房间。他近乎狂乱地想做好保护她的准备。必须做点什么。他现在不再害怕黑暗的大房子了，可是它几乎要淹没了他。

他从房子的后门出去，站在月朗星稀的夜空下，仰头看着天，大口喘着气，仿佛他能把月光吸进呼出似的。天上的月亮在他的眼白上变成了一个非常小的亮点，随着眼睛转下来的时候慢慢变圆，最后终于在眼眸的中央变成一个小圆盘。

深深的爱在他身体里膨胀，他的身体仿佛要爆裂开来，他无法把它呼出去。他匆匆忙忙地向鸡舍走去，光脚踩在冰凉的地上，斧头冰冷地贴在腿边。他不得不在自己要爆裂之前奔跑……

弗朗西斯，在鸡舍边的抽水管旁擦洗着自己，他从没有感到这样的甜蜜和平静。他走进去的时候很谨慎，发现无尽的平和笼罩在他周围。

好心的外婆没有剪断的那个部位还在那里像一个奖赏。他洗净腹部和腿上的血迹。他的大脑觉得轻快而又镇静。

他得把睡衣处理掉，最好把它藏在熏制室的袋子底下。

那只被砍死的鸡让外婆感到很困惑，她说那不像是狐狸干的。

一个月以后贝莉去拾蛋的时候又发现了一只，这一回它的脑袋被拧掉了。

外婆在餐桌上说，这肯定是某个她拒绝帮忙的人出于怨恨干的，她说她已经把这事告诉警察局了。

弗朗西斯静静地坐在位子上，想着有只眼睛在他手心里眨，他握紧又松开拳头。有时他在床上通过自慰来确定他真的没有被剪了一刀。有时，在自慰中,他觉得那地方在眨眼睛。

外婆的精神状态急转直下。她总是为一点小事就争吵,而且干不了家务活了。尽管她需要女管家,她自己却待在厨房里亲自指挥一切,把贝莉搞得团团转,饭菜的质量也降低了。贝莉一辈子都在多拉德家干活,是家里唯一一个常年用人。

被厨房的热气蒸得脸通红的外婆,经常是一件活没有做完就开始忙另一件,经常菜做了一半就搁下,而最后忘了上桌。她用剩菜做砂锅菜,而让新鲜的蔬菜在食品室里枯黄。

同时她越来越不能容忍浪费。她缩减了洗衣房正常的肥皂和洗涤剂的用量,结果床单变成脏兮兮的灰色。

在十一月一个月当中她换了五个黑人女工帮着料理家务,可是最后她们一个也不愿意干。

她们中的最后一个离开的那天晚上,外婆气极了,她在房子里大喊大叫。她走进厨房时发现贝莉和完面团后在案板上剩了一小勺的面粉。

还有半个小时就要开饭了,在像蒸笼一样热的厨房里,她走近贝莉,打了她一记耳光。

贝莉手中的勺子掉在了地上,她惊呆了,眼里满是泪水。外婆又伸出手来还准备要打,一个结实的粉红手掌把她推到了一边。

"不许你再打人。你已经失去理智了,多拉德太太,但是你不要再这样做。"

外婆破口大骂,用另一只手弄翻了炉子上的一锅汤,让滚烫的汤嗞嗞地泼了整个灶台。她走回自己的房间把门摔上。弗朗西斯听见她在房间里骂人,还听见东西砸在墙上的声音。她整个晚上都没有再出来。

贝莉把灶台清理干净,帮老人们吃过晚餐。她把自己的几件东西收进一只篮子,然后穿上旧毛衣,戴上绒线帽。她到处找弗朗西斯,可是没有找到。

在马车上她看到了弗朗西斯坐在门廊的拐角。他看着她从车上费力地下来走到他身边。

“小猫咪，我要离开这里了，不会再来了。在供给社的塞罗尼娅会帮我给你外婆打电话说明的。在你妈妈来之前你需要人照看。到我家来吧。”

他的脸蛋被她碰着的时候他扭过身子跑掉了。

贝莉的丈夫吆喝着赶骡车走了。弗朗西斯看着骡车上的灯笼慢慢消失。他也这么注视过，现在悲伤的心里空落落的，因为他觉得贝莉背叛了他。现在他一点也不在乎了，他反而很快活。骡车上光线微弱的灯笼在路边消失，它比起满月来差远了。

他在想，杀死一匹骡子该是什么感觉。

贝莉打电话给玛丽安·多拉德以后，玛丽安没有马上去。

两个星期后在接到圣查尔斯地区警察的电话后她终于去了。她自己开着二战前那种老款式的派克德车在下午三点来到母亲家。她戴着手套和帽子。

一位副警长在巷子口遇到了她，并探身到她的车窗口：

“瓦格特太太，您母亲中午打电话给我们办公室，说有用人偷东西。当我赶到这里的时候，我发现，请原谅我的无礼，我发现您的母亲在无中生有，而且我看这里好像缺乏料理。警长觉得他应该向您先打声招呼，您明白我的意思吗？瓦格特先生目前是公众人物，所以……”

玛丽安明白他说的意思，瓦格特先生现在是圣路易斯公共工程处的处长，在他的党派里他已不是最吃香的人了。

“据我所知，还没有人看到过这地方。”副警长说。

玛丽安发现母亲正在睡觉，还有两个老年人在桌子旁坐着等着开饭，一个妇人穿着衬裙站在后院里。

玛丽安给她丈夫打电话。“他们多长时间检查一次这种场所？……我还不知道目前有没有房客的家属去投诉过。我估计这些人也不会有什么家属……不，你别介入。我需要几个黑奴。给我找几个黑人……还有沃特斯大夫。我会处理好的。”

四十五分钟后医生带着一名穿着白大褂的护理员到了，还有一辆专车带来玛丽安的女仆和另外五个家务仆人。

弗朗西斯放学回来的时候，玛丽安、大夫和护理员正在外婆的房间里。弗朗西斯听到外婆的咒骂声。当他们把她用疗养院的大轮椅推出来的时候，她变得目光呆滞，胳膊上有一小块棉球。她没戴假牙，脸显得凹陷而与往日不同。玛丽安的胳膊上也贴了胶布：她被咬了一口。

外婆和护理员坐在车后排，被医生带走了。弗朗西斯目送着她。他想挥挥手，可是手臂垂到了身边。

玛丽安的清洗队在房子里面又刷又洗，清理了很多东西，又把房子通了通风，帮所有老人洗了澡。玛丽安和他们一起干，而且指挥她们做了一顿简单的饭菜。

她只在问东西在哪里的时候才和弗朗西斯说话。

后来她把仆人们打发走，给县政府打了个电话。多拉德太太中风了，她向他们解释。

当福利处的工人们开着学校的班车来接这些老年人的时候，天已经黑了。弗朗西斯觉得他们也会把他带走。可是他没有被列入讨论对象。

房子里只剩下他和玛丽安两个人了。她坐在厨房里，双手捂着脸；他出去爬上了一棵酸苹果树。

终于，玛丽安叫他了。她已经把他的衣物收拾到了一只小皮箱里。

“你得跟我走，”她边说边向车的方向走，“上车，别把脚放在座位上。”

他们开着派克德离开了，那辆轮椅还在院子里放着。

这回没有丑闻曝光。县政府的官员说这对于多拉德太太虽然是个遗憾，但她直到最后都把疗养院料理得很好。瓦格特一家保全了体面。

外婆被关进一家私人开的精神疗养院。直到十四年后弗朗西斯·多拉德才接她一起回家。

“弗朗西斯，这是你的姐妹和兄弟。”他妈妈说。他们在瓦格特的书房里。

耐德·瓦格特十二岁，维多利亚十三岁，玛格丽特九岁。耐德和维多利亚互相看了一眼，玛格丽特则盯着地板。

弗朗西斯的房间在仆人们房间的顶上。自从1944年大选惨败以后，瓦格特家就不再雇仆人了。

弗朗西斯在波特·施罗德小学念书，徒步就可以到，而且离瓦格特家其他小孩上的主教教会学校很远。

最初的几天里瓦格特家的孩子们尽可能地不理他，可是到了第一个周末，耐德和维多利亚到仆人房间这一层来找他。

弗朗西斯听到他们在门外嘀咕了几分钟，然后他的房门把手动了动。看到房门锁着，他们并没有敲门。耐德说："开开门。"

弗朗西斯打开了门。他们没理他而是径直到他的衣橱里翻看。耐德打开小柜子的一个抽屉，两个手指夹出他发现的东西：生日时得到的绣着弗朗西斯名字缩写 F. D. 的手帕，一个吉他的弦枕，一只装着漂亮的甲壳虫标本的药瓶，一本表面有水痕的《棒球乔在世界联赛上》，还有一张签着"你的同学萨拉·黑尔"的纪念卡。

"这是什么？"耐德问。

"弦枕。"

"干什么用的？"

"吉他上的。"

"你有吉他吗？"

"没有。"

"那你要它干什么？"维多利亚问。

"我爸爸曾经用过它。"

"我听不懂他说的话。你说什么？让他再说一遍，耐德。"

"他说那是他爸爸的东西。"耐德拿起弗朗西斯的一块手帕，在里面擤了鼻涕后又扔回抽屉。

"他们今天把小马带走了。"维多利亚说。她在弗朗西斯的又小又窄的床上坐下，耐德坐在她身边，背靠墙，脚踩着被子。

“没有小马了，”耐德说，“没有夏天的湖滨别墅了。你知道这都是为什么吗？你说呀，你这个小混蛋？”

“爸爸现在老是得病，挣不到那么多钱了。”维多利亚说，“有时候他根本就不去上班了。”

“知道为什么他会不舒服吗？你这个小混蛋？”耐德问，“你回答我啊！”

“奶奶说他现在是酒鬼。你明白吗？”

“他不舒服就因为你这张丑巴巴的脸。”耐德说。

“别人不投他的选票也是因为你。”维多利亚说。

“出去。”弗朗西斯说。他转身去开门的时候，耐德朝他背后踹了一脚。弗朗西斯用双手捂住腰。耐德又踢他的腹部。

“噢，耐德，”维多利亚说，“噢，耐德。”

耐德扭住弗朗西斯的耳朵把他拎到梳妆台的镜子前面。

“这就是他不舒服的原因！”耐德拽着他的头发往镜子上撞。“这就是他不舒服的原因！”一下猛撞。“这就是他不舒服的原因！”又一下。镜子被撞碎了，沾满了血迹和黏液。耐德松了手，弗朗西斯坐到地板上。维多利亚看着他，眼睛睁得大大的，咬着下嘴唇。他们把他扔在那里走了。他的脸被血和唾沫沾湿了。他的眼睛因为疼痛而流出眼泪，但他没有哭。

28

芝加哥的雨沉闷地下了整整一夜，落在弗雷迪·劳厄兹的露天墓地的雨篷上。

雷鸣让威尔·格雷厄姆由于劳累已经很疼的头颤动着，他从书桌前起身走到床边的时候摇摇晃晃。床边，梦如蛇一般缠绕在他的枕头下面，等待着他。

圣查尔斯城北部的一栋老房子任凭冷雨敲窗、电闪雷鸣，在风雨中重复着它长长的叹息。

楼梯在黑暗中吱呀作响。多拉德先生下楼了。他的和服在他走路时呼呼作响，双眼因为充足的睡眠而炯炯有神。

他的头发潮乎乎的，整齐地梳理过。他已经清理过指甲。他走路的时候既缓慢又沉稳，注意力很集中，好像在小心地端着满满一杯茶。

胶片在他的投影仪旁边。两个家庭的。其他的胶片成卷地堆在废纸篓里准备销毁。他从十几部家庭自制影片里选中了两个家庭的，在公司复制后带回家观看。

在他的舒适的靠背椅旁边放着奶酪和水果，他舒舒服服地坐进去，开始看影片。

第一部是国庆周末的一个野餐会。一个很温馨的家庭，三个孩子，父亲很强壮，用他粗大的手指伸进腌菜罐。后面是母亲。

她拍得最好的镜头是在她和邻居的孩子们玩垒球的时候，尽管她在镜头上只有大概十五秒钟。她在第二垒上面冲着投手和投手板，两脚分开，做好从两个方向都能出球的准备，在她弯腰向前倾的时候她的前胸在套衫下颤动着。一个孩子挥舞了一下球棒，可恶地中断了她的镜头。现在又是她了，返回触垒。她把一只脚放在船用坐垫上，坐垫在这里当了垒，两腿一弯一直；她大腿肌肉在她弯曲的腿上紧绷着。

一遍又一遍，多拉德看着这女人的身体。脚放在垒上，髋部倾斜着，大腿的肌肉在剪短了的牛仔裤里绷紧了。

他定住最后一个片段。母亲和她的孩子们。他们玩累了，身上很脏。孩子们偎依在妈妈怀里，一只狗在他们的腿中间摇尾巴。

一阵震耳的雷鸣把外婆高高的橱柜里的水晶雕刻品震得玎玲作响。多拉德伸手拿了个梨。

第二部影片分几个部分。影片的名字叫“新家”，用分币在一个放在打碎的小猪储蓄罐上面的衬衫盒上拼出来。开头是父亲在院子里立起一块“出售”的标牌。他拿着标牌，面冲镜头做一个无可奈何的鬼脸，他的裤兜掏空了被翻出来。

妈妈和三个孩子在台阶上的一个特写，拍得摇摇晃晃。这是栋很漂亮的房子。镜头切换到游泳池。一个孩子，头发油光光的，个子很小，啪嗒啪嗒地走到跳水板前，在瓷砖上留下湿湿的脚印。水里露出几个小脑袋。一只小狗向一个女孩游过去，耳朵往后贴着，脸高高地露出水面，眼白都看得很清楚。

妈妈在水中拉着登梯的扶手抬头看镜头。她黑色的鬈发有光泽；泳衣领口露出润泽的丰胸。她两腿分开站立，腿的影子在荡漾的水波中浮动。

夜里。一个曝光很差的镜头从游泳池移到灯光明亮的房子，灯光在水中反射。

切换到房子里面，一家人在欢笑。到处是盒子，还有装箱用的材料。一只老式大箱子，还没搬到阁楼上去。

小女儿在试外婆的衣服。她戴上一顶花园晚会的帽子。父亲坐在沙发里，看起来好像喝醉了。然后显然是父亲拿着摄影机。高度并不是很合适。妈妈在镜子前面戴帽子。

孩子们在她身旁欢笑，男孩子们在旁边一边笑一边拉拽着上面的古董装饰。女孩静静地看着妈妈，审视着若干年后自己的模样。

到片尾了。妈妈转过身，冲镜头摆了个姿势，还做了一个夸张的微笑，手放在脖子背后。她很讨人喜欢。她的脖子上戴着一块有浮雕的玉石。

多拉德定住屏幕，往回倒影片。一遍又一遍她从镜子前面转过身，微笑着。

心不在焉地，多拉德拿起垒球赛的胶片，把它扔到了废纸篓里。

他把胶片从投影仪里取出来，看了看盒子上的地址标签：鲍伯·谢尔曼，俄克拉何马州，塔尔萨城，603 号邮箱，星光大道 7 号。

开车去会很方便。

多拉德把胶片放在手心里，用另一只手盖住，仿佛它是一只小生命，能挣扎着从手中逃走。它好像一只在手心里蹦的蛐蛐。

他记得在利兹家时开灯以后的慌乱和跳动。他必须把利兹先生处理好才能打开他的摄影灯。

这一次他可要做一个流畅的过程。要是能在暗中把摄影机开着，偷偷地爬到睡觉的两个人中间依偎一会儿该多惬意啊。然后他可以在黑暗中搏斗，再坐在他们俩的血迹中间快活自在。

他可以用红外线胶卷做到这一切，他知道该上哪里去找。

投影仪还开着。多拉德手里握着胶片，眼睛看着明亮的空屏幕，可他却能看到心中的影像，与窗外风的叹息结合在了一起。

他并不是出于报复的心理。只有爱和荣誉就要来临的企盼与兴奋。他的狩猎目标的心跳变得微弱而急促，像一下迈起了静谧的脚步。

他躁狂地跃立着，跃立着，被爱充满了。谢尔曼一家向他敞开了大门。

他的过去丝毫不会来干扰他，现在只有即将到来的荣耀。他从来不去想他母亲的家。事实上，他对那段时光的记忆十分有限，而且是朦胧的。

二十几岁的时候多拉德对他母亲家的房子的记忆变得模糊不清了，

只在他的记忆宫殿里留下一层膜。

他记得他只在那里住了一个月，忘了是因为他九岁时吊死了维多利亚的猫才被送走的。

在他仅有的几个记忆片段里有一个是那房子本身，里面灯光明亮，那是他在冬天的一个黄昏从街上路过房子时看的一眼。那天他从波特·施罗德小学放学回到一英里以外他寄宿的人家。

他能记起瓦格特家书房的气味，像钢琴被打开时发出的气味，他妈妈在那里给他假期需要的东西。他不记得临走时楼上窗户里的一张张脸。外面的地被冻得硬邦邦的，那些实用的礼物在他发热的胳膊底下面目可憎；他的思想逃到了大脑深处的一个家里，与圣路易斯的家完全不同。

在十一岁那年他的臆想开始非常活跃而且强烈。在他的爱发展得太猛烈的时候他就释放它。他捕捉宠物，小心翼翼地，观察它们的反应。它们是那么驯服，每次动手都很容易。警方从来没有把他和车库地面上的小小的血滴联系在一起。

四十二岁的他已经不记得这些了。他也不再想他母亲家中的人了——他的妈妈，同母异父的姐妹和兄弟。

有时候他在梦中看到他们，在光彩夺目的梦境中的几个片段；已经面目全非，而且都是高高的个子，脸和身体是鹦鹉一样艳丽的颜色，他们在他身边保持螳螂一样的姿势。

当他有意识地回忆时——虽然他很少这样做——就有很多令人满意的画面可以追寻，都是他参军时的场景。

在十七岁那年，他无缘无故地从窗户闯进一个妇人家里，被抓住了。法庭给他两个选择，要么服兵役，要么按刑事犯罪定刑。他选择了参军。

在接受了最基础的训练以后他被派往专业学校学习暗室操作，然后被海运到圣安托尼奥，在布鲁克部队医院的医疗队里冲印胶卷。

布鲁克医院的外科医生们对他产生了兴趣，并决定给他整容。

他们在他的鼻子上做了Z型整形，取下部分耳朵的软骨来延伸鼻梁，然后用一个奇妙的阿贝皮片技术缝合了他的上唇，手术在演示厅里吸引了一大批学习和观摩的医生。

医生们对手术的效果很满意。多拉德婉言谢绝了别人举过来的镜子而向窗外望去。

音像资料图书馆的记录显示多拉德曾借出过很多电影，大部分都是关于外伤的片子,而且他借出的影片总是隔夜才还。

他 1958 年又一次入伍了,在这第二次兵役中他找到了香港。他所在部队的军部在汉城驻扎，五十年代末期他为部队冲洗小型侦察机跨越三十八度纬线拍到的照片。在年假中他得以一年两度去香港。香港在 1959 年是任何人都垂涎向往的地方。

外婆在 1961 年从疗养院被接回家,她的状态是长期服用盐酸氯丙嗪后的无表情的静默。多拉德申请因需复员并获批了,所以他比计划提前两个月退役,以便回家照顾外婆。

那段日子对他来说也是段意想不到的安静的日子。他在盖茨威的新工作可以让他请得起一个保姆白天陪外婆。晚上他们在客厅里坐着,互相不说话。一台老式座钟的嘀嗒声和打点声是打破寂静的唯一声响。

他看到过母亲一次,那是在 1970 年外婆的葬礼上。他仔细看着她,从她身旁走过,他黄色的眼睛和她是那样惊人地相似。她也许是个陌生人。

他的外表很让母亲吃了一惊。他的胸很阔,身体壮实,和她一样的漂亮肤色,还有别致的小胡子。她怀疑那胡子是从他的头发中移植过来的。

她在葬礼一个星期后给他打了个电话,可是对方的听筒慢慢地挂上了。

外婆去世后的九年里多拉德的生活没有被打扰过，他也没有去打扰任何人。他的前额平滑得像一颗种子。他知道他在等待,可为什么而等,他不知道。

一件很小的事情,一件每个人都会遇到的事情,告诉他颅骨里的那颗种子:时间到了。那一天他在朝北的一扇窗户前站着看某个胶片时,他发现自己的手在变老。仿佛他拿着胶片的双手刚刚在他眼前出现一样，在明亮的光线照射下，他看到手上的皮肤在筋骨上松弛了，而且开始出现菱形的像蜥蜴身上的鳞一样小的细纹。

当他向着光线把手转过去的时候，一股强烈的煮西红柿和卷心菜的味道把他全身浸了个通透。尽管屋子里很暖和，他却不禁发起抖来。那个晚上他比平时还卖力地工作。

多拉德的阁楼的墙上挂着一面长与身齐的镜子，在杠铃旁边。那是整栋房子里唯一一面挂着的镜子，对着它他可以尽情地欣赏自己的体格，因为在外面他总是戴着面具。

在鼓起一块块肌肉时他仔细审视着自己。四十岁的他完全可以在当地的健美比赛中出色地一展雄姿。可是他并不愿意。

在那个星期里他后来看到了布莱克的版画，他刹那间被吸引住了。

他在《时代》杂志上看到了一张面积很大的全色照片，那是作为一张插图配在一篇报道伦敦泰特博物馆回顾布莱克作品展的文章旁边。布鲁克林博物馆当时把《红色巨龙与披着阳光的女人》寄到了伦敦参加展出。

《时代》的艺术评论家说："西方艺术中恶魔似的形象很少能像这幅画一样辐射出噩梦一般的性的力量……"多拉德不用看这句评语就能领略到画的魅力。

随后的几天他把这幅画带在身边，晚上在暗室里他把它拍下来并放大。许多时候他都很激动。他把画挂在健身室镜子旁边，锻炼的时候盯着它看。他只有在工作得筋疲力尽而且需要医疗影片帮他释放性欲以后才能入睡。

九岁那年他就知道在心灵的最深处他是孤独的，而且注定了一辈子都要孤独，这个结论是四十岁的人常有的。

现在在他步入四十岁的时候，他被一种臆想的怪诞的生活征服了，这种生活有童年时代的五彩斑斓、新鲜和直观。这种生活使他跨越孤寂前进了一步。

在其他四十岁左右的男人开始看到并且害怕自己被孤立的时候，多拉德的孤独感让他很能理解:他孤独因为他与众不同。在转变的狂热中他认定如果他向这个方向努力，如果他解放多年来他一直抑制的这些真实的强烈欲望——这些欲望是真真切切的灵感，如果他把它们当作灵感一样呵护——他一定会超凡的。

在画卷中龙的脸是看不到的，然而多拉德越来越明确地知道龙头的模样。

在客厅里他看着医疗方面的录像,做俯卧撑,并把嘴巴鼓圆以便能戴上外婆的假牙。假牙与他的畸形的牙龈不配套,而且他的下巴很快就疼得痉挛起来。

他在一个人的时候做做动作改变自己的下巴，咬硬橡胶塞直到嘴巴两侧的肌肉开始鼓起来,像含了两颗胡桃。

1979 年秋天，弗朗西斯·多拉德从他可观的积蓄中取了一笔现金,从盖茨威申请了三个月的年假。他带着外婆的假牙去了香港。

他回来以后,红头发的艾琳和其他的同事都觉得假期对他很有益处,他变得更平静了。他们几乎没有察觉到他再也不使用员工衣柜或者淋浴室了——不过他以前也不常用。

他外婆的假牙又重新放在他床头柜上的玻璃杯里。他自己新做的一套被锁在楼上的书桌里。

如果艾琳能看到他在镜子前面的样子,把假牙戴好,新的文身在强烈的健身房的灯光下格外鲜丽,她会失声尖叫,然后昏倒。

有的是时间,他用不着慌忙,他拥有永恒。那时距离他选择雅各比一家有五个月。

雅各比一家是第一个帮助他的家庭，第一个把他向转变的光环中推进。雅各比一家比一切都要好,比他所知道的一切都要好。

直到利兹一家出现。

而现在,在他的力量和荣誉正成长的时候,谢尔曼一家又要来临了,还有红外线技术所允许的新的更亲近的接触。这将是最有希望的一次。

29

要找到想要的东西,弗朗西斯·多拉德必须到盖茨威胶片洗印公司的其他部门,他管辖范围以外的部门去找。

多拉德是盖茨威最大的分支机构——家庭自制影片分部——的负责人。盖茨威除此之外还有四个部门。

1970 年的经济萧条使家庭自制影片的生意下滑得很厉害，而且家庭摄像机的介入也使竞争越来越激烈。盖茨威被迫寻找新的增长点。

公司增加了新的部门和业务,比如把胶片转成录像带,印刷通过航空测量绘制的地图,他们还向小型的商业电影制片公司提供定制服务。

1979 年一项肥差落到了盖茨威头上。公司与国防部和能源部联合签署了一份发展和测试红外照相用的新型感光乳剂。

能源部在防止热量散失的研究中需要感光度高的红外线胶片。国防部则需要它协助夜间侦察。

盖茨威在 1979 年年末收购了附近的一家小企业——贝德化工厂,并在那里开始了新的项目。

多拉德在午间休息的时候走到贝德。天空晴朗得像被洗过一样。他小心翼翼地绕过沥青马路上的水坑,水面上反射着阳光。劳厄兹的死让他最近很高兴。

贝德化工厂里所有的人似乎都去吃饭了。

他在迷宫似的大厅的尽头找到了他需要找的那间办公室。门旁边的牌子写着“红外线感光材料在使用。禁止使用安全灯，禁止抽烟或带入热饮料”。牌子上方亮着红灯。

多拉德按了下按钮，过了一会儿，绿灯亮了。他进了光阱区后叩击第二道门。

“进来。”一个女人的声音。

真爽，漆黑一片。水的汩汩声，D-76显影剂的熟悉的味道，还有一丝香水味。

“我是弗朗西斯·多拉德。我为干燥器的事情来。”

“噢，好的，抱歉我嘴里有东西，我刚好吃完午饭。”

他听见纸被揉成一团并且扔进了废纸篓。

“实际上是弗格森想要干燥器。”声音在黑暗中说，“他现在休假呢，不过我知道在哪里。你在盖茨威有一个吗？”

“我有两个。一个大一些。他没说他有多大空间能放？”多拉德几个星期前看了关于干燥器问题的备忘录。

“我会让你知道的，如果你不介意等一会儿的话。”

“没关系。”

“把你的背靠在门上，”她说这话的声音里带着些机械的口吻，好像教授上课时因为重复说某些话而听起来有些呆板，“往前走三步，直到你能感觉到脚下的瓷砖，在你左边应该有个小凳子。”

他找到了。他现在离她近了，甚至可以听到她的实验室围裙摩擦的声音。

“谢谢你过来。”她说。她的声音清脆，还有一丝金属的刮擦声。“你是那边大楼里胶片冲印的一把手，是吗？”

“是的。”

“是那个虽然申请单发错了可还是把火箭运上天的D先生吗？”

“没错，就是我。”

“我是莱芭·麦克兰。希望这里一切正常。”

“这可不再是我的项目了。我只是在我们买下这地方时设计了暗室，已经有六个月没来了。”这对他而言可是一段很长的话，不过在黑暗中说话更容易一些。

“再等一分钟就可以有灯光了。你需要卷尺吗?”

“我有一个。”

多拉德发现在黑暗中与一个女人交谈很舒服。他听见在钱夹里翻弄的声音，然后咔的一声合上了。

计时器响的时候他觉得很遗憾。

“好了，我会把这东西放在密封橱里。”

他感觉到一股冷空气扑在脸上，听见一个壁橱门的橡胶塞合拢的声音和一阵真空锁的嗞嗞声。一阵空气扇动，她走过他身边的时候一阵香气飘过。

多拉德鼻子下面顶着指关节，做出平常沉思的模样，等着灯光亮起。

灯亮了。她站在门边上，向他大致的方向微笑。她的眼睛在闭合的眼睑里有微小的随机转动。

他看到她白色的手杖支在拐角。他把手从鼻子下面拿开，微笑了。

“你介意我吃颗李子吗?”他说。在她身前一个柜台桌上放着几颗。

“当然不。它们味道很不错。”

莱芭·麦克兰三十岁左右，骨架很端正，一张脸上洋溢着坚忍和果断的气息。她的鼻梁旁边有一个星形的小疤痕。头发是金黄色混着红棕色，在肩膀处内卷，发式显得稍稍有些过时。她的脸和手被太阳晒出了匀称的斑点。在暗室的瓷砖和不锈钢的衬托下，她有秋天的暖色调一样的明丽。

他可以尽情地观察她。他的注视可以像空气一样自由变换。她没有办法躲避他的眼神。

在与女性交谈的时候多拉德经常感到皮肤上有刺痒的热点儿。他感觉对方眼光在哪里，这些点儿就跟到哪里。即使对方把视线从他身上移开的时候，他都怀疑她会看到他的表情。他总能对有反射性质的表面有感觉，总能知道发射的角度，就像一个惯于玩桌球的赌徒始终清楚地了解桌子边缘对球的反弹能力一样。

他的皮肤此刻却是凉爽的。她的皮肤有斑点，珍珠般地散在她的喉咙和手腕内侧。

“我来给你看他希望把干燥器放在哪里，”她说，“我们可以量一下。”

他们量好了尺寸。

“现在，我想请你帮个忙。”多拉德说。

“说吧。”

“我需要红外摄影胶卷。热敏度高的，大概一千纳米左右的。”

“你得把它们保存在冰盒里，拍摄好了再放回冷冻室。”

“我知道。”

“你能给我大概说一说在什么场合下用吗——”

“大概在八英尺远的地方拍摄，用一对儿雷登滤光片。”这和监控设备太像了。“在动物园里用，”他说，“在黑暗的世界里。他们想拍夜间活动的动物。”

“要是你告诉他们不能用商用红外胶卷，那他们肯定非常难缠。”

“是啊。”

“我肯定我们能帮你搞到。不过，你知道我们这里的很多材料都是有国防部合同的。任何东西从这里拿出去都需要签字。”

“好的。”

“你什么时候要？”

“大概20号左右，不能再晚了。”

“我想不用我告诉你——灵敏度越高就越娇贵，你得预备冷却剂、干冰这些东西。他们今天下午四点钟左右会筛选一些样品。如果你想过来看的话，可以挑选能达到你要求的最容易操作的一种。”

“我会来的。”

莱芭·麦克兰在多拉德离开以后数了数李子。他只拿了一颗。

古怪的人，多拉德先生。在她打开灯以后他的嗓音里没有令人尴尬的停顿或是关心，尽管多数情况下人们是出于怜悯。也许他知道她是个盲人,那更好。也许他一点都不在乎。

那才爽呢。

30

芝加哥,弗雷迪·劳厄兹的葬礼正在进行。《国民闲话报》出款要了加急服务,葬礼仪式在劳厄兹死的第二天,也就是周四举行,这样照片就能在周四晚上的那一期上出现了。

参加葬礼的人在教堂里显得很多,到墓地的人也很多。

一个福音传道者在喇叭中一遍又一遍地放着做作的赞歌。

格雷厄姆在前一天夜里喝多了,头还在发昏发涨,他尽可能地集中注意力去观察和研究在场的人群。

在墓地,雇来的唱诗班为得到报酬使足了力气。《国民闲话报》摄影师们的相机像是有发动机驱动似的咔咔个不停。两队电视台的人马带着能固定的摄像机和便携式电视发射机。警察局的摄影师挂着胸牌对着人群照相。

格雷厄姆看到几个穿便衣的芝加哥刑侦组的警察。他们的脸是整个场地中唯一对他有意义的。

还有"温迪城"的温迪,劳厄兹的女朋友。她坐在雨篷底下离棺材最近的位置。格雷厄姆几乎认不出她了。她金黄色的假发在后面梳了个圆髻,穿着一套做工考究的黑色西服。

在最后一首赞歌中,她站起身,步子不稳地走上前去,跪倒,脸贴在棺材上,两臂伸开放在菊花丛中,一群闪光灯对着她猛闪。

结束了。人群在海绵一样松软的草地上向墓地大门走去时几乎悄无声息。

格雷厄姆与温迪并肩走在一起。一群没有被邀请的人透过高高的铁栏杆盯着他们。

“你没事吧?”格雷厄姆问。

他们在墓碑前停下了。她的眼睛里没有泪水,平直地看着前方。

“比你强,”她说,“喝醉了吧,你?”

“是。有人盯你的梢吗?”

“有几个管区里的警察,在我的俱乐部里穿着便衣晃悠。现在的生意猛涨。奇怪的事情比以前多了。”

“我很抱歉你被这样拖累。你在……我记得你在医院里很镇定,让我挺钦佩的。”

她点点头。“弗雷迪是好样的。他不该去那样冒险拼命的。多谢你在医院里让我进去了。”她望着远方,眼睛一眨一眨的,思索着,眼影在眼睑上像石粉一样。她转脸正对着格雷厄姆。“你看,《国民闲话报》给了我一些钱,你推断到了,是不是?他们约我做采访,而且雇我在棺材边埋头痛哭。我不觉得弗雷迪会反对。”

“要是你把这机会错过的话他会疯掉的。”

“我也这么想。他们都有神经质,可是他们付钱。实话说,他们挖空心思让我说我认为是你故意把这个结果留给弗雷迪的,而且在照片里做出像好朋友一样的假象。我没答应。如果报纸印出来时说我这样讲了,那他们就是狗屎。”

她扫视他的脸时格雷厄姆没有说任何话。

“你不喜欢他,也许——这并不重要。可如果你事先知道会产生这个结果,你当场不会不向‘牙仙’开枪的,是不是?”

“是的,温迪。我会全程监视他的。”

“你们事先没得到任何线索吗?我听到这些人的聒噪,而且问题的关键在这里。”

“我们没有多少线索。只有一些从我们的实验室跟踪得出的结果。他动手很利索而且一直幸运。”

“你呢?”

“什么?”

“幸运。”

“有时候是,有时候不是。”

“弗雷迪从来都没有走运过。他说他会在这个案子上发财。所有地方都会出高价买他的消息。”

“他说不定真有可能呢。”

“听我说,格雷厄姆,只要你,你知道,什么时候想喝一杯,我会奉陪的。”

“多谢。”

“不过在街上你得保持清醒。”

“噢,我会的。”

温迪走出墓地大门后两个警察为她从围过来的好奇的人群中间开了一条道。其中一个伸长脖子看的人穿着一件T恤衫,上面写着:“‘牙仙’是一夜情。”他冲着温迪吹口哨。站在旁边的一个女士打了他一记耳光。

一个身材高大的警察钻进这辆280ZX里,坐在温迪身旁。她便立刻驾车驶出了人群,进入公路车辆的洪流中。另一个警察开着一辆没有警务标志的车随后跟上。

芝加哥的气味就像是酷暑下的一枚用过了的火箭。

格雷厄姆觉得孤独,他知道为什么——葬礼经常让我们有做爱的欲望,它使人看到了死亡。

风把他脚附近的一簇装点葬礼的花丛吹得扑棱棱响。有一秒钟他分明听到海风中的棕榈树飒飒作响。他非常想回家,也非常清楚地知道,在“巨龙”死之前他不会也不能回家。

31

贝德化工厂的投影室很小——五排折叠椅中间留一个走道，仅此而已。

多拉德来得很晚。他站在后排两臂交叉在胸前，看着他们筛选灰色卡片、彩色卡片以及不同亮度的立方体，在不同红外乳剂中拍摄。

他的出现让丹德里奇有些忙乱，这年轻人是这里的主管。多拉德在工作的时候总是一副专家的派头。他在隔壁的母公司里是公认的暗室专家，而且他的完美主义工作态度是出了名的。

丹德里奇已经有几个月没和他通过话了，自从盖茨威买下贝德化工厂以后他们之间有了一种无聊的竞争。

“莱芭，给我第……八号样品的冲印添加剂。”丹德里奇说。

莱芭·麦克兰坐在一排椅子的尽头，膝盖上放着一个文件夹。她一边清楚地答应着，一边在半黑暗中熟练地用手指在文件夹里找东西。她把冲洗过程分了类：化学试剂、温度、时间以及拍摄前后的保存注意事项。

红外敏感的软片都必须严格地在无光下进行。她已经做完所有的暗室工作，把许多样片按手触摸码排好了序，而且在黑暗中把它们的记录分类放好。她在贝德的价值是很容易看到的。

筛选工作到了下班时间还在进行。

当其他人一个个准备回家的时候，莱芭·麦克兰还留在自己的座位上。多拉德小心地靠近她。房间里有其他人时他和她说话就保持着一定的距离。他不想让她觉得自己在吸引别人的注意。

“我以为你来不了呢。”她说。

“有台机器坏了,结果我就迟到了。”

灯亮了。他站在她身边的时候她头发闪着光亮。

“你看到1000C的样品了吗?”

“看到了。”

“他们说它似乎挺好的，而且比1200C好操作得多。你觉得它能用吗?”

“能。”

她随身带着提包和一件轻便雨衣。她站起身走到中间走廊找拐杖时他往后退了退。她看起来并没有要求帮忙的意思,他也没主动问。

丹德里奇把头探进房间。

“莱芭,亲爱的,玛西娅得马上走了。你能行吧?”

她脸颊上泛出了红点。“我完全能行。谢谢你,丹尼。”

“我想送你一程的,亲爱的,可我已经晚了。我说,多拉德先生,如果不是特别麻烦的话,你可以——”

“丹尼,我有车回家。”她忍住了火气。她的语气中没有火气,她的脸也保持着放松的样子,可是她无法控制脸的颜色。

多拉德用冷峻的黄色眼睛注视着这一切，他清楚地知道她为什么生气；他知道丹德里奇蹩脚的同情在她看来像在她脸颊上啐了口痰一样令人难堪。

“我会送你的。”他说,说得太晚了。

“不用,不过谢谢你。”她想过他可能会提出来而且原打算答应的,可她不愿意强求别人的帮助。该死的丹德里奇,该死的他随口一说,她得去坐他妈的公交车了,真讨厌。她认识路,还有零钱,她想他妈的上哪儿就上哪儿。

她在卫生间里待了很长时间,直到其他人都离开了大楼。是门卫为她开的门。

她沿着停车场中间一条岔道的边沿来到公共汽车站，她的雨衣披在肩膀上，用拐杖敲着路边。当拐杖接触柏油路发出嚓嚓的声音时她能感觉出路面上细微的阻力。

多拉德从他的面包车里注视着她。他的感觉让他自己不安。在白天的公共场合里是危险的。

落日下的一个瞬间，挡风玻璃，柏油路和高高的钢丝把阳光反射得金光闪闪，像一只只闪亮的小剪刀。

她的白色拐杖使他觉得舒适，它扫开了那些小剪刀的亮光，扫走了小剪刀。想到她对自己无害，多拉德就放松了。他开始打开发动机。

莱芭·麦克兰听见了面包车跟在她后面，现在车已到了她身旁。

“多谢你邀请我参加你们的选样。”

她点点头，笑了笑，继续用拐杖点地。

“搭我的车吧。”

“谢谢，我一直都坐公交车的。”

“丹德里奇是个傻瓜，搭我的车吧。”——平常这种场合应该怎么说来着？——“就算为了我高兴。”

她停下来了。她听见他下了车。

平常，人们总是去抓她的上臂，不知道做什么别的好。其实盲人是不愿意别人扶持他们腋下的，因为这样就打乱了他们的身体平衡。这对他们来说就像被迫在摇摆不定的秤上称重一样令人不快。像其他人一样，他们也不希望自己受别人驱使。

他并没有接触她。过了一会儿，她说：“我扶你的胳膊会更方便一些。”

她扶过很多人的前臂，可是他的着实让她吃了一惊。他的前臂如橡木楼梯的栏杆一样硬。

她不知道多拉德调动了多少神经才经受住她手臂的一触。

她感觉面包车又高又大。与其他轿车不同的是，这辆车里有回声和谐音。她手扶着圆背座椅的边沿直到多拉德为她系好安全带。横在身上的安全带扣到了她的一个乳房上,她把它调到胸部中间。

向她家行驶的路上他们几乎没有说话。他利用等红灯的时候看着她。

她住在华盛顿大学附近的一套毗联式小楼的左半边,街道很安静。

"进来吧,我给你准备些饮料。"

多拉德这一辈子进过总共不到一打的私人住宅。在最近的十年中他去过四家:他自己的家,一次在艾琳家待了很短的时间,利兹家,还有雅各比家。别人的家对他有一种异域情调。

在他下车时她感觉到面包车晃动了一下。她身边的车门被打开了,从车厢里下来得迈一大步。她下车时微微地倾进他的怀里,感觉像撞到树上一样。他本人比从他的嗓音和脚步声中估计的要结实得多,也重得多。他走路轻快又踏实。她在丹佛认识一个野马队后卫,出来带着一群失明儿童拍一部美洲联合劝募协会的募捐宣传片……

一进家门,莱芭·麦克兰把拐杖靠在角落里,忽然觉得自由了。她自如地走来走去,打开音响,把外衣挂起来。

多拉德不得不重新想想她确实是双眼失明了。在私人住家里他感到兴奋。

"来点杜松子酒还是汽水?"

"汽水吧。"

"还是来点果汁?"

"汽水。"

"你不常喝酒,是不是?"

"是的。"

"到厨房来吧。"她打开冰箱。"要不要来——"她用手迅速地摸索一遍储藏的食品,"一块水果饼怎么样?卡罗大胡桃的,很刺激的。"

"好的。"

她从冰箱里拿出一整张饼放在台子上。

她两手冲下展开手指,放在饼边沿的锡纸包装壳的周围,直到通过饼的周长判断她两个中指分别处于九点和三点的位置,然后她把两个拇指搭在一起放在饼上找到中心。她在中心位置插进一根牙签。

多拉德试着找话说，以防止她觉出他对她的盯视。“你到贝德有多久了?”这句话里没有咝音。

“三个月了。你原来不知道吗?”

“他们告诉我的情况很少。”

她笑着撇了撇嘴。“你可能在设计暗室的时候抢了什么人的饭碗了。不过说真的,因为你的设计很科学,技师们都喜欢你。整个排水工程都很科学,还有足够多的电源插座。无论在哪里都能找到二百二十伏的电源。”

她把左手中指放在牙签上，拇指放在饼的边沿，为他切了一块水果饼,用食指控制刀的方向。

他看着她使用明晃晃的刀。肆无忌惮地看一个女人的正面,这感觉让他觉得很奇特。在一起的时候能有几次机会想看哪里就看哪里呢?

她给自己倒了杯很浓的杜松子酒和汽水,然后他们一起来到客厅里。她把手放在一个落地灯的上方,感觉到没有热度,按了一下开关。

多拉德三口就把他那份水果饼吃完了,笔直地坐在沙发里。他光滑的头发在灯光下闪闪发亮,他强有力的手放在膝头。

她头靠着椅背,把脚跷到一个脚垫上。

“他们什么时候在动物园拍摄?”

“可能下个星期。”他很满意自己已经给动物园方面打了电话,并且答应给他们红外胶片:丹德里奇有可能去核实的。

“这儿的动物园真大。我姐姐和我外甥女帮我搬完家后,我和她们一起去过。你知道,他们有一个动物和游客的亲密接触区。我抱过一只美洲驼。感觉好极了,可是它身上的味,天哪……我觉得我一直被一只美洲驼跟着,直到我脱了我的衬衫。”

他们在进行一次谈话。他必须说点什么,要不然就只能离开。“你怎么来贝德的?”

“他们在我曾工作过的丹佛的雷克学院贴了招聘广告。有一天我查公告栏的时候碰巧看到它。事实上,由于政府的合同要求工厂搭配就业来保护易受歧视群体的合法就业权利，贝德必须精简他们的员工队伍才能履行这项规定。他们一共雇了六个女性员工。两个黑人、两个墨西哥人、一个东方人、一个患半身麻痹的人，加上我一共才八个人。我们每个人都至少属于两种易受歧视群体。”

“你在贝德干得很出色。”

“其他人也一样。贝德从不白花钱。”

“在这之前呢？”他微微出了汗。对话有些费力，不过能看着她很舒服。她的腿很漂亮。她做过削低脚踝的手术，缺口现在还可以看到。在他的臂膀上缓缓流过对她腿的重量的感觉。

“我中学毕业后就在丹佛的雷克学院工作了十年，培训刚刚失明的盲人。这是我第一份在外面的工作。”

“什么外面？”

“出来到这个广阔世界里。在雷克是很闭塞的。我的意思是，我们教人们怎样更好地在这个光明的世界里生活，可是我们自己却生活在封闭的空间里。我们在一起聊天聊得太多了。我觉得我该到外面的世界闯荡一番。事实上，我原打算去教言语治疗的，教有听说障碍的儿童正确地发音和说话。我想我以后还会去那里的。”

她喝干了自己的饮料。“我说，我这有一些‘保罗夫人’的蟹肉酱，味道很不错。我真不该先上甜点的，来点吗？”

“嗯——”[1]

“你自己做饭吗？”

“嗯——”

她轻轻地皱了皱眉，走进厨房。“要咖啡吗？”她大声问。

“啊。”

她在厨房里随便聊着副食品的价格，却没听到回应。她回到客厅坐在坐垫上，胳膊肘支在膝盖上。

“我们先谈一点事情然后再做别的，好吗？”

---

① 这里和下文的回答中多拉德避免说 yes 以避免“咝”音。

沉默。

“你这一阵什么话也没说。实际上，自从我提起言语治疗以后你一直闷着没说话。”她的语调温和却很坚定，没有一丝怜悯。“我和你沟通没有任何问题，因为你的表达能力很好，而且因为我知道如何倾听。很多人是不注意听的，他们总是问我‘什么’‘什么’。如果你不想说话，没问题，但我希望你愿意和我说话，因为你能做到，而我对你要说的很感兴趣。”

“那不错。”[①]多拉德轻声说。很显然这句短短的话对她很重要。她在邀请他与那个半身麻痹的人一起进入双项群体俱乐部吗？他不知道自己的第二项弱势群体指标是什么。

她的下一句话让他不敢相信自己的耳朵。

“我能摸一下你的脸吗？我想知道你是在笑还是在皱眉。”皱眉，现在就皱眉。“我想知道现在我是不是应该什么也不说。”

她抬起手等待着。

要是她的手指被咬断了会怎么样呢？多拉德沉思着。即便是用他在公共场合戴的这套假牙，他咬断手指可以像咬断棍式面包一样容易。要是他两脚支撑在地板上，在沙发里坐稳，两手攥紧她的手腕，她无论如何也来不及挣脱的。咯吱，咯吱，咯吱，咯吱，也许把拇指留着。还得用它们量水果饼呢。

他把她的手腕握在拇指和食指之间，然后把她的匀称的、磨损得很厉害的手放在灯光下。她的手上有很多细小的疤痕，还有几处新的伤口和擦痕。手背上一处已经变光滑了的伤疤很可能是被烫伤的。

离家太近了，也太早了，离他超凡的时候还太早呢。现在动手她就不能看到他超凡的那一天了。

即使她问这么难以置信的事情，她不可能从中得到任何他的秘密。她没有多嘴多舌过。

“相信我，我是在微笑。”他说。有“咝”音也没事了。他真的是在微笑，露出了他在公共场合戴的漂亮的假牙。

① 这句话原文是 That’s good，有“咝”音。

他把她的手腕举到她的膝盖上方,松开手。她的手落在大腿上,半握着拳,手指在衣服上摩挲像是转移了视线。

“我估计咖啡好了。”她说。

“我要走了。”该走了。回家去释放。

她点点头。“要是我冒犯了你,我不是故意的。”

“没有。”

她坐在坐垫上没动,注意听着多拉德走后门确实咔嚓一声锁上了。

莱芭·麦克兰给自己又倒了一杯杜松子酒。她放上塞格维亚的唱片后坐进沙发里。多拉德在沙发上留下的凹陷里还有温热。空气中他的气息还在——鞋油味,一条新的皮带,品牌剃须液。

多自闭的一个人。她只在办公室里听到过几次有关他的谈论——丹德里奇对他的一个谄媚者说过“那个狗娘养的多拉德”。

隐私对莱芭来说很重要。当她还是个孩子、在学习怎样在失明中生活的时候,她的隐私就彻底地被剥夺了。

现在在大庭广众之下,她无法确定自己是否被别人注视着。所以弗朗西斯·多拉德对隐私的看重她完全可以理解。他对她没有表露过一点怜悯,这样反倒让她感觉很好。

杜松子酒味道也很好。

突然间她觉得塞格维亚的音乐太躁动了,她换上了一盘录制了鲸鱼叫声的更轻松的音乐。

这三个月来在一个新地方生活真够忙乱的。眼下还要准备过冬,在大雪中找路沿石。莱芭·麦克兰身材修长又有胆量,她一贯鄙夷自怨自艾,也从来不允许自怜。虽然作为一个残疾人她也有满腔的愤懑,但既然她摆脱不了这些愤怒,她就利用它们,把它们变成她追求自立的动力,帮助她坚定决心,从每一天的奋力拼搏中得到属于她的东西。

她很坚强。她很清楚任何自然公平论的信仰都只能是夜明灯。无论她做什么,她最后也会和其他人一样离开这个世界——平躺着,鼻子里插根管,自己琢磨:“就这么走啦?”

她知道自己不可能再获得光明了，可有些东西她是可以拥有的，还有很多事情可以享受。她通过帮助她的学生而获得快乐，虽然知道自己帮助学生们既不能给她带来奖赏也不能带来惩罚，可这份快乐有增无减。

在交友方面她非常戒备易滋长她的心理依赖的人以及靠依赖别人而活着的人。她曾遇到过几个——盲人对他们有吸引力，而他们是盲人的敌人。

是遇到过；老天知道多少个男人借口搀扶她、抓她的上臂而攫取了快感——莱芭知道她的身材对男人很有吸引力。

她非常喜欢性生活。可是早在多年以前她就明白了男人的一个最基本的心理：大多数男人都害怕背上一个包袱。对她而言他们的担心又多了几分。

她不愿意有个男人在她床上爬上爬下时像个偷鸡贼。

拉尔夫·曼迪一会儿就要来接她去吃饭了。他像懦夫一样喋喋不休地抱怨他已经被生活拖累得伤痕累累了，到现在他已经没有能力去爱了。小心谨慎的拉尔夫经常向她强调这一点。他伤害了她的自尊和自强。拉尔夫很有趣，但她不想拥有他。

她现在不想见拉尔夫。她不想聊天然后听到周围人停止谈话，看着她吃饭。

要是一个很独立的人，一个按自己意愿办事，敢站起来就走或斩钉截铁地留下的人爱上了她，并且也喜欢她有同样的性格，那该有多好啊。一个不为她担心的人。

弗朗西斯·多拉德——害羞，有一个后卫球员的体魄而且不说混账话，不做混账事。

她从来没有看到或触摸过裂唇，也就无从对裂唇的发音有视觉上的联想。她不知道多拉德是否认为她之所以能更容易地理解他，是因为“盲人的听觉比正常人要好很多倍”。这是一个很普遍的看法。也许她刚才应该告诉他其实这种看法是不对的，事实上盲人只是对他们听到的东西花费更多注意力而已。

社会上有那么多对盲人的错觉。她不知道多拉德是否也相信那个很普遍的说法,什么盲人比大多数人都更“单纯”,什么盲人因为他们的缺陷被圣洁化了。她对自己笑了。那也不是真的。

32

芝加哥警方被迫在媒体的闪电战式的袭击中工作，每晚的新闻中都有下一个月圆日的日期倒计牌。还有十一天。

芝加哥的居民很恐慌。

与此同时，本来已经该下院线的恐怖电影上座率开始回升了。迷惑和恐惧。有"牙仙"字样的 T 恤衫风靡了朋克摇滚乐市场后，制衣商又出了一个新款，上面写着"红龙是一夜情"。两款 T 恤衫的销售平分秋色。

杰克·克劳福德只得在葬礼的新闻发布会上亲自出马，同警察局的官员一起亮相。他得到上面指示要让联邦调查局在这个案子中的行动更为人知；他可没让更多人听到，因为他在会上没发言。

当耗费大量人力的警察局调查找不到新目标可以继续的时候，他们就转向原先调查过的地点，在同一个地点反反复复地调查。

无论格雷厄姆去哪里都会发现侦探、摄像机、匆匆忙忙的穿制服的人群，还有没完没了播报的收音机。

克劳福德傍晚从新闻发布会上生了一肚子气回来，发现格雷厄姆在一间安静的没人用的陪审团休息室里，它位于联邦政府检察官办公室上面的一个楼层。

柔和的灯光低低地照在绿色毛毡铺的桌子上，上面有格雷厄姆散开的文件和照片。他脱掉外衣，解开领带，瘫在椅子里，双眼凝视着两张照片。利兹家的镶框照片立在他面前，葡萄酒瓶旁立着的写字板上夹着一张照片，是雅各比一家人的。

格雷厄姆的照片让克劳福德想起拳击手的可以折叠的神龛。他们无论到哪个酒店房间都能将神龛随意打开摆放。没有劳厄兹的照片。他怀疑格雷厄姆根本没有考虑劳厄兹的案情。现在这个节骨眼上他和格雷厄姆之间不能有隔阂。

"这里像个台球场。"克劳福德说。

"你把他们都摆平了？"格雷厄姆脸色苍白却很清醒。他手里握着一品脱的橙汁。

"真他妈的，"克劳福德咣当一声坐在一把椅子里，"在那思考问题，简直像在火车上撒尿一样难。"

"有什么新闻吗？"

"局长被一个问题问得直冒汗，被电视台拍到挠他的睾丸。这是我看到的唯一值得注意的事。你要是不信就看六点和十一点的电视新闻。"

"喝点橙汁吗？"

"还不如让我吞铁丝网呢。"

"好。我得再来点。"格雷厄姆拉长了脸。他的双眼太明亮了。"汽油查得怎么样了？"

"上帝保佑丽萨·雷克吧。在泛芝加哥地区有四十一个瑟伍克直销加油站。欧斯伯恩组长的小伙子们拥进所有站点，检查开面包车和货车购买瓶装汽油的人。目前还没发现什么，不过他们还没查完所有的班次。瑟伍克还有另外一百八十六个分站——分布在八个州。我们已经向各管辖地区通报并寻求协作了，得查一阵子了。要是上帝爱我的话，就让他用信用卡付账。还是有一些机会的。"

"要是他自己会捣鼓虹吸管，你的想象就泡汤了。"

"我请局长别说任何类似'牙仙'也许在这个地区附近居住的话，这儿的人已经够害怕的了。要是他这样说出去，今晚上醉鬼们回家的时候，这地方的枪响一定像在朝鲜半岛一样。"

"你还是觉得他在附近?"

"你不这样认为吗?从这儿可以推断的,威尔。"他拿起劳厄兹的验尸报告半戴着眼镜瞥着看。

"他脑袋上的瘀伤比嘴上的伤要晚一些,晚大概五到八个小时,具体他们不能肯定。看这里, 嘴伤比他们把劳厄兹送到医院的时间晚几个小时。嘴唇虽然也被烧焦了,但从嘴巴上的伤口可以检查出来。有滞留的氯仿在他的……见鬼,在他的呼吸的某个地方吧。你认为'牙仙'咬他的时候他昏迷着吗?"

"不,他一定会让他清醒的。"

"我也这么想。好,他拍了一下劳厄兹的脑袋就把他带走了——那是在车库里。他必须用氯仿让他安静,直到把他带到一个不会有人注意的地方。在咬完他以后的几个小时之内又把他带回来。"

"他可以就在他的面包车的车厢里干所有的这一切,把车停在某个地方。"格雷厄姆说。

克劳福德在鼻子边上做着按摩, 说出话来有扩音器的效果。"你忘了轮椅上的轮子。贝弗莉发现了两种地毯的绒毛,羊毛的和化纤的。化纤毯可能在面包车里原来就有,可谁会在面包车里铺羊毛毯呢?在能出租的地方你见过多少条羊毛毯?很少吧?羊毛毯只会在家里用,威尔。而且椅子上的尘土和霉菌证明椅子保存的地方是个暗处,一个落满灰尘的地窖。"

"也许吧。"

"现在你来看这个。"克劳福德从公文包里抽出一张兰德·玛纳里公路地图册。他在《美国公路里程与行车速度》地图上画了个圈。"弗雷迪死亡大概有十五个小时多一点的时间了,他受的伤比这个时间还要长。我来做几个假定。我不喜欢假定,但是……你笑什么?"

"我想起你在昆蒂科做实地演练的时候——当一个学员告诉你他假定什么的时候。"

"我不记得了。来看这个——"

"你让他在黑板上写'假定'这个词,然后你拿起粉笔开始在词下面画线，又冲着他的脸嚷：‘当你假定的时候，你在把我们俩当傻子。’[①]我记得是这样。”

“他欠在屁股上挨踹一脚来清醒清醒。现在听我说，如果我们推断他周二下午在芝加哥市区与劳厄兹一起出了城，在抓到劳厄兹的地方玩弄了一会儿，然后他开车回来。他不可能跑到离芝加哥车程超过六小时的地方。好，这个环绕芝加哥的圈里就是六个小时开车的距离。看，这个范围的形状不是正圆，因为有些路段行驶速度比另一些路段快。”

“也许他就待在这里。”

“是有可能，可这是他所能到的最远的地方。”

“这么说你把范围缩小到芝加哥，或者在一个包括密尔沃基、麦迪逊、迪比克、圣路易斯、印第安那城、辛辛那提、托莱多和底特律的区域，这还不是所有的。”

“比这要小。我们知道他看到《国民闲话报》的时候非常早，大概在周一晚上。”

“他也有可能在芝加哥干的。”

“我知道。可是只要在芝加哥以外的地方，有很多地区都不可能在周一晚上有报纸。这是《国民闲话报》发行部提供的一份单子——报纸在周一晚空运或公路运输到达的地区。你看，这样就只留下了密尔沃基、圣路易斯、印第安那城、辛辛那提和底特律。他们把报纸运到机场和大概九十家昼夜书报亭，不包括芝加哥的卖报点。我请当地办事处的人在查。也许会有一个卖报的能回忆起在周一晚上买《国民闲话报》的一个古怪的顾客。”

“也许。这是个很漂亮的进展，杰克。”

很显然他根本心不在焉。

换一个普通的联邦调查员，克劳福德会威胁让他终身在阿留申群岛供职以示警戒。可是面对格雷厄姆，他却说：“我弟弟下午打来电话，说莫

---

① 克劳福德这里做了个文字游戏。他把英文“假定”一词——assume 分解成 ass(驴)，u(口语中 you“你”的缩略)，me(我)，然后套用短语 make an ass 表达他对假定的排斥。

莉离开了他的住所。”

“是的。”

“一个安全的地方，是吗？”

格雷厄姆知道克劳福德很清楚她在哪里。

“威利的祖父母家。”

“哦，见到小孙子他们会很高兴的。”克劳福德等待着。

格雷厄姆还是没有回应。

“一切都正常，我希望。”

“我在工作，杰克，别操心了。她只不过是待在那里觉得害怕。”

格雷厄姆扒拉开一堆葬礼上拍的照片，准备从下面拎出一个系着绳的包裹。

“那是什么？”

“从拜伦·麦特卡夫那里来的，雅各比家的律师。布赖恩·吉利尔给我转来的。没事。”

“等会儿，让我看看。”克劳福德用他满是汗毛的手指翻着包裹，直到他看到S. F.的签章。“桑泊·菲德力·安奈沃斯，联邦调查局爆炸物品科科长证明这包裹已经用荧光镜检查过了。”

“总是检查，总在别人检查过以后还要自己查一遍。”

“我从来都要自己查的，杰克。”

“是切斯特给你的吗？”

“对。”

“他给你之前让你看这个章了吗？”

“他先看过然后给的我。”

格雷厄姆剪开了绳子。“这是有关雅各比家房子遗嘱检验的所有文件的副本，我让麦特卡夫寄给我的——我们可以在利兹家的材料来了以后和它做个比较。”

“我们有个律师专门做这些事。”

“我需要看看这些。我不了解雅各比一家，杰克。他们也刚到镇上。我去伯明翰的时候已经晚了一个月,相关的信息已经散佚。我对利兹一家有感觉,对雅各比一家却没有,我需要了解他们,想找他们在底特律的朋友谈话,还需要在伯明翰再待些日子。”

“我这里需要你。”

“听我说,他让劳厄兹遭难完全是为了泄愤。是我们和劳厄兹把他激怒了。‘牙仙’与劳厄兹唯一的关联是我们造的。劳厄兹的案情里有一点可以利用的线索,警察们已经在跟踪了。劳厄兹对他只不过是个眼中钉,而利兹家和雅各比家才是他的真正需求。我们必须找出他们两家的共同点。要是我们能抓到他的话,这是唯一的方式。”

“所以你在这里用到了雅各比的资料。”克劳福德说,“你在找什么?什么样的线索?”

“任何该死的线索,杰克,现在手头上的,一个医疗方面的假设。”格雷厄姆从包裹里拿出美国国税局房产税的表格,“劳厄兹被捆在轮椅上,与医疗有关。沃拉蕊·利兹在死前的六月份做过外科手术——记得她的日记吗?她乳腺里有一个良性肿瘤,又与医疗有关。我在想雅各比太太是不是也做过手术。”

“我不记得在验尸报告里有手术方面的记录。”

“没有,可也许是在外表看不出来的部位。她的病史资料分散在底特律和伯明翰两个城市,也许某些东西在中间遗失了。如果她做过手术,应该有扣款申请或者保险索赔。”

“一个流动的护理员,你觉得?在两个地方都工作过——底特律(或伯明翰)和亚特兰大?”

“要是你在精神病院待过,就能很容易地学会日常操作。你可以当个护理,出院的时候就能干这行了。”格雷厄姆说。

“想吃晚饭吗?”

“等一会儿再吃,吃完后我的脑子就迟钝了。”

他准备离开。在光线昏暗的门口克劳福德回头看了看格雷厄姆。他不喜欢看到的这幕情景。格雷厄姆在伏案仔细研究,在面前灯光的映照下,他脸上的凹陷更明显了。死者从照片里盯着他看。这房间里弥漫着绝望的气息。

对破案来说,把格雷厄姆重新派到外面去会不会更好?克劳福德不忍心看他在屋子里苦熬着但什么结果也得不出来。可要是他真能看出线索呢?

克劳福德优秀的管理直觉里没有仁慈。直觉告诉他可以放手让格雷厄姆去干。

33

晚上十点。多拉德举杠铃举得几乎筋疲力尽了。他也看了录像想让自己得到满足,可是他还是不能安宁。

他一想到莱芭·麦克兰就兴奋得像一块大奖章碰撞他的胸口。

他在躺椅里伸直了身体躺下，躯干因为刚刚的剧烈运动而皮肤通红且往外膨胀。他打开电视看新闻,看警方在弗雷迪·劳厄兹的案子上有什么进展了。

威尔·格雷厄姆在棺材前出现的时候，旁边唱诗班的声音被淡化了。格雷厄姆瘦了。打折他的背会很容易的,比杀死他还好。先打折他的背,然后拧一拧,确认真的折了。他们会把他当作下一轮调查的中心。

不忙,先让格雷厄姆去担惊受怕吧。

多拉德现在总能有一种对力量的静静的把握。

芝加哥警察局在新闻发布会上讲了一些话。他们鼓吹警方一直多辛苦地工作的,实际情况是:在弗雷迪的案件上没有进展。杰克·克劳福德也在麦克风后面的这群人里。多拉德在《国民闲话报》上看到过他,所以能认出来。

《国民闲话报》的一名新闻发言人,左右被两名保镖护着,说:“这种野蛮没有人道的行径只能让《国民闲话报》的声音更响亮。”

多拉德轻蔑地哼着鼻子。也许是这样吧。不过它彻彻底底地让弗雷迪闭上了嘴。

新闻播报员现在称呼他为“巨龙”了。他的行动“曾被警方称为‘牙仙’谋杀案”。

这是确定的进展。

除此之外只有地方新闻了。几个下巴突出的笨蛋正在动物园里做报道。显然他们愿意把他说成到处活动的人,而不是在办公室里的。

多拉德刚要摸遥控器的时候，突然看到他几个小时前刚刚与之通过话的人出现在屏幕上——动物园主任弗兰克·华菲德博士,他对多拉德提供的胶片很满意。

华菲德博士和一名牙医在画面里为一只老虎补牙。多拉德想看这只老虎,可记者一直挡着,最后记者总算让开了。

多拉德摇晃着身体回到躺椅上，和屏幕中的老虎对比着自己强壮的身躯,他看到这只巨大的老虎毫无知觉地躺在一张很大的工作台上。

今天他们在准备做新牙，几天以后他们再给它镶上——那个白痴做着报道。

多拉德看着他们从容地在老虎可怕的布满斑纹的脸上的上下颌间操作。

“我能摸一下你的脸吗?”莱芭·麦克兰小姐说。

他想告诉莱芭·麦克兰一些事情。他希望她能得到一些暗示——她今天差一点做了什么。他希望她能瞥到他辉煌转世的一个片段。可是她看到以后就得死。她必须活着:他已经被人看到和她在一起而且她离他的住所太近了。

他曾想和莱克特共同分享他的秘密的,可是莱克特背叛了他。

可是他还是希望有人和他分享。他会和她分享一点点,以她能继续活着的方式。

34

“我知道这是政治，你知道这是政治，可你现在做的其实就是政治。”克劳福德告诉格雷厄姆。时间是下午晚些时候，他们在去联邦调查局办公楼的路上，正穿过国家购物中心。“接着做你的事，找出一些共性，其他的由我做。”

芝加哥警察局向行为科学院要一份具体的遇难者档案。警察局官员说他们需要依据这份档案来决定哪些地区需要在临近满月的日子里增派治安巡警。

“给自己遮羞是他们实际在干的事。”克劳福德说，摇着他的塔特兹提包。“遇害者都是富人，他们需要在富人区增派岗哨。他们知道这样做肯定会引起强烈不满的——监狱看守的头头们自从弗雷迪被点炮后就已经在和他们争抢额外的警力了。如果他们在上层社会中增加警力而凶犯袭击了贫民区，上帝会保佑我们的城市高层人物。可如果真是这样的话，他们可以把矛头指向联邦调查局。我现在就能预知他们到时候会说什么：‘是他们让我们这么做的，这是他们对我们说的。’”

“我不认为他袭击芝加哥的可能性比任何其他城市大。”格雷厄姆说，“并不存在这样考虑的理由。这样做简直愚蠢之极。为什么布鲁姆不能写这份档案？他是行为科学院的顾问。”

“他们不想从布鲁姆那里得到，他们想从我们手里得到。让布鲁姆受责备他们得不到任何好处,而且他现在还在住院。我受命处理这件事。国会山有人刚刚和司法部通过电话。头儿说做。你就不能听命去做吗?”

“好,我做。这本来也是我现在正在做的事情。”

“本来就是,”克劳福德说,“继续做就是了。”

“我更愿意回到伯明翰去。”

“不行。”克劳福德说,“留下来和我在一起完成它。”

最后一个星期五浪费在西边了。

还有十天。

35

“准备告诉我这是什么样的一次出行吗?”莱芭·麦克兰周六上午问多拉德。他们开车已经走了十分钟了。相对无言。她希望是次野餐。

面包车停下了。她听见多拉德摇下了车窗玻璃。

“多拉德,”他说,“华菲德博士让我来的。”

“好的,先生。您下车的时候可以把这个放在您的雨刮器下吗?”

他们缓慢地继续向前行驶。莱芭觉出汽车在转弯。空气中弥漫着怪怪的浓重的味道。一只大象吼了一声。

“是动物园,”她说,“真好。”她实际更希望是次野餐。多糟糕啊。就这样吧。“华菲德博士是谁?”

“动物园主任。”

“是你的朋友吗?”

“不是,我们帮动物园一个忙,给了他们胶卷。现在他们在回报。”

“怎么回报?”

“让你摸一摸老虎。”

“这个惊喜可太大了!”

“你以前看到过老虎吗?”

她很高兴他能问这个问题。“没有。我记得小时候看到过美洲狮。整个动物园就有这么一只。你再告诉我有关这只老虎的事吧。”

“他们在给它补牙。他们必须把它……强迫它入睡。要是你愿意的话，你可以摸一摸它。”

“那里会有一群人围着，等着看吗？”

“不，没有。华菲德、我，还有其他几个人。拍电视的在我们离开以后才会到。想不想试试？”他的语气里有一份奇怪的急切。

“当然愿意了，还用说吗？谢谢你……这真是个天大的惊喜。”

面包车停下来了。

“哎，我怎么知道它在熟睡呢？”

“胳肢它。要是它笑了，就赶紧跑。”

莱芭感觉治疗室的地面像是油毡铺成的。房间里很凉快，回音很大。从远处传来辐射的热量。

老虎就在这里呢，她可以闻到它的气味。

有说话声。“抬上来，好，放下。我们把悬带留在它身边可以吗，华菲德博士？”

“行，用这里面的一块绿毛巾包一下这个护垫，然后放在它头底下。我们好了以后我会让约翰叫你的。”

脚步声远了。

她等着多拉德告诉她一些信息，可他没有。

“它在这里了。”她说。

“十个人用工具把它抬来的。它个头很大。十英尺长。华菲德博士正在听它的心跳。现在正检查它的一只眼的眼睑。现在他走过来了。”

她面前的一个身体让噪声减小了。

“华菲德博士，莱芭·麦克兰。”多拉德说。

她伸出了手，被一只大而软的手握住了。

“谢谢你能让我来，”她说，“这真是件让人愉快的事。”

“很高兴你能来，让我的生活更有新鲜感。我们很感谢你们的胶卷，顺便提一句。”

华菲德博士从嗓音上听起来像是中年人，深沉，有教养，是黑人，在弗吉尼亚出生，她猜测着。

“我们在等待它的呼吸和心跳足够强劲和稳定了再让哈司拉博士做手术。哈司拉博士在那边调头顶镜呢。别告诉他啊，他戴着那镜子只不过是想护住他的假发。来见见它吗，多拉德先生？”

“你先请。”

她向多拉德伸出手。他慢慢地轻拍着她的手，拍得很轻。他的手掌心在她的指关节上留下了汗迹。

华菲德博士把她的手放在他的胳膊上，他们慢慢地向前走。

“它已经睡熟了。你有一个大概的印象吗？我来尽可能地给你描述吧。”他停下来，不知道该如何说了。

“我记得小时候在书里看到的照片，我在我家附近的一个动物园里看到过一只美洲狮。”

“这只虎就像是一只超级大美洲狮。它的胸更阔，头更大，有更重的骨架和肌肉组织。它今年四岁，是只雄性孟加拉虎。身长大概十英尺，从鼻头到尾梢。体重有八百一十五磅。它现在在强光下向右侧卧着呢。”

“我能感觉到光。”

“它全身有很醒目的橘黄色和黑色的斑纹。橘黄色尤其耀眼，你能觉得它们似乎要从它身上融到空气里边去了。”忽然间华菲德博士意识到在她面前谈颜色未免有点残酷。从她的脸上他肯定了他的猜测。

“它就在六英尺远的地方。你能闻到它的气味吗？”

“是的。”

“多拉德先生可能已经告诉过你了，有个白痴用我们园艺铲子隔着栏杆戳它。它咬铁铲的时候把左上侧的长牙根咬断了。好了吗，哈司拉博士？”

华菲德把牙医介绍给了莱芭。

“噢，亲爱的，你是弗兰克·华菲德给我的第一个令人愉快的惊喜。”哈司拉说，“你也许愿意来看看这个。这是一颗很好的牙，金的。这是个牙根。”他把它放在她的手里。“沉甸甸的，是不是？几天以前我已经把碎牙根打扫干净了，而且拍了片。今天我要做个牙冠。当然，我本来可以不在暗室里给它拔的，可是我觉得这样会更有意思。华菲德博士会告诉你我从来不放过机会炫耀自己。他太不细心了，他可不会允许我在笼子上张贴个人广告。”

她用她敏感的磨损得很厉害的手指摸了牙冠的锥形体，弧度和尖点。“多么好的一件杰作啊！”她听得见附近有深深的，缓慢的呼吸。

“它打哈欠的时候会让孩子们吓一跳的。”哈司拉说，“我不觉得它会招引贼。现在来干点好玩的事。你不害怕吧，是不是？你的肌肉发达的绅士正站在那边，像只雪貂一样盯着我们看呢。不是他强迫你来的吧？”

“不不，我自愿的。”

“我们现在面对着它的后背，”华菲德说，“它在离你两英尺半的地方睡着了，在一张齐腰高的桌子上。听我说，我来把你的左手——你是用右手的吧？——把你的左手放在桌子上，然后你用右手去探险。慢慢来，别担心时间。我会一直在你身边的。”

“我也是。”哈司拉说。他们在享受这份快乐呢。在强光底下她的头发散发出阳光下新锯末的微香。

莱芭能感觉出额头上的热度，把她头皮的颜色都烤淡了。她可以闻到自己的暖暖的头发、华菲德身上的肥皂、酒精和消毒剂的味道，还有这只虎的。她觉得有一丝眩晕，不过一会儿就过去了。

她紧紧抓住桌子的边沿，向外试探着伸出手，直到手指碰到了皮毛的顶端，它已经被灯光照得暖和了，接着是凉爽的一层，然后是从身体往上辐射的一股持续的热量。她把手摊开放在密密的皮毛上，慢慢地滑动。她的手心感觉到皮毛的浮滑，一会儿顺着一会儿逆着，感觉到虎皮随着呼吸在宽阔的肋骨间滑动。

她的手指紧随着毛皮起伏。在老虎的跟前她的脸变得粉红，并且她进入了一种自然的完全放松的状态，脸上开始有她多年受的教育所不容许的不合适的表情。

华菲德和哈司拉看到她的忘我状态感到很高兴。他们仿佛隔着一个起伏的窗口看着她，窗玻璃是一种她紧绷着脸试图抗拒的全新的冲动。

多拉德从暗处注视着，他后背上结实的肌肉颤抖着。一滴汗顺着肋骨流下来。

“另一面也一定不能错过。”华菲德凑到她的耳边对她说。

他领着她绕过桌子，她的手顺着老虎尾巴往下滑。

当她的手指滑过长满毛的精囊时，多拉德的胸口突然紧了一下。她用手捧了一下它就接着前进了。

华菲德举起一只肥大的脚掌放在她的手里。她能感觉出爪底的粗糙并能闻出轻微的笼子地板的气味。他按了一下脚趾让爪子伸出来。两只前腿上沉沉的柔软的肌肉占据了她全部的手掌。

她去摸老虎的耳朵，它宽宽的头，而且小心翼翼地在身边这个兽医的帮助下，摸了它粗糙的舌头。热热的空气喷到了她的前臂的汗毛上。

莱芭·麦克兰什么话也不说，兴高采烈而且脸涨得通红。路上她转过身只和多拉德说了一句话：“真太感谢你了。如果你不介意的话，我非常想喝一杯马提尼。”

“在这等一会儿。”多拉德把车停到院子里的时候说。

她很高兴他们没回到她的公寓。这里既老式又安全。“别去收拾屋子，领我进去然后告诉我房间是整洁的。”

“你在这里等着。”

他拎着从酒类商店拿回来的袋子，将房子快速地查看一遍。他在厨房里停下站了一会儿，用手捂住脸。他并不确定自己在干什么。他感觉到危险，可危险并不是从这个女人身上来的。他不能仰头去看楼梯。必须做些事情，可是他不知道怎么做才好。应该把她带回她自己的家。

在他转世之前，他不敢做任何类似的事情。

现在他意识到能做任何事情，任何事情。

他从厨房出来，走到夕阳里，走进面包车蓝色的阴影里。莱芭·麦克兰扶着他的肩膀直到她的脚触到地。

她感觉到房子的阴影，又从关车门的回音里感觉出房子的高度。

“在草地上走四步，然后是一个缓坡。”他说。

她扶着他的臂膀，引起了他一阵颤抖。明显的汗迹留在棉衬衫上。

“有个缓坡，干什么用的？”

“有老人曾住在这里。”

“现在不住了？”

“不住了。”

“我感觉房子很高，很凉快。”她在门廊里说。博物馆一样的空气。是香味吗？一只大钟在远处嘀嗒嘀嗒地走。“这是栋大房子，几个房间？”

“十四间。”

“它有年头了，里面的摆设也有年头了。”她的手碰到台灯罩的褶皱，用手指摸了摸它。

害羞的多拉德先生。看到她与老虎在一起他很兴奋，她对此非常肯定。可当她挽着他的胳膊走出治疗室的时候，他颤抖得像一匹马。

能安排这样的节目，是非常高雅的情调啊。也许也表明了他交流流利的一面，她不能确定。

“现在就来一杯马提尼吗？”

“让我跟你一起去做吧。”她说着，脱了鞋。

她往杯子里倒了些苦艾酒，两盎司半的杜松子酒直到杯口，然后放了两枚橄榄。她在屋子里很快找到了让她有方向感的参照物——嘀嗒走的钟，在窗户附近嗡嗡响的空调。离厨房门很近的地板上有一块很暖和，那是下午被进来的阳光晒的。

他让她坐他经常坐的大椅子，自己则坐在躺椅上。

空气里有一种电荷，就像海水里的荧光，描写着他们的动作。她在身边的一个案儿上放下饮料；他打开了音响。

在多拉德看来，房间因为她的到来而改变了。她是第一个自愿到他家来做客的人，此刻房间里清楚地被划分为他的和她的两块天地。

音乐响起来了，是德彪西的，灯光变暗了。

他问起关于丹佛的事，而她也心不在焉地告诉了他一些，仿佛她的注意力在其他什么事情上。他向她描述了这栋大房子和宽敞的围了篱笆的院落。好像并没有说话的必要。

在他换唱片的静默中，她说："那只神奇的老虎，这栋大房子，你充满了意外，D。我简直觉得根本没有人了解你。"

"你问过他们吗？"

"谁？"

"随便什么。"

"没有。"

"那你怎么知道没有人了解我呢？"他的注意力都集中在说好这句绕口令似的话上，所以听起来没有强硬的意味。

"噢，盖茨威的几个女的那天在街上看到我上了你的面包车。嘿，看把她们好奇的。突然间我在可乐机旁可有人陪了。"

"她们想知道什么？"

"她们只想要有滋有味的闲言碎语，当发现得不到的时候就散开了。她们只不过是过来刺探些'情报'而已。"

"她们都说了些什么？"

她本想把这些妇人急切的好奇心变成幽默往自己身上引。可是事情并不像她计划的那样。

"她们想知道所有的事情，"她说，"她们觉得你特别神秘而且有趣。嘿，这可是夸赞你啊。"

"她们告诉你我的长相了吗？"

这句话问得很轻，分寸掌握得很好，可莱芭知道没有人在这种个人问题上开玩笑。她直截了当地回答了他：

"我没问她们，可是她们主动跟我讲她们认为你长得怎么样。你想听吗？一字不差的？要是你不想听就别问。"她知道他肯定会问。

沉默。

一下子莱芭觉得房间里只有她一个人，刚才他站着的地方变得比空白还空，像一个黑洞把所有物体都吞噬了，不放走任何东西。她知道他不可能悄无声息地从她眼前消失。

“我想我还是告诉你吧，”她说，“你有着非常整洁的外表，这让她们很喜欢。她们说你有一个非凡的身体。”显然她不能就此停下，“她们说你对自己的脸非常敏感，其实没有那个必要。好，现在是一个疯狂的言论，那个在丹登的叫艾琳？”

“艾琳。”

哦，终于有回答信号了。莱芭觉得自己像个在太空中操作无线电设备的宇航员。

莱芭模仿起别人来很像。她本可以用惊人的逼真程度模仿艾琳的话，不过她还没傻到去向多拉德先生模仿任何人说话。她重复了一遍艾琳的话，就像机器念记录一样：

“‘他可长得不难看。我向上帝发誓很多和我在一起的男人可没他漂亮。有一次我和一个曲棍球运动员出去——为了演奏布鲁斯音乐——他嘴唇上有一道浅浅的沟，因为他的牙龈从鼻子处萎缩了？他们打曲棍球的都会那样的。你知道，那是强壮的象征。D 先生有最好的皮肤，用他的头发我都不换。’满意了吧？噢，她还问我你是不是像你外表那样强壮。”

“然后呢？”

“我说我不知道。”她喝干了她的饮料然后站起来。“你到底在哪里啊，D？”她知道他刚才在她和一个立体声喇叭之间移动了一下位置。“啊哈，在这里。你想知道我是怎么想的吗？”

她用手指摸到他的嘴然后吻了他，轻轻地把她的嘴唇压在了他紧咬的牙齿上。她立刻感觉到使他刻板的原因不是厌恶，而是害羞。

而他被惊呆了。

“现在，你能带我去卫生间吗？”

她挽起他的胳膊和他一起走到客厅。

“我能自己回来。”

在卫生间里她拍拍自己的头发,然后用手指在洗脸池上摸索,寻找牙膏或漱口液。她试着找医药橱的门,可发现并没有装门,只有铰链和暴露着的一格一格的橱柜槅架。她小心地摸着橱柜里的物品,避免被剃须刀碰伤,直到她找到一个瓶子。她打开盖,闻了闻,确认是漱口水,喷了些出来。

当她回到客厅时,听到了一个熟悉的声音——投影仪倒片子时的嗖嗖声。

“我得做点家庭作业。”多拉德说,并递给她一杯刚刚调好的马提尼。

“没问题。”她说。她不知道该怎么应对。“要是我在这儿妨碍你工作的话,那我就走了。出租车能到这里吗?”

“不,我希望你在这里,真的,我只不过需要检查一卷胶片。时间不会太长的。”

他想把她让到那把大椅子上,可是她知道躺椅在哪里,并且走了过去。

“它有音频吗?”

“没有。”

“我能接着听音乐吗?”

“当然。”

她能感觉到他对她的注意。他希望她留下来。他只不过被吓坏了,不必这样的。好吧。她坐下了。

马提尼又凉又爽,棒极了。

他坐在躺椅的另一头,他的体重让她手中的杯子里的冰块丁零零地响。投影仪还在倒影片。

“我想把胳膊腿伸直一会儿,要是你不介意的话,”她说,“不,你别挪,我的地方足够了。要是我睡着了,叫醒我好吗?”

她躺在躺椅里,玻璃杯放在肚子上;一绺头发正好碰到他大腿旁的一只手上。

他按了一下遥控,影片开始了。

多拉德原打算和这个女人在这间屋里一起看利兹一家或雅各比一家

的电影。他想把莱芭对照着屏幕反复地看。他知道要是这样做的话她就不可能活着了。可是有人看见她上了他的面包车了，这件事想都别想。那些妇女看到她上他的面包车了。

那就来看谢尔曼一家的电影吧，他马上要造访的一家人。他想看到那即将到来的解脱和希望，而且要当着莱芭看，看她身体最吸引他的各个部位。

屏幕上，"新家"两个字在装衬衫的盒子上被用硬币拼出来。谢尔曼太太和孩子们的一个特写。游泳池里的欢笑。谢尔曼太太抓住扶梯向上看着镜头，在泳衣上方丰满的乳房水淋淋又亮晶晶的，苍白的大腿像剪刀一样叉开着。

多拉德很为自己的抑制力感到自豪，他能只考虑这部片子，而不去想另一部。可是在他的意识里他开始和谢尔曼太太对话了，正如他曾在亚特兰大与沃拉蕊·利兹太太说的那样：

> 你看到我了，是的。
> 这就是你见到我的感觉，是的。

片子中到了试穿衣服的细节了。谢尔曼太太戴上那顶宽檐帽。她站在镜子前面。一转身面对镜头露出一个灿烂的微笑，手在脖子后面摆了个姿势。她的脖子上戴着一块有浮雕的玉石。

莱芭·麦克兰在躺椅上动了一下，她把杯子放在地板上。多拉德感觉到她的体重和对她的一阵温存。她把头枕在了他的大腿上。她的颈部是苍白的，放电影的光柱在那里闪耀。

他坐得笔直，只有他的拇指在动，操纵放映，一会停，一会放。屏幕上谢尔曼太太在镜子前面戴着帽子摆着姿势。她转向镜头，面带笑容：

> 你看到我了，是的。
> 这就是你见到我的感觉，是的。

你现在能感觉到我吗?是的。

多拉德浑身颤抖着。他的长裤似乎在调情。他感觉到大量的热,而且有暖暖的气息透过布料传到他的腿和周身。莱芭有了一个发现。

他的拇指痉挛似的在遥控器上按动。

你看到我了,是的。
这就是你见到我的感觉,是的。
你现在能感觉到我吗?是的。

莱芭把他裤子的拉链拉开了。

一阵恐惧刺痛了他。他还从来没有在一个活着的女人面前勃起过。他已经是巨龙了,他没有必要害怕的。

在他身上快速移动的手指使他自由了。

噢……
你看到我了,是的。
这就是你见到我的感觉,是的。
你现在能感觉到我吗?是的。
我知道你感觉到了,是的。
你的心跳声音很大,是的。

他必须克制自己不让手碰莱芭的脖子。拿掉它们。那些女人看到她上你的车了。他用手紧紧地攥着躺椅的扶手。他的手指穿透了躺椅的外罩。

你的心跳声音很大,是的。
现在在跳动。

想要跳出来。

现在跳得加快了，轻了，越来越快，轻了……

没有了。

噢，没有了。

莱芭把头枕在他的大腿上，红润发光的脸颊对着他。她把手伸到他的衬衫里摸索，然后暖暖地放在他的胸口上。

“我希望我没让你吃惊。”她说。

是她活着的声音让他震惊，他伸手去摸她的心脏，发觉它仍在跳动。她轻轻地在胸口握着他的手。

“我的老天，你还没干完呢，是不是？”

一个活着的女人。多么难以置信啊。他全身被灌满了力量，不是巨龙的就是他自己的，他把她从躺椅上轻而易举地举了起来。她简直就没有体重，因为她没有瘫软在他怀里所以举着她很轻松。不能上楼。不能上楼。快一点。找个地方。快。外婆的床。缎子的鸭绒被在他们身下滑落了。

“噢，等一下，等我把它们脱掉。噢，已经撕了。我不在乎。来吧。噢，上帝。我的男人，这太甜蜜了。别这样，求你了，把我放下，让我找你。然后你抱着我。”

和莱芭在一起，属于他的唯一活着的女人。他抱着她，在这个像肥皂泡一样短暂脆弱的时空里，他平生第一次感觉到一切都会好的：他在释放他的生命，穿过了生死界限，穿过空想的黑暗，离开这个饱含痛苦的星球，到达安全宁静的彼岸，并永远获得彻底的放松。

在黑暗中他躺在她身边，把一只手放在她身上，轻轻地按她的身体以便阻断归路。她睡着了，多拉德，这个受众人诅咒的杀死十一人的凶手，一遍又一遍地听着她的心跳。

图像。怪诞的珍珠飞跃在熟悉的黑暗里。那把他曾用来射击月亮的手枪。他在香港看到过一种烟花名叫“龙戏珠”。

巨龙出现了。

他被吓呆了，身体仿佛被劈成了两半。在接下去的绵绵的长夜里他守在她身边，注意地听着，不敢穿着和服下楼。

她在夜里翻转了一下，迷迷糊糊地翻找东西，直到她碰到床边的玻璃杯，放在里面的外婆的假牙格棱棱地响了一下。

多拉德拿给她一些水。她在黑暗中抱着他，继续睡去。他把她放在他文身上的手拿下来，放到自己的脸上。

到黎明时分他才昏沉地入睡。

莱芭·麦克兰在早晨九点醒过来，听到他均匀的呼吸声。她在宽大的床上痛快地伸了个懒腰。他没有被吵醒。她开始重新判断房间的布局、地毯、地板、时钟嘀嗒响的方向。摸准方向后，她悄悄地起来找到了卫生间。

她洗完澡他还没有醒。她的撕破了的内衣在地上扔着。她用脚找到它们然后塞进提包。她套上棉睡衣，找到拐杖，走了出去。

他告诉过她院子很大很平整，四周围有长荒了的篱笆。可是她最初进去的时候还是很小心。

晨风凉飕飕的，阳光却很暖和。她站在院子里，让风把接骨木果的种子从她手中吹过。风吹过她身上的擦伤，是洗澡时刚留下的。她抬起胳膊向着风口，让风钻进衣领，凉凉地掠过胸脯、胳膊和两腿之间。有蜜蜂飞过。她一点也不怕，不一会儿它们也就飞走了。

多拉德醒了，起初他一阵纳闷，发现自己没在楼上的卧室里。他记起来的时候他的黄色的眼睛睁得大大的。他的脑袋像猫头鹰一样噌地转到枕头的另一边。空的。

她在房子的四周巡视吗？她能发现什么？还是昨天夜里发生了什么？那些应该藏起来的东西露馅了？他有可能被怀疑。他有可能需要逃跑。

他到卫生间、厨房去找她，到地下室放轮椅的地方，到三楼楼上。他本不愿意上顶楼，可是他必须去找她。他爬楼梯的时候文身一会弯曲一会伸展。巨龙从他卧室的画中放射出鲜艳夺目的光彩。他不敢和巨龙待在一间屋子里了。

从楼上的一扇窗户里他看见她站在院子里。

“弗朗西斯。”他知道声音是从他的卧室里传出来的,他知道是巨龙的声音。这种与巨龙不再成为一体、被分离的两个个体的感觉让他感到迷惑。他第一次感觉到这种分离是在他用手感受莱芭的心跳的时候。

巨龙以前从来没有和他说过话。这简直令人恐怖。

“弗朗西斯,到这里来。”

他试图把叫他的声音关掉,可这声音在他下楼的时候又开始叫了。

她能发现什么呢?外婆的假牙在杯子里叮当地响过,可是他为她拿来水以后就把杯子拿走了。她没有看到任何东西。

弗雷迪的磁带。在客厅的录音机里。他去检查了一下,磁带被倒到了头。他记不起来是否在给《国民闲话报》的电话中播放磁带以后就把它倒到头了。

不能再让她进这个房子了。他不知道在房子里会发生什么事。她有可能会看到惊奇的事情呢——巨龙可能会下界的。他已经领教过,她多么轻而易举就能打乱计划。

可那些妇女看到她上他的面包车了。华菲德能回忆起他们曾在一起。在慌慌张张中他穿上了衣服。

莱芭·麦克兰摸了摸一棵树阴面清凉的树皮。在院子里来回走的时候又感觉出了太阳的存在。通过阳光的热量,通过户外空调机的嗡嗡响声,她总能判断出自己的位置。航行,她生命的原则,是很容易的。她走过来又走过去,手在灌木丛和花丛的顶端轻轻拂过。

一片云彩遮住了太阳,她停下脚步,不知道自己面朝什么方位。她想听听空调机的声音,可是空调被关掉了。她感到瞬间的不安。然后她双手击掌,从房子的一头听到了令人安心的回音。莱芭打开了手表的表面玻璃,通过摸表针的位置知道了时间。再过一会儿她该叫醒 D 了。她该回家了。

纱门很响地关上了。

“早上好。”她说。

他的钥匙在他走过草坪的时候清脆地响着。

他走近她的时候小心翼翼，好像走得太快身边带起的风就会把她吹倒似的。他看到，她并不害怕他。

她对昨天晚上他们做的一切并没有显现出尴尬和羞愧，她也并不气愤。她并不从他身边跑开或是威胁说他实施了性侵犯。他不知道她这样做是否因为她看不到他的生殖器。

莱芭把双臂搭在他身上，把头靠在他坚实的胸口。他的心脏跳得很快。

他费了半天劲才说出“早上好”。

“我在这里度过了一段很愉快的时光，D。”

真的吗?应该怎么回应呢?“好啊。我也是。”这听起来还过得去。把她从这里送走。

“可是我现在需要回家了。”她说，“我姐姐要来接我吃中饭。你要是愿意可以一块来。”

“我得去工厂。”他说，修改着他原先准备好的谎言。

“我去拿我的包。”

噢，不。“我去拿。”

多拉德几乎对自己真实的感情无动于衷，也无法表达自己的真实情感，就像破损了的面部皮肤留下疤痕后就不会再羞红一样。多拉德不知道自己和莱芭·麦克兰之间到底发生了什么，或者为什么。他糊涂了，而且新的与巨龙分裂的恐惧刺痛着他。

她威胁他了;她并没有威胁过他。

在外婆的床上，他们做爱时她令人吃惊的顺从和活生生的动作还历历在目。

很多时候多拉德都不清楚自己是什么感觉，直到他做些事情让自己反应过来。他不知道此刻自己对莱芭·麦克兰是什么感觉。

他送她回家的路上，一件很令人厌恶的事让他对自己的感觉了解了一些。

刚刚从70号州际公路上林白大道的出口下来的时候，多拉德开进一家加油站。

服务员是个魁梧的面带愠色的家伙，呼吸里有麝香葡萄酒味。多拉德请他去帮忙看看车里还有多少油的时候他老大地不情愿。

需要一品脱的油。服务员狠很地把油管塞进油箱里，让汽油溅到了发动机上。

多拉德钻出车厢准备付款。

这服务员好像对擦挡风玻璃特别上心；副驾驶座的挡风玻璃。他来来回回不停地擦。

莱芭·麦克兰坐在高高的圆背椅上，她跷着二郎腿，裙子边沿露出膝盖。白色的拐杖放在座位之间。

服务员又开始重新擦，他的眼睛却盯着她的裙子。

多拉德本来在看钱夹，他一抬眼正好看到这一情景。他从车门玻璃里伸手把电动刮水器的速度调大，打到了服务员的手指。

"嘿，看着点。"服务员开始麻利地把发动机旁边的油擦干净。他知道他的不检点被人看到了，还是狡诈地露齿笑着，直到多拉德绕着车向他走近。

"你这个傻货。"咝音很快地被滑过去了。

"关你屁事？"服务员和多拉德一样的身材和体重，可从肌肉的发达程度上看就大大逊色了。他还很年轻就戴上了一副假牙，而且并没有好好爱护。

发绿的牙托让多拉德觉得恶心。"你的牙齿怎么了？"他轻声问道。

"你的怎么了？"

"你是不是把它们摘掉了给你的同性恋朋友看？你这个龌龊的蠢货。"

"你给我滚开，"接着服务员低声说，"蠢猪。笨蛋。渣滓。傻瓜。"

多拉德只用单手一推就让他一个趔趄撞到了车上，油管哗啦啦地掉到了沥青马路上。

多拉德把它捡起来。

“别跑，我能抓到你。”他把油管拔出来，看着它的尖头。

服务员的脸都吓白了。在多拉德的脸上有某种东西他从来没有见过，在任何地方都没见过。

在一个红色的瞬间，多拉德似乎看到油管扎进了这个人的胸膛，把他心脏的血吸干了。他看到挡风玻璃后面莱芭的脸。她在向他摇头，还在说着什么。她试图找到车窗玻璃的摇把来把玻璃摇下来。

“你身上哪里弄破过吗，蠢驴？”

服务员拼命地摇头。“刚才我真的没想冒犯你，真的，向上帝发誓。”

多拉德举着弧形的油管对着服务员的脸。他双手拿着油管，他把油管弯成拱形的时候，胸部的肌肉鼓起来。他抓起那人的马甲扣把他拽过来，让脱手的油管砸在他两腿的前部。

“把你的狗眼盯着自己瞧。”他把油钱塞进那人脏兮兮的衬衫口袋里。“你现在可以溜了，”他说，“但我可以在任何时候逮到你。”

36

磁带星期六收到了，是用一个小包裹寄给威尔·格雷厄姆的，寄到华盛顿联邦调查局总部。是在芝加哥的劳厄兹死去的当天寄的。

实验室和潜指纹索引科在磁带包装纸和磁带盒里没发现任何对案情有价值的东西。

磁带被复制后在下午被送到芝加哥。联邦调查员切斯特下午三四点钟在陪审团休息室把磁带交给格雷厄姆。里面夹着劳埃德·博曼的一个备忘录：

> 声纹检验已证明是劳厄兹的声音。很显然他是在别人口授下重复的。是新制的磁带，在最近三个月内制造的，从来没用过。行为科学院正在整理内容。布鲁姆博士在身体条件允许的情况下应该听一听的——这个你来决定吧。
>
> 很显然，凶手想让你紧张。
>
> 他会不遗余力地这样做的，我认为。

一份简短表达的支持和信任。格雷厄姆很感动。

他知道他必须听磁带。要等切斯特离开才能开始。

他不想把自己关在陪审团的这间屋子里听录音。空荡荡的法庭会好些。清洁女工刚来过。高高的窗户透进了些许的阳光。屋里的灰尘在阳光下仍然能看到。

小录音机是灰色的。格雷厄姆把它放在一张辩护人专用的桌上后按下播放键。

一个技师呆板的声音："案件号426328,第814件物品,已登记并设标牌。一盘录音带。这是翻录版。"

音质变了。

格雷厄姆双手握住陪审团席的围栏。

弗雷迪·劳厄兹的声音显得疲惫而惊恐。

"我刚刚非常荣幸。我看见了……我充满惊奇……惊奇和敬……敬畏地看到了红色巨龙的力量。"

原版的录音里断断续续的,录音的时候就是这样。每一次停顿都按下了停止键。格雷厄姆看到了键上移动的手指,巨龙的手指。

"我谎报了他的情况。所有我写的内容都是威尔·格雷厄姆编造的谎言。是他让我那样写的。我……我亵渎了巨龙。然而即使这样……巨龙对我仍然怀着慈悲之心。现在我想供奉他。他帮助我了解了他的光辉和伟大。我要歌颂他。报界啊,你们要是发布这条消息的话,一定要把他的名字大写啊。

"他知道是你让我撒谎的,威尔·格雷厄姆。由于我是被迫才撒谎的,他对待我会比对你更慈悲一些的,威尔·格雷厄姆。

"往你身后摸,威尔·格雷厄姆……在你的骨盆的顶端摸一下那些小骨节……摸一下那里的脊柱……巨龙就要在那里把你的脊柱折断的。"

格雷厄姆的手一直抓着栏杆。我才不会去尝试呢。难道巨龙不知道髂脊柱这个术语吗?还是他故意不说?

"有足够的……让你担惊受怕。从我的口中你会听到更多让你害怕的内容。"

停顿,继而是那撕心裂肺的尖叫。接下来的哭号更恐怖:"你这个上心病狂的翘生你答应过的。”①

格雷厄姆用膝盖夹着自己的头，直到他眼前的亮点消失为止。他张开嘴大口大口地吸气。

过了一个小时他才能再听一遍录音。

他把录音机拿到陪审团办公室，想在那里听。可那里空间太狭小了。他把录音机留在陪审团办公室，按下播放键，走回法庭。他可以从开着的门里听到录音。

“我刚刚非常荣幸……”

有人站在法庭门口。格雷厄姆认出他是联邦调查局芝加哥办事处的年轻职员。他招手示意他进来。

“有你的一封信。”职员说，“切斯特先生给我的。他让我肯定地告诉你邮件检查官已经用荧光镜检查过了。”

职员从前胸的衣兜里掏出信。厚厚的淡紫色的信封。格雷厄姆希望是莫莉来的信。

“你看，这里有章。”

“谢谢。”

“今天发工资了。”职员把支票交给他。

弗雷迪在磁带里尖叫起来。

小伙子吓得往后退了退。

“抱歉。”格雷厄姆说。

“我真不知道你怎么能受得了？”

“回家吧。”格雷厄姆说。

他坐在陪审团办公室里看信。他想放松一下。信是莱克特写的。

亲爱的威尔：

　　我只想对你在劳厄兹先生身上做的工作做一个简短的祝

① 弗雷迪·劳厄兹想说“丧心病狂”和“畜生”，但因嘴唇被咬掉而不能正确发音。

贺。我对你的手法钦佩极了。你是个多聪明的孩子啊！

劳厄兹先生用他无知的胡言乱语冒犯我很多次了，不过他让我知道了一件事——你被关进过精神病院。我的懒惰的律师本该在法庭上把这个情况公布于众的，不过，没关系。

你知道吗，威尔，你过于忧虑了。要是你能放松自己会快乐许多的。

我们无法创造我们的本性，威尔；它们与肺、胰脏和其他的一切东西随我们天生而至。何必要和它们过不去呢？

我想帮助你，威尔。而且我想从问你这个问题入手：当你开枪打死格雷特·雅各伯·霍伯先生以后你陷入了忧郁。其实并不是开枪这件事让你情绪低落，对吗？事实上，难道不是因为你觉得杀了他的感觉是那么美妙才陷入了迷茫吗？

想想我说的话，但别为它困扰。为什么不能觉得杀人美妙呢？在上帝看来它一定是美妙的——他成天都在干这个，而我们难道不是依照他的容颜造的吗？

你也许在昨天的报纸上看到过了，星期三晚上上帝在得克萨斯把一座教堂的屋顶掀落下来，砸在他的三十四个信徒身上。他们当时正跪在地上唱圣歌呢。你不觉得那很美妙吗？

三十四个人。他会宽恕你干掉一个霍伯·S. 的。

他自己让一百六十个菲律宾人丧生在上星期的一次飞机失事中——他会同意你去干掉那个微不足道的霍伯的。他不会因为一个微不足道的谋杀凶犯而对你斤斤计较。现在是两个了。不会有事的。

看报纸吧。上帝永远是超前的。

祝一切都好！

医学博士汉尼拔·莱克特

M. D.

格雷厄姆知道莱克特关于霍伯的看法是大错特错的，可是有一瞬间他怀疑莱克特是否在弗雷迪·劳厄兹的案件上有一点是对的。格雷厄姆心里有个敌人,他同意任何对格雷厄姆的指控。

他在《国民闲话报》刊登的照片里曾把手搭在弗雷迪的肩膀上,做出姿态表明他确实对弗雷迪说过那些侮辱"巨龙"的话。难道他是想把危险转嫁给弗雷迪?哪怕只有那么一点点?他不知道。

他确信只要他知道,他是不会放过任何机会与"巨龙"交手的。这个信念让他稍稍有了些宽慰。

"我只不过和你们这些混账王八蛋快要耗得油干灯尽了。"他大声说。

他想歇一会儿,于是打电话给莫莉,可是威利的祖父母家没有人接。"可能又去他们那个讨厌的别墅了。"格雷厄姆咕哝着。

他出去买了杯咖啡，一面也是让自己确信他没有躲在陪审团的休息室里。

在一家首饰店的橱窗里他看到一只精美古朴的金手镯。他花了几乎全部的工资把它买下来,让人把镯子包好,盖好邮戳准备寄走。直到确信他身边没人以后,他才把莫莉在俄勒冈的地址写上。他并没有意识到——其实这个莫莉早就发现了——他在生气的时候才送礼物给别人。

他不想回到陪审团的休息室继续工作,可他必须去。想到沃拉蕊他就像受到鞭打一样。

"很抱歉我现在不能接听您的电话。"沃拉蕊·利兹曾经说。

他真希望他曾经认识她。他希望……唉,没有用的小孩子想法。

格雷厄姆浑身疲倦、自私、愤恨,他的大脑已经疲倦得降低到小孩的思维方式了,他的衡量标准回到了他的孩提时代:北边就是 61 号高速公路,六英尺就是他父亲的身高。

他一直在整理详细的受难者资料，从一排排警察局报告和他自己的观察记录中整理两个家庭的共同点。他让自己在这个文档里静静地思考。

富有，这是个共性。两个家庭都很富有。真奇怪为什么沃拉蕊·利兹还要在冷热水软管上省钱。

格雷厄姆不知道她是否曾经是个穷人家的孩子。他觉得是的。她自己的孩子们有点被教育得太好了。

格雷厄姆曾经是个穷人家的孩子，跟随父亲从比洛克西和格林维尔的船坞到伊利湖的湖上小船。总是学校里的新生，总是匆匆过客。他有一种对富有者隐藏了一半的怨恨。

沃拉蕊·利兹可能曾是个穷人家的孩子。他想再看看她的影片。他可以在法庭看。不，利兹家不是他的主要问题。他了解利兹一家。他不了解的是雅各比一家。

他对雅各比一家缺少详细的了解，这很让他苦恼。在底特律发生的火灾把一切都烧毁了——家庭的相册，也许还有日记本。

格雷厄姆试图从他们想要的东西里，他们买的东西和使用过的东西里认识他们。他手上只有这些。

雅各比一家的遗嘱查验报告有三英寸厚，而且很多内容都是物品清单——搬到伯明翰以来整整一个新家的东西。所有的物品都上了保险，按照保险公司的要求，每件物品旁边都列着对应的保险号。一个人被大火把一切财产都吞噬了，所以把所有的新置的物品都上了保险，以应付下一次可能发生的火灾，雅各比先生就是这样一个人，相信他吧。

雅各比的律师——拜伦·麦特卡夫给他寄来保险报单的碳复印件，而不是静电复印件。而碳复印件失真得很厉害，很不清楚。

雅各比有一副滑雪板，利兹家也有一副。雅各比家有一辆三轮车，利兹家有一辆山地车。格雷厄姆舔了一下大拇指，翻过一页。

第二页上第四项物品是一台启能太平洋家庭录像投影仪。

格雷厄姆停了下来。他怎么会把这件东西忘了呢?他把伯明翰仓库里每层架子上的每只柳条箱都翻遍了，对每一件可能让他详细了解雅各比一家的东西都没有放过。

投影仪哪去了呢?他可以把这份保险清单与拜伦·麦特卡夫作为遗嘱执行人保管雅各比一家的物品时所列的储存单相对照。这些物品由仓库管理员在入库时清点过,并签了储存协议。

他花了十五分钟检查储存单。没有投影仪,没有摄影机或胶卷。

格雷厄姆向后靠在椅子背上,盯着雅各比一家在照片里的笑容,照片就放在他对面。

你他妈的到底拿这些东西干什么?

被偷走了?

凶犯把它偷走了?

要是凶犯偷走了,把它藏起来了吗?

上帝啊,给我一个能往下走的线索吧。

格雷厄姆不再觉得累了。他想知道是否还漏了其他的物品。他看了一个小时,把仓库存货单与保险公司保单一张一张地比较。每件物品在上面都被列出了,除了一些昂贵的细软。这些细软肯定都在伯明翰银行的拜伦·麦特卡夫自己的清单上,而且被锁在了盒子里。

所有的物品都在上面,只少了两样。

"水晶百宝盒,4 英寸 × 3 英寸,纯银的盒盖",在保险单中有,在麦特卡夫的上锁的盒子里没有。"纯银画框,9 英寸 × 11 英寸,雕有葡萄藤和花朵",也没在盒子里。

被窃?装错地方了?这两件东西都很小,很容易藏匿。一般情况下作为赃物的银器会立刻被熔化,所以很难追踪。可是摄影器材里外都是有序列号的,可以查到。

那么凶犯是窃贼吗?

当格雷厄姆盯着带污渍的雅各比一家的照片时,一种甜蜜的、新发现的联系萦绕着他。可当他正视这个答案的全部时,它立刻少得令人失望。

陪审团休息室里有一部电话。格雷厄姆打到伯明翰凶杀案科,他找到了三点到十一点值班的负责人。

"雅各比案的房子查封后,我发现你们一直对人员进出做记录,是吗?”

“让我找个人帮助查一下。”值班负责人说。

格雷厄姆知道他们肯定有记录。对每个出入凶杀案地点的人都进行记录是一个好的侦查习惯,他很高兴伯明翰警方做到了这一点。他等了五分钟,有一个职员拿起了听筒。

“是的,有出入人员名单,你需要知道什么?”

“奈尔·雅各比,他们的儿子,在单子上吗?”

“是的,有。7月2日,晚七点。他带着获准单去取私人的东西。”

“他当时带了手提箱了吗?那上面有描述吗?”

“没有,抱歉。”

拜伦·麦特卡夫电话里的声音很粗,喘息声也很重。格雷厄姆不知道他在做什么。

“但愿我没打搅到你。”

“我能为你做点什么,威尔?”

“关于奈尔·雅各比我需要一点帮助。”

“你发现他做什么了?”

“我觉得他在谋杀案发生以后从房子里偷走了一些东西。”

“哦。”

“在你有锁的盒子里的清单中没有画框。我在伯明翰的时候在奈尔的寝室里发现过一张散放着的家庭相片。它原来肯定是镶在画框里的——我可以看出照片边沿的印。”

“这个小畜生,我给他进房子的许可是为了让他拿走个人的衣服和要用的书。”麦特卡夫说。

“奈尔需要花很多钱保持同朋友的关系。不过,我真正想查的是——一台投影仪和一架摄影机也不见了。我想知道是不是他拿走的。也许是他拿的;但如果不是,就可能是凶手偷的。如果是那样的话,我们需要找出序列号,告诉当铺。还要把它加到全国通报名单中。画框很可能现在已经被熔化掉了。”

“等我教训教训他，他会想起‘画框’的。”

“还有件事——如果奈尔把投影仪拿走了，他也许会保留下胶卷。胶卷他是无论如何卖不出去的。我想要胶卷，我想看。要是你直截了当地和他讲，他会统统矢口否认，然后把胶卷销毁。”

“好的。”麦特卡夫说，“他的汽车被转换成了房产，而我是执行人，所以我不用授权就可以搜查。我的法官朋友不会介意为我开搜查房间的授权书的。我一会儿给你打电话。”

格雷厄姆又继续工作了。

富有。把富有放在警方用得到的简介里。

格雷厄姆不知道利兹太太和雅各比太太是否穿网球衣买过东西。在某些地区这是很时髦的事。在另一些地方这么做会显得很傻，因为会同时激发阶级怨恨和色欲，从而使负面效果加倍。

格雷厄姆想象着她们推着购物车，短短的褶裙轻拂着棕色的腿，网球袜上悬着的小球一摆一摆的——经过一位长着梭鱼一样的眼睛的男人，他只能买冷冰冰的午餐肉拿到他的车里去啃。

有多少家庭有三个小孩和一只宠物，而且在睡觉的时候他们和“巨龙”之间只隔了普普通通的房门锁？

当格雷厄姆想象可能的受害者时，他看见在漂亮舒适的房子里的聪明和成功的人士。

可是下一个面对巨龙的人没有孩子也没有宠物，他的房子里也没有高雅可言。下一个面对巨龙的是弗朗西斯·多拉德。

37

在顶楼举重的重量压迫着整栋房子。

多拉德在举重，在把全身拉紧，在举他以前从来没有举过的重量。他的装束也与往日不同；宽松的长运动裤盖住文身。汗衫挂在油画《红色巨龙与披着阳光的女人》上。和服挂在墙上像一条蛇的整张的皮，把镜子罩住了。

多拉德没戴面具。

再往上。两百八十磅，从地板上一口气举到胸口，再举过头顶。

“你在想什么人？”

听到这个声音他很惊奇，差一点把杠铃摔了。身子不稳了，随着杠铃摇晃着。把杠铃放下来。杠铃的铁盘重重地砸在地上，发出哐当的声音。

他转过身，粗壮的胳膊在空中举着，他盯着刚才发出话音的方向。

“你在想什么人？”

那声音像是从汗衫背后发出来的，可是它刺耳且异常响亮，让他的嗓子难受。

“你在想什么人？”

他知道是谁在说话，他很害怕。在以前，他和巨龙是一体的。他是它转世后的变体，而巨龙是他更高层的自我。他们的身体、声音和意志都是统一的。

可现在变了。自从莱芭来了以后——不要想莱芭。

“谁将被摄入?”巨龙问道。

“哦……谢尔曼太太。”多拉德开始觉得说话都困难了。

“说实话。我不能理解你。你在想谁?”

多拉德紧绷着脸,走到杠铃前。举起来。过了头顶。这次比上一次还狠。

“尔曼太太在水里的样子。”①

“你在想你的小朋友是不是?你想让她当你的小朋友,对不对?”

杠铃从头顶掉在了地上。

“我……不要小补友。”他在恐惧中说话不利索了。他不得不用上嘴唇顶住鼻孔。

“一个愚蠢的谎言。”巨龙的声音有力而清晰。他发“咝”音的时候一点也不费力。“你忘记转世了。为谢尔曼一家做准备。举起杠铃。”

多拉德双手紧握杠铃,全身都使劲。他的大脑也跟着身体一起用力。他近乎绝望地勉力去想谢尔曼一家。他迫使自己想象手中的杠铃就是谢尔曼太太的身体。谢尔曼太太就在身边,这就是谢尔曼太太。他在黑暗中与谢尔曼先生搏斗。他把他放倒,直到对方失血过多,心跳微弱得像只小鸟。那是他听到的唯一一次心跳。他听到的不是莱芭的心跳。对,不是的。

恐惧吞噬了他的力量。他把杠铃举过大腿,可是举不到胸口了。他仿佛看到谢尔曼一家人从他身边走过, 眼睛睁得大大的——在他扮演巨龙的角色时。感觉一点也不好。空荡荡的,飘飘的。杠铃又落到地上了。

“她们不能被接受。”

“……太太。”

“你甚至连谢尔曼都说不出来。你从来就没有打算要谢尔曼一家。你想要莱芭·麦克兰。你想让她成为你的小朋友,是不是?你们俩想成为‘朋友’。”

“不。”

---

① 多拉德紧张时吐字不清,“谢尔曼”他说成“尔曼”。以下也有类似情况。

“撒谎!”

“吉想左一飞。”

“只想做一会儿?你这个哭鼻子的三瓣嘴,谁愿意跟你做朋友?过来,我要让你瞧瞧你自己长得什么样。”

多拉德没有动。

“我从没见过像你这么恶心的龌龊孩子。过来。”

他走了过去。

“把汗衫拿掉。”

他把它拿掉。

“看着我。”

巨龙从墙上发出耀眼的光。

“把和服脱掉。照照镜子。”

他往镜子里瞅。他对自己无能为力,又不能不去看镜子,镜子里反射出的光能烫伤人。他看见自己流了口水。

“看着你自己。我要给你的小朋友一个惊喜。把那块破布脱掉。”

多拉德的双手在运动裤的裤腰间搅在一起。裤子撕破了。他用右手把它从身上扯掉,左手捏着碎布片。

他的右手从颤抖的左手里抢过碎布头,把它们扔到墙脚里,然后一屁股坐到垫子上,蜷着身子像一只被活剥了壳的龙虾。他自己抱着自己咕哝着,呼吸粗重,文身在健身房的强光下非常耀眼。

“我从来没见过像你这么恶心的龌龊孩子。把它们取来。”

“哎妈。”

“去把它们取来。”

他拖着脚走出房间,然后拿着巨龙的牙齿回来。

“把它们放在你的手掌心。两手交叉压我的牙齿。”

多拉德胸部的肌肉隆起来了。

“你知道它们怎么咬了吧?现在把它们放在你的肚子下面。把你自己放在我的牙齿之间。”

“不。”

“照我的话做……好，看着我。”

牙齿开始让他感觉到疼了。唾液和泪水滴到他的胸脯上。

“求你了。”

“你是转世剩下的渣滓。你是剩下的渣滓，我会给你起个名字。就叫狗脸。重复一遍。”

“我叫狗脸。”他用上嘴唇顶住鼻孔才清楚地说出话。

“很快我就可以摆脱你了。”巨龙说得一点不费力。“那样好吗？”

“好的。”

“等到时机成熟的时候谁会是下一个？”

“……尔曼太太。”

一阵剧烈的疼痛贯穿了多拉德全身。疼痛和恐惧。

“我撕碎了你。”

“莱芭，莱芭。我给你莱芭。”他的发音开始好转了。

“你不能给我任何东西。她是我的。她们都是我的。莱芭·麦克兰，然后是谢尔曼一家。”

“莱芭和谢尔曼一家，你会知道的。”

“我已经为那天的行动准备好了。你相信吗？”

“相信。”

“你是谁？”

“狗脸。”

“你可以把我的牙齿收起来了。你这个可怜的小三瓣嘴，你想窝藏你的小朋友不给我，是不是？我会把她撕碎扔到你丑陋的脸上。要是你违背我，我会把你在她的大肠上吊死。你知道我能举过三百磅的杠铃。”

多拉德把杠铃加到三百磅。他直到今天才刚刚举到二百八十磅。

“举起来。”

如果他没有巨龙强壮，莱芭就得死了。他知道这一点。他使尽全身的力气，直到整个房间在他的眼里变成了红色。

“我举不起来。”

“你举不起来。但我能。”

多拉德抓住杠铃。杆子在他肩膀发力的时候弯了，起！他轻而易举地就举过了头顶。“再见，狗脸。”他说，骄傲的巨龙，在灯光下微微震颤着消失了。

38

弗朗西斯·多拉德从来不在周一上午上班。

他从家里准时出发，就像平时一样。他的外表无懈可击，他稳稳当当地开着车。在密西西比河大桥转弯的时候他戴上太阳镜，迎着阳光驶去。

他的泡沫聚苯乙烯冷却器放在后面的座位上叮当直响。他倾过身子把它放在车板上。他忽然想起来必须先去取干冰然后拿胶卷……

过密西西比河大桥了。流动的河水在他下面。他看着河上的白浪花，突然觉得自己现在漂在河面上而河水是静止的。一种奇怪的、游离的、毁灭性的感觉向他袭来。他慢慢减速了。

面包车在外车道上减了速后停下来了。他后面排起了长龙，他却听不见司机们的鸣笛声。

他坐着，在静止的河流上慢慢向北滑，面对着朝阳。泪水从他的太阳镜后流下来，滴落在前臂上觉得热乎乎的。

有人敲着他的车窗玻璃。一个司机，由于连夜驾驶而苍白的脸还挂着倦容，从他后面排着的一辆车里走出来。那司机隔着车窗在嚷嚷什么。

多拉德看着这个人。路障车闪着的蓝色的光，从桥的另一个方向驶来。他知道必须继续往前开了。他请求自己的脚踩一下油门，它照办了。那个人匆忙地往后闪才保住了自己的脚。

多拉德快速开进靠近 270 号高速公路出入口的一个很大的汽车旅馆

停车场。一辆校车也停在那里。一个大号铃铛在后窗玻璃上挂着。

多拉德不知道自己是不是该和那些老人一起上车。

不,不是那辆车。他四下里看看,寻找他妈妈的派克德。

"上车,别把脚放在座位上。"他妈妈说。

也没有那辆派克德车。

他是在圣路易斯河西岸的一家汽车旅馆的停车场里。他想选择,可是发现自己不能。

六天以后,如果他能等那么长时间的话,他就杀死莱芭·麦克兰。他通过鼻腔发出了一声突然的高亢的声音。

也许巨龙愿意先接受谢尔曼一家,然后再等上一个月。

不,他不会的。

莱芭·麦克兰不知道巨龙的事。她只觉得她是和弗朗西斯·多拉德在一起。她想把自己的身体放在多拉德身上。她在他外婆的床上邀请了弗朗西斯·多拉德。

"我在这里度过了一段很愉快的时光。"她在院子里告诉他。

也许她喜欢弗朗西斯·多拉德。这对女人来说可是件令人鄙夷的堕落的事。他知道他应该因为这个轻视她的,可是上帝啊,这感觉想起来是那么的好。

莱芭·麦克兰因喜欢多拉德感到惭愧,她很明显地感到了惭愧。

如果不是他转世的巨大能量,如果不是为了巨龙,他无论如何不会把她带到自己家里的。他也不会有能力做爱。或者他有能力做这些?

"噢,上帝。我的男人,这太甜蜜了。"

这是她说的。她说"我的男人"。

吃过早饭的人群开始从汽车旅馆里出来,走过他的面包车。他们用懒散的目光瞟着他。

他需要思考。他不能回家。他在旅馆里开了个房间,给办公室打电话请了病假。他的房间很温暖也宁静。唯一的装饰就是一幅画着船的打印画。墙上没有东西可以发光。

多拉德躺在床上，没脱衣服。涂灰泥的四壁上有闪亮的斑块。每隔几分钟他就得起来去小便。他发抖了，接着又出汗，这样过了一个小时。

他不想把莱芭·麦克兰给巨龙。他考虑着如果不把莱芭献给巨龙他会怎么做。

强烈的恐惧像波浪一样涌来；他的身体每次都忍受不了很长时间。在一次一次浪潮的间歇中他可以思考。

他怎么能不把莱芭给巨龙呢？一个想法轻轻地冒出来。他坐起身来。

贴瓷砖的卫生间的电灯开关扳动时很响。多拉德看着挂浴帘的杆子，一根很结实的一英寸粗的管子打进了浴室的墙。他把浴帘摘下来盖在镜子上。抓住杆子做单臂引体向上，他的脚尖支着浴缸的边沿。杆子禁得住他的体重，他的皮带也禁得住。他可以迫使自己那么做。他并不害怕那么做。

他把皮带在杆上打了个结。带扣的末端形成一个套。粗粗的皮带在杆上一点也不晃。它的套很结实。

他坐在坐便器盖子上看着它。他不会掉下来的，他能够忍受。他可以两手不碰套直到他虚弱得抬不动胳膊了。

可是既然现在他和巨龙已经成为异体，他怎么能确定自己的死可以阻止巨龙呢？也许不会。那他怎么能确定巨龙会放过她呢？

有可能他们过了几天以后才能发现他的尸体。在这段时间里她可能会想他在哪里。那时她会去他家里找他，去他们曾在一起的地方寻找感觉，然后得到一个惊奇吗？

红色巨龙会花一个小时在楼下吞吃她的。

他是否应该打电话让她小心？可是即便是她注意了又能怎么样呢？她什么也做不了。她只能希望自己死得痛快些，希望盛怒之下他能一次咬得深一些。

在他家的楼上，巨龙在多拉德亲手镶的画框里等待着。巨龙在艺术书籍和杂志里等待着，每当一个摄影师做……做什么才能让巨龙得到再生？

多拉德可以在脑海里听到巨龙诅咒莱芭时有力的嗓音。他可以先诅咒她，然后再吃掉她。他也会诅咒多拉德的——并且告诉莱芭他微不足道。

“别这么做。别……别这么做。”多拉德对着有回音的瓷砖墙壁说。他听到的是自己的声音，弗朗西斯·多拉德的声音，这个莱芭·麦克兰曾很轻易地就理解了的声音，是他自己的声音。他这么多年来一直引以为耻，并且用这种嗓音对别人说过侮辱性和恶毒的话。

可是他从来没有听到过弗朗西斯·多拉德诅咒他的声音。

“不要这样做。”

这个他现在听到的声音从来没有诅咒过他。可是它重复过巨龙对他的侮辱。这个回忆让他羞愧。

他可能根本就不是一个完整的人，他想。他突然想到还从来没有发现这种事，而现在他对此很好奇。

他还有一些残存的自尊，是莱芭给他的。自尊心告诉他在卫生间里死是个可怜的结局。

那还有什么？除此之外还有别的途径吗？

有一种方式。当他想到它时有亵渎了神灵的惶恐，他知道。但是那毕竟是一条出路。

他在旅馆房间里踱步，在两张床之间，从门到窗。他一边走一边练习说话。当他在句与句之间深深地吸气后并且不慌不忙地说话时，他的发音就没有毛病了。

他在恐惧的间歇中可以说得很好，可是现在强烈的恐惧又占据了他，让他恶心。接下去将是镇静的状态。他等待着它。当他恢复镇静的时候，他急忙走到电话旁边给布鲁克林博物馆打了个电话。

一个初中乐队的学生正在停车场上进入一辆公共汽车。孩子们看到了多拉德往这边走。他必须从他们中间走过去开车。

一个斜系着 SAMBROWNE 腰带的胖胖的圆脸男孩装出满面愁容的样子，鼓起胸脯在多拉德走过之后晃他的二头肌。两个女孩咯咯地笑出了声。多拉德在车下经过的时候从车里传出大号的声音，因此他没听到身后的笑声。

二十分钟后他把面包车停在巷子里离外婆家三百码远的地方。

他使劲地擦了擦脸，深呼吸了三四次。他左手攥着房间的钥匙，右手握着方向盘。

一声高亢的哀号从他鼻子里喷出来。再来一声，声音更响了。预备，走。

面包车箭一样地向前冲，把碎石子往后抛得像雨点一样飞。房子在挡风玻璃前摇摇晃晃地迅速逼近。面包车紧急刹车进了院子，车子都横过来了。车没停稳就见多拉德跳下车，一路跑。

进了门，什么都不看，径直地脚步沉重地下楼，直奔地下室。在他的箱子挂锁上乱摸，找钥匙。

箱子的钥匙在楼上。他不给自己任何时间思考。从他的鼻子里发出一声很大的哼声，声音大得足以让他的思想麻木，并且盖住了他上楼的脚步声。

到了橱柜了，在抽屉里乱翻找钥匙，不去看床脚处的巨龙的画。

"你在干什么？"

钥匙在哪？钥匙在哪？

"你在干什么？停下。我从没见过像你这么恶心的龌龊孩子。停下。"

他找钥匙的手慢下来了。

"看，看着我。"

他抓着橱柜的角——试着不向墙转过身去。可他的头还是不由自主地转了过去，他只能痛苦地把眼睛看别处。

"你在干什么？"

"没干什么。"

电话响了，电话响了，电话响了。他拿起听筒，背对着画。

"嗨，D。你觉得怎么样了？"莱芭·麦克兰的声音。

他清了清嗓子。"还行。"比轻声说还微弱。

“我打过电话。你办公室的人说你病了——你听起来很不好。”

“跟我说会儿话吧。”

“我当然要跟你说话。你以为我打电话找你干吗?你怎么了?”

“是流感。”他说。

“你要去看病吗?……你在听吗?我说你是不是要去医院?”

“你大一点声。”他在抽屉里乱摸着,又打开另一个抽屉。

“线路有杂音吗?D,你不应该在生病的时候一个人待着。”

“让她今天晚上来照顾你。”

多拉德慌忙用手捂住听筒,可晚了一步。

“老天哪,刚才是什么声音?你正和什么人在一起吗?”

“是电台,我按错键了。”

“嗨,D,需要我请个人帮忙吗?你听起来并不像发烧。我还是自己去吧。我让玛西娅在午饭时把我带到你那里去。”

“不。”钥匙在抽屉里一卷皮带下面。他拿到钥匙了。重新回到厅里,手里拿着电话。“我挺好的。我会不久就见到你的。”咝音几乎将他绊倒了。他冲下楼,电话线从墙上被拽落下来,电话听筒掉到了楼梯下。

一个疯狂愤怒的叫喊:“到这里来,狗脸。”

到了地下室。在炸药盒旁边的箱子里有一只皮包,里面装满了现金、信用卡、不同名字的驾照、他的手枪、刀和短棍。

他抓起皮包,冲向一楼,迅速地经过楼梯口,做好了与巨龙搏斗的准备。他钻进车,迅速开动,车子在沙石路上像蛇行一样左冲右撞。

到了高速公路上他才放慢下来,把车靠到路边,呕出了黄色的胆汁。恐惧消失了一点。

在规定的速度下行驶,在转弯以前老早就亮转向灯。他小心地向机场驶去。

39

多拉德在距离布鲁克林博物馆还有两个街区的地方让出租车停下来，付了车费。他徒步向博物馆走去。慢跑锻炼的人经过他身边，向希望公园跑去。

站在马路中心的安全岛上，离艾尔特地铁站很近，他得以细细地端详这个希腊文化新兴时期的建筑。他从没见过布鲁克林博物馆，不过看过宣传册。在他第一次发现《红色巨龙与披着阳光的女人》的图片时，他向名称写在图片下面的布鲁克林博物馆订阅了画册。

世界上伟大的思想家的名字，从孔子到狄摩西尼，都被刻在入口上方的石头上。这是一座很雄伟的建筑，有植物园在旁边，适合巨龙蟠卧。

地下通道在街道的下面震动，让他的脚跟有麻刺的感觉。空气中飘浮着格栅上的浑浊气味，也夹杂着他胡子上的染色剂的味道。

离闭馆只有一个小时了。他过马路走进去，把皮包交给入口接待处。

“接待处明天开门吗？”

“博物馆明天闭馆。”服务员是个枯槁的女人，穿着一件蓝色的制服。她转过脸去。

“明天来参观的人，他们用接待处吗？”

“不。博物馆要关门，接待处也不开。”

太好了。“谢谢。”

“不客气。”

多拉德在一楼大洋洲厅和美洲厅里的巨大的玻璃容器间慢慢走着——西北岸的印第安人的安第斯山陶器、原始的带刃的武器、人工饰品和狰狞的面具。

离闭馆只有四十分钟了。没时间检查一楼的地形了。他已经知道安全出口和公用电梯在哪里。

他上到第五层。他可以感觉到现在离巨龙很近了。他现在还好——不会拐进一个拐角后突然碰到他。

巨龙不在公众展示之列。这幅画自从拿到伦敦泰特美术馆展出回来后就被封存起来了。

多拉德在电话里得知《红色巨龙与披着阳光的女人》很少展出。它已经有近二百年的历史了,而且是幅水彩画——光线会使它褪色的。

多拉德在阿尔伯特·比兹塔特的《落基山脉的罗莎莉山中的风暴》(1866)画前停下来。在那里他可以看到“油画学习与收藏部”的锁着的门。那里就是巨龙待的地方。不是复制品,不是照片,是真的巨龙。这是他明天要去的地方,他已经订好了约会。

他在第五层来回地走,走过悬挂着肖像的走廊,却没有看任何画,他只对出口感兴趣。他找到了紧急出口和主要的楼梯,然后对公用的电梯做了记号。

保安都是彬彬有礼的中年男子,脚上穿着厚底鞋,多年来习惯于站在那里。他们都没有带武器,多拉德注意到了。大厅里的一个保安有武器,也许他是个警察。

从公共演播系统中传出闭馆的通知,他到一楼取回了自己的皮包。

多拉德站在人行道上这个充满寓意的布鲁克林先生的人像下,看着从博物馆里出来的人群拥入这个适意的夏日夜晚。

慢跑锻炼的人停下来,等着往地铁站去的人穿过马路。

多拉德在植物园里待了几分钟,然后他招手叫了辆出租车,给了司机一个他在黄页上找到的商店的地址。

40

星期一晚上九点格雷厄姆在芝加哥他住的公寓门外放下手提箱,从兜里掏钥匙。

他在底特律花了整整一天的时间,在雅各比太太搬家前做过义工的一家医院访问在职员工,查看就业记录。他想找到一名流动医务人员,在底特律和亚特兰大,或者在伯明翰和亚特兰大都工作过,并且有可能有一辆面包车和轮椅。这个人在潜入两个家庭作案之前看到过雅各比太太和利兹太太。

克劳福德认为这种调查是浪费时间,不过他还是放手让他去做了。克劳福德说对了。可恶的克劳福德。他总是对的。

格雷厄姆听到里面电话在响。钥匙被裤兜里的线头缠住了,等他拽出来时,带出了一根长线。硬币从裤子的夹层里跑出来落了一地。

"妈的。"

他刚走到屋子中间电话铃停了。也许是莫莉在给他打电话。

他打电话到俄勒冈。

威利的祖父接电话的时候嘴里还吃着东西。在俄勒冈现在还是晚餐时间。

"就请莫莉吃完饭给我回电话吧。"格雷厄姆告诉他。

他正在冲淋浴,眼睛里进了洗发水泡沫,电话铃响了。他冲了冲脸,头上还滴着水就跑去接电话，“你好啊，甜心。”

“你这个油嘴滑舌的家伙。我是伯明翰的拜伦·麦特卡夫。”

“噢，对不起。”

“我有好消息也有坏消息。你关于奈尔·雅各比的说法对了，他把那些东西拿走了，已经把它们毁掉了。不过我用搜查到的房间里的毒品威胁他，他告诉了我一些实情。这是坏消息——我知道你希望是‘牙仙’偷的并且在黑市卖掉了。

“好消息是确实还有一些胶片，我现在还没拿到。奈尔说在他汽车的座位底下有两卷胶卷。你还希望看到它们，是不是？”

“当然了，我要。”

“他的好朋友兰迪在用那辆车，我们还没有找到他，不过不会太久的。我把胶片通过最早的航班快递给你，然后打电话通知你，好吗？”

“好的，那就太好了，拜伦，谢谢你。”

“不谢。”

莫莉给他打电话的时候，他刚好要睡着。在两个人都告诉对方自己很好以后，好像没有什么可说的了。

威利过得很快活，莫莉说。她让他过来道了晚安。

威利除了“晚安”还有更多要说的话。他兴奋地告诉威尔，爷爷给他买了一匹小马。

莫莉并没有告诉格雷厄姆这件事。

41

布鲁克林博物馆在每周二对公众闭馆，但对艺术课学生和研究人员是开放的。

博物馆对高层次的学者来说是个绝好的学习场所。这里的职员们都很博学而且热情；一般情况下他们都会允许研究者们通过预约在周二来观摩不对外展出的作品。

弗朗西斯·多拉德在周二下午两点刚过的时候从艾尔特地铁站口出来，他把自己装扮得像个学者：拿着一本笔记本，一份泰特美术馆的手册，腋下夹着一本威廉·布莱克的传记。

在他衬衫里藏着一把九毫米口径手枪，一根皮面的粗头短棍和一把剃须刀一样锋利的切片刀。这些武器紧贴着他的平平的腹部，中间用一个弹性绷带隔着。一块浸透氯仿的布在一只塑料袋里封好，放在他的衣兜里。

他拎着一只新的吉他套。

在公园东路的中心位置、地铁出口的附近有三部投币公用电话，其中一部被偷走了，其他两部还能用。

多拉德往里面投硬币直到他听到莱芭说："你好。"

他可以听到除她声音以外的暗室的噪声。

"你好，莱芭。"他说。

“嘿，D。你觉得怎么样了？”

两边过往的车辆让他几乎听不到莱芭的声音。“还好。”

“听起来像是在街上的电话亭里。我以为你在家养病呢。”

“我想待会儿再跟你聊。”

“好吧。一会儿打电话给我，好吗？”

“我想……见你。”

“我想让你见我，可今晚不成，我得加班。你会打电话给我吗？”

“我会的。如果不出……”

“什么？”

“我会给你打电话的。”

“我真的希望你赶紧好，D。”

“我知道，我会的。再见……莱芭。”

好的。恐惧从他的胸骨传到腹部。他按捺住恐惧，过了马路。

周二进布鲁克林博物馆的入口是右边一个小门。多拉德跟在四个艺术系学生后面进了门。学生们把背包和书包拿下来立在墙边，掏出月票。门卫站在桌子后面检查票。

轮到多拉德了。

“你订了约会了吗？”

多拉德点了点头。“油画研究部，哈帕小姐。”

“请在这里签个到。”门卫递给他笔。

多拉德用他自己的笔签了“保罗·克雷”。

门卫拨通了楼上的分机。多拉德背对着桌子，端详着挂在入口处的罗伯特·布卢姆的一幅画，名叫《葡萄收获节》。门卫在电话中确认了预约。多拉德用眼睛余光看到了大厅里的另一名保安。对，就是持枪的那个。

“大厅后侧挨着商店有一个长椅在主电梯旁，”门卫说，“请在那里等一下。哈帕小姐会到那里接你的。”他递给多拉德一块粉白相间的塑料胸牌。

“我可以把我的吉他放在这里吗？”

“我会帮你看着的。”

不开灯的博物馆显得和昨天不一样。庞大的玻璃柜之间有阴影。

多拉德坐在长椅上等了三分钟,哈帕小姐从电梯里出来了。

“克雷先生?我是伯拉·哈帕。”

她看起来比他从圣路易斯打电话来时显得年轻。一个很聪明的女人,非常漂亮。她穿衬衫和裙子像穿制服一样。

“你打电话询问布莱克的水彩画。”她说,“我们上楼吧,我可以把画拿给你看。我们乘员工电梯,这边走。”

她带着他经过灭着灯的博物馆礼品店,穿过一个陈列着古代武器的小房间。他向四周快速地看着,并且要保持他夹带的东西不被发现。在美洲展区的走廊拐角有一部小电梯。

哈帕小姐按了电钮。她把胳膊搭在胸前,等候着。她纯净的蓝蓝的眼睛看着他的胸牌,粉色加白色,夹在他的外衣翻领上。

“他给你的是第六层的证件,”她说,“不过没关系,今天五层没有保安。你在搞什么研究?”

多拉德一直在点头和微笑。听到问题,他说:“一篇关于巴茨的论文。”

“托马斯·巴茨?”

他点点头。

“我没有读过他的什么作品。只在脚注里看到他是布莱克的赞助人。他有趣吗?”

“我刚刚开始研究。我得去伦敦做深入调查。”

“我记得国家美术馆里有布莱克为巴茨作的两幅水彩画。你看过了吗?”

“还没有。”

“赶在大部分人开始对他感兴趣之前写最好。”

他点点头。电梯到了。

五层。他有点刺痛的感觉,不过他的四肢有充盈的血在流动。很快就能见分晓了。如果事情不顺利,他也不会让他们抓到他的。

她带着他走过美国名人肖像的走廊。这不是他昨天来时走的方向，但他知道自己现在的方位。会好的。

可是在走廊里有件东西等着他。当他看到它时他站在那动不了了。

伯拉·哈帕意识到他没有跟上，就转过身。

他看起来全身僵直地立在墙上悬挂着的一幅小肖像前。

她走回来，看看他到底在看什么。

“那是吉尔特·斯图尔特给乔治·华盛顿画的肖像。”

不，不是的。

“你可以在美元的纸币上看到相似的头像。人们把这幅肖像叫兰斯唐毛葛画像，因为斯图尔特为兰斯唐毛葛侯爵作了这幅画，以感谢他在美国独立战争期间给予的支持……你没事吧，克雷先生？”

多拉德脸色苍白。这比他见到过的所有的美元上的画像都糟糕。华盛顿半张半闭的眼睛，他的装得很蹩脚的假牙从相框中探出来。上帝啊，他看起来太像外婆了。多拉德觉得自己像是一个拿着橡皮刀的小孩。

“克雷先生，你还好吗？”

回答或是结束这次行动。闯过这关。上帝，我的男人，这太甜蜜了。你是我看到的最恶……不。

得说点什么。

“我在接受放疗。”

“你愿意坐下来待会儿吗？”他周围有了一点药物的气味。

“不用了。你先走，我会跟上的。”

你阻拦不了我的，外婆。上帝诅咒你，你要是还没死的话我就杀死你。你已经死了，死了。外婆已经死了。现在已经死了，永远地死了。上帝，我的男人，这太甜蜜了。

不过另一个可没有死，多拉德明白。

他跟在哈帕小姐后面通过了“恐怖的灌木丛”。

他们走进“油画研究与收藏部”的双开门。多拉德很快向四周看了看。这是一个长长的、安静的房间。灯光很好，也摆满了在旋转式运动装置上存放的用布遮盖的油画。

一排小工作间在墙的一侧。最里边的一个工作间的门半掩着，他听到有人在打字。

他的眼里只有伯拉·哈帕。

她把他带到一个柜台一样高的工作台前，给他拿了一张凳子。

“在这里等一会儿，我来把画拿给你。”

她在运动装置中消失了。

多拉德解开了腹部上的一个扣。

哈帕小姐拿来一个扁平的黑色匣子，不比一般的手提箱大。巨龙就在里面。她怎么有力气搬动他呢？他从来没有想过他是平面的。他已经从宣传册上了解了画框的大小：17.375 英寸 × 13.5 英寸——可是他从来不去关心这些描述。他预想巨龙会是个庞然大物，可是画很小，很小，而且在这么一个安静的房间里。他从来没有意识到巨龙在他的古老的果园边的房子里积聚了多么大的力量。

哈帕小姐在说：“……不得不把它放在这个书状夹的盒子里，因为光线会使它褪色的，这也是它很少被展出的原因。”

她把盒子放在桌子上，拉开了拉链。这时门前有声音。“对不起，我得去为朱力开门。”她重新把拉链拉好，带着盒子走到门前。一个男子推着独轮台车等在门外。她把门拉开让他推车进来。

“放这儿可以吗？”

“是的，谢谢你，朱力。”

男子出去了。

哈帕小姐拿着盒子回来。

“我很抱歉，克雷先生。朱力今天来清扫，并且把画框上的污点擦掉了。”她打开箱子并取出一个白色的硬纸夹。“你知道你是不能用手去摸原作的。我来拿着给你看——这是规定。同意吗？”

多拉德点点头。他已经不能说话了。

她打开硬纸夹，拿开罩在上面的塑料封皮和衬垫。

画面终于露出来了。这就是《红色巨龙与披着阳光的女人》——一个人身龙形的异体从拜倒着正在祈祷的女人的上空跃立翻腾起来，女人被它的尾巴的一截缠绕着。

它是很小，但非常有震撼力。简直是绝佳作品。即使最好的赝品也无法细致地照顾到那些精彩绝伦的细节和艳丽色彩。

多拉德清清楚楚地看到了画面，在瞬间看遍了画面上所有的内容——布莱克在画框边沿的手迹，两个棕色的点在纸的右侧边沿。画深深地触动了他的心。它太强大了……这颜色太耀眼了。

看那被龙尾缠绕的女人。看着她。

他看到那女人的头发的颜色和莱芭·麦克兰的一模一样。他看到他离门有二十英尺远。他说话时抑制着嗓音。

“我希望我没让你吃惊。”莱芭·麦克兰说。

“看上去他用了白垩和水彩。”伯拉·哈帕说。她站在一个能看到他在干什么的角度。她的眼睛一刻也不离开原画。

多拉德把手放进衬衫。

某个地方的电话铃响了。打字声停了下来。一位女士从远端的工作间探出头来。

“伯拉，你的电话。是你母亲。”

哈帕小姐头都没回。她的眼睛时时刻刻盯着原画或多拉德。“你可以帮我记下留言吗？告诉她我一会儿给她打回去。”她说。

女士回到她的办公室里不见了。一会儿打字声又开始了。

多拉德再也受不了了。现在就行动。

可是巨龙先行动了。“我从来没有看到过——”

“什么？”哈帕小姐的眼睛瞪大了。

“——看到一只这么大的老鼠，”多拉德说着一指，“正在壁上爬呢。”

哈帕小姐转过身：“在哪？”

短棍从他衬衣里露出来。用腕力而不是大臂的力，他敲了一下她的头盖骨的后侧。她身子往后一仰，多拉德抓住她的领子并把浸了氯仿的布盖在她脸上。她尖叫了一声，音量不是特别大，然后变得无力了。

他把她平放到地板上，在桌子和一排画之间，拿着水彩画的盒子蹲在她身边的地板上。纸张窸窣的声音，填塞的声音，粗壮的呼吸声，还有电话铃的声音。

那个女职员走出了她的工作间。

“伯拉？”她向屋子里张望。“是你母亲，”她说着，“她需要现在就和你通话。”

她走到桌子后面，“我来照看这位来访者吧。要是你……”她看见他们了。伯拉·哈帕倒在地上，头发盖着脸，而他蹲在她身旁，手上拿着枪，多拉德把最后一点水彩画吞掉。站起来，嚼着，奔跑，朝着她。

她跑回自己的办公室，拼命关上此刻显得不堪一击的门。她抓起电话却没拿稳，话筒掉在地上，她的手和膝盖都在地上摸索找话筒，试着拨正占线的号码，她工作间的门被用力砸得拱进来。她耳根后面受到了一击，眼前的话机变成了金星。听筒嘭的一声掉在了地板上。

多拉德在员工电梯里看着指示灯一层一层往下走。他的手枪就放在腹前，被书挡着。

到了一楼。

他走进没有人的展厅。走得很快，运动鞋在大理石地板上吱吱地响。拐错了一个弯，他旁边变成鲸的石膏面像和印第安人部落的巨大面具。浪费了若干秒。他开始跑步，到了海达族人的高大的图腾前面，分辨不出方向了。跑到图腾边，朝左看，发现了古代武器展厅，知道自己的位置了。

他在大厅里四下看了看。

门卫站在布告栏旁边，离接待处有三十英尺远。

带枪的武装警卫离门更近。他的手枪皮套在他弯腰去擦鞋上的污点时形成了褶皱。

要是他们动手，就先撂倒他。多拉德把枪别在腰带上，把外边的扣扣好。他穿过大厅，把出入证拿下来。

门卫听到脚步声转过身来。

“谢谢。”多拉德说。他手里拿着出入证的一角晃了晃，然后放在桌子上。

门卫点点头。“你可以把它塞进这个孔吗？”

接待处的电话铃响了。

薄薄的出入证在玻璃板上很难被抓起来。

电话又响了。赶紧。

多拉德拿起了出入证，塞进孔槽。他从一堆书包里拎起吉他套。

门卫走过去接电话。

到门口了。快步走向植物园。他做好了准备，要是他听到有人追踪的话可以随时回身射击。

进了植物园，往左拐，多拉德在植物园里找到一处小小的荫凉和一丛树篱，躲了进去。打开吉他套，取出网球拍，一只网球，一块毛巾，一个叠好的购物袋和一把有叶子的芹菜。

他一气脱掉上衣和衬衫的时候扣子都飞了起来，然后脱掉裤子。他贴身穿着一件布鲁克林大学的T恤衫，还有运动裤。他把书和衣服塞进购物袋，然后放进武器，最后在上面放芹菜。他擦干净吉他套的把手和表面上的手印，把它藏在篱笆下面。

横跨植物园朝希望公园走，毛巾挂在脖子上。他从帝国大道上出来。慢跑的人在他前面。他跟在后面跑进公园的时候，第一批警车急驰而过。没有一个锻炼的人去关注他们。多拉德也没有。

他跑一会儿，走一会儿，拎着购物袋，用球拍在地上颠球，俨然是一个刚忙完了一天的上班族，放松地在路上买完菜准备回家。

他让自己渐渐放慢脚步；他不该让自己肚子里满满的就跑步。他现在可以选择速度了。

他可以选择一切了。

42

克劳福德坐在陪审员办公室的后排座位上吃着炒花生，格雷厄姆把房间里的遮光帘拉好。

“你今天下午得给我报告，我要拿走的。”克劳福德说，“你说星期二给我，今天就是星期二。”

“我会及时做完的。我想先看这个。”

格雷厄姆打开拜伦·麦特卡夫寄来的快递信封，倒出里面的东西——两卷有灰尘的家庭自制影片胶片，每一卷都放在装三明治的塑料袋里。

“麦特卡夫在对奈尔·雅各比起诉吗？”

“不会以盗窃为名——他迟早会继承遗产的——他和雅各比的弟弟。”格雷厄姆说，“关于毒品，我不知道。伯明翰地方法院检察官倾向于把他狠揍一顿。”

“那才好呢。”克劳福德说。

投影幕从天花板上被摇下来，面对着陪审团席，这样能方便陪审员看电影资料的证据。

格雷厄姆给投影仪装上胶片。

“他们做了地域性的筛选调查，在周一能买到《国民闲话报》的书报亭当中……我这里有从辛辛那提、底特律和芝加哥来的部分报告，”克劳福德说，“有很多可疑的人需要进一步调查。”

格雷厄姆开始看影片了。是钓鱼的片子。

雅各比家的小孩们在一个有钓竿和浮子的池塘边蹲着玩。

格雷厄姆试着不想他们此刻在地下长眠的样子,而只想着他们在钓鱼。

女孩的浮子动了一下就往下沉了。有鱼上钩了。

克劳福德很响地嗑开了一个花生。“印第安那波利斯询问卖报人的工作进行得很慢。瑟伍克加油站的调查也已经开始了。”他说。

“你想不想看片子,还是想干别的什么?”格雷厄姆说。

克劳福德不说话了,直到这部两分钟的片子结束。“真棒!她钓上了一条鲢鱼,”他说,“现在该弄报告——”

“杰克,案发以后你马上到了现场。我直到一个月以后才去。你看到的房子还是他们的房子——我没有。我去的时候房子已经重新装修、重新布置了。看在上帝的分上,你让我了解这些活生生的人。我会去弄报告的。”

他开始放第二部片子。

一个生日宴会的场景出现在法庭的幕布上。雅各比一家围坐在餐桌旁,在唱歌。

格雷厄姆从他们的嘴唇动作知道他们在唱生日快乐歌。

十一岁的唐纳德·雅各比面对着镜头。他坐在餐桌的远端,蛋糕就在他面前。蜡烛在他的眼镜片上摇曳。

在桌子的边角,他的弟弟妹妹围在他身边看他逐一吹灭蜡烛。

格雷厄姆在座位上动了动。

现在雅各比太太俯下身凑过来,她去逮猫的时候深色的头发晃动着,她把猫放到地上。

然后雅各比太太给儿子拿过来一个很大的信封,一条长长的丝带和它连着。唐纳德·雅各比打开信封,拿出一张大的生日贺卡。他看着镜头,把卡片翻过来,上面写着:“生日快乐——跟着丝带走。”

很晃动的画面,镜头跟着人群来到厨房。一扇门用一个钩子固定着。在地下室的楼梯上,最前面的是唐纳德,然后是其他人。他们顺着丝带下楼。丝带的另一端系在了一辆十变速自行车的车把上。

格雷厄姆想,为什么他们不在门外把车给他呢?

影片又快速切换到下一组镜头。格雷厄姆在那里找到了答案。房子外面很明显下着大雨,院子里积着水。房子看起来很不一样(开发商吉尔翰在谋杀案发生后把房子的颜色换了)。地下室的门打开了,雅各比出现了,搬着车。这是他在影片里的第一次露面。微风吹动了他秃顶处的一绺头发。他把车很有仪式性地放在地上。

影片以唐纳德小心翼翼的试骑告终。

"可怜的结局,"克劳福德说,"可是我们已经知道这些了。"

格雷厄姆开始重新看生日宴会的那段。

克劳福德摇摇头,借助小电筒的光弯腰看他提包里的什么文件。

银幕上雅各比先生把自行车搬出地下室。门在他身后关上了,上面悬着一把挂锁。

格雷厄姆定住了这个画面。

"看这里。这是他为什么要带断线钳的原因,杰克——要砍下挂锁然后从地下室进门。为什么他没有从这个方向进门呢?"

克劳福德关掉手电,从他的眼镜里看银幕:"从哪个方向?"

"我知道他当天拿着断线钳——他用它把丛林里的树枝砍掉好开出一条路来。他在丛林里等待时观察着房子。为什么他没用断线钳从地下室的门进呢?"

"因为他不能。"克劳福德露出一个鳄鱼一样小小的笑容,然后等着对方开口。他高兴等着抓住对方凭空的猜测。

"他试了吗?他有没有留下记号?我从来没见过那道门——吉尔翰在我到那里之前就换上了有门闩锁的铁门。"

克劳福德得意地翘着下巴:"你假设是吉尔翰把铁门换上的,吉尔翰没有换。铁门在他们遇害的时候就在那里。一定是雅各比换的——他是从底特律来的,他会喜欢门闩锁的。"

"雅各比什么时候换的门?"

“我不知道。肯定是在那孩子的生日以后——那是什么时候?在验尸报告里面会有的,要是你随身带着的话。”

“他的生日是 4 月 14 日,一个星期一。”格雷厄姆盯着银幕,手托着腮,“我想知道雅各比什么时候换的门。”

克劳福德的眉头皱了起来,不过在他明白过来时又舒展开了。“你觉得‘牙仙’曾经去雅各比家踩过点,而且那时候还是旧的带挂锁的门。”

“他拿着一把断线钳,对吗?你要想进一个地方什么时候用到断线钳?”格雷厄姆说,“除非要剪挂锁、门闩或是链条。雅各比家没有任何门闩或链子锁,对吗?”

“对,没有。”

“所以他来这里,抱着这里有挂锁的念头。断线钳是很沉的,而且把儿很长。他是在白天去的,而且从他停车的地点他必须走很长的一段距离才能到雅各比的房子。他肯定知道,如果出了什么意外的话,就要非常慌张地跑回来。他要是不确定必须用到断线钳的话,他是不会带的。他知道会有一个挂锁。”

“你觉得他在雅各比换了门以前就去过他家探路。后来他又去了,要杀死他们,在丛林里等——”

“在丛林里你看不到房子的这一面。”

克劳福德点点头。“他在丛林里等待。他们去睡觉了,然后他用断线钳清除障碍摸到他家,发现了新的有门闩锁的门。”

“他发现了新的门。他用了所有的方法都没成功,然后他就,”格雷厄姆说着,向空中摊开双手,“他真的黔驴技穷了,快疯掉了。他非常想进去,所以他用了一个快捷的,但声音很响的撬门方法。这个进门的动作响声太大了——把雅各比吵醒了,所以必须在楼梯上把他打翻。可这不像巨龙的做法。他后来的作案可不像这样笨拙。他很小心而且不留一点痕迹。他在利兹家作案的时候就很灵巧地进了门。”

“好,好,”克劳福德说,“但愿我们知道雅各比什么时候换的门,我们能了解他探路和真正作案之间隔多长时间。最短的时间,至少是。也许这个有用，我们应该知道。也许我们能找到这个间隔，伯明翰的会议和到访者调查局可以提供给我们的。我们也要重新查一下租车记录。这回我们要包括面包车。我去找伯明翰联邦调查局办事处。”

克劳福德的态度一定很坚决，仅仅四十分钟之内伯明翰的联邦调查员，还有被拽来的吉尔翰，冲着一个在另一栋新房子的工地上的木工喊话。木工的回答被录下来用无线电传到芝加哥。

“四月份的最后一个星期。”克劳福德说，放下电话，“这就是他们换新门的时间。老天啊，那是他们遇害以前两个月啊。他为什么要提前那么早去探路啊？”

“我不知道，可是我向你保证，在他看到整个房子以前一定看到过雅各比太太或者整个家庭。如果他不是从底特律一直追到伯明翰的话，他看到雅各比太太的时间一定在 4 月 10 日，就是他们搬到伯明翰的日子，与四月的最后一个星期，他们换新门的日子之间。这段日子里的一个时间他肯定在伯明翰。局里会有人跟踪调查这个情况吗？”

“还会有警察。”克劳福德说，“告诉我：他怎么会知道从地下室进入房子会有一个内侧的门？事先是不能确定的——至少在南方地区确定不了。”

“他看见了房子的构造，毫无疑问。”

“你的朋友麦特卡夫拿到银行的对账单了吗？”

“我肯定他拿到了。”

“让我看看他们在 4 月 10 日到 4 月底这段时间付了哪些服务费。我知道对遇难前的几个星期内的服务性电话已经查过了，可是也许我们没有查更早的。利兹家也是一样。”

“我们一直以为他去利兹家屋子里面看过。”格雷厄姆说，“从胡同里他不能看到厨房门的玻璃，因为门那边有一个格构的门廊。可是他去的时候是拿着玻璃刀有备而来的。而且他们在遇害前的三个月内没有叫过任何上门服务。”

“要是他提前这么早做准备，也许我们并没有查得足够彻底。我们现在就往前查。不过——他去胡同里利兹家的后面读电表的时候是在杀害他们两天以前。他本可以在那里等门廊的门开了以后看清楚的。”

“不会,两层门是不对齐的——记得吗?来看这个。”

格雷厄姆把利兹家的胶片在投影仪里放好。

利兹家的灰色苏格兰狗竖起耳朵跑到厨房门前。沃拉蕊·利兹和她的孩子们拎着满满的购物袋进来。从厨房门往外看只能看到格构。

“好吧,你想让拜伦·麦特卡夫重新看四月份的银行对账单吗?任何上门服务或者从送货上门的店买的东西?——哦,还是我来做吧,你来把报告搞定。你那有麦特卡夫的电话号码吗?”

格雷厄姆全神贯注地看利兹家的影片。他心不在焉地随口说出三个电话号码。

他把影片重新放了一遍,克劳福德到旁边的陪审团办公室去打电话。

先是利兹家的影片。

这是利兹家的狗,它不戴身份牌,而且周围那么多家人都养狗,可是“巨龙”知道这是利兹家的狗。

沃拉蕊·利兹。她的身影让格雷厄姆有受到牵引的感觉。厨房门在她身后关上了。那么脆弱的门,有那么大一块是玻璃的。她的孩子们在玩耍。

格雷厄姆对雅各比一家的感觉从来没有像对利兹一家那么近。不过现在正在放的他们的影片让他不安了。他一想起雅各比一家就想到一个沾满血迹的门上的用粉笔画的印记。这种想法让他不安。

雅各比的孩子们,在桌子的一角顺次站着,生日蜡烛的烛光在他们的脸上摇曳。

刹那间格雷厄姆看到了在雅各比床头柜上的残烛留下的蜡印,还有利兹家床前墙角处的血痕。什么东西在……

克劳福德回来了。“麦特卡夫问你——”

“别和我说话!”

克劳福德丝毫没有生气。他像泥人一样站在那里,一动不动,他眯缝的眼睛里开始变亮。

电影继续放着，光影在格雷厄姆的脸上闪动。

雅各比的猫。“巨龙”知道这是他们家的猫。

地下室的内侧门的图像。

地下室外侧门，上了挂锁；“巨龙”来的时候就带着断线钳。

影片完了。胶片到头了，留下的末端啪啪地拍打着。

“巨龙”知道的每一个情况都在这两卷胶片里。

它们没有在公共场合放映过，没有影苑俱乐部，没有电影放映节……

格雷厄姆看了看他已经熟悉了的装着利兹家胶片的绿色袋子。他们的名字和地址在上面写着。还有“盖茨威胶片实验室，圣路易斯，密苏里，63102”。

他的脑海里搜索着“圣路易斯”，像搜索任何他看到过的电话号码一样。圣路易斯是个什么情况呢？它是在周一晚上就能买到《国民闲话报》的几个地方之一，在印刷当天的晚上，也就是劳厄兹被绑架的前一天。

“噢，天哪，”格雷厄姆说，“他妈的。”

他的双手紧紧箍在大脑的周围，仿佛要防止思绪跑掉。

“麦特卡夫还在电话上吗？”

克劳福德把电话递给他。

“拜伦，是格雷厄姆。听着，你给我发过来的雅各比的胶片——它们原来有包装吗？……当然，我知道要是有的话你会一起给我的。我现在在这些东西上急需你的帮助。你手上有雅各比家的银行对账单吗？好，我想知道他们是在什么时候冲印的胶卷。也许是从一个小店转到冲印厂的。如果能有给任何零售店或者冲印店的支票线索，我们就能查出具体是在哪家冲印厂冲洗的。这个非常急，拜伦，我会在第一时间和你详细说明的。伯明翰联邦调查局办事处现在就会开始搜寻零售店。你要是查到什么，先直接发给他们，然后再转给我们。你能帮我做这些吗？太好了。什么？不，我不会把你介绍给甜心的。”

伯明翰联邦调查局办事处查了四家冲洗店后找到了雅各比选中的那家。冲洗店经理说所有顾客的胶卷都送到同一家冲印厂处理。

克劳福德看影片看到第十二遍的时候伯明翰打来了电话。他做了记录。

他回来时把手向格雷厄姆摊开，很令人好奇地正式地对他说："是盖茨威。"

43

克劳福德在座位上搅着塑料杯里的饮料。727客机公共信息系统里传出空姐的声音:“克劳福德乘客?”

他从他过道边上的座位上摇摇手，空姐向机尾走到他身边:“克劳福德先生,请您去驾驶舱可以吗?”

克劳福德去了四分钟。他回来溜进格雷厄姆旁边的座位上。

“‘牙仙’今天去了纽约。”

格雷厄姆皱了皱眉,牙齿咬得咯咯响。

“没有。他只不过在布鲁克林博物馆里轻轻敲了几下几个女人的后脑勺,而且,你信吗?他吃了一张画。”

“吃了?”

“吃下去了。在他们发现他吃了什么以后,纽约警方的艺术分管处迅速赶到现场。他们在塑料出入证上搞到两个指纹，刚刚给普赖斯发了过去。普赖斯把它们放在镜头前,他像中了奖一样:虽然没查到身份,可是和从利兹家小孩的眼睑上发现的大拇指指纹完全相同。”

“纽约。”格雷厄姆说。

“去纽约说明不了什么问题。他只是今天在纽约,他还是可以在盖茨威工作的。要是确实如此,那他今天没上班,倒让我们更容易些。”

“他吃了什么?”

“一幅叫《红色巨龙与披着阳光的女人》的画，据说是威廉·布莱克的。”

“那些女人怎么样了？”

“他对短棍可是情有独钟。年轻的刚刚被送到医院观察，年老的被缝了四针，轻微脑震荡。”

“她们能给出一些描述吗？”

“年轻的可以。说他很沉默，嗓音嘶哑，黑胡子，黑头发——我认为是戴了假发。门卫的描述也一样。年老的女士说她什么都记不清了，他穿兔子皮都有可能。”

“可是他没杀任何人。”

“是很奇怪，”克劳福德说，“他要是把她们都干掉的话对他更有利——他本可以为逃离现场争取到更多一点时间，而且可以少一两个对他的描述。行为科学部给在医院的布鲁姆打了电话。你知道他说什么吗？布鲁姆说他也许想洗手不干了。”

44

多拉德听到飞机的轮子着陆了。窗外圣路易斯的灯光在黑色机翼的下面慢慢向后滑去。在他的脚下着陆时引擎带来气流的碰撞,并发出沉闷的声音。

他转转头,活动一下他略微僵直的强健的脖子。

回家了。

他冒了很大的一个风险,而他得到的回报是选择的权力。他可以选择让莱芭·麦克兰活下去。他可以和她聊天,他可以享受她在他的床上令人吃惊却又毫无伤害的激情。

他不必害怕进自己的房子了,他把巨龙吞到肚子里面了。他可以走进家门,走到墙上挂的那个巨龙的复件旁边,要是他愿意的话,他可以把它揉成纸团。

他不必再为爱莱芭而苦恼了。如果他对她有爱的感觉,可以把谢尔曼一家扔给巨龙,好缓和他们之间的关系,然后平静放松地回到莱芭身边,好好地待她。

在机场候机厅多拉德就打电话到莱芭的公寓,她还没到家。他又拨了贝德化工厂的电话,值班线占线。他想象着莱芭下了班朝公共汽车站走去,用拐杖摸索着,雨衣在肩膀上飘着。

他在夜幕下车辆稀少的马路上用十五分钟就把车开到了胶片实

验室。

她也不在车站站牌旁。他把车停到贝德化工厂后面的一条街上,离暗室入口最近的一处。他要告诉她他就在这里等她,等她结束工作,然后带她回家。他为刚刚获得的权力而骄傲,他想用它。

他办公室里有需要做的工作,他可以边工作边等莱芭。

贝德化工厂里只有几处灯光。

莱芭的暗室锁着门。门上的灯光既不是红的,也不是绿的。是被关掉了。他按了按电铃,没有回应。

也许她给他办公室留了言。

他听到走廊里有脚步声。

是贝德的主管,丹德里奇,走过暗室区头一点都不抬。他走得很快,胳膊下面夹着一沓厚厚的黄色的员工档案文件。

多拉德的前额上出现了一道小褶皱。

丹德里奇正走过停车场,向盖茨威大楼走去。多拉德跟在他的后面走出了贝德。

两辆送货车和七八辆别的车停在停车场。那辆别克是菲斯克的,人力资源部的经理。他们到底在做什么?

盖茨威没有夜班值班员。大楼里大部分房间都黑着灯。多拉德可以借着楼道里红色安全指示灯朝他的办公室走去。人力资源部磨砂的玻璃门后的灯亮着。多拉德听到了说话的声音,丹德里奇是一个,还有菲斯克。

有女人的脚步声走近了,是菲斯克的秘书。她拐了个弯到多拉德前面的楼道里。她在卷发夹上包着一块围巾,拿着厚厚的一沓从财务室取来的日记账。她走得很匆忙。账本很沉,一大摞。她用脚尖踢了踢菲斯克办公室的门。

威尔·格雷厄姆为她开了门。

多拉德在黑暗的大厅里一下子噤若寒蝉。他的枪在车里。

办公室的门关上了。

多拉德疾走如飞,他的运动鞋在平滑的地板上几乎没有声音。他把脸贴到安全通道的门上查看停车场的情况。聚光灯下有动静。一个人在走动。他在一辆供货车旁边，手上拿着手电。那人轻轻拍着什么。他在掸去车窗玻璃上的灰尘取指纹。

在多拉德身后，走廊里什么地方，一个人在走动，从门里出去。他在拐角处一闪身，迅速下楼到了地下一层的锅炉房，正好在大楼的另一侧。

站在工作凳上他可以够着高高的窗户，窗口就开在灌木丛后。他从窗台上滚下去，手和膝盖着地，到了灌木丛里，准备跑或搏斗。

大楼的这一面没有任何动静。他站起来，把手插进一个衣兜，随意地穿过街道。在人行道上没有灯的时候就跑，有车来的时候就走，他绕着盖茨威大楼和贝德化工厂走了一大圈。

他的面包车停在贝德后面一条街的路边上，附近没有什么藏身之地。没问题。他冲刺到车前钻进去，手里先抓住他的皮包。

一把抓住自动手枪。在枪膛里上了整整一轮子弹，把枪放在仪表板上，用T恤衫盖住。

慢慢地他把车开动——千万别赶上红灯——慢慢地转过拐角，他驶入了车辆稀少的街道。

现在必须思考一下了，可是现在集中精力思考是那么难。

肯定是在胶片上出的毛病。格雷厄姆不知怎么发现了胶片，他发现了地址，但他不知道是谁。如果他知道是谁，就不会找人力资源部了。为什么还要财务部呢?检查请假情况，对。用歇工的日期来对巨龙活动的日期。不对，案发都是在周六，除了劳厄兹。在周六以前请假的，他会这样查的。让他傻查去吧——业务人员的假条是不会在管理层保留的。

多拉德慢慢地上了林白大道，他快速思考出路的时候闲着的一只手比画着。

他们在搜查指纹。他没有给他们留下过任何指纹——也许在布鲁克林博物馆的出入证上。他可能在匆忙当中拿过，可能在边沿留下了。

他们肯定有了指纹记录。如果他们没有可以参照的指纹为什么要去采集呢?

他们在那辆面包车上采集指纹。没有时间查看他们是否在所有车上都采集。

面包车。车里带着绑劳厄兹的轮椅——这个给了他们线索。或者也许有人在芝加哥看到他的面包车了。盖茨威有很多面包车呢,送货的、私人的。

不,格雷厄姆只知道他有一辆面包车。格雷厄姆知道。格雷厄姆知道因为他是格雷厄姆。格雷厄姆知道,他知道了。这个混蛋,他是个牲口。

他们会对盖茨威和贝德的每一个人采集指纹的。如果他们今晚采集不到,他们明天也会。他必须远走高飞了,他的肖像会在每个邮局的公告栏里和警察局里。他的计划全落空了。他在他们面前是那么脆弱和渺小。

"莱芭。"他大声叫着。莱芭这回也救不了他了。他们在包围他,而他只不过是个弱小的三瓣——

"你现在因为背叛了我而后悔了吧?"

巨龙的低沉的声音从他的身体里传出来,像肠子里那样的深处。

"没有,我只是想有选择。你叫我——"

"给我我想要的,我会拯救你的。"

"不,我要离开这地方。"

"给我我想要的,你会听到格雷厄姆的脊柱折断的声音的。"

"不。"

"我很佩服你今天的所作所为。我们现在离得很近了,我们可以恢复到原来的一体状态了。你能感觉到我在你的身体里吗?你能感觉到,是不是?"

"是的。"

"而且你知道我能拯救你。你知道他们会把你送到一个比'巴迪'修士的地方还要差的地方。给我我想要的,你就会得到自由。"

"不。"

"他们会杀死你的。你会在枪下中弹然后在地上扭成一团。"

"不。"

“你死了以后,她会和别人鬼混的,她会——”

“不!闭嘴。”

“她会和别人鬼混,更好看的人,她会把他们的——”

“别说了。闭嘴。”

“把车放慢我就不说了。”

多拉德的脚离开了加速器。

“这样就好了。给我我想要的,就都不会发生了。把她给我,我以后每次都让你选择。你可以一直选择,而且你可以说话说得很流利了。我想让你说话流利,开慢点,这就对了,看到那边的加油站了吗?把车停到那里,让我和你谈谈……”

45

格雷厄姆从办公室里走出来，在黑暗的走廊里放松着自己的眼睛。他很烦躁而且安静不下来。这一切拖得太久了。

克劳福德在从三百八十名盖茨威和贝德的员工里筛选，以最快最准确的方式筛选——这个人是干这种工作的奇才——可是时间在一点一点地过去，而秘密的信息只能在有限的时间里保密。

克劳福德把盖茨威的职员表缩小成最小的一个范围。“我们想找到他，不想惊动他。”克劳福德告诉他们，“如果我们今夜能找出他，我们就能在工厂以外的地方抓住他，也许在他家里，也许在外面。”

圣路易斯警方也在协作。圣路易斯凶杀案科的弗莱格中尉和一个警官开一辆普通的车悄悄地赶过来了，带了一台高密度传真机。

在盖茨威的一部电话上连接好，高密度传真机把雇员档案用几分钟的时间同时传给华盛顿的联邦调查局身份检验科和密西西比的机动车部。

在华盛顿，名字会与民事和罪犯指纹记录对照。贝德雇员的名字在安全检查中被做快速检查。

机动车部会检查每个人是否有面包车。

只有四个人允许参加了调查：人力资源部经理菲斯克、菲斯克的秘书、贝德化工厂的丹德里奇和盖茨威的财务。

没用电话通知他们四个人这么晚来工厂开会。联邦调查员们亲自去他们的家里私自说明来意。（“观察他们然后告诉他们事情的原委。”克劳福德说，“不许他们使用电话。这种消息传得很快。”）

他们希望能从牙齿上快速地找到凶犯。可是这四个雇员谁也想不起来有这样牙齿的人。

格雷厄姆看着有红灯的安全通道的标志。这么做能对头才见鬼呢。

可除此之外他们能做什么呢？

克劳福德要求布鲁克林博物馆的受伤的女士——哈帕小姐——只要能在身体条件允许的情况下就飞过来。也许会在明天上午。圣路易斯警察局有一辆很好的监控车。她可以坐在里面让雇员进来让她看。

如果他们今晚找不到他，所有在盖茨威发现的线索就会在明天的工作开始之前失效。格雷厄姆并不欺骗自己——他们要是能在消息走漏之前有一整天的时间工作就算幸运的了。“巨龙”可能会注意到任何可疑的情况。他可以坐飞机跑掉。

46

和拉尔夫·曼迪吃顿很晚的晚餐看起来挺好的。莱芭·麦克兰知道她应该找个机会告诉他，而且她不相信如果让问题悬着过段时间它会自己消失。

事实上，她认为在她今晚坚持 AA 制付款以后，曼迪知道接下来她会告诉他什么的。

在他开车送她回家的路上莱芭告诉曼迪他们不会成为恋人的。她和他在一起过得很愉快，而且愿意继续做朋友。可是她现在已经和别人坠入爱河了。

也许他有点受伤害的感觉，可是她知道他同时也有如释重负的感觉。他在这方面做得很好，她想。

在她公寓门口，他并没有提出想进去的请求。不过他要求和她吻别，而她也乐意地做了。他帮她打开门，递给她钥匙。他站在门外等着，直到她走进去把门关上，锁上。

等他回身的时候，多拉德开枪击中了他的喉咙，又朝胸部开了两枪。三发子弹都是从消音手枪中发出来的。

多拉德轻而易举地拉起曼迪的尸体，把他拖到灌木丛和房子之间，放在那里。

看到莱芭和曼迪接吻深深地刺痛了多拉德。不过痛楚过了以后倒让他感觉好些。

他看起来和听起来还是像弗朗西斯·多拉德——巨龙是个很好的演员;他把多拉德的角色扮演得很好。

门铃响的时候莱芭正在洗脸。她走到门前的时候它响了第四遍。她碰了碰门环但没有打开它。“是谁?”

“弗朗西斯·多拉德。”

她把锁打开,但是还没有把链条拿掉。“再说一遍。”

“多拉德。”

她知道是他。她打开门。

莱芭并不喜欢有惊喜。“我以为你会打电话呢,D。”

“我本该打的。可是有急事,真的。”他说着走进门,把浸了氯仿的布拍在她的脸上。

街上一个人也没有。许多房子都灭着灯。他抱着她上了车。拉尔夫·曼迪的脚从灌木丛里伸到院子里。多拉德一点都不在意他了。

她在路上醒了,发觉自己侧身躺着,脸贴着面包车脏兮兮的地毯,满耳都是呜呜声。

她想把手放到脸上,可是这个动作让她的胸口一阵生疼。她的双臂被绑在一起了。

她用脸去触摸她的手。肘关节和腰部被软布条绑在了一起。她的腿用同样的方式绑着,从膝盖到脚踝。她嘴里被塞进了什么东西。发生什么了?怎么回事?D,在门口,她记得她扭过头去,然后是他的巨大的力量。噢,老天啊……到底是怎么回事啊?D。在门口她吸进了什么冰冷的东西,她想把头转开,可是在她的脑袋上有一只像铁钳一样的手。

她现在在D的面包车里,她能通过回声辨别出来。面包车正开着。恐惧充斥着她。她的直觉让她安静,可是强烈的气体的味道就在她的嗓子眼,是氯仿和汽油,嘴被塞着,她干呕起来。

D的声音。“不会太久了。”

她觉出车在转弯,上了沙砾路了。石子飞溅在挡泥板和底盘上的声音。

他疯了。对，就是这么回事：他疯了。

“疯狂”是个恐怖的词。

因为什么呢？拉尔夫·曼迪。他肯定看到他们在她房门口了，就是这个让他疯的。

老天啊，快做好准备。一个男人曾经在雷克学院想打她耳光。她默默地不出声，结果他没有找到她——他也是个盲人。可是这位爷，该死的他可以看得很清楚。快准备好，准备好说辞。上帝，他用这个东西塞在我嘴里就能把我憋死。上帝啊，他可能会杀死我而不明白我在说什么。

准备好。想好怎么说，记住别说“嗯”。告诉他，他可以像什么事也没有干一样逍遥，她什么也不说出去。在你尽可能的情况下表示出被动。要是你做不到被动，等待机会，直到你能摸到他的眼睛的时候。

面包车停了。他下车的时候重重的，车在他脚底晃。边门被打开了。空气里有草和热橡胶的味道。他进了车厢。

尽管她不想这样做，可他碰她的时候她还是隔着嘴里的东西抗议性的尖叫着，把脸挪到一边。

轻轻地拍她的肩膀并没有阻止她扭动身体反抗。一记重重的耳光之后她不再反抗了。

她试图隔着嘴里的东西和他讲话。可他抱起她。他的脚步在斜坡上显得轻飘飘的。她清清楚楚地知道她在哪儿，在他家。他家的哪个具体位置？钟在右边响，地毯，然后上楼。在他们厮守过的那间卧室。她从他的臂膀上滑了下来，被放在了床上。

她试图带着嘴里的东西讲话。可他出去了。门外有声响。面包车的门砰地关上了。他回来了。在地板上放了什么东西——金属罐。

她闻出汽油味了。

“莱芭。”D的声音，还算正常，可是那么镇静。那么令人害怕的镇静和陌生。“莱芭，我不知道……该跟你怎么说。你让我感觉这么好，而且你不知道我为你做了什么。可是我错了，莱芭。你让我变得微弱以后你伤害了我。”

她试图隔着东西说话。

“要是我给你松了绑而且让你坐起来，你会老老实实的吗？别想跑。我会抓到你的。你会乖乖的吗？”

她使劲扭动着脑袋朝着他说话的方向点头。

她皮肤上冰凉的铁器一颤，刀在布条上一擦，她的手臂就松开了。腿也松了绑。嘴里的填充物被拿掉时碰到她的脸颊，湿湿的。

小心地慢慢地，她在床上坐了起来。现在尽你最大的努力。

“D，我不知道你这样在乎我，我很高兴你能这样，可是你看，你这样做真把我吓坏了。”

一阵沉默。她知道他还在那里。

“D，是不是老拉尔夫·曼迪让你发疯了？你是不是在我的公寓门口看到他了？就是因为这个，对不对？那时我正告诉他我不想再见到他了，因为我想见你，我再也不想见拉尔夫了。”

“拉尔夫已经死了。”多拉德说，“我觉得他不会愿意知道你这样说的。”

幻觉。他在臆想，可是见鬼，这真的是我所希望的。“我从来没有伤害过你，D。我从来不想伤害你。我们就做个朋友，做爱，开开心心地玩，把这一切都忘掉，好吗？”

“闭嘴，”他平静地说，“我要告诉你一些事情。你所能听到的最重要的事情，像十诫一样重要。你懂吗？”

“D，我知道——”

“闭嘴，莱芭。在伯明翰和亚特兰大发生了两件不同寻常的事。你知道我在说什么吗？”

她摇了摇头。

“在新闻里已经播了很多次了。两群人被改变了。利兹，还有雅各比。警察说他们被谋杀了。你现在知道了吗？”

她起先还是摇头，后来她渐渐想起来了，开始慢慢点头。

“你知道他们管造访这些人的生灵叫什么吗？”

“牙——”

一只手捂住了她的嘴，声音没让发出来。

“仔细想想再说，告诉我正确的。”

“是龙什么。龙……红龙。”

他走近她，她的脸能感觉到他的呼吸。

“我就是巨龙。”

她被洪亮而恐怖的音色吓得往后倒，身子撞到了床头板。

“巨龙想要你，他一直想要你。我原来不想把你给他。我今天为你做了一件事，这样他就不能要你了，可是我发觉我想错了。”

他现在还是 D，她可以和 D 说话。“求求你，求你了，别让他得到我。你不会让他得手的，别，你不会的——我是你的。把我留在你身边。你喜欢我，我知道你是喜欢我的。”

“我还没决定，也许我不得不把你给他，我不知道。我要看一看你是否按我说的去做。你愿意吗？我能信任你吗？”

“我会努力的。我会努力的。别让我太害怕，否则我就做不到了。”

“起来，莱芭，站到床边去。你知道你现在在屋子的什么方位吗？”

她点点头。

“你知道你在整栋房子的什么方位，是不是？你在我睡着的时候在整栋房子里把房子绕了个遍，是不是？”

“在你睡着的时候？”

“别装傻了，就是那天晚上我们在这里过夜的时候。你发现什么奇怪的东西了吗？你把它拿下来给别人看了吗？你做了那些吗，莱芭？”

“我只是到外面走了走。你睡着了，我就去了外面。我发誓。”

“那么你知道前门在哪儿，是不是？”

她点点头。

“莱芭，摸我的胸口。慢慢把你的手拿上来。”

摸到他的眼睛？

他的大拇指和手指轻轻地抚摸着她气管的两边。“别做你现在心里想做的事，不然我就挤碎了你。摸我的胸膛。在我的喉咙附近。慢慢的……就这样。现在我来看看我是不是能相信你。把前门关上，锁上，然后回来把钥匙交给我。去吧，我就在这里等着。不许逃跑，我会抓到你的。”

她把钥匙放在手里，钥匙链在她的腿边响。穿着鞋走路比较难辨别方向，不过她宁可穿着。嘀嗒的钟声帮助她摸清方位。

地毯，然后是地板，又是地毯。一圈沙发。去右边。

对她最有利的是什么？是哪一个？按他说的去做糊弄他，还是借这个机会逃跑？以前的那些人糊弄他了吗？她因为深呼吸而头晕，这个时候不能头晕。不要这样死掉。

看看门是否开着吧。搞清楚他在哪里。

“我走得对吗？”她其实知道是对的。

“差不多再有五步就到了。”声音是从卧室里传出来的，没错。

她感觉到脸上的空气了。门半开着。她把身子探向前，把钥匙放进门把手下面的锁眼里。到外面了。

现在。赶紧迈出门，转动钥匙。下了缓坡，没有拐杖，试着想面包车在哪里。跑起来，跑进什么了——灌木丛——快喊。“救命，救命，救命，救命啊。”到了沙砾路，跑。卡车的鸣笛声从远处传来。公路在那边。快速走，小跑，跑起来，尽她最快的速度，发现是草地时就转向，一直沿着沙砾路跑，左摆右晃地沿着胡同。

在她身后，有脚步声传来，很急而且坚实，已经下了沙砾路。她弯下腰捡起一些石头，等他走近了，冲他扔过去，听见石头砸在他身上的声音。

一只手抓住她的肩膀让她转过身，一条很粗的胳膊在她的下巴下面，卡住她的脖子，挤，挤，血冲出了她的耳朵。她向后踢着，踢到一块胫骨，然后一切都变得安静了。

47

用了两个小时，男性白种人雇员、在二十岁到五十岁之间、有一辆面包车的人员名单做完了，上面有二十六个人。

密西西比警方机动车管理部从驾照信息中提供了头发的颜色，但是这并不能用来做筛选的标准，“巨龙”有可能作案时戴了假发。

菲斯克的秘书，特里缦小姐，把名单复印了，发给每个人。

福杰尔中尉正在看名单的时候他的BP机响了。

福杰尔在电话上和总部简短地说了几句，就用手捂住听筒。“克劳福德先生……杰克，一个叫拉尔夫·曼迪的男性白种人，三十八岁，几分钟以前被枪打死在大学城里，就在市中心，他死的地点是一个名叫莱芭·麦克兰的女子住房的前院。邻居们说她在贝德工作。她的门没有锁，她没在家。”

“丹德里奇！”克劳福德喊着，“莱芭·麦克兰，她是什么人？”

“她在暗室工作，是个盲人，从科罗拉多州的某个——”

“你认识一个叫拉尔夫·曼迪的人吗？”

“曼迪？”丹德里奇说，“兰迪·曼迪？”

“拉尔夫·曼迪，他在这里工作吗？”

职员表上证明他不是这里的员工。

“也许是碰巧。”福杰尔说。

“也许。”克劳福德说。

“我希望莱芭别出事。”特里缦小姐说。

“你认识她吗?”格雷厄姆说。

“我和她说过几次话。”

“曼迪呢?”

“我不认识他。我看到的和她在一起的惟一的男人是多拉德,我看见她上过多拉德先生的面包车。”

“多拉德先生的面包车,特里缦小姐?多拉德先生的面包车是什么颜色的?”

“让我想想。深褐色,或者是黑色的。”

“多拉德先生在哪里工作?”克劳福德问。

“他是制作部的主管。”菲斯克说。

“他的办公室在哪里?”

“就在大厅里。”

克劳福德转过身想和格雷厄姆说话,谁知他已经起身要走了。

多拉德先生的办公室锁着。用从后勤部拿来的钥匙打开了门。

格雷厄姆走进去,打开灯。他一动不动地站在门口,眼睛在屋子里搜寻。简直一尘不染,整洁极了。没有一点私人的东西能看到。书架上只有技术手册。

台灯在椅子的左首,所以他是个惯用右手的人。现在急需从这个惯用右手的人的物件上取出一个左手拇指指纹。

“咱们想法搞到一个夹纸笔记板吧。”他向身后在大厅里的克劳福德说。“他拿夹板的时候会用左手的。”

他们从抽屉开始找。一个任务记录日历册映入格雷厄姆的眼帘。他一篇篇翻着写着字的纸页,一直翻到一个星期六,6 月 28 日,雅各比案案发的日子。

日历本在这个周末的前两天,即周四和周五都是空白的,没有任何记录。

他继续翻到七月。周四和周五也是空白的。周三上写着:“AM5523:45—6:15。”

格雷厄姆抄下这个记录。“我要知道这个航班是去哪里的。”

“让我来办吧,你继续在这里查。”克劳福德说。他到厅里去打电话。

格雷厄姆正在看书桌最下方的抽屉里的一管假牙胶。克劳福德在门口说道:

“是亚特兰大,威尔。咱们去把他捉住吧。”

48

莱芭脸上被浇了冷水,水流进头发里。晕。什么硬的东西在她身下,像缓坡一样。她转过头。是木头。一条冰冷的湿毛巾在擦她的脸。

“你没事吧,莱芭?”多拉德平静的声音。

她躲避他的声音。“哦哦……”

“深呼吸。”

一分钟过去了。

“你觉得你能站起来吗?试着站起来。”

他的手臂在她周围,她能站起来。她的腹部隆起来了。他等着直到痉挛过去。

“上斜坡。你知道你在哪里吗?”

她点点头。

“把钥匙从门上拿下来,莱芭。进来。现在把门锁上,把钥匙挂在我胸前,挂在我脖子上。好。咱们看看是不是锁好了。”

她听见门把手喀啦地响。

“好了。现在咱们到卧室去,你认识路的。”

她绊倒了,膝盖着地,头垂着。他拉起她的双臂,扶着她走进卧室。

“坐在这把椅子上。”

她坐下了。

“现在把她交给我。”

她拼命想站起来；可是两只大手压在她的肩膀上让她起不来。

“坐好了别动，不然的话我没法不让他抓到你。”多拉德说。

她的意识恢复过来了，尽管她不希望自己清醒。

“请你尽力吧。”

“莱芭，我完了。”

他站了起来，干着什么。汽油的味道非常重。

“把你的手伸出来。感觉它。别攥着它，摸摸它。”

她摸到一个像钢铁做的鼻孔一样的东西，里面很滑。一支枪的枪口。

“这是一把霰弹猎枪，莱芭。一把十二毫米标准尺寸的大家伙。你知道它的威力吗？”

她点点头。

“把你的手放下。”凉冰冰的枪口放在了她柔软的喉咙处。

“莱芭，我真希望我信任了你。我本想信任你的。”

他听起来好像在哭泣。

“你感觉起来是那么的好。”

他真的在哭。

“你也是，D。我深爱着那份感觉。请你现在不要伤害我。”

“我完蛋了，可我不能把你留给他，你知道他会对你做什么吗？”

他现在开始大声叫骂了。

“你知道他会做什么吗？他会把你活活咬死的。你不如和我一起走。”

她听见一声擦火柴的声音，闻到硫黄味，听到呼的一声。屋子里热量开始加剧，烟。火。世界上她最害怕的东西。火。世上任何东西都比它好受。她希望一枪就结束了生命。她让大腿肌肉紧张起来，让自己跑。

他开始哭诉。

“噢，莱芭，我不能忍受看着你被活活烧死。”

枪口离开了她的嗓子。

两根枪管在她站起身的时候一齐开了火。

两耳被震木了,她以为自己被击中了,以为自己死了,她感觉到有东西落下,重重地砸到了地板上,感觉比她的听觉更真切。

烟雾弥漫,还有火舌噼噼啪啪爆裂的声音。火,火把她的意识唤了回来。她感觉到自己的脸和手臂很烫。出去,马上出去。她踩到两条腿,被绊倒,被烟熏得咳嗽着,摸到一只床腿。

弯下腰,这是他们说的,在烟雾中。别跑,不然会撞到东西上死掉的。

她被锁在里面了。锁在里面了。走回去,弯下腰,手指在地板上摸索,她摸到了腿——另一头,有头发,带着毛发的肢体残片,把她的手指放在头发下面软软的地方。只有浆质的东西,尖利的骨头的裂片,还有一只突出来的眼珠。

钥匙在他脖子上……快。两只手抓住钥匙链,两条腿横在她脚下,拽,链断了,她倒在地上,再继续摸。转过身,弄不清方向了。试着感觉,试着用她已经麻木了的耳朵透过火焰的噼啪声细听。在床边。哪一边?她撞到了地上的尸体,试着听声音以辨别方向。

当,当。钟在敲。当,当,到了客厅。当,当。往右转。

嗓子眼里冒着烟。当,当。到门了。门把手下面。别把钥匙掉了。打开锁。撞开门。新鲜的空气。跑下斜坡。空气。在草地上瘫软倒下。手和膝盖着地,爬行。

她跪在地上,拍拍手,听到了房子的回声,向它的相反方向爬。深呼吸,直到能站起来,走,最后能跑,撞到什么东西了,继续跑。

49

找到弗朗西斯·多拉德的房子可不是件容易的事。在盖茨威记录上留的地址是圣查尔斯的一个邮筒。

即使是圣查尔斯警察局局长办公室的警官们也得借助电力公司的一张详细的服务地图来确认。

圣查尔斯警方从河的另一侧与圣路易斯特种兵部队会合，车队静静地沿着 94 号州际公路行驶。一个代理治安长官和格雷厄姆坐在第一辆车里带路。克劳福德在后座上往前探着身子，嘴里嘬着什么东西。在过圣查尔斯北端时赶上了红灯，那儿有一辆满载着一群孩子的小卡车、一辆灰狗大巴车和一辆拖车。

他们驶过城市的北边时看到了冲天的火焰。

“那边就是！”副官说，“那就是我们要找的地方！”

格雷厄姆把脚放下来。他们在高速公路上急驰的时候，火光越来越亮，火势越来越猛。

克劳福德抓起呼叫器。

“所有人员请注意！是他的房子在着火。密切注意。他可能出来逃窜。局长，在这里设道路障，要是你同意的话。”

一股浓烟和一柱火花向田地的东南方向倾下来，就在他们头顶上空。

“这边，”副官说，“从这个沙石路的路口拐进去。”

他们看到了这个女人，她在身后火光的映衬下变成了剪影似的黑影。他们看到她，因为她听到车的声响后冲他们扬起了手臂。

大火冲向高空，四散开来，燃烧的房梁和窗棂在夜空中慢慢地形成高高的光弧，燃烧着的面包车已经被火掀倒翻转在侧面，燃烧的树突然爆出橘红色的图格模样，然后迅速地暗下去了。

女人倒在马路上，脸朝着地。克劳福德，格雷厄姆，和一些副官忙下了车，向她跑过去，这时火势已经在地面上蔓延了，一些火苗经过她，也擦过他们的武器。

克劳福德从副官手里接过莱芭，扶着她，帮她掸掉头发上的火花。

他搂着她的肩膀，脸贴近她的脸，她的脸被火烤得通红。

“弗朗西斯·多拉德，”他说，他轻轻摇晃着她，“弗朗西斯·多拉德，他在哪里？”

“他在那里面。”她说着，举起她沾了血迹的手指向火光，手慢慢落了下去，“他死在那里了。”

“你知道他死了？”克劳福德看着她茫然的眼睛。

“我刚才和他在一起。”

“请你告诉我。”

“他朝自己的脸开了枪。我的手摸到过枪击以后的脸。他放火烧了房子。他自己开枪自杀了。我亲手摸到过。他倒在地板上了。我亲手摸到过，我能坐下来吗？”

“好的好的。”克劳福德说，他把她扶进警车的一个后排座位里，双手拢着她，让她在自己的下巴颏下哭泣。

格雷厄姆站在马路上，看着熊熊的烈火，直到他的脸红了，眼酸了。

身边的风把烟扬起来，飘过了天上的月亮。

50

早晨的风又暖和又湿润。风吹来几抹云，飘过多拉德的房子原先所在的地方，那里现在只剩烧得黑黑的烟囱。残存的烟随着风飘落到田地里。

几滴雨点打在黑乎乎的炭上，变成碎碎的灰和蒸汽。

一辆救火车停在路边，警灯还在旋转。

S. F. 安奈沃斯，联邦调查局爆破科的科长，和格雷厄姆站在房子废墟的上风方向，从一个暖瓶里倒出咖啡。

安奈沃斯眯缝着眼睛，一个当地的消防队长拿着耙子走进废墟里。

“感谢上帝那里面到现在还是比他能承受的温度热得多。”他抿着嘴说。他一直小心地和当地警察保持友好关系。而对格雷厄姆，他是想什么就说什么。“我得蹚进去了，他妈的。等那些特种兵部队的副官和特警吃完小煎饼来胡扯的时候，这地方马上就得变成他妈的火鸡饲养场了。他们马上就要过来帮忙了。”

在安奈沃斯的情有独钟的爆破现场抢修车从华盛顿运过来之前，他只能用从飞机上带下来的工具武装自己。他从一辆警车的后备箱里取出并套上一只海军用的防水行李袋，打开诺美内衣、石棉靴以及上下连身的工作服。

“火势起来的时候是个什么样子，威尔？”

“一股非常强烈的火光慢慢熄灭了，然后在底部看起来更暗。很多东西飞腾起来了——窗户框、屋顶的碎片,还有大块的燃烧着的东西四散横飞,落到田地里。有一股震波,随后带着风。风吹过又有余烬被吹燃了。可是看起来大火似乎是被冲击波吹灭的。”

“爆炸的时候火势还很猛烈?”

“是的,火把房顶都烧着了,从楼上的窗户出来,蔓延到楼下。树都着了。”

安奈沃斯叫两名当地消防员拿着水管站在边上，让另一个消防员穿上石棉衣拿着绞盘在他身旁站着,以防有什么东西落到他身上。他进去一次只能待几分钟,一共去了八趟。

他这么费力抢救出来的只有一块开裂的金属板，可是他对自己的战果挺高兴。

脸红红的,而且满脸是汗,他脱掉石棉外罩坐在救火车的踏步板上,肩膀上披着一件消防员的雨衣。

他把金属板放在地上,掸去上面的一层灰烬。

“炸药,”他告诉格雷厄姆,“你看,看到这金属上面的蕨类植物样的花纹了吗?这像是装在一个行李箱或者小型提箱里的。没准就是这样,装在小型提箱里的炸药。可是它不是在地下室里被引爆。看上去像在地上一层。你看到那棵被削平了的树了吗?是被大理石的桌面打掉的。火势横向蔓延。炸药被装在什么东西里边,所以没有在着火的最初就爆炸。”

“看到尸体残骸了吗?”

“不会有很多的,不过总会有些东西的。我们得做好多筛选的事情了。会找到他的,我会用一个小袋子把他寄给你的。”

一针镇静剂总算在接近黎明的时候让莱芭·麦克兰在德泊尔医院的病房里入睡了。她让女警官就坐在她床边。上午她好几次醒来时,都去摸警官的手,看她是否在床边。

当她想要早饭的时候,格雷厄姆端了进去。

怎么跟她说呢?有的时候越是以陌生人的身份与他们交流越容易。可是对莱芭·麦克兰来说，这行不通。

格雷厄姆告诉了她他是谁。

“你认识他吗？”她问身边的女警察。

格雷厄姆把身份证明递给了警官。她并不需要证明。

“我知道他是联邦调查局的探员，麦克兰小姐。”

最后，她告诉了他全部的经过，所有她和弗朗西斯·多拉德在一起的经历。她的嗓子很疼，她在讲话过程中多次需要吸冰水。

他问了她一些很让人难堪的问题，有些问题引得她把刚吃掉的早餐吐了出来。不过她没有回避，回答了他所有的问题。女警官端着盆进来接她的呕吐物时，她摆手示意他出去。

等他重新进病房的时候他看到她的脸很苍白，被擦得很光洁。

他问了她最后几个问题，然后合上了笔记本。

“我不会再让你重新回顾这段记忆了，”他说，“不过我愿意再过来看你。只是问候一下你并且看看你恢复得怎么样。”

“你怎么能够不来呢——我是一个‘多有魅力’的人啊。”

他第一次看到她流泪，然后意识到真正让她伤心的是她吸引了多拉德的事实。

“你可以让我单独待一会儿吗，警官？”他对女警官说。然后他握住了莱芭的手。

“听我说，多拉德有很多问题，可是你是非常正常的。你说他对你很和善而且有思想深度，我相信这一点，这是你从他身上挖掘出来的。在最后关头，他不能杀死你，也不能看着你死。做相关分析的专家说他也许在试图停止自己的病态行动。为什么？因为你帮助了他，而这也许挽救了几条生命。你没有吸引变态的人，你把一个有怪癖的人重新恢复正常了。你什么问题也没有，孩子，要是你硬让自己相信你不正常了，你就是白痴。过一两天我会再来看你的。我整天都被迫和警察们打交道，我需要放松——我说，该把你那边的头发整整了。”

她摇摇头，冲着门的方向向他摆摆手。也许她做了个露齿的笑。他不能肯定。

格雷厄姆在圣路易斯联邦调查局办事处给莫莉打了个电话。威利的祖父接了电话。

“是威尔·格雷厄姆,玛妈,”他说,“你好,格雷厄姆先生。”

威利的祖父母总叫他“格雷厄姆先生”。

“玛妈说他自杀了。她正在看电视剧的时候出来了新闻报道。真是幸运，省了你们好些事去抓他，也省得我们这些纳税人再为这件事贡献钞票。他真的是白人吗?”

“是的,先生,是黄头发。有点像斯堪的纳维亚人。”

威利的祖父母就是斯堪的纳维亚人。

“我可以找莫莉说话吗?”

“你现在就回佛罗里达吗?”

“很快就会的。莫莉在吗?”

“玛妈,他想和莫莉通话。她在卫生间,格雷厄姆先生。我的孙子又开始吃早饭了。他刚刚出去骑马回来,这儿的天气很好。你应该来这里看看这个小家伙吃饭。我敢打赌他长了十磅。好了,莫莉来了。”

“你好。”

“你好,大腕。”

“这么说是好消息了?”

“看起来像。”

“我当时正在花园里。玛妈出来告诉我她看见电视报道了。你是什么时候发现的?”

“昨天深夜。”

“为什么不告诉我?”

“玛妈可能已经睡着了。”

“没有,她那时候正看约翰·卡森呢。你肯定不知道我有多高兴,我高兴你不用亲自去抓他呀。”

“我可能还得在这里多待一段时间。”

“四五天？”

“我还不能确定，也许不会那么长。我想见你，亲爱的。”

“我也想见你。等你把所有必须处理的事情都干完。”

“今天是星期三，到星期五我应该——”

“威尔，下礼拜玛妈把威利所有的叔叔和姑姑都从西雅图请到这里来，她——”

“他妈的玛妈。到底为什么叫玛妈啊？”

“威利小的时候他说不好——”

“和我一起回家。”

“威尔，我已经等你等了那么久。他们从没有见过威利，而且再等几天就要——”

“你自己过来嘛。让威利留在那边，你的前夫的母亲下礼拜可以把他委托给一个航班带过来。咱们这么着吧——我们在新奥尔良转机。那里有一班飞机叫——”

“我不想这样。我在这找到工作了——只是零打工——就在镇上的一个小店里，我走之前得提前告诉人家。”

“发生什么事了，莫莉？”

“没事。什么事也没有……我只是觉得很伤感，威尔。你知道我在威利的爸爸去世以后来过这儿。”她总是说“威利的爸爸”而不是他的姓名，好像“威利的爸爸”是个办公室的名字。“而且当时我们曾经在一起度过那段艰难的日子——我重新找回了我自己，我恢复了平静。现在我又重新找回我自己了，我——”

“可是有一点小小的不同，我还没死呢。”

“别这样。”

“哪样？你让我别哪样？”

“你瞧你发火了。”

格雷厄姆闭上了眼睛。过了一会儿。

“喂。”

“我没火儿,莫莉。你想怎样就怎样吧。我这边弄完了就给你打电话。”

“你可以来这里嘛。”

“我不这样想。”

“为什么不呢?有足够多的房间。玛妈可以——”

“莫莉,他们不喜欢我,你知道为什么。每一次他们看到我,我都让他们想起过去。”

“这样不公平也不对。”

格雷厄姆已经很累了。

“好吧,他们脑袋里进屎了,让我恶心——这条理由行吗?”

“不许那么说。”

“他们想要的是他们的孙子。也许他们也喜欢你,如果他们仔细想想的话,他们会的。可是他们是因为想要孙子才把你一同留下的。他们不想要我,我也可以不介意。可是我需要你。去佛罗里达。威利也乐意,在他玩累了他的小马驹以后。”

“你睡一会儿就会感觉好些的。”

“我怀疑。这样吧,等我这边定了再给你打电话。”

“好吧。”她把电话挂了。

“鸟屎,”格雷厄姆说,“鸟屎。”

克劳福德把头探进来。“我听见你说‘鸟屎’了吗?”

“我说了。”

“好了,振作点。安奈沃斯从前线打来电话,他说咱们应该去看看。他和地方警察搞僵了。”

51

格雷厄姆和克劳福德到达多拉德的房屋废墟的时候，安奈沃斯正在小心翼翼地往一个涂料罐里倒灰烬。

他满身都是炭黑,而且在耳朵下面有个很大的疱。爆破科的联邦调查员杰诺威茨正在地窖里干活。

一名瘦高个子已经在私用车道边上的一辆破车旁边等得不耐烦了。他在克劳福德和格雷厄姆走过院子的时候从他们俩中间插过来。

“你是克劳福德吗?”

“我是。”

“我是罗伯特·L. 多尼,这里的验尸官,这是我的身份证明。”他向他们出示了卡片,上面写着:“投罗伯特·L. 多尼一票吧。”

克劳福德等待着。

“你们的人已经搞到了一些应该转给我的材料。他让我等了将近一个小时了。”

“真的很抱歉,给您带来了不便,多尼先生。他在执行我的指示呢。你在车里等我一会儿,我这就把事情搞定。”

多尼跟在他们的后面。

克劳福德转过身。“很抱歉,多尼先生。你回车里吧。”

爆破科科长安奈沃斯咧嘴笑着，他的牙齿在他炭黑似的脸上显得很白。他整个上午都在筛选灰烬。

“作为部门主管我很高兴——”

“来为你做手淫服务。我们知道你要说什么。”杰诺威茨从黑黢黢的地下室里爬上来。

“你这个老兵给我住嘴。去,把有价值的东西拿过来。”他扔给杰诺威茨一串车钥匙。

杰诺威茨从一辆联邦调查局大轿车的后备箱里拿出一个长长的硬纸盒。一支霰弹猎枪,大部分已经被火烧掉,枪膛被大火烧得变形了,用金属丝缠着放在了硬纸盒的底部。一个小盒子里装着烧黑了的自动手枪。

“手枪倒还好好的,”安奈沃斯说,“射击科可能还能鉴别出来。快点啊,杰诺威茨,把家伙拿过去。”

安奈沃斯从他那里接过来三个冷冻间用的塑料袋。

“前面的和中间的给格雷厄姆。”有一会他的脸上的幽默消失了。这是个猎人的宗教仪式,好像在格雷厄姆的前额上歃血盟誓一样。

“这可是个真正的高水平游戏,亲爱的。”安奈沃斯把袋子放在格雷厄姆的手上。

一个袋子里盛着五英寸长的烧焦了的股骨和一个圆球状的髋骨。另一块是腕骨。第三个是假牙。

牙托已经发黑而且断裂了,只剩了一半,可是这剩下的一半带着那个毋庸置疑的横向木钉牙。

格雷厄姆知道他应该做些表示。他说:“谢谢。太感谢了。”

他的脑袋略微地晃了晃,继而彻底地放松了。

“……博物馆的陈列品,”安奈沃斯说,“我们必须把这些东西交给那家伙,是吗?”

“对。不过让圣路易斯的验尸办公室来接手还是有些好处的,他们过来可以让外人觉得更专业。我们迟早会拿到这些的。”

克劳福德和其他人簇拥着验尸官来到他的车前。

格雷厄姆一个人停留在房子前,听着风吹着房子烟囱的声音。他希望布鲁姆身体好些后能来这里看看,也许他会的。

格雷厄姆想了解多拉德。他想知道这里曾经发生的一切,是什么培养出了巨龙。不过不是现在。他目前已经受够了。

一只反舌鸟飞到烟囱顶上叫着。

格雷厄姆吹口哨回应了它。

他知道,他要回家了。

52

当格雷厄姆觉出飞机的巨大拉升力让他飞离圣路易斯时,他笑了。飞机迎着阳光向东南方向飞去。终于要回家了。

莫莉和威利会在家里等他。

“咱们别再纠缠到底谁为什么而难过吧。我到玛若森去接你，亲爱的。”她在电话里说。

他希望能及时地记住这些天来少数几段快乐时光——当你看到人们在专心致志地用他们的专业技能工作时的那种满意的感觉。格雷厄姆觉得一个人可以随时找到这种满意的感觉，如果他对注视的事情了解得足够多的话。

如果他向劳埃德·博曼和贝弗莉·凯蒂表达谢意的话，那就显得太自以为是了。所以他只在电话里向他们说,又和他们合作了一回他感到很高兴。

还有件事有点困扰他:当克劳福德放下芝加哥的电话转身告诉他“是盖茨威”的那一刹那,他的神秘的感受。

很有可能那是他平生身体中迸发出来的最疯狂最强烈的喜悦。想到他平生最快乐的时刻是在那样一个地方产生的,的确有些让人不安,那个令人窒息的陪审团办公室,而且还是在芝加哥。甚至在克劳福德查出来是盖茨威之前,他在冥冥之中就知道是它了。

他没有告诉劳埃德·博曼当时他的感受。不用说，他已经明白了。

“你知道吗，当毕达哥拉斯的定理证明成功的时候，他送给了缪斯一百头公牛。”博曼说，“没有什么比这种时刻更甜美的了，是不是？别回答我——如果你不去谈论它的话，这感受会保留得更圆满。”

越是离家和莫莉近的时候格雷厄姆就越等不及。在迈阿密他不得不在停机坪上登机。飞机的名字叫露拉姨妈，是飞往玛若森的一架老式的DC-3型客机。

他喜欢DC-3。他今天喜欢所有的东西。

这架露拉姨妈是在格雷厄姆五岁的时候制造的，它的双翼上总是带着从发动机上甩出来的油。他对这架飞机有着无比的信任。他转机的时候跑向它，仿佛它是停在热带丛林里的一片空旷地上专门来解救他似的。

伊丝拉摩德岛的灯光随着岛屿在机翼下的展现越来越靠近。格雷厄姆还能看到在大西洋一侧的白浪。几分钟以后他们就要降临玛若森了。

他感觉好像自己第一次来到玛若森。那时他坐的就是露拉姨妈这架飞机。后来在岛上他经常在黄昏时候来到玛若森的停机坪，去看它慢慢地，稳稳地降落：舱门打开，轮子中飞转出火花，所有的乘客在它明亮的灯光里安全着陆。

起飞也很好看。不过当老式的飞机凌空向北在空中画出曲线的那一刻总会让他伤心。他觉得心中空落落的，空气中充满着令人伤感的告别声。他学会了只去看降落和“你好”。

那是在他遇到莫莉之前。

随着飞机最后一声沉闷的引擎响，飞机在停机坪上着陆了。格雷厄姆看到莫莉和威利站在围栏后面，聚光灯里。

威利坚定地站在她前面。在格雷厄姆加入他们的行列之前他会一直站在那里。格雷厄姆来了以后他才会这里跑跑，那边看看，去看他感兴趣的东西。他能这样格雷厄姆很欣赏。

莫莉与格雷厄姆一般高，五英尺十英寸。在公共场合两个人等高的吻给人很亲密的感觉，也许因为这等高的吻让看到的人联想到床上的事。

威利主动帮他拿行李;格雷厄姆把西服袋给了他。

开车回舒格罗夫岛,莫莉开车,格雷厄姆看着车前灯照见的物体,在记忆中搜寻,想象着剩余的事情。

他打开车门走进院子的时候能闻到大海的气息。

威利进了房门,把西服袋顶在头上,西服的底部随风飘摆在他腿的后部。

格雷厄姆站在院子里心不在焉地从脸上赶走蚊子。

莫莉把手放在他的脸颊上。“你现在应该做的是走进家门,不然你会被它们吃掉的。”

他点点头,眼睛湿润了。

她又等了一会儿,歪着脑袋细细看着他,冲他挤挤眉。“坛德瑞马提尼、牛排、拥抱、这边走……电费单、水费单,和我的宝贝儿子长聊……”她歪着嘴说。

53

格雷厄姆和莫莉非常希望他们之间能恢复到从前的样子，希望日子过得像以前一样。

可是他们发现事情并不像他们想象的那样，而这感受像是家里来了一个不速之客一样困扰着他们。他们在白天在夜晚试图向对方证明一切都没有改变，可是他们的尝试像经过了透镜的折射一般发生了偏转，而并没有在他们之间的不和谐因素上起到修补作用。

在他眼里莫莉从来没有像现在这样美丽过。透过两人之间这日益分明、近乎残酷的距离，他却分明地感受到她潜意识里的优雅的气质，这气质令他钦佩不已。

她试着好好地待他，可是她已经去了俄勒冈，而且她对死者的记忆被唤醒了。

威利感觉到了这一层，他对格雷厄姆的态度很有节制，而且礼貌得几乎让人发疯。

克劳福德来信了。莫莉把它放在其他的信里拿了回来，没有告诉格雷厄姆。

信里有一张谢尔曼一家的全家照，从电影胶片上印出来的。不是所有东西都被烧毁了，克劳福德在信上解释。在房子周围的田地里搜寻过一遍后发现了这张照片，一起发现的还有其他被爆炸物喷离着火现场的一些东西。

“这些人很可能就是他下一步的旅行计划，”克劳福德说，“现在他们安全了。我想你会乐于知道的。”

格雷厄姆把它给莫莉看。

“你看，这就是原因，”他说，“这就是为什么值得我去的原因。”

“我明白，”莫莉说，“我真的能理解。”

一群竹荚鱼在月光下的水中游着。莫莉把吃剩的晚餐收拾好，他们就开始钓鱼，点燃篝火，可没有一样有趣。

祖父和玛妈祖母给威利寄来了一张他的小马的照片，他把它贴在自己房间的墙上。

回家后的第五天是格雷厄姆和莫莉要去玛若森上班前的最后一天。他们在海上钓鱼，环绕着弧形的岸边走了四分之一英里，来到他们曾经钓到很多鱼的一个地方。

格雷厄姆事先决定和他们两个谈一谈。

这次远足的开头并不太好。威利把格雷厄姆给他做的钓竿放在一边，而用祖父母给他寄来的海竿。

他们在沉默中钓了三个小时的鱼。格雷厄姆几次想开口说话，可是都觉得不是时候。

他厌倦了不受别人喜欢的感觉。

他钓了四条笛鲷，用沙蚤做诱饵。威利什么也没钓上来。他在用祖父给他的乐伯乐三爪钩钓竿。他钓得太急躁了，一遍一遍地抛竿，收竿又很快，直到他自己涨红了脸，他的T恤衫因为出汗粘在背上。

格雷厄姆蹚进水里，从一个浪头的底部掬起带沙子的一捧海水，从里面抓到两只沙蚤，它们的腿还在甲壳里摆着。

“试试这两个东西怎么样，伙计。”他拿起一只沙蚤递给威利。

“我要用这个乐伯乐牌的。这是我爸爸的，你不知道吗？”

“不知道。”格雷厄姆说着，瞥了瞥莫莉。

莫莉用手抱着膝盖，眼睛注视着远方一只高高飞翔的军舰鸟。

她站起身，抖落身上的沙子。“我回去弄点三明治来。”她说。

莫莉走了以后，格雷厄姆本想和面前的男孩独自谈谈，可又改变了想法。威利一定和他母亲的想法一样。他要等莫莉回来三个人在一起的时候再谈。他这次一定要说了。

她一会儿就回来了，而且没带三明治，在海浪线以上的沙堆上走得飞快。

“杰克·克劳福德打电话找你。我告诉他一会儿你会打回去，他说很急，”她说着看了看一个手指甲，“还是快去吧。”

格雷厄姆涨红了脸。他把渔竿使劲插在沙子里，向沙堆箭步走去。当一个人在灌木丛里手上没拿任何东西，往往比在平坦的沙滩上走得更快。

他听到风中有沙沙的声音，警惕着有响尾蛇，当进入密密的灌木丛的时候他在地面上扫视着。

他在灌木丛下看到了靴子和一副透镜的闪光，还有一个穿卡其服的身影闪出来。

他和弗朗西斯·多拉德对视在一起。突如其来的恐惧让他的心剧烈地跳动。

对方伸手摸手枪时发出咯咯声，一把自动手枪举起来，格雷厄姆踢飞了它，枪口在阳光下变成淡黄色，手枪落到了灌木丛里。格雷厄姆左部的胸口燃烧一样地疼，他头先着地仰面倒在地上昏了过去。

多拉德跳起来双脚踩在格雷厄姆的腹部，他拔出了刀，没有理会海边传来的微弱的尖叫声。他用膝盖顶住格雷厄姆，高高地举起刀，在他用力往下划的时候发出猪一样的呼噜声。他没有划到眼睛，刀片深深地捅进格雷厄姆的脸颊。

多拉德向前探着身子，剧烈地摇晃着，双手按住刀柄往格雷厄姆的脑袋里猛推。

从空中砸下的渔竿发出了嗖嗖响，莫莉用力把渔竿向多拉德的脸上抽去。乐伯乐钓竿的大鱼钩稳稳地扎进他的脸，线轴发出尖利的声音。在她拔出来准备抽第二下的时候又拉出很多线。

多拉德号叫着，在渔竿落下的时候向格雷厄姆的脸抓去，他的手又被三爪钩钩住了。一只手闲着，另一只手与脸被钩住了，他把刀从格雷厄姆脸上抽出来开始转向她。

格雷厄姆翻滚过来，膝盖着地，站起来，眼睛睁得大大的，跑的时候呛了血，他向背离多拉德的方向跑，直到他倒下。

莫莉向沙丘跑去，威利在他前面。多拉德追过来了，拉着渔竿。鱼钩刮到丛林里的一棵植物上，他号叫着站住脚才想起应该先把钩线割断。

"快跑，孩子，快跑，快啊，孩子！别往后看。"她气喘吁吁地叫着。她的双腿很长，把儿子推到自己前面，但是丛林里传出的脚步声离他们越来越近了。

他们离开沙丘的时候距多拉德有一百码远，到房子跟前的时候还有七十码。赶紧上楼。在威尔的工具箱里抓出武器。

她对威利说："待在这。"

重新下楼，去面对他。去厨房，还没有准备好。笨拙地用快速装弹器。

门被向里砸开的时候她忘了举枪的步伐，忘了正面冲前的姿势，可她确实用双手抓牢枪柄，她第一枪在多拉德的大腿上穿了个老鼠洞大小的窟窿——只听一声号叫："妈拉！"——又响了一枪，正打中了多拉德的脸。他坐在了地板上，然后她跑到近前对着他的脸开了两枪，他倚着墙瘫倒了，头皮挂到脸颊上，头发上闪着火星。

威利扯下床单去找威尔。他的双腿在颤抖，在院子里摔倒了好几次。

警车和救护车赶到的时候莫莉还没有想到去叫他们。他们举着枪进了房门的时候，她正在淋浴室使劲把脸上和头发上的血迹和碎骨头擦掉。当一个长官试图隔着浴帘和她讲话时她觉得说不出话来。

最后，一个警察局的副官拿起悬在空中的电话听筒与在华盛顿的克劳福德通了话，是克劳福德听到枪响叫他们过来的。

"我还不知道，他们现在把他抬过来了。"副官说着，他向窗外的担架看去。"我看情况不太好。"他说。

54

在墙上接近床头的位置挂着一个钟，钟盘的字大得足够让处于疼痛和药力的交互作用下的病人看清。

当威尔·格雷厄姆能睁开右眼的时候，他看到了钟，知道了自己在什么地方——重症监护室。他知道应该去看钟。钟能证明时间在流动，一切也都会过去的。

这就是为什么把钟放在这里的原因。

四点了。他不知道是凌晨还是下午，也不知道是哪一天。他不在乎，只要时钟针在走就成。他又昏迷过去了。

他再睁开眼睛的时候是八点。身边有人。他小心翼翼地转过眼睛。是莫莉。在向窗外看。她瘦了。他想说话，可是他下巴用力的时候一阵剧痛传遍了他的左半边脸。他的头和胸部的血肉没有联动，仿佛一个字的中间音缺失了。她离开病房的时候，他发出了一声响。

当他们用力拉拽他时，他看到窗外很明亮。他们在做一些操作，使他脖子里的细管弹出来。

克劳福德的脸凑过来的时候他看到一片黄光。

格雷厄姆尽力挤了挤眼。克劳福德咧嘴笑的时候，格雷厄姆看到他牙缝里的菠菜叶。

奇怪。克劳福德大部分蔬菜都不吃。

格雷厄姆在手下面的被单上做了写的动作。

克劳福德把记事本塞在格雷厄姆的手底下，把笔放在他的手指间。

“威利好吗？”他写道。

“是的，他很好。”克劳福德说，“莫莉也很好。你睡着的时候她一直在这里。多拉德死了，威尔。我向你发誓，他死了。我自己做的指纹而且普赖斯对证过了。绝对没问题了，他真的死了。”

格雷厄姆在本上画了个问号。

“我会告诉你的。我会在这里的，等你感觉好一点我会把整个经过都告诉你的。他们只给我五分钟。”

“现在。”格雷厄姆写道。

“医生和你谈过了吗？没有？那就先说你——你会好的。你的左眼只是因为要包扎脸上一道很深的刀伤才被裹住。他们已经缝合了，不过这需要时间。他们把你的脾脏摘除了。可是谁需要脾脏呢？普赖斯就把他的那玩意在1941年的时候放在孟买了。”

有护士敲了敲玻璃。

“我得走了，这里的人不尊重头衔，什么在这里都没用。时间一到他们就把你扔出门外。一会儿见。”

莫莉在重症监护室的等待室里坐着。有很多很疲倦的人在里面。

克劳福德走到她身边。“莫莉……”

“你好，杰克，”她说，“你看上去真不错啊。想让他做一个整容手术吗？”

“别这样，莫莉。”

“你睁眼去看他的脸了吗？”

“看了。”

“我原来觉得我不能面对他的脸，可我还是看了。”

“他们会让他痊愈的。医生告诉我的。他们能办到。你希望有人在身边陪你吗，莫莉？我把菲丽丝带来了——”

“不需要。别再帮我做任何事情。”

她转过身去摸纸巾。当她打开提包的时候他看到了那封信,不便宜的厚重的信封,他以前见过的。

克劳福德非常不情愿,可他知道他必须要说了。

“莫莉。”

“干什么?”

“威尔有封信吗?”

“是的。”

“是护士给你的吗?”

“是的,她给我的,还有他的所有的在华盛顿的朋友们给他的鲜花。”

“我能看看那封信吗?”

“我会在他想看的时候给他的。”

“请让我看看吧。”

“为什么?”

“因为他不需要听到从……那个特别的人那里来的消息。”

他不同寻常的表情让莫莉下意识地低头看了看提包里的信，将信封扔到了地上,还有提包,所有的东西,里面的一支口红滚落到地上。

弯腰拾起莫莉的东西时,克劳福德听到她走过他身边,她的高跟鞋快速地走过,提包丢下不要了。

他把提包交给当班的护士。

克劳福德知道莱克特得到他想要的东西几乎是不可能的，可是和莱克特打交道他从来都是有十分把握才干,绝不给他留任何空子。

他让一个实习生在X光室用荧光镜检查了信件。

他用刀沿信的每一边把信封裁开，然后对信的内侧和信纸本身仔细检查,看有没有污痕或灰尘,好断定信具体是从哪里来的——巴尔的摩医院可能用碱水擦洗,而且有一个药房。

彻底查完了以后,他开始看那封短笺。

亲爱的威尔:

你看，现在轮到我们两个各自在自己的医院里受折磨了。你忍着你的疼痛，而我没有了我的书——有教养的奇尔顿博士已经亲自履行他的职责了。

我们生活在一个怎样原始的社会里啊——你不觉得吗，威尔？——既不野蛮也不睿智。只有一半的水平是它罪恶的根源。任何一个理性的社会都会要么让我死，要么归还我看书的权利。

我希望你很快能够康复而且希望你的脸别被弄得太丑。

我经常挂念你。

汉尼拔·莱克特

实习生看了看表，"您还需要我在这里吗？"

"不用了，"克劳福德说，"焚化炉在哪里？"

当克劳福德等了四个小时，又等到一个探视时间段时，莫莉没有在等待室，也没在里面的重症监护室。

格雷厄姆醒着。他立刻在写字板上画了个问号，紧接着写道："D 现在死了吗？"

克劳福德回答了他。格雷厄姆静静地躺了整整一分钟。然后写道："怎么逃脱的？"

"好吧，我告诉你。"克劳福德说，"在圣路易斯，多拉德一定去找了莱芭·麦克兰。我们在那里的时候他进了实验楼，而且看到了我们。一个锅炉房开着的一扇窗户的窗台上有他的指纹——这个情况直到昨天才有报告。"

格雷厄姆拍着写字本："尸体？"

"我们认为是一个叫阿那德·朗的家伙的——他失踪了。他的车在孟菲斯被找到了，已经被捣烂了。医院的人马上就要把我赶出去了。让我按顺序讲给你听吧。

"多拉德知道我们在那里。他从工厂逃出来以后，就开车去了林白大道和270国道上的瑟伍克加油站。阿那德·朗在那儿工作。

"莱芭·麦克兰说多拉德在两周前的周六和那个加油站的一个服务员发生了口角。我们估计那个服务员就是朗。

"他放倒了朗,把他的尸体带到家里。然后他去了莱芭·麦克兰家。她正在门口与拉尔夫·曼迪接吻。他开枪打死了曼迪,然后把他放到篱笆里。"

这时护士进来了。

"看在老天的分上,这是警务。"克劳福德说道。他说话说得飞快,因为护士揪住他的袖子往门口拽。"他用氯仿把莱芭·麦克兰捂晕后把她带到他家里。尸体也在那里。"克劳福德在大厅里说。

格雷厄姆不得不再等四个小时才能听到下文。

"他给了她这个还有那个,你知道的,'我杀不杀你呢'什么的。"克劳福德这回一进门就开始说。

"你知道把钥匙挂在他的脖子上的那一节了吗?——那是为了让她知道确实有个尸体。所以她会告诉我们她确确实实碰到了尸体。好,接着就是什么'我不能忍受看着你被活活烧死'之类的话。他说完就用一支十二毫米标准猎枪把朗的脑瓜打飞了。

"朗完完全全合适,他没有牙。也许多拉德知道上颌骨的骨拱能在火中存很长时间——天晓得他都知道什么。不管怎么说,多拉德抓住朗的时候他没有上颌骨的骨拱。他一枪把朗的脑袋打掉,然后肯定弄翻了一把椅子或其他什么东西,以造出倒地的一声响。而且他事先把钥匙挂在了朗的脖子上。

"然后莱芭在地上乱摸钥匙。多拉德在房间的一角偷偷地看。她的耳朵因为刚听完枪响还在嗡嗡地响,肯定听不到他的轻微的动作声。

"他放了火,不过还没浇汽油。他在房间里预备了汽油。她安全地出了房间。要是她太紧张而撞到了墙或晕过去了,因此没走出去,我估计他会把她拽出去的。她不会知道自己是怎么出去的。但是她必须活着出去来完成他的计划。噢,他妈的,护士又来了。"

“车怎么办的?”格雷厄姆快速写道。

“你肯定得佩服他,”克劳福德说,“他知道自己肯定要在家门口把车留下,他不可能同时开两辆车,所以他需要一辆在中间倒换。

“他是这么干的:他让朗把他的面包车和加油站的拖车连上,然后干掉朗,把加油站关了,驾驶着拖车回到家。然后他把拖车单独停在房子后面的田地旁边的一条土路上,然后他就去找莱芭。等她成功地走出房子,他拿出炸药,在火里浇上汽油,然后逃到房子后面。他把拖车开到加油站,停在那里,偷走朗的车。没留一点痕迹。

“我断案之前,这过程错综复杂得让我几乎要疯掉了。我知道事情就是这么发展的,因为他在拖车上留下了一些指纹。

“我们可能在去他家的路上碰到他了……好了,夫人,我这就出去,这就走。”

格雷厄姆还想问个问题,可是太晚了。

莫莉在下一个五分钟的探视时间来到他床前。

格雷厄姆在克劳福德的记事本上写了“我爱你”。

莫莉点点头,握住了他的手。

过了一分钟,他又开始写:“威利好吗?”

她点点头。

“在这里吗?”

她把目光从他的记事本上移开,看他的眼睛,不过移得太快了。她做了个吻的动作然后指了指已经开始走过来的护士。

他用力拉了拉她的拇指。

“在哪里?”他在字下画了两条杠。

“俄勒冈。”她说。

克劳福德来了最后一次。

格雷厄姆已经把问题准备好了。记事本上是:“牙齿呢?”

“是他外婆的,”克劳福德说,“我们在房子里发现的是他外婆的假牙。圣路易斯警察局找到了耐德·瓦格特——多拉德的妈妈是瓦格特的继母。

瓦格特小的时候见过多拉德的外婆,他再也没忘记她奇怪的牙齿。

“这就是那天你遭遇多拉德的时候我想告诉你的事。史密森博物馆那时刚刚给我打完电话。他们从密苏里官方得到了那副假牙,他们检查只是为了满足自己的好奇心。他们注意到上片用的是硫化橡胶而不是他们现在普遍用的丙烯。在近三十五年里已经没有人用硫化橡胶做牙托了。

“多拉德有一副丙烯假牙,外形和他外祖母的一样。他戴的是新的。史密森博物馆检查了一下——包括壳褶和凹槽。是在中国制造的,旧的一副是瑞士产的。

“他随身还带着一把钥匙,是迈阿密的一个柜子上的。里面有一本很大的书,像是本日记——比地狱还糟糕的一样东西。等你想看的时候,我可以给你拿来。

“我说,伙计,我不得不赶回华盛顿了。周末就来看你,要是我有时间的话。你会没事的,对不对?”

格雷厄姆先画了个问号,然后画掉写下“当然”两个字。

在克劳福德走后,护士来给格雷厄姆的静脉注射了一针杜冷丁。钟的钟盘开始模糊了,他看不清秒针了。

他想着杜冷丁是不是也可以作用于人的感情。他的脸可以把莫莉留住一段时间,至少留到做完整形。肯定是很便宜的那种。可是留莫莉做什么呢?他开始迷糊了。他希望不要做梦。

他真的在记忆和梦境之间漂泊了,不过并没有多么恐怖。他没有梦见莫莉离他而去,或者关于多拉德的景象,而是一个关于夏洛国家公园[①]的长长的半忆半梦的东西,却被照在他脸上的灯光和量血压的咝咝声打断了……

那是在春天,他开枪打死格雷特·雅各伯·霍伯后不久,他去夏洛观光。

这是一个暖暖的四月天的下午,他在柏油马路上走着,在去血湖的路上。刚刚长出的嫩草还是黄绿色,沿下坡长到湖边。清澈的湖水已经浸没

① 夏洛国家公园:位于美国田纳西州西南部,南北战争时期的战场。

了草坡，小草往下长，往下长，仿佛铺满了湖底。

格雷厄姆知道在1862年四月那里发生过什么。

他坐到草地上。隔着长裤能感觉到草地的潮气。

一辆旅游车从他前面开过。车过之后，他看见路上有东西在动。原来是车轮把一条小蛇的背轧折了。它在柏油马路上扭曲着形成无数的数字“8”，有时是它黑色的背，有时是它白色的腹部。

有关夏洛的沉重的回忆让他浑身发冷，尽管他还在温和的四月的阳光下微微出汗。

他站起身走出草地，屁股后面留下湿湿的印记。他有些头晕。

蛇的头尾缩成了一团。他站在它旁边，拾起它的已经发干的尾尖。用一个很帅的动作啪地让它断成了两截，仿佛他手中拿的是条皮鞭。

蛇的脑浆溅到了池塘里。一条鳊鱼游了过去。

他觉得夏洛有鬼魂出没，觉得它美丽的风景变得邪恶而凶残，像当年战场上飞扬的战旗。

现在，在夜晚的梦境和记忆之间，他明白了，夏洛并不邪恶，而是漠不关心。风光秀丽的夏洛是可以见证任何事物的。她无可匹敌的美丽正突出了大自然的中立，那绿色的机器。夏洛的可爱正反衬出而且嘲笑着我们的苦难。

格雷厄姆苏醒过来，注视着没有思想的钟。可他无法停止他的思绪：

在绿色的机器中没有仁慈；是我们臆造了仁慈，把它创造在机器的零件里，而这些零件已经超出了我们通过自然进化的爬行动物的大脑所能容纳的范围。

正如世上本没有谋杀，是我们创造了谋杀，而它只在我们中间才有意义。

格雷厄姆很清楚自己具备所有进行谋杀的要素；也许也包括仁慈的要素。

他了解谋杀的过程，了解得超常地透彻，透彻得让人不舒服。

在我们人类的身体中，在生活在文明社会的人们的头脑中，有形形色色的邪念以及我们对这些邪念的天生的认知。格雷厄姆想知道，我们竭力控制的这些邪念以及这些认知是否像被躯体抵御在外的没有活动能力的病毒一样作用于我们周围。

他想知道那些不可告人的欲望是否像病毒一样造就了它们的疫苗和抗体。

是的，他一直以来对夏洛的想法是错的。夏洛没有鬼神出没——是人们自己被鬼神折磨。

夏洛其实毫不在意。

而我用心地去感知智慧，也去感知疯狂与邪恶；
我知道那些同样是精神的苦闷。

——传道书

图书在版编目（CIP）数据

红龙／（美）托马斯·哈里斯（Thomas Harris）著；
赵昆译．—南京：译林出版社，2021.3（2026.1重印）
（沉默的羔羊系列）
书名原文：Red Dragon
ISBN 978-7-5447-8465-8

Ⅰ．①红… Ⅱ．①托… ②赵… Ⅲ．①侦探小说－美
国－现代 Ⅳ．①I712.45

中国版本图书馆 CIP 数据核字（2020）第 230510 号

著作权合同登记号 图字：10-2019-076号

红龙 ［美国］托马斯·哈里斯 ／ 著 赵 昆 ／ 译

责任编辑 竺文治
装帧设计 韦 枫
校 对 戴小娥
责任印制 闻媛媛

原文出版 Dell Publishing, 2002
出版发行 译林出版社
地 址 南京市湖南路 1 号 A 楼
邮 箱 yilin@yilin.com
网 址 www.yilin.com
市场热线 025-86633278
排 版 南京展望文化发展有限公司
印 刷 南京新世纪联盟印务有限公司
开 本 880 毫米 × 1230 毫米 1/32
印 张 11.625
插 页 2
版 次 2021 年 3 月第 1 版
印 次 2026 年 1 月第 8 次印刷
书 号 ISBN 978-7-5447-8465-8
定 价 49.00 元